10/08

FERNANDO VALLEJO

La puta de Babilonia

 Planeta

Diseño de portada: Ana Paula Dávila
Ilustración de portada: Diego Álvarez

© 2007, Fernando Vallejo
Derechos reservados
© 2007, Editorial Planeta Mexicana, S.A. de C.V.
Avenida Insurgentes Sur núm. 1898, Piso 11
Colonia Florida, 01030 México, D.F.

Primera edición: febrero de 2007
ISBN: 970-37-0326-7

Editorial Planeta Colombiana S. A.
Calle 73 No. 7-60, Bogotá

ISBN 13: 978-958-42-1634-2
ISBN 10: 958-42-1634-1

Primera reimpresión (Colombia): marzo de 2007
Impresión y encuadernación: Printer Colombiana S. A.

Impreso en Colombia - Printed in Colombia

LA PUTA, LA GRAN PUTA, la grandísima puta, la santurrona, la simoníaca, la inquisidora, la torturadora, la falsificadora, la asesina, la fea, la loca, la mala; la del Santo Oficio y el Índice de Libros Prohibidos; la de las Cruzadas y la noche de San Bartolomé; la que saqueó a Constantinopla y bañó de sangre a Jerusalén; la que exterminó a los albigenses y a los veinte mil habitantes de Beziers; la que arrasó con las culturas indígenas de América; la que quemó a Segarelli en Parma, a Juan Hus en Constanza y a Giordano Bruno en Roma; la detractora de la ciencia, la enemiga de la verdad, la adulteradora de la Historia; la perseguidora de judíos, la encendedora de hogueras, la quemadora de herejes y brujas; la estafadora de viudas, la cazadora de herencias, la vendedora de indulgencias; la que inventó a Cristoloco el rabioso y a Pedropiedra el estulto; la que promete el reino soso de los cielos y amenaza con el fuego eterno del infierno; la que amordaza la palabra y aherroja la libertad del alma; la que reprime a las demás religiones donde manda y exige libertad de culto donde no manda; la que nunca ha querido a los animales ni les ha tenido compasión; la oscurantista, la impostora, la embaucadora, la difamadora, la calumniadora, la reprimida, la represora, la mirona, la fisgona, la contu-

5

maz, la relapsa, la corrupta, la hipócrita, la parásita, la zángana; la antisemita, la esclavista, la homofóbica, la misógina; la carnívora, la carnicera, la limosnera, la tartufa, la mentirosa, la insidiosa, la traidora, la despojadora, la ladrona, la manipuladora, la depredadora, la opresora; la pérfida, la falaz, la rapaz, la felona; la aberrante, la inconsecuente, la incoherente, la absurda; la cretina, la estulta, la imbécil, la estúpida; la travestida, la mamarracha, la maricona; la autocrática, la despótica, la tiránica; la católica, la apostólica, la romana; la jesuítica, la dominica, la del Opus Dei; la concubina de Constantino, de Justiniano, de Carlomagno; la solapadora de Mussolini y de Hitler; la ramera de las rameras, la meretriz de las meretrices, la puta de Babilonia, la impune bimilenaria tiene cuentas pendientes conmigo desde mi infancia y aquí se las voy a cobrar.

A mediados de 1209 y al mando de un ejército de asesinos, el legado papal Arnoldo Amalrico le puso sitio a Beziers, baluarte de los albigenses occitanos, con la exigencia de que le entregaran a doscientos de los más conocidos de esos herejes que allí se refugiaban, a cambio de perdonar la ciudad. Amalrico era un monje cisterciense al servicio de Inocencio III; su ejército era una turba de mercenarios, duques, condes, criados, burgueses, campesinos, obispos feudales y caballeros desocupados; y los albigenses eran los más devotos continuadores de Cristo, o mejor dicho, de lo que los ingenuos creen que fue Cristo: el hombre más noble y justo que haya producido la humanidad, nuestra última esperanza. Así les fue, colgados de la cruz de esa esperanza terminaron masacrados. Los ciudadanos de Beziers decidieron resistir y no entregar a sus protegidos, pero por una imprudencia de unos jóvenes atolondrados la ciudad cayó en manos de los sitiadores y éstos, con católico celo, se entregaron a la rapiña y al exterminio. ¿Pero cómo distinguir a los ortodoxos de los albigenses? La orden de Amalrico fue: "Mátenlos a todos que ya después el Señor verá cuáles son los suyos". Y así, sin distingos, herejes y católicos por igual iban cayendo todos degollados. En medio de la confusión y el terror muchos se refugiaron en las iglesias, cuyas puertas los invasores fueron tumbando a hachazos: pasaban al interior cantando el *Veni Sancte Spiritus* y emprendían el degüello. En la sola iglesia de Santa María Magdalena masacraron a siete mil sin perdonar mujeres, niños ni viejos. "Hoy, Su Santidad —le escribía esa noche Amalrico a Inocencio III—, veinte mil ciudadanos fueron pasados por la espada sin importar el sexo ni la edad". Albigenses o no, los veinte mil eran todos cristianos. Y así ese papa criminal que llevaba el nombre burlón de Inocencio lograba matar en un solo día y en una sola ciudad diez o veinte veces más correligionarios que los que mataron los emperadores romanos cuando la llamada "era de los mártires" a lo largo y ancho del Imperio. ¡Los hubieran matado a todos y no habríamos tenido Amalricos, ni Inocencios, ni Edad Media! ¡Qué feliz sería hoy el mundo sin la sombra ominosa de Cristo! Pero no, el Espíritu Santo, que caga lenguas de fuego, había dispuesto otra cosa.

El siguiente en la lista de los Inocencios, el cuarto, quien en el clímax de su delirio se designaba a sí mismo *praesentia corporalis Christi*, fue el que azuzó a la Inquisición, con su bula *Ad extirpanda*, a usar la tortura para sacarles a sus víctimas la confesión de herejía. Y otro Inocencio, el octavo, no bien fue elegido papa (en un cónclave presidido por el soborno y la intriga), promulgó la bula *Summis desiderantes affectibus* que desató la más feroz persecución contra las brujas; a su hijo Franceschetto lo casó con una Médicis, y para refrendar el trato nombró cardenal a un hijo de Lorenzo el Magnífico, Giovanni, que entonces tenía sólo 13 años. A los 37 este Médicis habría de ascender al papado, que se parrandeó de banquete en banquete en una sola y continua fiesta. Se puso León X, aunque del feroz animal sólo tenía el nombre: gordo, miope, de ojos saltones, cabalgaba de lado como mujer a causa de una úlcera en el trasero adquirida tal vez en sus devaneos homosexuales y que le amargaba, aunque no mucho, la fiesta. Los burdeles de la Ciudad Eterna (que contaba entonces, entre sus cincuenta mil habitantes, con siete mil prostitutas registradas) le pagaban diezmos. Vendió en subasta dos mil ciento cincuenta puestos eclesiásticos, entre los cuales varios cardenalatos a treinta mil ducados el capelo, si bien a su primo bastardo Giulio de Médicis (el futuro Clemente VII) le dio el capelo gratis: el suyo propio durante la ceremonia de su coronación, tras quitárselo él mismo para chantarse la tiara pontificia. El Tribunal de la Historia, que juzga pero no castiga, registró sus primeras palabras como papa, dirigidas en ese instante a su primo, alborozado: "Ahora sí que voy a gozar". Las noventa y cinco iracundas tesis de Lutero no le hicieron mella. Era un espíritu feliz, en las antípodas del agriado Pablo IV de nuestros días, y sólo mató a un cardenal: al pérfido Alfonso Petrucci de Siena, quien en un complot con otros cuatro purpurados lo quería envenenar *contra natura*, haciendo de una salida entrada: le habían dado al médico toscano Battista de Vercelli la consigna de aplicarle a Su Santidad, con el pretexto de tratarle la úlcera, un tósigo maquiavélico, florentino, por el antifonario. No se les hizo. El papa descubrió la conjuración, ejecutó a Petrucci, puso a podrirse en la cárcel a los otros cuatro cardenales y vivió varios años más, feliz, con la conciencia tranquila y disfrutando de lo que Juan Pablo II llamaba hace poco, en pleno epicentro del sida en África Central, "el banquete de la vida", hasta que lo llamó doña Muerte a su banquete de gusanos: como a tantos otros papas que lo precedieron o siguieron, le mandó en el verano sofocante de Roma *una cattiva zanzara* que le inoculó la malaria. Pero para terminar con Inocencio VIII, fue este otro maestro de la simonía el del acierto de llamar "Reyes Católicos" a Fernando e Isabel, los de España. ¡Qué menos para un matrimonio que persiguió a moros y judíos, que fundó la Inquisición española y que patrocinó a Torquemada! De los miles y miles de inocentes que este dominico vesánico torturó y quemó, ellos en última instancia son los responsables, por ellos se fueron derechito al cielo.

Tras Beziers cayó Carcasona, donde Amalrico hizo conde de la ciudad a un veterano de la Cuarta Cruzada, Simon de Montfort, entregándole de paso el mando del heterogéneo ejército con la recomendación de que tratara a toda la Occitania como tierra de herejes y se sintiera libre de exterminar a cuantos quisiera sin tomar prisioneros. Consejo que en un principio el flamante conde no siguió: en Bram no mató ni uno, a todos los cegó. O mejor dicho a todos menos a uno que dejó tuerto para que con su único ojo pudiera guiar hasta Cabaret al resto, la columna de ciegos que avanzaba así: el ciego de atrás con las manos puestas sobre los hombros del ciego de adelante, y adelante de todos el tuerto, de suerte que a la vista del ciempiés alucinante les acometiera a los enemigos de Inocencio el saludable temor a Dios. Cuarenta y ocho años tenía entonces este pontífice que había sido elegido a los 37, a la misma edad de Giovanni de Médicis: pocos comparados con los 78 a que se encaramó al trono de Pedro nuestro actual Benedicto XVI, pero muchos frente a los 20 a que fue elegido Juan XI, o los 16 a que fue elegido Juan XII, y ni se diga los 11 a que fue elegido Benedicto IX, el Mozart o Rimbaud de los papas. ¡Qué precocidad! Y dejen la religiosa, ¡la sexual! Todavía con su aguda voz infantil con que entonaba latines, su impúber Santidad ya andaba detrás de las damas. ¡No haber vivido yo en su Roma para acogerlo con el precepto evangélico "Dejad que los niños vengan a mí"! ¡Qué íntimas cuerdecitas no le habría pulsado a ese laúd!

Benedicto IX (nombre de pila Teofilacto) era sobrino de Juan XIX (nombre de pila Romano), quien había sucedido a su hermano Benedicto VIII (otro Teofilacto), quien a su vez era sobrino de Juan XII (nombre de pila Octavia-

9

no), quien era hijo del príncipe romano Aberico II, quien era hijo de puta y nieto de puta: hijo de Marozia y nieto de Teodora, el par de putas, madre e hija, que fundaron la dinastía de los Teofilactos que le dio seis papas a la cristiandad, a saber los cuatro enumerados más Juan XI, hijo ilegítimo de Marozia y del papa Sergio III y elevado al pontificado a los señalados 20 años por intrigas de su mamá, y Juan XIII, hijo de Teodora la joven (hermana de Marozia) y un obispo. ¡Seis papas que se dicen rápido, salidos en última instancia de una sola vagina papal multípara, la de Teodora la vieja o Teodora la puta! Según el obispo de Cremona Liutprando, el gran cronista del papado de esta época, Juan XIII solía sacarles los ojos a sus enemigos y pasó por la espada a la mitad de la población de Roma. Y según el mismo cronista, Juan XII era gran cazador y jugador de dado, tenía pacto con el Diablo, ordenó obispo a un niño de diez años en un establo, hizo castrar a un cardenal causándole la muerte, le sacó los ojos a su director espiritual y en una fuga apurada de Roma desvalijó a San Pedro y huyó con lo que pudo cargar de su tesoro. Cohabitó con la viuda de su vasallo Rainier a la que le regaló cálices de oro y ciudades, y con la concubina de su padre Stefana y con la hermana de Stefana y hasta con sus propias hermanas. Violó peregrinas, casadas, viudas, doncellas, y convirtió el palacio Laterano en un burdel. ¡Claro, como era nieto y bisnieto de puta! Un marido celoso lo sorprendió en la cama con su mujer y lo mató de un martillazo en la cabeza. ¿Alcanzaría a eyacular? Tenía 24 añitos. Otro que murió en pleno adulterio a manos de un marido burlado fue Benedicto VII, sucesor de Benedicto VI. Pero no nos desviemos de la "pornocracia", que es como un historiador de la Iglesia, el cardenal Baronio, bautizó a este período del papado del que el cronista-obispo Liutprando fue testigo presencial. Muy bien puesto el nombre: como dedo en culo, como anillo en dedo de cardenal. Pero no únicamente para ese período. ¡Para toda la Historia de la Puta!

Nihil novum sub sole dice el Eclesiastés, y sí pero no: siempre en todo hay una primera vez. Juan XIX sucedió a su hermano, Benedicto VIII; pero ya antes Pablo I había sucedido a su hermano Esteban III. El papa Hormisdas engendró al papa Silverio; pero ya antes el papa Anastasio I había engendrado al papa Inocencio I. Bonifacio VII estranguló a Benedicto VI y envenenó a Juan XIV; pero ya antes Sergio III había asesinado a su antecesor León V y al antipapa Cristóbal, y Pelagio I había matado al papa Vigilio por corrupto. Ahora bien, hablando con propiedad, un papa no puede matar a otro pues en el momento del crimen el homicida todavía no es papa. Hasta que el Espíritu Santo no dé su exequátur en un cónclave, no hay papa. O sea: no puede haber dos papas vivos. Uno sí, con su antipapa y hasta con dos antipapas; o ninguno durante los interregnos y mientras le eligen sucesor al muerto. Pero dos a la vez, no: repugna, teológicamente hablando. Así pues, por repugnancia teológica, es disparate hablar de papa papicida. Papa asesino y genocida ¡los que quieran! Pero papa papicida no.

A Juan VIII lo envenenaron y remataron a martillazos. Adulador y servil como pocos, este maestro del oportunismo coronó a Carlos el Calvo afirmando que Dios había decretado su elección como emperador desde "antes de la creación del mundo", y en pago obtuvo una considerable ampliación de los dominios papales; se prodigó en excomuniones tanto como nuestro Wojtyla en canonizaciones; fundó la primera marina real con barcos propulsados por remeros esclavos y mató a infinidad de sarracenos como "animales salvajes". Un pariente que aspiraba a sucederlo en el cargo lo envenenó y lo remató a martillazos: *malleolo, dum usque in cerebro constabat, percusus est, expiravit* (hasta que el martillo se le quedó clavado en el cerebro), según dicen los *Annales Fudlenses* con una elegante concisión digna de historiador romano.

A Adriano III, que había mandado azotar desnuda por las calles de Roma a una dama noble y que le había hecho sacar los ojos a un alto oficial del palacio Laterano, lo asesinaron: hoy es santo y su fiesta se celebra el 8 de julio. A Esteban VII lo encarcelaron y estrangularon. Este papa hijo de sacerdote fue el que hizo exhumar a su antecesor el papa Formoso, con nueve meses de muerto, para juzgarlo en el famoso "sínodo del cadáver", en que lo revistió de sus ornamentos pontificios, lo sentó en la silla de Pedro, lo juzgó por tres días y lo condenó por "ambición desmedida de papado": le arrancaron las vestiduras papales, lo vistieron con harapos, le cortaron tres dedos de la mano derecha para que se curara del vicio de bendecir, lo arrastraron por las calles entre risotadas y burlas, lo volvieron a enterrar (ahora en una cueva), lo volvieron a desenterrar, lo desnudaron, y así, desnudo, mutilado, vejado y putrefacto lo tiraron al Tíber.

A Esteban VII lo había precedido Bonifacio VI, un hijo de obispo que reinó doce días y murió de gota. Y lo sucedió el papa Romano, hermano del papa Marino I y ambos hijos de cura. A Romano, que reinó tres meses y murió en forma sospechosa, lo sucedió Teodoro II, que murió igual, a los veinte días su pontificado; alcanzó a sacar del Tíber el cadáver de Formoso y a enterrarlo por tercera vez revestido de nuevo de sus galas pontificias. A Benedicto IV lo mataron en medio de una refriega entre partidarios y enemigos del difunto papa Formoso unos agentes de Berengar de Friuli, rey de Italia. Y a Juan X lo depusieron, lo encarcelaron en Castel Sant'Angelo y lo asfixiaron con un cojín por instigaciones de Marozia, la hija de Teodora la Vieja, que había sido su amante y la que lo elevó del obispado de Ravena al papado. Dos grandes méritos tiene este papa: hizo arzobispo de Reims a Huguito, un niño de 5 años hijo del conde Heriberto; y tuvo con Teodora la Vieja una hija, Teodora la joven, madre de Juan XIII. Aún no lo canonizan.

Esteban VIII murió desorejado y desnarigado por andar conspirando contra el todopoderoso señor de Roma Alberico II a quien le debía el puesto. A Benedicto V, que había deshonrado a una doncella y huido a Constantinopla con lo que no se alcanzó a llevar Juan XII del tesoro de San Pedro, a su regreso a Roma sin un quinto León VIII le desgarró las vestiduras, le arrancó las insignias papales y el báculo y tras hacerlo arrodillar le rompió la cabeza a baculazos. No murió, sin embargo, de los baculazos: un marido vejado lo cosió a puñaladas (más de cien) y luego lo arrastró por las calles y lo arrojó a un pozo. El bondadoso historiador de la Iglesia Gerber l lo llamó "el más inicuo de todos los monstruos de la impiedad". ¡Qué va! ¡Tampoco fue para tanto!

Como su tocayo Juan X, Juan XIV murió en Castel Sant'Angelo, pero no asfixiado sino envenenado: el antipapa Bonifacio VII lo tumbó, lo apaleó, lo encerró y lo mandó envenenar, pero ni a aquél se le considera mártir ni a éste papa. Gregorio V, papa a los 24 años por obra de su primo segundo el emperador Otón III, cegó y aligeró de orejas, nariz, lengua, labios y manos al antipapa Juan XVI (Juan Philagathós que fuera arzobispo de Piacenza), lo coronó con una ubre de vaca, lo paseó montado en un asno por Roma y lo encerró en un monasterio donde murió desconectado del mundo, si bien en este caso no hay papicidio propiamente dicho sino más bien un simple antipapa escarmentado. Sergio IV cayó asesinado junto con su protector Juan Crescencio durante una revuelta en Roma. A Clemente II lo envenenó con plomo Benedicto IX, nuestro papa-niño que, no bien creció, por amor a una prima y a cambio de los diezmos de Inglaterra había abdicado en favor de su padrastro Gregorio VI, a quien Clemente II sucedió. El sucesor de Clemente, Dámaso II, murió en Palestrina a los veintitrés días de pontificado, según unos de malaria, según otros envenenado por el mismo ex papa-niño. ¡Ah, qué me iba a imaginar yo que el laúd de mis amores iba a resultarme un papicida doble! Eso de "Dejad que los niños vengan a mí" es puro cuento. Los niños son corruptores de mayores y en cada uno de ellos hay un asesino en potencia. Estripan con sus piececitos a los grillos y les sacan los ojos a las ranas.

A Juan XXI, papa letrado que reinó ocho meses durante los cuales le dejó el manejo de los asuntos eclesiásticos y terrenales al cardenal Giovanni Gaetano para dedicarse él por entero a sus erudiciones, le cayó encima el techo del pequeño estudio que se había construido detrás del palacio Laterano y murió aplastado. Quién le tumbó el techo no se sabe. Si no fue el cardenal Gaetano, que lo sucedió con el nombre de Nicolás III, entonces fue el Espíritu Santo. Nicolás III, muy sabiamente, se mudó al palacio Vaticano, de techos menos inciertos. Urbano VI murió envenenado. A Pío III, sobrino de Pío II que lo nombró arzobispo de Siena a los 21 años, lo mató de gota el Espíritu Santo, a los diecisiete días de reinado. Otros tres papas malogrados, que también se llevó el Paráclito en sus pañales pontificios, son: Celestino IV, que reinó catorce días; León XI, sobrino de León X, que reinó veintiséis; y Adriano V, que reinó treinta y cinco.

De los doscientos sesenta y tres papas con que el Paráclito ha bendecido a la humanidad, la suertuda, diez duraron menos de treinta y tres días, que es lo que alcanzó a reinar nuestro reciente Albino Luciani, alias Juan Pablo I, y varios otros un par de meses. ¿No se les hace muy raro? ¿Serán los designios inescrutables de la traviesa paloma que a veces empantana un cónclave durante semanas, meses y aun años, para acabar llamando, celosa, a su elegido a los pocos días de coronado? Pero quien tiene el record de los papas breves es Giovan Battista Castagna, alias Urbano VII, que no alcanzó a llegar ni a la coronación: saliendo del cónclave enfermó de malaria y en pocos días subió al Altísimo. Era sobrino del cardenal Verallo y tenía un currículum burocrático impresionante. Entre los muchos puestos eclesiásticos que ocupó figuran los de Consultor e Inquisidor General del Santo Oficio, con los que amasó una fortunita. El día mismo en que salió elegido sucesor de Pedro, la *zanzara* matapapas se le posó encima con sus patas largas y le aplicó su letal inyección de *Plasmodium* de parte del Espíritu Santo. La fortunita la dejó para el cuidado de las niñas pobres. ¡Claro, como no se la podía llevar al cielo! Dicen que Albino Luciani murió del corazón. ¡Y les creo! Muerto está aquel a quien el corazón se le para.

Urbano VII no era sin embargo el primer papa inquisidor pues ya lo había sido Adrian Florensz Dedal, alias Adriano VI, uno de los sucesores en España de Torquemada. Ni sería el último. Sin ir más lejos, nuestro actual Joseph Ratzinger, alias Benedicto XVI, también fue Inquisidor: de la Inquisición (hoy cantinflescamente llamada "Congregación para la Doctrina de la Fe") este *Führer* taimado dio el brinco al potro. Que la Iglesia no era "relativista" dijo en el sermón de la misa que ofició por el eterno descanso de Juan Pablo II. Dos días después, cónclave; tres días después, papa; cuatro días después, que siempre no, que todo es relativo, que todo depende de las épocas, los lugares y las circunstancias y que hay que juntar a la Iglesia Ortodoxa con la Romana, bajo un solo pastor, él, con un solo cayado, el suyo, que es el que mejor se para. Por lo demás, ¿qué papa no es un inquisidor? Todos están inquiriendo en la conciencia ajena, olisqueando, olfateando, espiando por los agujeros.

No hay papas buenos. Ni malos. Hay papas peores. Inocencios, Píos, Clementes, Benedictos, Bonifacios, Juanes, Pablos... Detrás de estos nombres bonachones o inocuos se ocultan monstruos: Inocencio III designa al monstruo Lotario da Segni; Inocencio IV al monstruo Sinibaldo Fieschi; Inocencio VIII al monstruo Giovanni Battista Cibò. Y así... Yo nací bajo el pontificado de Eugenio Maria Giuseppe

Giovanni Pacelli, alias Pío XII, el gran alcahueta de Hitler, pero no lo conocí. A mi mamá le mandó un diploma firmado de su puño y letra y con su foto, que un vecino nos compró por veinte dólares en *Via della Concilliazione* y con el cual le concedía indulgencia plenaria a la santa por los veinte hijos que alumbró, a razón de dólar por hijo y de hijo por año. El diploma acabó colgado de una pared de mi cuarto desde donde me vigilaba día y noche. "¿Qué me ves? —le increpaba—. Que te estén cauterizando el culo en los infiernos, nazi puerco". Pero no. Está en el cielo entregado al dele y dele, al sube y baje con la monja Pascalina que se trajo a Roma de Alemania y a quien los italianos llamaban *la papessa* y *Virgo potens*.

Pero volviendo a los niños y al precepto evangélico para no dejar cabos sueltos, Julio III (Giovanni Maria del Ciocchi del Monte antes de convertirse en esposa del Señor) se levantó un mocito de 15 años en una calle de Parma, se lo llevó a Roma con su hermanito, al que hizo cardenal, y vivieron los tres felices celebrando unas misas de tres padres de puta madre. ¡Qué envidia! Después, hilando Cronos su rueca, el parmesanito fue a dar a la cárcel por criminal. ¡Doble envidia la que me da! En este desfile de papas putañeros, engendradores y polígamos en que se prodiga la historia de la Puta, un devoto del sexo fuerte es *rara avis*. Aunque ni tan rara, ¿eh? ¿De nuestro Pablo VI reciente no se decía pues que le gustaban *le marchette*? Esto es, los hermosos cuanto sucios prostitutos romanos que se venden por amor: por amor a su profesión en las tenebrosas noches del Coliseo en que la luna demente le saca brillos de ira al cuchillo. O mejor dicho se vendían, en mis tiempos, ya no. Cronos acaba con todo, hasta con el nido de la perra. Costaban *soldi spiccioli*, moneditas. La prostitución es hermosa, una obra de misericordia que se suma a las otras: visitar a los enfermos, dar de comer al hambriento, dar de beber al sediento, vestir al desnudo, dar posada al peregrino, redimir al cautivo, enterrar a los muertos, enseñar al que no sabe, dar buen consejo al que lo ha menester, consolar al afligido, corregir al que yerra, perdonar las injurias, sufrir con paciencia las flaquezas del prójimo y rogar a Dios por vivos y por muertos.

En una audiencia pública, para consternación de sus ayudantes pero para acallar de una vez por todas los infames rumores, Giovanni Battista Montini alias Pablo VI, el de la inspirada encíclica *Humanae vitae*, el gran precursor de Wojtyla en su cruzada de la paridera, alzó la voz y declaró que no era homosexual. Ah, ¿no? Y si no, ¿entonces qué? ¿Un necrofílico, un bestial, otro papa putañero?

Tras encaminar su ciempiés de ciegos rumbo a Cabaret el conde de Montfort se fue a saquear a Minerve donde, ahora sí, le hizo caso a Amalrico y quemó a ciento cuarenta albigenses. Y he aquí el comienzo de la quema de herejes que tan ocupados habría de mantener en los siglos venideros a los esbirros de Domingo de Guzmán. De Minerve el conde pasó a Lavaur donde quemó a cuatrocientos. Tal vez sean estas hazañas las que le valieron el elogio de "valeroso caballero cristiano" que le hizo el papa Inocencio durante el Cuarto Concilio Laterano. Ahora bien, si a Monfort le tocó condado, a Amalrico le tocó arzobispado: el de Warbona. Para mí que se merecía más, la silla pontificia no bien murió Inocencio. ¡Qué menos para quien fuera alma y nervio de la Cruzada albigense! Que es como se designó a esta campaña de exterminio, con cierta impropiedad en verdad pues cruzadas son las masacres de mahometanos a manos de cristianos, no de cristianos a manos de sus correligionarios. ¡Qué importa, de algún modo hay que llamar las cosas!

¿Y cómo juntó su inmenso ejército el legado papal? Gracias a las promesas de Inocencio a los que se sumaran a su cruzada: propiedad de las tierras conquistadas, dispensa del pago de intereses en las deudas, inmunidad ante las cortes civiles, absolución de todos los pecados y las mismas indulgencias prometidas a los cruzados de Tierra Santa. Y ahí va el futuro arzobispo de Warbona con su turbamulta de a pie y de a caballo contra esos herejes alebrestados que predicaban la humildad y la pobreza como Cristo, y que no se reproducían como Cristo.

En realidad el verdadero motivo de esa cruzada no era la herejía (al fin y al cabo herejes somos todos, hasta los más ortodoxos, pues la herejía de hoy bien puede ser la ortodoxia de mañana) sino la desobediencia al papa, el desacato. A Francisco de Asís, el más pobre entre los más pobres, Inocencio III lo conoció en persona y no lo mató. Pero es que el sumiso Francisco había llegado ante él en son de obediencia, lamiendo pisos; en cambio los albigenses se dieron a discrepar, a refunfuñar, a perorar contra las riquezas y la corrupción del clero. Al papa lo llamaban "el Anticristo" y a su Iglesia "la puta de Babilonia", según la expresión de ese libro alucinado y marihuano que escribió San Juan en la isla en Patmos a los 100 años, el Apocalipsis: "Ven y te mostraré el castigo de la gran ramera (της πορνης της μεγαλης) con quien han fornicado los reyes de este mundo. La mujer estaba vestida de púrpura y escarlata; resplandecía de oro, de piedras preciosas y perlas; y tenía en la mano una copa de oro llena de las inmundicias de su fornicación, y escrito en la frente su nombre en forma cifrada: Babilonia la grande, la madre de las meretrices y abominaciones de la tierra (Βαβυλων η μεγαλη, η μητηρ των πορνων και των βδελυγματων της γης)" (Apocalipsis 17:1-5).

Muerto Inocencio III su cruzada pasó a Honorio III, luego a Gregorio IX (tío del futuro Alejandro IV y sobrino de Inocencio III, quien a su vez era sobrino de Clemente III) y luego a Inocencio IV. En la catedral de Saint Nazair mataron a doce mil. El obispo Folque de Tolosa en su obispado mató a diez mil. Y el arzobispo de Narbona mató a doscientos: los arrojó a una enorme hoguera que encendió en el *prat des cramats*, al pie del castillo de Montsegur. En Agen, en fin, quemaron a ochenta. ¿Tan sólo ochenta? ¿Acaso perdía fuerza la cruzada de los Inocencios? Sí, pero por escasez de materia combustible, no por falta de voluntad comburente. Dejaron a la civilización del Languedoc cual *tabula rasa*. ¡Adiós trovadores y juglares, a cantar en los coros celestiales! Adiós *langue d'oc*. Los calumniadores de oficio, que nunca faltan, dicen que durante esta cruzada la Iglesia mató a un millón. ¡Qué va! Si acaso a cien mil. Cien mil que de todos modos se habrían muerto, ¿o me van a decir que después de ochocientos años seguirían vivos, por más albigenses que fueran? No, no se puede. La tierra gira, el sol se pone y todo se acaba.

Inútil cruzada esta de los albigenses en mi opinión, pues si esas buenas almas de Dios no se reproducían, los hubieran dejado tranquilos y ellos se hubieran acabado solos, como siglos después se acabaron los *shakers*: por omisión de la cópula reproductora, que es la causa de las causas de este desastre. Lo que sí quedó bien grabado para lo sucesivo en la mente del rebaño cerril —con hierro, fuego, sangre y olor a carne chamuscada— fue la lección de que al papa se le obedece, queramos o no. Y es que él no es el simple Vicario de Pedro, como se creía erradamente antaño, sino el Vicario del mismísimo Cristo, según el monje Hildebrando, alias Gregorio VII, descubrió. Este antecesor no muy lejano de nuestros Inocencios colocaba su casto y enjoyado pie sobre un cojín de raso y se lo hacía besar por todos: príncipes y lacayos, clérigos y campesinos, putas y damas. La cristiandad se convirtió entonces en un sumiso rebaño de podófilos (no "pedófilos", que es lo que es el padre Marcial Maciel, el fundador de los Legionarios de Cristo). Y sostenía el del casto pie que "el papa no podía ser juzgado por nadie". A lo cual bien podríamos agregar hoy día: "ni siquiera por Dios". Pues en efecto, después de dos milenios en que hemos visto desfilar a doscientos sesenta y tres de esos energúmenos ensotanados, ¿ha castigado el Altísimo a uno solo? Más ha castigado a Stalin y a Pol Pot...

Me gusta también de los albigenses su dignidad para morir. Practicaban el *endura*, que consistía en dejar de comer hasta que llegaba por ellos, silenciosa, callada, la Parca. Y según nos cuenta el cronista Vaux de Cernay, cuando el conde de Montfort montó su hoguera en Minerve no tuvo necesidad de forzar a los ciento cuarenta albigenses que allí quemó para que entraran en las llamas: ellos mismos lo hacían por su propio pie, orando, sin un lamento. Y entre el crepitar de la leña y un olor a carne chamuscada se iban yendo sus almitas puras rumbo a la nada de Dios, que no existe, lejos del infierno de este mundo.

¡Qué diferencia con el innoble fin de Wojtyla! Seguido hasta el umbral de la eternidad por la prensa carroñera, este vejete babeante, temblequeante, balbuciente, iba, venía, subía, bajaba, bendecía, pontificaba, cagaba, parrandeándose su pontificado de pe a pa. Y así lo vimos en el acto final de su farsa protagónica aferrándose a la vida y al poder como una ladilla insaciable al negro pubis de una puta. Que los que mató la Inquisición, decía, no habían sido tantos como afirmaban los enemigos de la Iglesia sino muchos menos. ¡Quién sabe cuántos creería este engendro que fueron los mártires del cristianismo cuando las persecuciones de los emperadores romanos! ¿Millones?

Cuál es el papa más ruin es cosa imposible de determinar en tanto no inventemos el aparatico que mida la ruindad del alma. Lo que sí se puede en cambio saber, pues lo podemos cuantificar, es cuál fue el más asesino y cuál el más dañino. El más asesino, el italiano Lotario da Segni, alias Inocencio III, quien con sus tres cruzadas (la de los albigenses, la cuarta contra los infieles y la de los niños) fue el que más mató o empujó a la muerte. Y el más dañino, el polaco Karol Wojtyla, alias Juan Pablo II, el máximo azuzador de la paridera, quien durante los veintiséis años de su pontificado, sin irle ni venirle, ayudó como nadie a aumentarle a la población del mundo dos mil millones que se dicen rápido pero que excretan mucho. Viajaba en jet privado y se sentía la voz de los pobres. ¡Y pensar que un día en México lo tuve a tiro de piedra! Pasó cagando bendiciones desde su papamóvil por la Avenida Insurgentes frente a mi casa. Polonia lo parió. Pero en vez de repudiarlo o venderlo a un circo, hizo del monstruo su hijo predilecto. ¡Malditos rusos que mataron a cien millones con su comunismo y no sirvieron ni para acabar con tan pernicioso país! Ante el Tribunal de la Historia desde aquí denuncio a Karol Wojtyla: que lo desentierren y lo juzguen como desenterró y juzgó el papa Esteban VII el justiciero al papa Formoso y que le corten los tres dedos de la su puta mano bendecidora, y así, mutilado y semi engullido por los gusanos (mis hermanos gusanos que ya llevan meses envenenándose con él) lo tiremos en procesión solemne al Tíber como una bomba sucia musulmana para que contamine a Roma la Puta, la babilónica. ¿Voy al supermercado? Gente. ¿Salgo a la calle? Gente. ¿Voy por la carretera? Gente. ¿Llego al aeropuerto? Gente. ¿Tomo el avión? Gente. ¿Me subo al Metro? Gente. Gente y más gente y más gente, por millones, por billones, por trillones, en las calles, en las autopistas, en los consultorios, en los hospitales, en los bancos, en las putas oficinas de Hacienda, arriba, abajo, atrás, adelante, y más y más y más, andando, circulando, respirando, contaminando, comiéndose a mis hermanos los pollos, a mis hermanas las vacas, a mis hermanos los corderos, a mis hermanos los cerdos, por sus fauces de carnívoros y wojtylescamente excretándolos por sus carnívoros siesos. ¡Ay! Dizque un solo rebaño bajo un solo pastor. ¡Asesinos cagamierdas! Los ríos llevan su mierda al mar y mientras se derriten los polos y nos asfixiamos bajo un cielo de smog Wojtyla se pudre impune en la tumba. ¡Santo súbito! Que lo van a canonizar, pero siempre no. Su sucesor, el inquisidor Ratzinger, quiere pero no quiere con eso de que fue un protector de pedófilos como el padre Marcial Maciel… Eso le mancha su hoja de entrada al cielo.

Como su nombre lo indica, cruzada viene de cruz: de ese par de palos cruzados de los que la leyenda colgó a un loco. Sin contar la de los albigenses y la de los niños, hubo ocho, que se arrastran a lo largo de doscientos años durante los cuales los que las llevaron a cabo, los cruzados, el brazo armado del papado, mataron en camino, de paso, casi tantos cristianos y judíos como musulmanes, su blanco declarado. El pretexto era arrebatarles Palestina, la Tierra Santa, a los que usan babuchas, rezan prosternados con el culo al aire y creen que Alá es grande y Mahoma su profeta. La oculta y verdadera razón era el ansia insaciable de poder que nunca ha dejado vivir en paz a la Puta. Maquina aquí, maquina allá, intriga y manipula, corona y tumba príncipes, reyes, emperadores, prende hogueras, quema herejes, vende indulgencias y reliquias, calumnia y miente. Nunca pierde. Siempre se las arregla para salir ganando esta parásita.

—¿Y por qué santa esa tierra yerma de Palestina?

—Porque ahí nació, predicó y murió Jesús el carpintero: el hijo de una tal María que le puso los cuernos a un tal José con un tal Espíritu Santo.

—¿Y qué hacía el carpintero?

—Predicaba el Reino de Dios.

—No, quiero decir qué muebles hacía, fabricaba…

—¡Ah, qué sé yo! Ataúdes, cruces, jaulas, cajitas de madera para guardar huesos…

La primera cruzada la lanzó Urbano II (de soltero Oddone di Châtillon), un sobornador y bellaco de calibre menor pero que, plagiando a Mahoma quinientos años después de que la ideara este asesino, introdujo en Occidente la *jihad* o guerra santa, con la concomitante promesa del cielo para los que murieran en ella. Y he aquí el origen del gran negocio de las indulgencias que aunado a la venta de reliquias tan provechoso habría de serle a la Puta en los siglos venideros. Vendían astillas de la cruz de Cristo, púas de la corona de espinas, plumas del arcángel San Gabriel, prepucios del niño Jesús, sangre menstrual de la Virgen. Lanzada por Urbano desde Clermont-Ferrand en el corazón de Francia al grito de *Deus vult* (Dios lo quiere), que congregó una turba de cazadores de indulgencias provenientes de media Europa, y predicada por Pedro el Ermitaño (quien exhibía una carta de apoyo que Dios le había mandado a través de Cristo), Walter el Menesteroso y otros monjes vesánicos, esta primera cruzada fue un éxito de principio a fin. ¡Corrió sangre! Antes de salir de Europa rumbo a Tierra Santa, y a modo de calentamiento, las huestes del Crucificado se entrenaron matando judíos. Una turba guiada por Emich de Leisingen (al que le apareció milagrosamente una cruz en el pecho) quemó a los de Mainz y de Worms. Y otras guiadas por los curas Volkmar y Gottschalk masacraron a los de Praga y a los de Regensburg. Por Hungría, Yugoslavia y Bulgaria, países cristianos, pasó la horda vándala devastando campos y ciudades. En Zemum Pedro el Hermitaño mató a cuatro mil cristianos y luego quemó a Belgrado. Y todo con la bendición de los obispos acompañantes. Una vez en Asia Menor, iban decapitando infieles por donde pasaban para después lanzar sus cabezas por sobre las murallas de las ciudades que sitiaban (como Nicea, Antioquía y Tiro) con el fin de desmoralizar a sus defensores, que les contestaban catapultándoles las cabezas de sus conciudadanos cristianos. Pero el apoteosis del horror fue en Jerusalén. A los sarracenos los torturaban durante días, los obligaban a saltar de las torres, los flechaban, los decapitaban. A los judíos que se refugiaron en la sinagoga los quemaron vivos. "Y en el templo de Salomón —escribe el cronista Raymond de Aguilers— la sangre les llegaba a los caballos hasta las bridas, justo y maravilloso castigo de Dios a los infieles". Los cadáveres de infieles y caballos se apilaban en las calles entre cabezas, manos y pies cercenados. Dos semanas antes de que los cruzados tomaran a Jerusalén murió Urbano, de suerte que no alcanzó a recibir la noticia. Dios, que es malo hasta con sus esbirros, lo privó de ese placer.

Desde el punto de vista de los crímenes de los caballeros cristianos, las otras siete cruzadas comparadas con la primera son peccata minuta. La segunda, predicada por San Bernardo de Claraval, fue un fracaso. La tercera, predicada por el arzobispo Guillermo de Tiro, otro, si bien en ella Ricardo Corazón de León masacró en Acre a tres mil y mandó rajar los cadáveres en busca de joyas por si se las hubieran tragado sus dueños para llevárselas a la eternidad. En la cuarta, lanzada por nuestro Inocencio III, les fue más bien bien: destruyeron a Zara, y a Constantinopla la saquearon e incendiaron. Dice el cronista Geoffrey Villehardouin que nunca desde la creación del mundo se había tomado tanto botín en una sola ciudad. Inocencio, ensoberbecido y feliz, le escribía al emperador griego diciéndole que "el justo juicio de Dios" había castigado a los suyos por negarse a entregarle la túnica inconsútil de Cristo. ¡Para qué querría este papa opulento dueño de medio mundo una túnica sin costuras toda lanceada! ¿Para venderla en reliquias milimétricas? La cuarta cruzada fue otro fracaso, la quinta otro, la sexta otro, y otros la séptima y la octava emprendidas por San Luis Rey de Francia a quien Dios, cuyos designios son insondables, permitió que los mahometanos de Egipto lo tomaran preso en Mansur. Mediante el pago de un elevado rescate se salvó el santo, pero necio como pocos no escarmentó y reincidió y emprendió la octava cruzada, que le costó la vida. Dios, en castigo a su terquedad, le mandó esta vez una peste a su campamento en Túnez y lo mandó a su gloria. ¿Y qué hacía este santo rey en Egipto y Túnez, que están por fuera de Tierra Santa? Ah, pues conquistando otras tierritas para el Crucificado. Su fiesta se celebra el 25 de agosto, y se le reza así: "San Luis Rey de Francia, rey cruzado, no dejes que la obstinación perniciosa me lleve a cometer locuras y a reincidir en errores. Gracias y amén". Es el santo de los tercos, pero no sirve para un carajo. ¡Qué va a servir si ni siquiera se salvó a sí mismo!

Las anteriores ocho cruzadas son las de los mayores; ahora viene la de los niños, si bien *stricto sensu* ésta no se puede considerar cruzada pues no contó con la sanción del papa. Él, nuestro Inocencio, no la aprobó. Es más, la deploró y lloró su fracaso. Todo empezó cuando el pastorcito francés Stephen de Vandôme, siguiendo las órdenes de Cristo que se le aparecía en visiones, reclutó un ejército de cincuenta mil niños y adultos pobres y partió a la reconquista de la Tierra Santa. Alcanzó a llegar a París, donde el ejército se le desbandó. Otro niño, ahora alemán, Nicolás de Colonia, lo reemplazó entonces y en las tierras del Rhin y el Bajo Lorena reunió un ejército todavía mayor que el del francesito. En Maguncia desertaron los primeros niños, pero el resto cruzó los Alpes y pasó a Italia, donde la banda se siguió desintegrando: unos tomaron hacia Venecia, otros hacia Pisa, otros hacia Piacenza y Génova, otros hacia Roma, otros hacia Marsella, sin que se volviera a saber de la mayoría de ellos, que perecieron en el camino. De los que llegaron a Pisa algunos se lograron embarcar rumbo a Tierra Santa, pero para caer en manos de corsarios sarracenos que se han debido de dar con ellos un banquete de sibaritas digno del padre Maciel y sus Legionarios de Cristo. El niño cristiano, de ayer y de hoy, es un simio imitador: hace lo que les ve hacer a los mayores. Las convocatorias alucinadas de Pedro el Ermitaño, Walter el Menesteroso, el arzobispo de Tiro y San Bernardo de Claraval habían seguido resonando en el aire de Europa, y en las calabacitas huecas de esas desventuradas criaturas encontraron eco. Culpa toda de la Puta, que enciende cabezas y hogueras.

Aunque la Inquisición, el invento más monstruoso del hombre, se le atribuye a Ugolino da Segni, alias Gregorio IX, en última instancia también se le debe, como tantos otros horrores, a su tío Inocencio III, que fue quien mandó a la Occitania a Domingo de Guzmán, el fundador de los dominicos (los primeros esbirros papales organizados en una orden), a predicar y a someterle por las buenas a los albigenses. Cuando este español cerril fracasó se desencadenó la cruzada contra los albigenses de que aquí hemos tratado. Pues bien, la Inquisición nació para continuar la quema de herejes iniciada durante esa cruzada en el Languedoc. Luego pasó a quemar brujas, judíos, mahometanos, protestantes y cuantos se negaran a prestarle obediencia ciega al tirano ensotanado de Roma. Gregorio IX, el sobrino del asesino y a su vez asesino, instituyó el engendro como un tribunal independiente de los obispos y las cortes diocesanas y lo puso en manos de los dominicos, que sólo respondían ante él. Decretó formalmente la pena de muerte para los herejes (que de hecho ya se venía aplicando desde hacía décadas) y el viejo principio jurídico del derecho romano y del germánico de que un acusado es inocente mientras no se pruebe que es culpable lo invirtió: es culpable mientras no pruebe que es inocente. Nunca para la Inquisición hubo inocentes; la presunción de inocencia atentaba contra su razón de ser. Lo que tenían que decidir los inquisidores no era la culpabilidad o la inculpabilidad del indiciado, sino el grado de culpabilidad. De ese Gregorio IX decía el emperador Federico II que era "un fariseo sentado en la silla de la pestilencia y ungido con el óleo de la iniquidad". ¿Y qué papa no lo es? Con su frase Federico acababa de inventar la "gregorimia", nueva figura de retórica en que el individuo vale por la especie.

Dotados por Gregorio IX de su novedoso principio jurídico del inocente culpable, y del más variado instrumental de tortura y misericordia que para salvar almas les permitía asfixiar, quebrar huesos y quemar vivo al prójimo aunque sin derramar sangre, los secuaces de Domingo de

Guzmán se entregaron entonces a su obra pía de mentir, calumniar, torturar, expropiar, robar y matar que los mantuvo ocupados cinco siglos. *Domini canes* los llamaban: "perros del Señor". De testa rapada, orejas alertas, ojos vigilantes, belfos lujuriosos, dientes filudos y las patas al aire enfundadas en sandalias de las que se asoman dedos sarmentosos y con garras, los *Domini canes* visten hábito blanco con mantón y capuchón negros, y llevan por cinturón un burdo lazo o soga que también les puede servir, en caso de apuro, para ahorcar. De la ingle les cuelga un pene y del cinturón un rosario; el pene no los deja vivir, el rosario los entretiene. Las pinturas antiguas nos los representan enarbolando un crucifijo con facies de enajenados. ¡Qué va! Son mansos como el tigre de Bengala. Pero ay, no es fácil verlos, quedan pocos, son especie en extinción. En la lucha por la supervivencia sus feroces competidores los jesuitas (a los que en años recientes se han venido a sumar los nuevos grandes cazadores de herencias del Opus Dei) los han venido exterminando. La selección natural, que es implacable como la Inquisición, no perdona.

Procedían así: llegaban a una ciudad o pueblo y publicaban un bando dando un período de gracia (digamos una semana) para que los herejes del lugar confesaran voluntariamente a cambio de un castigo benigno. Y se sentaban en sus culos a esperar. A veces no llegaba ni uno, pero otras veces, como en Tolón, se presentaban diez mil, y entonces los pobres notarios al servicio de los *Domini canes* no se daban abasto con tanto hereje confesando. ¿Pero qué confesaban? Lo más que se pudiera, pues ¡ay del que se quedara corto en su confesión, más le valía no haber nacido por el canal delantero de su madre! Delatores anónimos protegidos por las sombras de la noche se acercaban a los inquisidores a denunciar. ¿Pero a quién denunciaban? Al que envidiaban u odiaban o cuyos bienes codiciaban, pues de lo confiscado algo les tocaba, siendo la parte mayor, claro, para el papa: así Nicolás III amasó una fortuna. El sistema de la delación anónima les producía a los inquisidores tales cosechas de herejes para la hoguera que se empezó a acabar la leña de Europa. Torquemada (a quien el papa Sixto IV nombró Inquisidor General de España por recomendación de los Reyes Católicos pues era el confesor de la reina) en sus once años de servicio a la causa del Crucificado, entre herejes, apóstatas, brujas, bígamos, usureros, judíos, moros y cristianos condenó a ciento catorce mil a variadas penas y quemó a diez mil. Era un santo: no comía carne, ayunaba, no se ayuntaba y sólo tenía en su palacio doscientos cincuenta sirvientes de a pie y cincuenta de a caballo. Torturado por la represión sexual que a sí mismo se imponía, fue un torturador infeliz. No reía. Su ceño adusto nunca se distendía. Y si alguna vez involuntariamente eyaculaba (*in vacuo*, en la sotana) era por culpa de los malditos cuerpos desnudos de sus víctimas que tenía que ver y palpar para buscarles en sus pliegues íntimos el *sigillum diaboli* o marca de Satanás: un lunar negro con pelos. (En estas eyaculaciones involuntarias por más líquido germinal que se pierda no hay pecado, ¿eh?, para que no me vayan a salir ahora con la *Suma teológica* del gordo Aquino.) Ya Tomás de Torquemada, el inquisidor por antonomasia, el dominico prototipo, ha dejado su palacio y sus inquisiciones y ascendido al cielo donde hoy, en estos momentos en que escribo, entre ángeles, arcángeles, querubines y serafines canta en los coros celestiales y goza de la presencia ininterrumpida de Cristo. *Beatus ille.*

Torquemadas, por supuesto, no se dan todos los días, él es único. Juan Antonio Llorente, quien fuera secretario de la Inquisición en Madrid a fines del siglo XVIII, calculaba que hasta sus días se había quemado en España en total a treinta mil. Vale decir que en trescientos años un sartal de inquisidores sólo le sumaron veinte mil a los diez mil que quemó Torquemada en sus escasos once años de gestión comburente. Como Mozart, Torquemada vale por cuantos lo preceden y lo siguen. Cotéjense si no estas pobres cifras ajenas con las suyas: Robert le Bourge quemó a ciento ochenta y tres; Bernard Gui, a cuarenta y dos: Conrado de Marburgo, a unos veinte. En Portugal quemaron a ciento ochenta y cuatro, tres mil ochocientos en Goa, veinte en Salem. ¡Qué desilusión! No hay como la raza hispánica. A nosotros nos debe el papado tres tesoros: los dominicos, los jesuitas y el Opus Dei. Lacayos y esbirros como éstos, ¿dónde va a encontrar Su Santidad?

Inocencio IV autorizó la tortura, y las cámaras de la Inquisición se convirtieron entonces en las mazmorras del infierno. A los acusados los encerraban en celdas aislados, les impedían ver a los familiares y les ocultaban los nombres de sus acusadores. Al que no confesaba pronto le aplicaban como aperitivo las empulgueras, unas abrazaderas que se cerraban con un tornillo y que iban triturando y dislocando dedos. ¿No confesaba? Lo pasaban entonces a las botas quiebratibias, para sentarlo luego en la silla ardiente a descansar: una silla con una hornilla bajo un asiento metálico erizado de clavos afilados que se calentaban al rojo vivo. ¿Seguía sin confesar? Le dislocaban entonces los brazos y las piernas en la rueda o en el potro de tortura. O le aplicaban el tormento de la garrucha, que consistía en colgar al tozudo, con los brazos atados por detrás de la espalda, de una cuerda que pasaba por una polea, y subirlo y bajarlo, subirlo y bajarlo hasta que se le dislocaran los hombros. ¿Aullaba de dolor? Le taponaban la boca con un trapo. ¿Se desmayaba? Mañana entonces continuamos la sesión. Prisa no había. Y rociaban los instrumentos de tortura con agua bendita para desinfectarlos. A propósito de agua y trapo, al día siguiente el trapo lo embebían en agua que le iban haciendo tragar al empecinado, jarra tras jarra, asfixiándolo: ése era el tormento de la toca. O le desencajaban las mandíbulas abriéndoselas hasta lo máximo. "Por el amor de Dios, confiesa para que salves tu alma —le imploraba el inquisidor—, no me hagas sufrir tanto". "Salvar" siempre ha sido una de las prioridades de la Puta, y "convertir". Conjuga todo el tiempo estos dos verbos. A las víctimas desmembradas las tiraban en pozos llenos de serpientes, los entregaban desnudos y atados a ratas hambreadas o los enterraban vivos.

Y no sólo tenía que confesar el indiciado sino que por añadidura lo obligaban a denunciar a su mujer, a sus hijos y a sus amigos como enemigos de Dios. A los que confesaban rápido simplemente se les confiscaban los bienes, se les recetaban azotes y misas y se les obligaba a llevar las dos cruces amarillas de la infamia: una por delante y la otra por la espalda, cosidas a la ropa. El problema de la confesión no eran tanto las dos cruces y que el condenado quedara como carmelita descalzo durmiendo a la intemperie, sino que se sentaba el precedente de herejía y así después cualquiera, por envidia, por odio o por celos lo podía acusar de reincidencia y ahí sí entonces eran las llamas de la hoguera las que iban a bailar en torno al cuerpo semidesnudo del relapso la "Danza del Fuego" de don Manuel de Falla. Morir quemado es peor que morir crucificado. A Cristo le fue muy bien, Caifás y Pilatos lo trataron muy benignamente. En fin, la quema estaba a cargo de las autoridades civiles, no de las eclesiásticas para no ir a manchar la santidad de la Iglesia. Era el llamado "auto de fe", que tenía lugar en la plaza real ante el populacho congregado, feliz de ver arder. Una verdadera fiesta cristiana.

El inquisidor fungía de acusador y juez. Por lo tanto como acusador jamás perdía un caso. Nunca le decía al indiciado de qué lo acusaba y le prohibía preguntar. Cualquier testigo le servía: perjuros, asesinos, ladrones. No se podía apelar, ¿pues a quién? ¿Al papa? ¡Si él era el Inquisidor Mayor y primer perseguidor de herejes!

—¿Qué es herejía?

—Herejía es toda desobediencia al papa, de obra o pensamiento, de acción o intención.

A quien corresponda tome nota para la próxima edición del catecismo. Sostener que la Santísima Trinidad son dos, el Padre y el Hijo que ya se comieron en caldo a la paloma del Espíritu Santo, es herejía si el papa dice que no; si dice que sí, es ortodoxia. El papa es infalible. Y no desde Pío Nono como creen los desinformados. No, siempre lo ha sido. Pío Nono simplemente fue el que hizo dogma de esta verdad obvia.

Para iniciar un juicio le bastaba al inquisidor un rumor o una delación. Se incitaba a los hijos a denunciar a los padres, los padres a los hijos, los esposos a las esposas, las esposas a los esposos, los amigos a los amigos. En un clima de sospecha y terror generalizados, nobles y siervos por igual estaban en peligro de ser enjuiciados, y los predicadores se abstenían de predicar, pues era como jugar con fuego. Hagan de cuenta Cuba hoy: los Comités de Defensa de la Revolución actuando. Las deudas del delator se anulaban, lo cual era una invitación a que todo deudor denunciara a su acreedor. Fundándose en la delación o el rumor el inquisidor procedía entonces y le caía al acusado como un rayo, por ejemplo a la media noche cuando dormía: lo despertaban y en un estado de aturdimiento y de confusión lo conducían a la prisión secreta de la Inquisición sin decirle qué delito le imputaban ni quién lo delató.

Los inquisidores se enriquecían como obispos: recibían sobornos, se apoderaban de las riquezas de los que condenaban, y los ricos les pagaban contribuciones anuales para que no los acusaran. Juzgaban y condenaban hasta a los muertos: los desenterraban como al papa Formoso y trituraban y quemaban sus huesos. ¡Claro para despojar a los herederos del hereje de sus herencias! Cómplices unos de otros, se absolvían del derramamiento de sangre y los excesos de celo que hubieran podido cometer, como cuando se les iba la mano en el tormento, por ejemplo, y mandaban al indiciado derecho a la eternidad sin pasar antes por la hoguera. Pero la suprema razón de ser de la Inquisición no era el enriquecimiento de unos monjes inmundos e hipócritas podridos de semen atrancado y represión sexual, sino asegurar el dominio absoluto del papa sobre príncipes y vasallos, lo visible y lo invisible, los actos y las conciencias. En Cuba hoy no habrá libertad de palabra pero los cubanos gozan por lo menos de la libertad de pensar. Pueden pensar, siempre y cuando no se rían, muy serios, callados: "Castro hideputa".

Ni un solo papa ha condenado a la Inquisición. En nuestros tiempos Juan Pablo II el mendaz lanzó al aire la idea, como una de sus bendiciones mierdosas, de que los que quemó la Inquisición no habían sido tantos como se decía. La Inquisición, supremo horror del *Homo sapiens* con que Santa Puta de Babilonia, la delirante, la loca se supera en infamia y vesania, fue fundada formalmente en 1232 por Gregorio IX de suerte que está por cumplir ocho siglos. ¡Ocho siglos de impunidad! Cuando la Contrarreforma, le cambiaron el nombre por el de Santo Oficio. Hoy se llama Congregación para la Doctrina de la Fe, y de allí, como saltó Putin el ruso de la KGB al Kremlin, saltó al papado su prefecto, Joseph Ratzinger. La Inquisición es la mejor prueba de la existencia de Dios. ¡Claro que existe el Monstruo! Y nada de que sus designios son inescrutables. Son límpidos como la turbiedad de su esencia.

Cuando a los dominicos les empezaron a escasear los herejes le pidieron permiso a Juan XXII para seguir con las brujas. Y este papa (Jacques Duèse de soltero), supersticioso cuanto nepotista y simoníaco, lo otorgó. En su pontificado hizo y deshizo: colmó de bienes a familiares y amigos, estableció una tabla de tarifas para los documentos eclesiásticos y un sistema internacional de diezmos y negó la "visión beatífica" que dice que no bien mueren los santos empiezan a gozar de la presencia de Dios. Él sostenía que no, que sólo hasta el día del juicio. Y con cierto sentido del *pendant* también sostenía que los demonios y los condenados todavía no están sufriendo en el infierno. Con los franciscanos se enemistó cuando en un capítulo general de su orden reunido en Perugia estos desatinados afirmaron, en desafío a un dictamen expreso de la Inquisición, que era ortodoxo enseñar que Cristo y los apóstoles no habían poseído nada: los excomulgó y emitió una bula declarando que el sagrado derecho a la propiedad precedía a la caída de Adán y Eva y que según el Nuevo Testamento Cristo sí tuvo bienes. Condenó a título póstumo al famoso dominico Meister Eckhart y excomulgó a nadie menos que al filósofo franciscano Guillermo de Occam. En respuesta a tanto atropello ya lo iban a condenar sus enemigos por herejía en un concilio general que le estaban armando cuando se les murió. En su lecho de muerte y en presencia de sus cardenales se arrepintió respecto a lo de la visión beatífica: que siempre sí los santos le ven de una vez por todas la cara a Dios. ¡Ya se estaría sintiendo santo el hideputa!

Aprobada la persecución de brujas se encendió con nuevo brío el horror. Tan espléndida se mostraba la nueva fuente de confiscaciones y riquezas que los obispos, entrando al quite y en competencia desleal con los dominicos, montaron sus propias inquisiciones y hogueras. E igual los protestantes, tanto de Europa como de América (tratándose de tierras y oro, católicos y protestantes, como los olivos y las aceitunas, todos son unos). El obispo de Tréveris quemó a trescientos sesenta y ocho, el de Ginebra a quinientos, el de Bamberg a seiscientos y el de Würzburgo a novecientos. Entre dominicos y obispos arrasaron con pueblos y regiones enteras. En Oppenau entre 1631 y 1632 quemaron cerca del dos por ciento de la población. Para detener la tortura las supuestas brujas denunciaban a otras y éstas a otras en una reacción en cadena que podía arrastrarse por décadas.

La cifra total de los quemados por brujería nunca se sabrá. Unos dicen que treinta mil, otros que setenta mil, otros que trescientos mil (Wojtyla diría que una docena). Lo que sí sabemos es que en su mayoría eran mujeres. Hay cifras de un año, de otro, de aquí, de allá. Por ejemplo, en Como, Lombardía, en 1416 quemaron a trescientos, en 1486 a sesenta, en 1514 a trescientos, y en los años posteriores a razón de cien por año. Cien quemaron en Sion en 1420. En Mirandola en 1522 quemaron a centenares. En Dinamarca en 1544 a cincuenta y dos. En Alemania en 1560 a varios centenares. En París entre 1565 y 1640 a cien. En Genf en mayo de 1571 a veintiuno. En Lorena de 1576 a 1606 entre dos mil y tres mil. En Burdeos en 1577 a cuatrocientos. En Inglaterra entre 1560 y 1600 a trescientos catorce. En Val Mesolcina en 1593 sólo a ocho, pero por obra nadie menos que del cardenal Carlos Borromeo, a quien la Puta luego canonizó. Durante el siglo XVI en Dinamarca a mil e igual en Escocia y doscientos en Noruega. En Polonia entre 1650 y 1700 a diez mil. En Inglaterra entre 1645 y 1647 en la provincia de Suffolk el cazador de brujas Matthew Hopkins ahorcó a noventa y ocho, en su mayoría mujeres jóvenes, después de torturarlas y violarlas. Y el gran inquisidor Baltasar Ross iba de pueblo en pueblo con un tribunal itinerante juzgando y quemando como un enajenado.

Las acusaban de canibalismo, de bestialidad, de volar en escobas, de arruinar las cosechas, de hacer abortar a las mujeres, de causar impotencia en los hombres, de beber sangre de niños, de participar en orgías, de besarle el trasero a Satanás y de copular con él en los aquelarres y de darle hijos, de convertirse en ranas y gatos. De una bruja cuenta el *Malleus maleficarum* que en las noches emasculaba a los hombres mientras dormían y guardaba sus penes en un nido en la copa de un árbol. Y que un día un labriego despenado llegó a suplicarle que por el amor de Dios le devolviera su pene, que él tenía mujer e hijos y era pobre. La bruja lo mandó a la copa del árbol a que lo buscara. Subió el labriego, hurgó en el nido, se escogió el pene más grande de la colección y bajó a tierra con su tesoro.

—Ése no —le dijo la bruja quitándoselo—. Pertenece a un cura párroco.

Les pinchaban los ojos con agujas, las empalaban por la vagina o por el recto hasta desmembrarlas en castigo por haberse ayuntado con el Diablo, las arrastraban tiradas por caballos hasta despedazarlas, las asfixiaban... Inocencio VIII fue el que desencadenó la persecución contra las brujas con su infame bula *Summis desiderantes affectibus,* que promulgó a los tres meses de haberse hecho elegir papa mediante la intriga y el soborno. Ya hemos aludido a este engendro, corrupto entre los corruptos, monstruo entre los monstruos. Promulgada la bula designó para que le dirigieran la masacre de brujas en Alemania a Heinrich Kramer y James Sprenger ("el apóstol del rosario"), dos dominicos a los que Occidente les debe el manual más completo y sistematizado sobre esas malvadas mujeres, los daños que causan y cómo se deben cazar, juzgar, torturar y quemar: el *Malleus maleficarum* o "Martillo de brujas", el libro más asesino que haya parido mente humana fecundada por la mala semilla de Cristo. ¡Y pensar que la Puta sostuvo por siglos, desde su *Canon Episcopi* del año 906, que creer en brujas era herejía! Ahora resultaba que no, que era lo contrario.

Hay en esta historia de dominicos, inquisiciones e infamias un monstruo del intelecto a quien el bellaco Juan XXII canonizó; a quien un compinche de orden, el inquisidor y criminal Antonio Ghislieri, alias San Pío V, proclamó doctor de la Iglesia; a quien la Puta llama "Doctor Angélico", pero a quien bautizaron con el mismo nombre de pila que después habrían de ponerle a Torquemada: Tomás: Tomás de Aquino, el gordo, el autor de los dos mil seiscientos sesenta y nueve artículos de las quinientas doce cuestiones de los diecisiete volúmenes de la *Suma teológica*, la más grande colección de paja y mierda que haya escrito nuestra especie bípeda desde el principio de los tiempos en jeroglíficos, caracteres cuneiformes, letras de alfabeto, sobre la piedra, en arcilla, en papiro, en papel, como sea y en lo que sea por los siglos de los siglos de la eternidad del Monstruo. Creía que los gusanos nacían por generación espontánea de la carne en putrefacción (¡ni Spencer!) y que las mujeres resultaban de un semen defectuoso o de la coincidencia de que en el momento de su concepción soplara un viento húmedo. Este gordo glotón que procesaba en sus tripas corderitos y faisanes que le salían por el sieso convertidos en teología o ciencia de Dios, sostenía que había que ejecutar a los herejes así como los príncipes ejecutaban a los falsificadores de moneda, pues ¿qué menos que la muerte para los que falsifican ya no dinero sino la fe, lo más precioso que tiene el hombre? (*Multo enim gravius est corrumpere fidem, per quam est animae vita, quam falsare pecuniam, per quam temporali vitae subvenitur. Unde si falsarii pecuniae, vel alii malefactores, statim per saeculares principes iuste morti traduntur; multo magis haeretici, statim cum de haeresi convincuntur, possent non solum excommunicari, sed et iuste occidi.*) Por el bien de los demás, al hereje había que separarlo de la Iglesia excomulgándolo y luego entregarlo al brazo secular para que lo separara del mundo matándolo (*aliorum saluti providet, eum ab Ecclesia separando per excommunicationis sententiam; et ulterius relinquit eum iudicio saeculari a mundo exterminandum per mortem*).

¿Y los que falsifican documentos eclesiásticos como la "Donación de Constantino", forjada en el siglo VIII y que se esgrimió hasta el siglo XX como título de propiedad, según la cual ese emperador asesino le otorgó el 30 de marzo del año 315 a la Gran Ramera toda Italia y el Occidente (*omnes Italiae seu occidentalium regionum provintias, loca et civitates*), a ésos qué se les hace? ¿Se les quema, o se les chanta en la testa la tiara de las tres coronas rematadas por una cruz sobre un globo terráqueo con que consagran al bufón de turno como papa, obispo y rey? "Recibe esta tiara ornada de tres coronas que te hace padre de los príncipes y los reyes, guía del orbe" (*patrem principum et regum, rectorem orbis in terra*). En adelante el bufón se siente obispo de Roma, vicario de Cristo, sucesor de Pedro, sumo pontífice de la Iglesia, patriarca de Occidente, primado de Italia, arzobispo de la provincia de Roma, soberano de la ciudad del Vaticano y siervo de los siervos de Dios. ¿Siervo de los siervos de Dios no será más bien cinismo de estos desvergonzados que se han sentido siempre señores de los señores? Ratzinger o Benedicto XVI o como se llame se acaba de quitar lo de "patriarca de Occidente". ¿Por generoso? Por generoso no: por rapaz, por insaciable, por avorazado. Porque se siente patriarca no sólo de Occidente sino también de Oriente. Sólo que el Oriente lo perdió la Puta desde el 16 de julio de 1054 cuando el altanero legado papal Humberto de Moyenmoutier le tiró en la cara la bula de excomunión de León IX al patriarca de Constantinopla Miguel Cerulario en el altar mayor de Santa Sofía y las dos iglesias, enfrentadas desde hacía siglos, se separaron formalmente. Cerulario a su vez excomulgó a León IX. Sin ninguna originalidad en realidad pues doscientos años atrás el papa Nicolás I y Focio, el patriarca de Constantinopla de entonces, ya se habían intercambiado excomuniones: como dos verduleras agarradas de la greña por una yuca, papa y patriarca se pelearon por el *Filioque*, un agregado occidental al tercer artículo del credo de Nicea que ya había hecho correr sangre: "*Credo in Spiritum Sanctum qui ex patre Filioque procedit*" (Creo en el Espíritu Santo que procede del Padre y del Hijo). *Filioque* quiere decir "y del Hijo": ésa es la yuca. Bizancio decía que sólo del Padre; Roma, que del Padre y del Hijo. Que un padre se acople con un hijo para dar a luz una paloma es una doble monstruosidad: por incestuosa y *contra natura*. En esto Roma yerra. Pero que un padre tenga por hija una paloma sin la colaboración de nadie es igual de monstruoso. Con alguien ha de tenerla. ¿O es que acaso el Padre es un anfibio partenogenético? Bizancio también yerra. Para agravar la discordia de la yuca, Nicolás y Focio pretendían el territorio de Bulgaria. Focio lo quería para él, sin *Filioque*. Nicolás lo quería para sumárselo a la Donación de Constantino, con *Filioque*.

Después de la existencia de Cristo el fraude más desvergonzado de la Puta es la llamada "Donación de Constantino" (*Constitutum Constantini* o *Privilegium Sanctae Romanae Ecclesiae*) que pergeñaron los escribas de Esteban III en el año 752 y en virtud de la cual, desde ese papa hasta el Acuerdo Laterano de 1929 entre Pío XI y Mussolini, la Gran Ramera pretendió que era dueña de medio mundo con el cuento de que el emperador Constantino se lo había dado al papa Silvestre en agradecimiento porque éste lo había curado milagrosamente de la lepra. "Y cuando estaba en el fondo de la pila bautismal purificándome con la triple inmersión —cuenta Constantino en ese engendro de documento— vi una mano del cielo que me tocaba: cuando salí del agua estaba curado de la inmundicia de la lepra. Y así, tras recibir el misterio del sagrado bautismo de mano del bienaventurado papa Silvestre, entendí que no había más Dios que el Padre, el Hijo y el Espíritu Santo que él predica, una Trinidad en la unidad y una Unidad en la trinidad". ¡El que masacró a millares salía de la pila bautismal no sólo bautizado y curado de la lepra sino convertido en teólogo! Y en consecuencia, "por nuestra sacra potestad imperial (*per nostram imperialem iussionem sacram*) les otorgamos a nuestro beatísimo padre el Sumo Pontífice Silvestre y a sus sucesores, para que las gobiernen, regiones del oriente y del occidente, y aun del norte y el sur: en Judea, Grecia, Asia, Tracia, África e Italia más sus islas". Acto seguido el recién bautizado se trasladó a Bizancio, que en adelante se llamó Constantinopla, con el fin de dejarles a los representantes del emperador del cielo el pleno dominio de Occidente, de sus comarcas y palacios empezando por el Laterano. En el Renacimiento el humanista Lorenzo Valla desenmascaró la patraña, ¡pero quién le iba a hacer caso a ese aguafiestas en plena orgía papal! Suerte tuvo de que no lo quemaran vivo como a los albigenses.

Hoy no sólo Oriente no le pertenece sino tampoco Occidente. Ratzinger, por lo tanto, no está renunciando a nada cuando se despoja de un título tan vacío como espurio. Nada tiene. Ni siquiera dientes. Es un inquisidor desdentado que ya no puede torturar ni quemar por más que le nazca del alma. Mentir sí y extender la mano y expoliar viudas. A Auschwitz acaba de ir a increpar a Dios por el holocausto judío y los crímenes del nazismo: "¿Por qué permitiste esto, Señor?" preguntó al aire este Jeremías impúdico en el descampado de lo que fuera el más espantoso de los campos de concentración, aureolado por los flashes de la prensa alcahueta. Le hubiera preguntado más bien a la momia putrefacta de Pacelli o Pío Doce o Impío Doce por qué no levantó su voz cuando podía contra Hitler. "Vengo —dijo en Auschwitz— como hijo del pueblo alemán por sobre el que un grupo de criminales llegó al poder mediante falsas promesas de grandeza futura. En el fondo matando a esa gente estos depravados al que querían matar era a Dios". "Esa gente" son los judíos, a los que sus antecesores persiguieron y masacraron durante mil setecientos años, desde que la Puta empezó a mandar en calidad de concubina de Constantino y de Justiniano, con la calumnia de que habían crucificado a Cristo.

En julio de 1555, sin haber cumplido siquiera dos meses como papa, Gian Pietro Carafa, alias Pablo IV, promulgó su bula *Cum nimis absurdum,* que empieza: "Porque es absurdo e inconveniente en grado máximo que los judíos, que por su propia culpa han sido condenados por Dios a la esclavitud eterna (*Cum nimis absurdum et inconveniens existat ut iudaei, quos propria culpa perpetuae servituti submisit*), con la excusa de que los protege el amor cristiano puedan ser tolerados hasta el punto de que vivan entre nosotros y nos muestren tal ingratitud que ultrajan nuestra misericordia pretendiendo el dominio en vez de la sumisión, y porque hemos sabido que en Roma y otros lugares sometidos a nuestra Sacra Iglesia Romana su insolencia ha llegado a tanto que se atreven no sólo a vivir entre nosotros sino en la proximidad de las iglesias y sin que nada los distinga en sus ropas y que alquilen y compren y posean inmuebles en las calles principales y tomen sirvientes cristianos y cometan otros numerosos delitos para vergüenza y desprecio del nombre cristiano, nos hemos visto obligados a tomar las siguientes provisiones…" Y siguen las provisiones que son obvias dado el preámbulo: confinar a los judíos en guetos que sólo podían tener una sinagoga; obligarlos a venderles todas sus propiedades a los cristianos, a precios irrisorios (*ac bona immobilia, qua ad praesens possident, infra tempus eis per ipsos magistratus praesignandum, christianis vendere*); prohibirles la casi totalidad de los oficios y profesiones empezando por la medicina (*et qui ex eis medici fuerint, etiam vocati et rogati, ad curam christianorum accedere aut illi interesse nequeant*); prohibirles tener servidumbre cristiana y que las mujeres cristianas les dieran el pecho a los recién nacidos judíos (*nutrices quoque seu ancillas aut alias utriusque sexus servientes christianos habere, vel eorum infantes per mulieres christianas lactari aut nutriri facere*); prohibirles jugar, comer, conversar y tener toda familiaridad con los cristianos (*seu cum ipsis christianis ludere aut comedere vel familiaritatem seu conversationem habere nullatenus praesumant*); prohibirles tener negocios fuera del gueto; y obligarlos a llevar distintivos especiales en la ropa. Cuando en julio de 1941 el régimen títere de Vichy al servicio de los nazis decretó la expropiación en Francia de todas las empresas y propiedades en manos de judíos y algunos prelados católicos protestaron, el presidente del gobierno, Laval, comentó con sarcasmo que después de todo "las medidas antisemitas no constituían nada nuevo para la Iglesia pues los papas habían sido los primeros en obligar a los judíos a llevar un gorro amarillo como distintivo". Varios obispos franceses colaboracionistas y antijudíos se deslindaron de inmediato de esos prelados patriotas y en un apurado telegrama declararon su fidelidad al régimen.

La de Carafa es un buen compendio del medio centenar de bulas que a lo largo de quinientos años promulgaron sus antecesores y sucesores para regular el trato que se le debía dar a "la pérfida raza judía", entre las que se destacan por su infamia la de Honorio III *Ad nostram noveritis audientiam* que los obligaba a llevar un distintivo y les prohibía desempeñar puestos públicos; la de Gregorio IX *Sufficere debuerat perfidioe judoerum perfidia* que les prohibía tener servidumbre cristiana; las de Inocencio IV *Impia judeorum perfidia* y de Clemente VIII *Cum Haebraeorum malitia* que les ordenaban quemar el Talmud; las de Eugenio IV *Dudum ad nostram audientiam* y de Calixto III *Si ad reprimendos* que les prohibían vivir con cristianos y ejercer puestos públicos; las de Pío V *Cum nos nuper* que les prohibía tener propiedades y *Hebraeorum gens* que los expulsaba de todos los estados pontificios excepto Roma y Ancona; la de Clemente VIII *Cum saepe accidere*, la de Inocencio XIII *Ex injuncto nobis* y la de Benedicto XIII *Alias emanarunt* que les prohibían vender mercancías nuevas (pero no ropa vieja, *strazzaria*). Y en fin, la de Benedicto XIV *Beatus Andreas* que canonizaba al niño mártir Andreas Oxner, del pueblo de Rinn, Innsbruck, "asesinado cruelmente en 1462 antes de cumplir los tres años por los judíos, que odian la fe cristiana", según dice la bula. Con esta canonización, que se le sumaba a la del niño Simón de Trento por Sixto V, Benedicto XIV convertía a Andreas de Rinn en el nuevo símbolo de los niños cristianos asesinados, según los "libelos de sangre", por los mismos asesinos de Cristo durante sus sacrificios rituales en Norwich, en Blois, en Lincoln, en Munich, en Berna, con las consiguientes masacres de judíos en todas esas ciudades.

Y sin embargo una investigación encargada por el mismo Benedicto XIV al relator del Santo Oficio Lorenzo Ganganelli (el futuro Clemente XIV) había determinado que salvo los casos de Andreas de Rinn y Simón de Trento, que se daban por verdaderos, las demás acusaciones de los libelos de sangre no tenían fundamento. Por el crimen del niño Simón durante la Semana Santa de 1475 numerosos judíos de Trento fueron acusados de matarlo, sacarle la sangre y celebrar con ella la pascua judía: los torturaron y quemaron a quince. En 1965, a raíz del Concilio Vaticano II, se volvió a investigar el caso de Simón de Trento, se reabrieron las actas del proceso de su canonización que resultó ser un fraude, se suprimió su culto, se desmanteló el santuario que se le había erigido desde el siglo XV, lo sacaron del calendario y se prohibió su devoción para lo futuro. La veneración popular a Andreas de Rinn duró hasta 1985 cuando el arzobispo de Innsbruck monseñor Reinhold Stecher dispuso el traslado del cuerpo del niño de la capilla en que se encontraba desde el siglo XVII al cementerio. En 1994, el mismo prelado abolió oficialmente su culto, si bien su tumba siguió siendo objeto de peregrinaje.

Y a las bulas hay que sumarles las decisiones de los concilios: concilios generales como el Cuarto Laterano convocado por Inocencio III en 1215 (¿en qué delito no habrá participado este engendro?), o locales como el de Vannes de 465, el de Agde de 506, el de Viena de 517, el de Clermond de 535, el de Macon de 581, el de París de 615, etcétera, etcétera, para atropellar en todas las formas posibles a los "asesinos de Cristo". Y hoy en Auschwitz, donde los cristianos nazis asesinaron a novecientos sesenta mil judíos, el teólogo Ratzinger pregunta: "¿Por qué permitiste esto, Señor?" La respuesta es obvia: "Por lo que les han hecho tus correligionarios y predecesores a los judíos durante mil setecientos años, cabrón". Y aquí te va una lista de los obispos nazis de tu tierra por si te suena alguno en medio de un repique de campanas: el obispo castrense Rarkowski, el clérigo militar alemán de más alto rango, que ensalzaba a Hitler como "nuestro *Führer,* custodio y acrecentador del *Reich*". El obispo Werthmann, vicario general del anterior y su suplente en el ejército. El arzobispo Jäger de Paderborn que fue capellán de división del Führer. El cardenal Wendel que fue el primer obispo castrense. El obispo Berning de Osnabruck que le mandó un ejemplar de su obra *Iglesia católica y etnia nacional alemana* a Hitler "como signo de mi veneración" y a quien Goering nombró miembro del Consejo de Estado de Prusia. El obispo Buchberger de Regensburg que en la hoja episcopal de su diócesis escribía que "el *Führer* y el gobierno han hecho todo cuanto es compatible con la justicia, el derecho y el honor de nuestro pueblo para preservar la paz de nuestra nación". El obispo Ehrenfried de Wirzburgo que decía: "Los soldados cumplen con su deber para con el *Führer* y la patria con el máximo espíritu de sacrificio, entregando por completo sus personas según mandan las Sagradas Escrituras". El obispo Kaller de Ermland que en una carta pastoral exhortaba así a sus fieles: "Con la ayuda de Dios pondréis vuestro máximo empeño por el *Führer* y el pueblo y cumpliréis hasta el final con vuestro deber en defensa de nuestra querida patria". El obispo Machens de Hildesheim que los arengaba diciéndoles: "¡Cumplid con vuestro deber frente al *Führer,* el pueblo y la patria! Cumplidlo, si es necesario, exponiendo vuestras propias vidas", y le rogaba a Dios que les "enviara su ángel" (¿cuál de todos?) a las tropas nazis. El obispo Kumpfmüller de Ausgburgo que ante el atropello hitleriano contra Europa declaraba que "El cristiano permanece fiel a la bandera que ha jurado obedecer pase lo que pase". El obispo Wienkens que representaba al episcopado alemán ante el Ministerio de Propaganda nazi.

El obispo Preysing de Berlín que firmaba las cartas conjuntas de sus cofrades aprobando a Hitler. El obispo Frings (luego cardenal de Colonia) que como presidente de la Conferencia Episcopal Alemana exigía dar hasta la última gota de sangre por el *Führer*. El obispo Hudal que le dedicó su libro *Nacionalsocialismo e Iglesia* a Hitler como "al Sigfrido de la esperanza y la grandeza alemanas", y que tras la derrota de los nazis le ayudó a fugarse al Brasil a F. Sangel, acusado de cuatrocientos mil asesinatos en el campo de concentración de Treblinka, consiguiéndole dinero y documentos falsos. El arzobispo de Freiburg Gröber, patrocinador de las SS, que abogaba por el necesario "espacio vital" para Alemania; que aportaba dinero de su arquidiócesis para la guerra; y que escribió diecisiete cartas pastorales para ser leídas desde los púlpitos, exhortando a la abnegación y al arrojo. El arzobispo Kolb de Bamberg que predicaba que "cuando combaten ejércitos de soldados debe haber un ejército de sacerdotes que los secunden rezando en la retaguardia". El cardenal y conde von Galen, el "león de Münster", que saludó a la *Wehrmacht* como "protectora y símbolo del honor y el derecho alemanes" y que escribía en la Gaceta eclesiástica de su región: "Son ellos, los ingleses, los que nos han declarado la guerra. Y después nuestro *Führer* les ha ofrecido la paz, incluso dos veces, pero ellos la han rechazado desdeñosamente". El cardenal Bertram de Beslau, presidente de la conferencia episcopal, que "por encargo de los obispos de Alemania" le enviaba este telegrama a Hitler: "El hecho grandioso del afianzamiento de la paz entre los pueblos sirve de motivo al obispado alemán para expresar su felicitación y gratitud del modo más respetuoso y ordenar que el próximo domingo se proceda a un solemne repique de campanas". El cardenal Schulte de Colonia que escribía en una carta pastoral: "¿No debemos acaso ayudar a todos nuestros valientes en el campo de batalla con nuestra fiel oración cotidiana?" El cardenal Faulhaber, "el león de Munich", que en 1933 llamaba a Pío XI el mejor amigo de los nazis, que en 1934 le prohibía a la Conferencia Mundial Judía que mencionara siquiera su nombre a propósito de una supuesta defensa suya de los judíos, una "afirmación delirante"; que fue obispo castrense antes de ponerse al frente del episcopado bávaro; y que mandaba rezar por Hitler y le hacía repicar las campanas: tras el fallido atentado contra éste ofreció una misa solemne en acción de gracias en la iglesia de Nuestra Señora de Munich y junto con todos los obispos de Bavaria le mandó una carta felicitándolo por haberse salvado. Discípulo aventajado de la Puta de Babilonia que se acuesta con el que gane, este "león de Munich" fue antinazi antes de 1933, nazi ditirámbico entre 1933 y 1945, y antinazi indignado después de 1945. Que fue ni más ni menos el comportamiento del episcopado austríaco cuando el *Anschlus*: el cardenal Innitzer, el arzobispo Waitz y los obispos Hefter, Pawlikowski, Gföllner y Memelauer se pasaron en bloque a Hitler y firmaron una proclama aprobando la anexión de su país al *Reich* alemán y exhortando a sus fieles a apoyar el régimen nazi. Y cuando Hitler entró a Austria lo recibieron con repique de campanas y cruces gamadas colgando de las iglesias vienesas. Y hoy, después de todo lo anterior, con hondo dolor teológico que le brota de lo más profundo de su ser pregunta Ratzinger en pleno Auschwitz: "¿Por qué permitiste esto, Señor?" ¡Claro que Dios existe! Tiene que existir para que exista infierno a donde se vaya a quemar este asqueroso. Ésta es mi "prueba Ratzinger" de la existencia de Dios.

Desde el código de Justiniano a los judíos de Roma se les consideró una raza inferior de la que había que sospechar y se les excluyó de toda función pública. La bula del papa Carafa instituyó formalmente el gueto. A los cinco mil judíos de Roma les asignaron entonces una zona palúdica a la orilla del Tíber, un espacio de unos cuantos centenares de metros que inundaba el río, y allí los hacinaron. Las siete sinagogas de la ciudad las destruyeron, y destruyeron las dieciocho de Campania. Otros guetos siguieron de inmediato al de Roma en Venecia y en Bolonia. En Ancona quemaron vivos a veinticuatro. Poco después, avanzando por el camino señalado por Carafa, Pío V simple y llanamente expulsó a todos los judíos de los Estados Pontificios dejando tan sólo a los de Roma y Ancona. De joven, en París, este dominico rabioso había denunciado a Ignacio de Loyola como hereje. ¡El más grande criado papal de todos los tiempos un hereje! Luego presidió la Inquisición de Roma con especial severidad. Ya de papa canonizó a su compinche de orden Tomás de Aquino (a él a su vez lo habría de canonizar Clemente XI), y nombró cardenal y secretario de estado a otro dominico, su sobrino nieto Michele Bonelli. Buen lacayo de la Puta, expulsó a todas las de Roma. Quería convertir a esta ciudad burdelera en un convento. Promulgó una bula que abolía las corridas de toros en toda la cristiandad ¡menos en España! Definitivamente prefiero un papa putañero como Alejandro VI, el papá de César y Lucrecia Borgia, y no un santurrón como Pío V. Por algo lo canonizaron. El semen atrancado vuelve cruel al ser humano. A Wojtyla, que infló el santoral casi hasta reventarlo, ya están que lo canonizan. *Santo subito!* balaba el rebaño congregado en la plaza de San Pedro tras su muerte. Desde aquí apoyamos su canonización. ¡Total, a la pobre Polonia la han masacrado nazis y rusos sin miramientos y ésta es la hora en que aún no ganan un mundial de fútbol! Y quitando a Chopin, ¿a quién tienen?

Cuando coronaban a los papas en la Edad Media como soberanos religiosos y civiles de Roma, los judíos de la ciudad les mandaban una delegación para rendirles homenaje, a lo que ellos, con altivez, contestaban: *Legum probo, sed improbo gentium*: "Apruebo la ley pero no la raza". Luego se hizo costumbre que los rabinos de Roma les ofrecieran ese día una lujosa copia del Pentateuco y entonces contestaban: *Confirmamus sed non consentimus*: "Ratificamos pero no consentimos". Estas respuestas distantes resumen la actitud de los papas ante sus más despreciados súbditos, cuya religión y raza rechazaban. Wojtyla, el pavo real protagónico, no se privó de ir a la sinagoga del gueto de Roma a que lo fotografiaran abrazando al Gran Rabino Elio Toaff. Antes de él Juan XXIII había suprimido el adjetivo "pérfido" usado en la liturgia de Semana Santa para designar a los judíos, y eso era lo más a que habían llegado. No bien murió Juan XXIII su sucesor Pablo VI volvió al viejo cuento de los pérfidos judíos que no habían querido reconocer en Jesús al Mesías que llevaban siglos esperando y que lo habían calumniado y matado. Almas ingenuas que nunca faltan hoy consideran a Juan XXIII un hombre bueno. Yo no. Nadie que haya subido por esa jerarquía de ignominia que va de cura a obispo, de obispo a arzobispo, de arzobispo a cardenal y de cardenal a papa puede ser bueno. De escalón en escalón se ha tenido que ir manchando para que sus compinches de mafia lo hayan dejado seguir el ascenso. Antes de sentarse en el codiciado trono y chantarse la tiara, Angelo Giuseppe Roncalli, alias Juan XXIII, fue arzobispo de Areopolis, visitador apostólico, delegado apostólico en Bulgaria, Turquía y Grecia, nuncio en Francia, cardenal de Santa Prisca y patriarca de Venecia, a las órdenes de los dos papas alcahuetas del nazismo, Pío XI y Pío XII. El calificativo apropiado para Roncalli no es "santo" sino "cómplice". Ya de papa iba a visitar a los presos de Regina Coeli, a los enfermos de los hospitales, a los niños de los orfelinatos, a los viejos de los ancianatos... A ver, ¿cuántos niños abandonados recogió? ¡Más recogió Wojtyla! De Albino Luciani, alias Juan Pablo II, se dice que era tan bueno que se negó a que lo coronaran con la tiara. ¡Claro, porque su antecesor Pablo VI ya se la había vendido tras su coronación al cardenal Francis Spellman de Nueva York! Quién sabe dónde ande hoy esa cofia de marica. Yo digo que hay que mandarla a un circo. O al Museo de Cera de Madame Tussaud para que se la pongan a Jack el Destripador.

A la imputación de que los judíos mataban niños cristianos para sacarles la sangre le sumaron la de que clavaban la hostia, el cuerpo transubstanciado de Cristo, a quien volvían a crucificar una y otra vez. Y así, bendecida cuando no azuzada por curas, obispos y papas, la horda del Crucificado se entregó con esta nueva calumnia a nuevas masacres de sus tradicionales víctimas: en 1298 en Nuremberg mataron a seiscientos veintiocho; en 1337 quemaron a los de Daggendorf; en 1370 masacraron a los de Bruselas y se siguieron con todos los de Bélgica; en 1453 en Breslau quemaron a cuarenta y uno; en 1492 en Mecklenburg quemaron a veintisiete; en 1510 en Berlín a treinta y ocho. Ejemplos éstos de un centenar de masacres que con el pretexto de la hostia clavada se prolongaron hasta la de Nancy en 1761. Todavía no hace mucho en la catedral de Bruselas se exhibían dieciocho cuadros de judíos clavando hostias que sangraban. Y cuando en 1350 la peste negra devastaba a Europa, las turbas cristianas de Suiza y Alemania encontraron un motivo más para quemar, estrangular y ahogar a los judíos por millares acusándolos de haberla causado y de envenenar los pozos. Hitler no surgió en la Historia por generación espontánea como surgen los gusanos de la carne en descomposición según el Doctor Angélico: la Puta de Babilonia lo parió. En el campo de concentración de Treblinka los nazis mataron entre setecientos mil y ochocientos mil judíos. Allí murió con ellos el padre Sangel, un sacerdote católico que tuvo, éste sí, el valor de enfrentárseles a los verdugos nazis que les faltó a los parásitos travestidos de Pío Doce y sus obispos alemanes. Razón de más para que el papa Ratzinger vaya también a Treblinka con su cauda de impúdicos fotógrafos a preguntarle al Altísimo: "¿Por qué permitiste esto, Señor?"

Anoche soñé con Pacelli y su *Virgo potens*, la monja que se levantó en Alemania cuando era nuncio ante el *Führer*:

que estaban celebrando el santo sacramento de la *copulatio* sobre un escritorio de caoba de la Cancillería del *Reich*. La penumbra apenas si dejaba ver pero no me quedaban dudas, era él con ella: el futuro Pío Doce de adusto ceño jesuítico en plena *penetratio* mas sin *inseminatio*, introduciéndole a su amorcito teutónico, la futura *papessa*, un largo falo flaco y puntiagudo que de repente ¡para horror de Tomás de Aquino que los espiaba por un hueco que había horadado en el techo! sacaba de su receptáculo natural y eyaculaba en el aire. ¿Y saben qué? ¡Semen de Satanás! Una especie de polvo negro de carbón del Diablo. Un rayo del sol poniente que se filtró por los altos ventanales le iluminó al futuro pontífice por un instante el escuálido trasero, y tenía tatuada en la nalga izquierda una cruz y bajo la cruz, grabada en letras de sangre, la leyenda constantiniana *In hoc signo vinces*: Con este signo vencerás. ¡Qué cosas las que sueña uno! Y que de la planta baja por el patio interior tapizado de hiedras subía una voz de lesbiana nazi cantando *Lili Marlene*.

Mi papa preferido es Rodrigo de Borja y Borja (en italiano Borgia), alias Alejandro VI, sobrino de Alfonso de Borja, alias Calixto III, los dos únicos papas de raza hispánica que hayan servido a la Puta, simoníacos y nepotistas ambos aunque en menor medida el tío pues reinó poco pues llegó viejo al puesto. Este Calixto hizo cardenales a dos de sus sobrinos veinteañeros y uno de ellos fue Rodrigo; a otro lo nombró gobernador de Castel Sant'Angelo y prefecto de Roma; y estaba a punto de montar a otro en el trono de Nápoles cuando lo llamaron a su banquete los gusanos. A los cristianos les prohibió toda relación social con los judíos. Anuló, eso sí, la sentencia contra Juana de Arco. ¡Pero veinticinco años después de que la quemaran viva en Ruán! Que no había sido ni bruja ni hereje. Que perdón. Lanzó una cruzada para liberar a Constantinopla recién tomada por los turcos pero resultó un fiasco. Y eso es todo respecto al tío, que hasta donde se sabe no dejó descendencia. Pasemos al sobrino que fue un copulador y un engendrador nato.

Calumniado como Nerón, vilipendiado hasta por los historiadores más serviles de la Puta, dicen que Alejandro VI fue el papa más malo. ¿Y cómo lo miden? ¿Por las amantes que se consiguió? ¿Por los hijos que engendró? ¿Por la protección que les dio? ¿Por los cardenales que sobornó? ¿Por las indulgencias que vendió? ¿Por las fiestas putanescas que dio? ¡Y quién no! ¡Todo ello es tan papal, tan humano! Está en el orden natural de las cosas: los pájaros vuelan, el río fluye, el viento sopla. Que quemó a Savonarola. ¡Y sí! Donde no lo hubiera quemado, este Calvino ayatola lo habría quemado a él. ¿Que compró un cónclave? ¡Cuántos de sus predecesores y sucesores no han comprado cónclaves! ¡Los venden con todo y paloma! ¿Que vendió indulgencias? ¡Y qué tendero no vende! ¿Que se parrandeó hasta su último aliento el pontificado? *Beatus ille!* Si a usted le parece mal, cuando lo elijan papa no se lo parrandee a lo Borgia: haga la caridad, recoja niños de la calle, quiera a los pobres. Entre los veintidós purpurados del Colegio cardenalicio que lo eligió él era el segundo en riqueza: compró a diecisiete, entre los cuales el cardenal de Venecia, de 96 años, que le costó cinco mil ducados, y el cardenal Sforza que le costó cuatro mulas cargadas de oro. Pues bien, de los cinco cardenales que no se vendieron, dos a su vez se hicieron elegir papas: Piccolomini o Pío III, el inmediato sucesor de Borgia y que sólo reinó diecisiete días ya que murió "de gota"; y Della Rovere o Julio III, el sucesor del anterior, que tuvo que comprar hasta a César Borgia, el hijo de papá Rodrigo que llevaba un mes apenas en proceso de putrefacción. Cardenal que no se vende compra. "Alejandro vende las llaves, el altar y al mismo Cristo y con todo derecho pues los compró" iba diciendo el viento mientras barría a Roma.

"¡Soy papa! ¡Soy papa!", gritaba el cardenal Borgia más feliz que perro con hueso no bien lo eligieron, y se ayudaba a poner él mismo las galas pontificias apurándose para salir a bendecir al rebaño estúpido y a parar el báculo. ¡Qué no hizo! ¡Cómo gozó! ¡Qué bien entendió lo que medio milenio después Wojtyla iba a llamar en el epicentro del sida, en África, "el banquete de la vida"! Con Vannoza de Catanei tuvo cuatro hijos: Giovanni, César, Lucrecia y Joffré. Con la hermosa Giulia Farnese, a la que le llevaba cuarenta años, *due maschietti*: un Rodrigo como él y otro Giovanni. Y varios desconocidos con varias desconocidas. A su primer Giovanni lo hizo duque de Gandia a los 16 años; a César lo hizo cardenal los 18 años; a Lucrecia le arregló tres matrimonios principescos; y al hermano de Giulia, Alejandro Farnese, lo hizo cardenal a los 25 años, abriéndole así el camino para que luego a su vez fuera papa y papá: Pablo III, con cuatro hijos que le dieron nietos de los que nombró a dos, de 15 y 16 años, ¡cardenales! Antes de Inocencio VIII, que fue el inmediato antecesor de Alejandro VI, los papas sólo engendraban sobrinos. Con estos dos corajudos papas la cosa cambió: ¿por qué se iba a avergonzar un papa de su progenie? ¿Se avergüenzan acaso los carpinteros, los médicos, los conejos, los caballos? ¿Y no tuvo el apóstol Pedro mujer y suegra, que Jesús le curó? Que el ignorante lea los evangelios. A Inocencio VIII le decían "Santo Padre" porque lo era de media Roma, si bien él sólo reconocía a una hija y a Franceschetto, a quien cargó de honores y riquezas e hizo cardenal a los 13 años. En una sola noche jugando con otro purpurado, este Franceschetto perdió catorce mil ducados: al día siguiente el papa obligó al tramposo cardenal a restituirle a su muchacho lo mal habido. En una ocasión en que el Santo Padre había caído en uno de sus usuales ataques de letargia, el Santo Hijo, Franceschetto, se alzó con el tesoro papal. ¡Que se lo llevara! ¡Qué importaba! ¡Para eso era su hijo! Inocencio VIII murió dos meses antes del descubrimiento de América, que vino a caer así bajo el pontificado de nuestro Alejandro VI, su sucesor. Una vez coronado, Alejandro VI convocó su primer consistorio: para comunicarles a los cardenales que los iba a purgar a todos por venales. ¡Qué va! Era un hombre generoso. No bien descubrieron a América la repartió de inmediato por mitades, sin guardarse para sí ni un solo palmo de tierra, entre España y Portugal (y les habría repartido también la Luna si se hubiera sabido entonces en qué consistía exactamente Selene). Burchard, su maestro de ceremonias, nos deja relatada en su diario la gran orgía de cincuenta prostitutas romanas que se ayuntaban con otros tantos servidores de palacio en competencia por los premios que les ofrecía Su Santidad, quien en compañía de Lucrecia, asomados padre e hija desde lo alto por una ventana, los animaban. A César le dio el pomposo título de "César Borgia de Francia, por la gracia de Dios Duque de Romaña y Valencia y Urbino, Príncipe de Andria, Señor de Piombino, Adalid y General en Jefe de la Iglesia". De haber vivido hoy en México Rodrigo Borgia habría sido del PRI, se habría hecho elegir presidente, se habría alzado con dos mil millones de dólares y me habría dado a mí, su hijo Ferdinandus, cuando menos quinientos millones. ¡Pero qué, nací de padre pobre y honrado! Honrado con ese diploma estúpido que le mandó Pío XII por los veinte hijos que engendró para Cristo en una sola mujer dada su empecinada monogamia. Dios es injusto. A unos los hace hijos de albañil, a otros hijos de papa. ¡Viejo cabrón!

Y tras generoso, el papa Borgia era previsor. Con la invención de la imprenta todavía fresca y olfateando el peligro, creó lo que después Pablo IV bautizó como el *Índice de libros prohibidos*: el catálogo de libros de prohibida impresión, venta y lectura bajo pena de excomunión. De siglo en siglo y de edición en edición el *Índice* se fue abultando y ampliando a tal grado que lo único que le faltaba ya era incluirse a sí mismo. Entonces en 1966, con una papada de esas que tanto me chocan (papada es "acto arbitrario de papa"),

Pablo VI lo suprimió y levantó la excomunión. En fin, pese a ser el verdadero inventor de esa máquina de guerra que fue el *Índice*, jamás Alejandro VI persiguió los pasquines que imprimían los envidiosos en su contra. Le harían gracia. Y si a alguien asesinó, no fue por mezquinas razones personales sino por los altos intereses del Estado. Así a Savonarola lo tuvo que ajusticiar cuando este histérico se puso a convocar un concilio desde su teocrática Florencia dizque para deponer al papa por pecados de la carne y por corrupto. Papa corrupto es pleonasmo, y el único pecado de la carne, Savonarola, es comérsela. ¡Qué bueno que te ahorcaron y quemaron por dominico!

Mintiendo con la verdad, los historiadores lacayos al servicio de la Puta dicen que el papa Borgia fue un papa malo, ¡como si los restantes hubieran sido buenos! A los primeros treinta y cinco la Puta los canonizó en bloque: San Pedro, San Lino, San Cleto, San Clemente, San Evaristo, San Alejandro, San Sixto... Y de los veintidós siguientes canonizó a dieciocho: San Dámaso, San Siricio, San Anastasio, San Inocencio, San Zósimo... ¡Qué Puta tan desvergonzada! De buena parte de esos papas no sabía sino los nombres, ¡y ya santos! A ver, haga la prueba usted, récele por ejemplo a San Zósimo para que le haga ganar la lotería y me cuenta. O que le cure un cáncer de páncreas. Aunque esta vez no me alcanzará a contar porque con San Zósimo o sin San Zósimo en un mes ese cáncer se lo lleva. Cuatro de los primeros papas eran hijos de curas, y el número 40, San Inocencio, era hijo del 39, San Anastasio; y San Silverio, el 58, era hijo de San Hormisdas, el 52. Nadie que tenga hijos puede ser santo. El que tiene hijos es un criminal. ¿Y no se peleó pues el 23, San Esteban, con el obispo de Cartago San Cipriano al que quería dominar pretendiendo la primacía de su obispado de Roma sobre los otros con el cuento del *Tu es Petrus* que está en el Evangelio de Mateo, que es tan espurio como el de Lucas, que es tan espurio como el de

Marcos, que es tan espurio como el de Juan? Tan falsos los cuatro como es de absurdo el tal Cristo que se inventaron. ¡Con que *Tu es Petrus*! "'Y yo te digo que tú eres Pedro y sobre esta piedra edificaré mi Iglesia y las puertas del infierno no prevalecerán contra ella. Te daré las llaves del Reino de los Cielos y todo lo que atares sobre la tierra quedará atado en los cielos, y todo lo que desatares sobre la tierra quedará desatado en los cielos'. Entonces les ordenó a los discípulos que no dijeran a nadie que él era Cristo". ¡Hombre necio! Viene a la tierra como Cristo y no quiere que nadie sepa quién es. ¡Con razón no lo reconocieron los judíos! La culpa es suya. ¡Y qué es eso de que "las puertas del infierno no van a prevalecer"! Será el infierno el que no va a prevalecer, no sus puertas. ¡Ah libro estúpido! Y ese Pedropiedra asnal arrastrado por el otro con la zanahoria del Reino de los Cielos como Don Quijote arrastra a Sancho Panza con la ínsula Barataria…

No se me hace raro que fuera Esteban el que inventó el cuento del *Tu es Petrus* y se lo interpoló al Evangelio de Mateo. Esteban fue papa entre el 254 y el 257 y las copias más antiguas que quedan de los evangelios no son muy anteriores a esas fechas: sólo sobrevivieron las que conservaron el agregado: las de los obispos de Roma, que destruyeron las otras. Si usted me dice que la Puta interpoló aquí y quitó allá, le creo. Todo delito y bajeza que le atribuya a la Puta se lo creo, y tenga por seguro que se queda corto. Engendrador de hijos, multiplicador de riquezas, hombre de buena estrella, papa feliz, Rodrigo de Borja y Borja, o Su Santidad Alejandro VI, es mi papa preferido. España debe enorgullecerse de este gran hijo que fue gran padre. Y si tuvo, como dicen, relaciones amorosas con Lucrecia, ¡qué carajos!, eso a lo sumo sería pecado venial pues ni siquiera figura en el catecismo entre los pecados capitales o mortales, que son: soberbia, avaricia, lujuria, ira, gula, envidia y pereza. Siete. No hay octavo. ¡Cómo va a ser el amor entre padre e hija pecado! Y dado caso que lo fuera, sería venial, que se perdona por agua bendita o por golpe de pecho. "¿Qué es la castidad?" pregunta el catecismo de los Hermanos Cristianos de la Salle. A lo que el niño cristiano responde: "Castidad es la virtud que nos inclina a abstenernos de los placeres ilícitos de la carne". Exacto, niños. No coman carne.

Y pasemos ahora a los sobrinos de papa. Primero, los émulos de sus tíos: Gregorio XI, sobrino de Clemente VI que lo nombró cardenal a los 18 años; Eugenio IV, sobrino de Gregorio XII que lo nombró cardenal a los 25; Pablo II, sobrino de Eugenio IV que lo nombró cardenal a los 23; Pío III, sobrino de Pío II que lo nombró cardenal a los 21; Julio II, sobrino de Sixto IV que lo nombró cardenal a los 18 y que en calidad de tal tuvo tres hijas; León XI, sobrino de León X; y Honorio IV, sobrino nieto de Honorio III. En cuanto a los papas purpuradores de sobrinos, Clemente V nombró a cuatro sobrinos cardenales; Pío II, a dos, uno de ellos el futuro Pío III; Sixto IV, a seis, uno de ellos el futuro Julio II; Pablo IV, a su sobrino Carlo Carafa; Pío IV, a su sobrino Carlos Borromeo de 22 años; Pío V, a su sobrino nieto Michele Bonelli; Sixto V, a un sobrino de 15 años; Inocencio IX, a su sobrino nieto Antonio Facchinetti; Clemente VIII, a sus sobrinos Cinzio y Pietro Aldobrandini y a un sobrino nieto de 14 años; Pablo V, a su sobrino Scipioni Cafarrelli Borghese; Gregorio XIV, a su sobrino Paolo Emilio Sfondrati de 29 años; Gregorio XV, a su sobrino Ludovico Ludovisi de 25 años; Urbano VIII, a dos sobrinos más un hermano; Inocencio X, a su sobrino Camillo Pamfili; Alejandro VIII, a su sobrino nieto Pietro de 20 años; Clemente XII, a su sobrino Neri Corsini; y Juan XXII, a un hijo, un hermano y tres sobrinos. A varios de estos cardenalitos imberbes sus tíos los nombraron además secretarios de estado. "Nepotismo" llaman a este vicio. El presidente Bush ha de llamar a esta virtud *family values*.

El sobrino de Pablo V, Scipioni Cafarrelli Borghese, se

hizo tan rico en su doble calidad de cardenal y secretario de estado que se pudo construir la Villa Borghese de Roma. Y a tal grado enriqueció Urbano VIII a toda su parentela (empezando por el hermano y los dos sobrinos que purpuró) que de viejo le entraron cosquilleos de conciencia y consultó a los teólogos, pero éstos lo tranquilizaron. En cuanto a Alejandro VII, que empezó su pontificado prohibiéndoles a sus parientes acercarse a Roma, lo acabó convertido a la religión de los *family values* colmándolos de palacios, propiedades, dinero, empleos. ¡Qué injusticias las de Dios! A mí me hace sobrino de plomero y a Cafarrelli sobrino de papa. ¡Viejo cabrón!

Mención especial me merecen (por el diploma que le mandó su tío a mi mamá) Marcantonio, Carlo y Giulio Pacelli, sobrinos de Eugenio Pacelli, alias Pío XII, compinche de Mussolini que los hizo príncipes a los tres, y que tuvieron cuanto cargo lucrativo se pueda uno imaginar, dentro y fuera del Vaticano: eran coroneles de los Guardias Nobles, presidentes y consejeros de bancos y sociedades, de congregaciones y consistorios, de institutos y compañías, asesores jurídicos, delegados, procuradores, nuncios, cobraban aquí, cobraban allá, en Ferrosmalto, en Italgas, en Cerámica Pozzi, en Saniplástica, en el cine, en la radio, en la televisión, en inmobiliarias, en aseguradoras, en la industria farmacéutica, en la editorial, en el Banco de Roma, en los aeropuertos… ¡Dónde no estaban, dónde no cobraban! Entre los tres amasaron una fortuna de ciento veinte millones de marcos, a los que hay que sumarles los ochenta millones que les dejó el tío al morir, en oro y valores, menos cualquier bicoca que se embolsara sor Pascalina. Esta monja y el papa competían a ver quién economizaba más luz eléctrica, cosa que me recuerda a mi mamá detrás de sus veinte hijos apagando focos como loca. Un tío del tío, Ernesto Pacelli, en calidad de lacayo de confianza de Pío Nono había sido director del *Banco di Roma* donde tenía acciones la Curia, y fue el que fundó el *Osservatore Romano,* el *Granma* del Vaticano, un pasquín tendencioso que después de siglo y medio de vileza y a setenta años del nazismo que alcahueteó hoy sigue impune y tan campante como si no hubiera Dios en el cielo. Ahora promueve la canonización de Pío XII con el cuento de que recogió a unos niños judíos para bautizarlos y salvarlos de los nazis. Que les dio desayuno.

Es muy importante recordarle al papa Ratzinger, ahora que anda visitando campos de concentración, el comportamiento de su antecesor Pío XII frente al nazismo. Ya le hice la lista a Su Santidad de sus paisanos los obispos alemanes aduladores de Hitler: todos en coro como rezando el rosario. ¿Dijo algo Pío XII al respecto? ¿Una palabra siquiera en sus múltiples alocuciones radiofónicas, mensajes de navidad, exhortaciones, advertencias, encíclicas y cartas pastorales para repudiar a ese criminal vesánico y censurar la actitud abyecta de sus obispos alemanes? Tantas cuantas dijo para reprobar a Jozef Tiso cuando presidía este cura, apoyado por las SS, el Estado fascista de Eslovaquia, aliado de los nazis. ¡Qué iba a decir si hasta lo recibió en el Vaticano, le dio el rango de gentilhombre papal y lo hizo obispo! El presidente-obispo Tiso puso tres divisiones con cincuenta mil soldados a disposición de Hitler. Al final de la guerra huyó a Austria con todo su gobierno pero lo ahorcaron. "Muero como mártir y defensor de la civilización cristiana", dijo. ¿Qué entendería este gentilhombre papal por "civilización cristiana"? ¿Las persecuciones de judíos, las quemas de brujas y herejes, las masacres en nombre del Crucificado que aquí hemos venido enumerando?

¿Y dijo algo cuando Jan Voitassak, obispo paisano del obispo Tiso, se adueñó de las propiedades de los judíos de Betlanovice y Baldovice? ¿Instó acaso a su prelado a que devolviera lo ajeno recordándole el séptimo mandamiento de no robar? Pensaría Su Santidad que es imposible ontológicamente hablando robar a un judío. Tampoco le llamó la atención siquiera a monseñor Volosin cuando presidía el gobierno nazi de la Ucrania carpática haciéndole ver que se había puesto al servicio de un régimen criminal. ¿O sería que vio en Ucrania una punta de lanza para recatolizar a la cismática Rusia, un bien mayor frente a males menores? Puede ser, era un gran estadista. Así cuando se olió la anexión de Danzig, para no ir a molestar al *Führer* sustituyó al obispo irlandés pro inglés de esa ciudad polaca, O'Rourke, por monseñor Carl María Splett, pro nazi. Splett, que era de los que echaban al vuelo las campanas por los éxitos del *Reich*, prohibió las confesiones en polaco y fue colaborador de la Gestapo. "Sólo se confiesa en alemán", decía un cartel bien visible en los confesionarios de Danzig como si los pobres polacos ni siquiera tuvieran derecho a pecar en su propia lengua. Después de la derrota nazi este monseñor fue condenado a cadena perpetua pero lo liberaron y el papa lo recibió en audiencia.

Tras el aperitivo de Danzig Hitler se siguió con Polonia. ¿Abrió la boca Pacelli para denunciar no digo ya los tres millones de polacos judíos que exterminó sino los veinte millones de polacos católicos que apaleó? Sí, dijo: "¡Ay, Polonia, qué dolor!" La prensa clandestina polaca lo acusaba de no ser ni apóstol ni padre ni nada, de que su compasión era fingida y de que se alineaba con el más poderoso y sacrificaba a Polonia para reconquistar a Rusia. Puede ser. Tal vez el Santo Padre le quería juntar a su título de Patriarca de Occidente el de Oriente. Total, los polacos son brutos y por más palo que les den seguirán siendo católicos hasta el final, hasta la gran batalla del Armagedón donde los van a usar para cebar cañones. Después de Polonia siguieron Noruega, Dinamarca, Bélgica, Holanda, Francia, Yugoslavia, Grecia… Iban cayendo los paisitos como fichas de dominó, y el papa mudo. Algo les hubiera podido decir a los cuarenta millones de católicos del *Reich* alemán, por ejemplo que pararan a ese asesino. No, el pastor previsor callaba no les fuera a hacer daño el lobo a sus ovejas. Nueve años había sido nuncio de Pío XI en Alemania donde aprendió alemán y a amar al pueblo ario-teutónico a través de su monja Pascalina. Pero no era nazi, no, eso sí no lo creo. Tampoco creo que la *blitzkrieg* o "guerra relámpago" lo deslumbrara, acostumbrado como estaba a ver de tanto en tanto al Paráclito en un despliegue de lenguas de fuego. Su silencio era prudencia. ¡Qué incomprensión la de los polacos! ¡Qué bueno que Hitler les dio palo!

Bélgica: carta colectiva del episcopado belga exigiendo a su grey el reconocimiento y la obediencia a Alemania, la potencia ocupante. Mientras huían dos millones y medio de belgas, el nuncio papal Micara se quedaba y el comandante en jefe de las tropas alemanas le presentaba "su respetuosa atención".

Francia: apoyo unánime del episcopado francés al régimen colaboracionista de Pétain, con especial mención de los cardenales Baudrillart, Suhard y Gerlier, más germanófilos que *Virgo potens* o sor Pascalina Lehnert, la pía monja. Además de cardenal Suhard era el arzobispo de París, de suerte que tuvo que presenciar (digo yo) jubiloso (digo yo) la entrada de los *panzer* alemanes a su ciudad y acaso hasta alcanzara a ver a Hitler, aunque lo dudo. El *Führer* despreciaba al papa, a sus nuncios, a sus obispos, a sus cardenales, a sus católicos y con sobrada razón, eso por lo menos habla bien de este monstruo. Y los trataba como perros. O mejor dicho, como suelen tratar los católicos a sus perros pues él era amante de los animales. Cuando los aliados recobraron a París y entraron en desfile solemne a la *Ville Lumière* con el locutor De Gaulle encabezando la parada, el nuncio papal pro nazi Valerio Valeri fue expulsado, pero en pago a sus servicios ante los nazis Pío XII lo elevó a cardenal y lo reemplazó con la marioneta gorda y bobona de Angelo Giuseppe Roncalli, futuro Juan XXIII. En cuanto al anciano y católico mariscal Pétain que durante su régimen colaboracionista le había devuelto a la Puta los privilegios que perdiera con la república y al que Pío XII bendecía y ensalzaba por su "obra de renovación moral", ahora, caído en desgracia, este mismo papa le mandaba a través de su abogado, que infructuosamente le imploraba una audiencia en el Vaticano para pedirle que abogara por él, una solemne y vaticana patada en el culo. La misma que le mandó a Mussolini cuando los partisanos lo capturaron en Dongo y lo llevaban a Giulino di Mezzegra a fusilarlo. Con el *Duce* había mantenido veinte años de concubinato y le debía una interminable lista de favores empezando por los Acuerdos de Letrán. Los partisanos lo fusilaron y lo colgaron de un farol en una calle de Milán sin que la Puta se inmutara ni le celebrara tan siquiera una misa, ¿que qué le costaba? Lo que le cuesta a un herrero un remache o a un panadero un pan. La Puta nunca pierde. La Puta está con el que gana. ¿O por qué creen que ha llegado a bimilenaria? Y no le faltan nunca sus mayordomos *ad honorem* como el héroe del micrófono Charles De Gaulle, gran rezandero y antinazi que transmitía desde un búnker londinense, bien protegido de las bombas, soflamas inflamadas llamando a Francia a que se hiciera matar y que puesto a presidir el gobierno de su país por los aliados no fue capaz de llevar a un solo cardenal u obispo francés colaboracionista ante los tribunales. Y he ahí la palabra que buscaba: la Puta no es que sea puta: es que es "colaboracionista": colabora para su bolsa con el que gana. Por eso cuando los soviéticos desalojaron a los nazis de Lituania, el arzobispo Skvireckas, de Kaunas, se volvió sovietófilo.

Pero donde la Puta hizo lindezas fue en Croacia y su anexo de Boznia Herzegovina, en las que el fundador del Partido Fascista Croata de los *ustashi* Ante Pavelic, el *poglavnik*, con el apoyo financiero y militar de los nazis alemanes y el espiritual de los obispos locales instauró una sangrienta dictadura racista que masacró poblaciones enteras de serbios, judíos y musulmanes o los deportó a campos de exterminio, y cuyos efectos se han seguido sintiendo en la reciente guerra de desintegración de eso que parecía el país de Yugoslavia pero que en realidad era una deleznable colcha de retazos tejida por el odio de católicos, ortodoxos y musulmanes, tres plagas de la humanidad que no pueden convivir porque se repelen.

Pavelic, el *poglavnik*, era católico. Pavelic *poglavnik* es como Hitler *Führer*, Mussolini *Duce* y Franco caudillo. ¡Lo máximo! Tengo aquí enfrente una foto suya rodeado por el episcopado católico: diez travestidos con batas de mujer y cintas rojas, cinco a la derecha y cinco a la izquierda y el *poglavnik* en el centro con traje de militar y botas como un gallo entre sus gallinas. El primero a su derecha es el arzobispo de Zagreb Alojzije Stepinac, y el primero a su izquierda el arzobispo de Sarajevo Ivan Saric. Entre los ocho obispos restantes han de estar Axamovic de Djakovoy, J. Gavic de Banja Luka y Salis Sewis, segundo de Stepinac. Stepinac fue vicario general de las Fuerzas Armadas *ustashis* por nombramiento del Vaticano, presidente de la Conferencia Episcopal Croata, miembro del parlamento *ustasha*, arzobispo primado de Zagreb y más adelante cardenal y beato: Wojtyla se lo beatificó a los croatas a cambio de uno de esos recibimientos triunfales a lo Tito y Vespaciano que tanto le gustaban a ese pavo real de cola permanentemente desplegada. Fue a Stepinac a quien como arzobispo primado le correspondió anunciar desde el púlpito de la catedral de Zagreb la fundación del Estado Independiente de Croacia, que en realidad era el "Estado Criminal Fascista de Croacia", un apéndice del Tercer *Reich*. Pavelic lo condecoró con la Gran Cruz de la Estrella, tan merecida como la beatificación: convirtió merced a un régimen de terror a doscientos cincuenta mil ortodoxos serbios al catolicismo y le ayudó al *poglavnik* a liquidar a otros setecientos cincuenta mil y al ochenta por ciento de los judíos yugoslavos. Hoy es el santo patrono del genocidio y se le reza para prevenir contra las minas quiebrapatas. Tras la derrota nazi fue acusado de traición y lo condenaron a dieciséis años de trabajos forzados pero a los cinco ya estaba libre y fue entonces cuando Pío XII lo purpuró. Se dio en adelante a abogar por el uso de la bomba atómica, a lo Mac Arthur, como el gran medio para catolizar a Rusia y Serbia. "El cisma de la Iglesia Ortodoxa —decía— es la maldición más grande de Europa, casi tanto como el protestantismo. Ahí no hay moral, ni principios, ni verdad, ni justicia, ni honestidad". Yo reformularía su primer enunciado así: La Iglesia católica, la ortodoxa y la protestante son la maldición más grande de la humanidad, casi tanto como el Islam.

En cuanto a Ivan Saric, fue pionero en su juventud de la Acción Católica de Pío XI, el partido político internacional de la Puta precursor del fascismo, y era el arzobispo de Sarajevo cuando ascendieron al poder los *ustashis*, con quienes colaboró como colabora el hígado con el páncreas. Escribió una "Oda a Pavelic" en que le dice: "Usted es la roca sobre la que se edifica la libertad y la patria. Protéjanos del infierno marxista y bolchevique y de los avaros judíos que pretenden con su dinero manchar nuestros nombres y vender nuestras almas". Y en la hoja episcopal de Sarajevo precisaba: "Hasta ahora, hermanos míos, hemos laborado por nuestra religión con la cruz y el breviario, pero ha llegado el momento del revólver y el fusil". Por algo los capellanes del ejército *ustashi* prestaban juramento entre dos velas y ante un crucifijo, un puñal y un revólver. "Aunque yo lleve el hábito sacerdotal —decía—, con frecuencia tengo que echar mano de la ametralladora". Era gallina pero de pluma en ristre y con testosterona en la sangre. Auxiliado por la policía *ustasha* se apoderó de los bienes de los judíos sefarditas de Sarajevo, a los ortodoxos los llamaba "cismáticos" y a él lo llamaban "el verdugo de los serbios". Derrotados los nazis huyó con Pavelic, el obispo Gavic y quinientos curas a Austria y luego a España donde escribió un libro en alabanza de Pío XII. Por su parte Pavelic huyó disfrazado de cura a Roma, desde donde, ayudado por la *Commissione d'assistenza pontificia,* se trasladó a Argentina cargado de oro para acabar muriendo en un monasterio de franciscanos en Madrid bendecido por el papa. "Santo Padre —le decía Pavelic de rodillas a Su Santidad en una visita a Roma cuando era el *poglavnik*—: Cuando la benévola providencia de Dios permitió que tomase en mi mano el timón de mi patria resolví firmemente y deseé con todas mis fuerzas que el pueblo croata, siempre fiel a su glorioso pasado, también permanezca fiel en adelante al apóstol Pedro y sus sucesores y, profundamente compenetrado con la ley del evangelio, se convierta en el Reino de Dios". Andaba siempre rodeado de curas y algunos formaban parte de su guardia personal.

¡Qué no hicieron! Al obispo ortodoxo octogenario de Sarajevo, Simonic, lo estrangularon; al de Banja Luka, Platov, también octogenario, le herraron los pies como caballo, le sacaron los ojos y le cortaron la nariz y las orejas; y al de Zagreb, Disitej, lo torturaron. A trescientos sacerdotes ortodoxos los asesinaron. En cuanto a los serbios ortodoxos laicos, los fusilaban, los degollaban, los empalaban, los estrangulaban, los torturaban, les sacaban los ojos, los descuartizaban a hachazos y los arrojaban al Neretva y al Danubio. En los primeros ocho meses los católicos *ustashis* con sus curas asesinaron a trescientos cincuenta mil entre serbios y judíos. Del historiador Karlheinz Deschner, que ha consagrado su vida a denunciar los crímenes de la Puta, tomo lo anterior y la siguiente lista de curas *ustashis* que hicieron grandes méritos en la causa del Crucificado en Yugoslavia por los saqueos, incendios y matanzas de ortodoxos que perpetraron: Pilogrvic de Banja Luka; Tomas y Hovko de Prebilovci y Surmancilos; los jesuitas Lipovac, Cvitan y Kamber, jefe de la policía de Doboj; los franciscanos Vukelic, Zvonimir, Medic, Prlic, Frankovic; el franciscano Simic, gobernador de Knin; el franciscano Soldo, organizador de la masacre de Capljna; los franciscanos Dragicevic, Cvitkovic y Lelicic del monasterio de Shiroki Brijec desde el que limpiaban su región de ortodoxos; el cura Cievola, del convento franciscano de Split; el cura Ivo Guberina, de la guardia personal de Pavelic y dirigente de la Acción Católica; el cura Bralo, patrocinador de la división aérea la Legión Negra. Los *ustashis* se hacían retratar con cadenas de lenguas y de ojos colgándoles de los hombros y a su *poglavnik* le regalaron un cesto con cuarenta libras de ojos humanos. Devotos católicos, se reunían en las iglesias a comulgar, rezar y planear masacres.

El solo párroco de Rogolje, Branimir Zupancic, masacró a cuatrocientos. Pero la palma de la matanza se la llevan los franciscanos. El prior del convento franciscano de Cuntic, Castimir Hermann, dirigió una que empezó en la iglesia ortodoxa de Glina y duró ocho días. Y de los doscientos mil serbios y judíos asesinados en el campo de la muerte de Jasenovac, cuarenta mil se deben al franciscano Miroslav Filipovic Majstorovic, quien en calidad de comandante de ese campo y ayudado por sus colegas de orden Brkljanic, Matkovic, Matijevic, Brekalo, Celina y Lipovac los liquidó en cuatro meses. Otro franciscano, el seminarista Brzica, en ese mismo campo y en la sola noche del 29 de agosto de 1942 decapitó a mil trescientos sesenta con un cuchillo especial. Al papa teólogo Ratzinger le recomiendo muy encarecidamente el campo de la muerte de Jasenovac, el Auschwitz croata, para que empiece con él una esclarecedora gira por los campos de concentración croatas que fundó Pavelic en su Reino de Dios: los de Jadovno, Pag, Ogulin, Jastrebarsco, Koprivnica, Krapje, Zenica, Star Gradishka, Djakovo, Lobograd, Tenje y Sanica. Y que vaya preguntando en cada uno, con dolor de teólogo en el alma y alzando la vista al cielo arrodillado: "¿Por qué permitiste esto, Señor?" Que es lo que justamente le quiero preguntar ahora a Pío XII:

¿Por qué permitiste eso, Pacelli? ¿O me vas a decir que no te enteraste? Por eso en estos instantes en que escribo "el Señor" te está cauterizando el culo en los infiernos.

¡Claro que se enteró! Cómo no se iba a enterar si tenía montada por todo el orbe la más formidable red de espionaje que no conocieron la Stasi, la KGB ni el Scotland Yard, con tentáculos en los cinco continentes e islas anexas y constituida por una falange ubicua de curas, monjas, seminaristas, obispos y nuncios, tartufos unos, lacayos todos, cuyos informes se iban canalizando desde las más humildes parroquias hasta los obispados y las nunciaturas y de éstas hasta Vaticano. Ni una palabra salía de la boca de Su Santidad respecto a las masacres de que le informaban. Sufría el santo pero el estadista callaba.

Bajo Pío XI y su sucesor Pío XII la alta jerarquía de la Puta se plegó con una sola voz, la del autócrata pontificio, a Mussolini y a Hitler: cardenales, arzobispos y obispos empezando por los de Italia, siguiendo con los Alemania y terminando con los de toda la Europa ocupada por los nazis. El camino lo señalaron los italianos: los cardenales Gasparri que fue el que negoció los Acuerdos de Letrán, Vannutelli que era el decano del Sacro Colegio Cardenalicio, Asaclesi que ensalzaba al *Duce* como "el renovador de Italia", Mistrangelo que lo abrazaba y lo besaba en la mejilla, Cerreti y Merry del Val más los veintinueve arzobispos y sesenta y un obispos que apoyaron su invasión a Abisinia con sermones desde los púlpitos, telegramas de solidaridad que publicaba el *Osservatore Romano* y vendiendo sus cruces, medallas y anillos de oro para financiar esa expedición de pillaje que Pío XI justificó como "guerra defensiva". ¡Una guerra defensiva contra el país más pobre y atrasado del planeta! Dos años después de la invasión de Abisinia novecientos obispos (todo el episcopado mundial menos dos obispos españoles) reconocieron la legitimidad del alzamiento franquista calificándolo de "cruzada por la religión cristiana y la civilización". De suerte que el papa ni siquiera necesitaba de red de espionaje para saber qué estaba pasando: detrás de los novecientos obispos fascistas él estaba actuando.

No bien vio Pacelli que los fascistas estaban siendo derrotados y que la caída del *Reich* era inminente se apresuró a condenarlos y a alinearse con los aliados. Con la desvergüenza que ha caracterizado siempre a la Puta, la sabandija se pasó al bando de los angloamericanos la víspera de que desembarcaran en Italia. Esta parásita malagradecida siempre se va a la cama con el que gana. Por eso hoy los curas espían para los Estados Unidos, a cuya disposición puso Wojtyla la enorme red de espionaje que heredó de los papas nazis. Es su norma, la fórmula que la encumbró desde Constantino hace mil setecientos años y que nunca le ha fallado: estar siempre con el vencedor. Y pese a que hoy es dueña de bancos e incontables empresas, se sigue haciendo mantener de limosnas, siendo las más substanciosas las que le mandan los católicos de Estados Unidos y Alemania, hoy por hoy los más grandes alcahuetas de la Puta.

Tengo en estos instantes frente a mí un cromo de Pacelli arrodillado en su reclinatorio, todo travestido de blanco. Malo como dominico, falso como jesuita, calculador como arpía del Opus Dei. ¡La cara que pone cuando reza! Sufre como un Wojtyla por el dolor del mundo. Vanidoso y déspota hasta la médula, se sentía un gran hombre nacido para mandar y hacerse obedecer. Le habría bastado entonces a este autócrata que sólo supo exigir obediencia ordenarles a sus curas y obispos de Croacia y a su devoto feligrés Ante Pavelic que pararan la matanza de judíos y serbios. ¿Por qué no lo hizo? ¿Y por qué no denunció a los nazis ante el mundo? ¿No contaba pues con los micrófonos de la Radio Vaticano que evangelizaba en nueve idiomas? Los usó para hablar callando, para decir vaciedades en nombre de la "civilización cristiana" y mandar mensajes de navidad en tanto Hitler exterminaba a los judíos y lanzaba una guerra de agresión que devastó a Europa y les costó la vida a cincuenta y cinco millones. Dejó que empezara la guerra callado y la dejó continuar y terminar callado. Los tartufos defensores de la Puta tratan de justificar ese silencio con el argumento de la neutralidad y de que el mártir estaba previniendo males mayores que caerían sobre su grey si hablaba. Pero es que aquí no lo estamos acusando sólo de silencio, lo estamos acusando también de complicidad. Él no fue un simple testigo inocente del drama ni mucho menos una víctima: fue actor protagónico.

¿Detrás de qué iba? Iba detrás de la reconquista de la cismática Rusia para la Puta, que la perdió hacía casi mil años, en el 1054. No lo logró. Ni la logró él con los nazis ni la lograron sus sucesores con los norteamericanos ni la lograrán los que vengan con quien sea. Es más fácil rearmar un huevo quebrado que recomponer el cisma de Oriente. A ese huevo que la Puta perdió hace mil años cuando se peleó con Constantinopla por el *Filioque* no le volverá a echar sal. ¿Dónde estará hoy Pacelli? ¿En el cielo? ¿En el infierno? Yo digo que si "el Señor" no lo está cauterizando en el infierno, andará entonces echándose a la monja Pascalina sobre las mullidas nubes del cielo. En el limbo no está porque no era criatura de pecho. ¿Y en el purgatorio? Pues si está en el purgatorio, la Puta lo puede sacar de esas llamas con indulgencias. Gringos pendejos y ex nazis con vocación genocida es lo que sobra en Estados Unidos y Alemania para que se las compren.

¡Pero cuál *Filioque*! La pelea nunca fue por el *Filioque* que nunca a nadie le importó, ése era el pretexto. La pelea era por el poder, por el *Tu es Petrus* que esgrimía la Puta de Roma desde que su obispo Esteban quiso imponerle su dominio a Cipriano, el de Cartago. Tres veces se agarraron de la greña el par de santos por ese pasaje espurio de un evangelio espurio de un Cristo espurio que nunca nadie colgó de ninguna cruz. La Puta de Babilonia Roma nace con ese pasaje. Antes lo que había era un conjunto heterogéneo de sectas teosóficas y ascéticas surgidas de los cultos y hechicerías de Asia Menor y dispersadas por todo el Imperio Romano, a las que los paganos, como Celso, agrupaban bajo la denominación imprecisa de cristianos. Cristo encarnado nunca hubo. Cristianismos hubo muchos y sigue habiéndolos. Pero Puta no hay más que una sola y es la que me quita el sueño.

Esteban fue papa entre el 254 y el 257, y Constantino ganó la batalla del puente Milvio contra Majencio en octubre del 312. La ganó, según él (o según la Puta, ya no sabemos), tras soñar con una cruz que tenía abajo la leyenda *In hoc signo vinces*: al año siguiente promulgó el Edicto de Milán en favor de la que se decía dueña del signo. Y ahí es cuando nuestra doncella de 60 años más o menos, parida por el Evangelio de Mateo, capítulo 16, versículo 18, se montó al carro del poder y se volvió puta. ¡Y qué Puta! Se acostó con el más sanguinario pero le sacó bienes, honores, palacios y hasta un concilio, el de Nicea, el primero, el del primer credo que definió al Hijo como consubstancial con el Padre: *homoousion*, palabra de discordia que daría mucho de qué hablar, casi tanto como el *Filioque* disociador que apareció siglos después. De ese concilio salió la Puta graduada de teóloga e investida con el monopolio de la verdad. Constantino era hijo de un militar de la Guardia Pretoriana y de una *stabularia* o tabernera, Santa Elena, otra puta.

El Nuevo Testamento, al que pertenece el Evangelio de Mateo con su *Tu es Petrus*, lo constituyen los veintisiete textos escritos en griego que el Tercer Concilio de Cartago del año 397 decidió que fueron inspirados por Dios. Los escogió de entre un centenar de evangelios, hechos de apóstoles y apocalipsis y millares de epístolas o cartas provenientes del cristianismo que lo precedió. De los veintisiete textos canonizados, así como de toda esa literatura cristiana primitiva, en su mayoría también escrita en griego, no nos quedan copias anteriores al año 200. Los veintisiete textos que escogió el Tercer Concilio de Cartago son los siguientes: los evangelios de Mateo, Marcos, Lucas y Juan o evangelios "canónicos" como se les designa para distinguirlos de los evangelios "apócrifos" que no se consideran inspirados por Dios; más los Hechos de los Apóstoles, el Apocalipsis y veintiuna epístolas o cartas de las cuales catorce se atribuyen a Pablo, tres a Juan, dos a Pedro, una a Judas y una a Jacobo. Se les suele anteponer a todos estos supuestos autores el san, apócope de santo: San Mateo, San Marcos, San Lucas, San Juan, San Pablo, San Pedro, San Judas y Santiago, que en español ya tiene incluido el "san" pues Santiago es la contracción de San Yago, siendo Yago la españolización de Jacobo. Imposible decir cuál de estos veintisiete textos es el más feo, el más falso, el más absurdo, el más estúpido. De principio a fin todos son melosos, mentirosos, mierdosos. Tratan de un tal Cristo que si existió habló en arameo, y sin embargo los veintisiete están escritos en griego. ¿No estarán traicionando de entrada a su personaje los venerables autores con el simple hecho de traducir su pensamiento a una lengua tan distinta como es el griego? El arameo es un idioma semítico y el griego es indoeuropeo. Los evangelios, es cierto, tienen aquí o allá unas cuantas palabras arameas, pero son de dar risa. Parecen toques de color local, como cuando las novelas gringas que pasan en México ponen *señorita* al referirse a una muchacha: "Give me, please, *unos tacos, señorita, por favor*". Los evangelios son como las novelas: mentira, fantasía, imaginación, ficción, invento. Cuando Cristo se está muriendo colgado de una cruz exclama en el Evangelio de Marcos: " *Eloí, Eloí, ¿lemá sabacthaní?*', que significa 'Dios mío, Dios mío, ¿por qué me has abandonado?'" Marcos cita al moribundo en arameo y de inmediato nos lo traduce al griego que yo aquí a mi vez traduzco al español. ¿Y cómo supo Marcos qué dijo Cristo en el momento en que moría? ¿Acaso también él estaba a su lado en el Gólgota con María Magdalena y las santas mujeres? ¿Y sabía acaso arameo? No parece, ni lo uno ni lo otro. A mí las citas arameas y hebreas en el texto griego de los evangelios se me hacen como moscas en la sopa. Cada quien es su idioma. Y si Dios quiere hablarles a los hombres para siempre se jodió porque los hombres hablan en lenguas cambiantes, pasajeras, efímeras como todos ellos y Él es uno, inmóvil, simultáneo, inmutable, incambiable, eterno. Querer conservar la palabra de Dios en lenguas humanas es como pretender apresar en un balde el Tíber de los tiempos de León X, el papa marica, cuando ese río arrastraba cadáveres por la palúdica Roma entre excrementos y fetos. Las palabras cambian en sus sonidos y en sus significados y se van transformando en otras y los idiomas en otros y muchas cosas que se pueden decir en el náhuatl de Nezahualcóyotl no se pueden decir en el griego de Platón y viceversa. Se hubiera inventado Dios, si es que quería dejarnos su palabra, un método más seguro que los inciertos textos de unos escribas perecederos confiados al pergamino o al papiro, que se desintegran, o a la piedra, que vuelve polvo el viento. ¿Y grabada en hierro? Al hierro el agua lo vuelve orín. ¿Y en el genoma del hombre? Las mutaciones van cambiando los genes hasta el punto de que un humilde pez lo convirtieron en el ensoberbecido *Homo sapiens*. La única forma que tiene Dios de hablarme es presentándoseme aquí y ahora, con rayo o sin él, en este cuarto donde escribo y que da a un parque florecido de jacarandas, y decirme lo que me tenga que decir y ya veré si lo atiendo o no lo atiendo, y no mandándome mensajitos contradictorios y confusos en ese par de mamotretos aburridos que son el Antiguo y el Nuevo Testamento. Más el Nuevo, la verdad sea dicha, pues el Antiguo por lo menos tiene masacres, homosexualismo, bestialidad, incesto. ¡Qué tal el santo rey David enamorado de Jonatán! "¡Jonatán hermano mío, por ti tengo herido el corazón pues te quería tanto! Tu amor era para mí más dulce que el amor de las mujeres" (2 Samuel 1:26). Eso dice el rey marica cuando se entera de que le mataron al novio.

Si dejamos de lado los cuatro evangelios, no podemos sino asombrarnos de lo poco que saben de Jesús, el llamado Cristo, los autores de los restantes veintitrés textos del Nuevo Testamento. San Pablo, al que se le atribuye la mayoría de las epístolas, sabe infinitamente menos de él que cualquier niño de nuestros días que vaya a la escuela dominical: no sabe que es hijo de María, una virgen, y de José, un carpintero; no sabe que nació en Belén y que de recién nacido el rey Herodes lo quiso matar, ni que de niño estuvo discutiendo en el templo con los doctores de la ley, ni que era primo de San Juan Bautista que lo bautizó, ni que fue tentado por Satanás en el desierto donde estuvo cuarenta días, ni que resucitó a Lázaro y a la hija de Jairo, ni que caminó sobre el agua, ni que multiplicó los panes y los peces, ni que convirtió el agua en vino, ni que expulsaba demonios, ni que echó a latigazos a los mercaderes del templo, ni que habló en parábolas, ni que pronunció el sermón de la montaña en que está el Padre Nuestro, ni que entró el Domingo de Ramos en triunfo a Jerusalén montado en un borriquito, ni que lo traicionó Judas, ni que lo juzgaron, ni que lo azotaron y lo escupieron y le pusieron una corona de espinas los esbirros de Pilatos y Caifás, ni que lo crucificaron entre dos ladrones, ni que le dieron a beber de una esponja empapada en vinagre, ni que tembló la tierra y se rasgó el velo del templo cuando murió, ni que los soldados romanos le pincharon entonces el costado con una lanza y se repartieron a los dados sus vestiduras... Si hoy le contara todo esto a San Pablo me diría: "Mentiroso, no inventes". ¡Pero qué va, el mentiroso es él! O el que lo inventó.

¿Pero es que acaso San Ignacio de Antioquía, San Clemente de Roma y San Policarpo de Esmirna, los tres primeros Padres de la Iglesia conocidos como padres apostólicos y que se pretende que vivieron entre los años 50 y 150, saben algo de Cristo? Quedan siete epístolas de Ignacio de Antioquía, una de Clemente de Roma (más otra falsamente atribuida a él) y una de Policarpo, y lo que está patente en ellas es que aunque sus autores repiten una y otra vez los nombres de Jesús y Cristo saben tan poco de él como San Pablo. Estas epístolas de los padres apostólicos más el Pastor de Hermas, la Didaché, la Epístola de Bernabé y la Epístola de Diognetus gozaron en la antigüedad cristiana de un prestigio casi tan grande como el de los evangelios, si bien el Tercer Concilio de Cartago no las incluyó en el Nuevo Testamento o canon. Como éste están escritos en griego.

Las copias más antiguas del Nuevo Testamento completo son los códices Sinaiticus y Alexandrinus de los siglos IV y V respectivamente, vale decir cercanos al año 397 en que tuvo lugar el Tercer Concilio de Cartago. Los códices son copias en hojas de pergamino o cueros de animales encuadernadas como libros. De antes de estos códices del Nuevo Testamento completo quedan pedazos de rollos de papiro que se preservaron en las arenas secas de Egipto, con uno u otro de los veintisiete textos del Nuevo Testamento, completos o fragmentarios, siendo los más antiguos de cerca al año 200. El papiro p^{45}, de la primera mitad del siglo III, contiene los Hechos de los Apóstoles y por primera vez los cuatro evangelios canónicos, aunque fragmentarios, con los siguientes frágmentos: capítulos 20, 21 y partes del 25 y el 26 de Mateo; capítulos 4-13 de Marcos; capítulos 6-13 de Lucas; y capítulo 10 de Juan. Anteriores a este papiro, y de cerca al año 200, son los papiros p^{64} y p^{67} con unos cuantos versículos del Evangelio de Mateo, el p^{77} con otros nueve versículos de este mismo evangelio, el p^{66} con buena parte del Evangelio de Juan, el p^{75} también con casi todo este evangelio y partes del de Lucas, los papiros p^{32} y p^{46} con fragmentos de epístolas paulinas, el papiro p^{23} con fragmentos de las no paulinas, y el p^{98} con algo del Apocalipsis. De cerca al año 200 queda además un pergamino, el 0189, con fragmentos de Los Hechos de los Apóstoles. En adelante proliferan las copias de los veintisiete textos, de suerte que del siglo III y siguientes nos quedan centenares, escritas todas, como las enumeradas, en letras mayúsculas griegas pues sólo hasta el siglo IX se introdujeron las minúsculas. En fin, en mayúsculas o en minúsculas y del siglo que sea, todas las copias que quedan difieren las unas de las otras, presentando el conjunto de copias decenas de millares de variantes (ciento cincuenta mil si les sumamos las de las copias del Antiguo Testamento), cosa que al Autor Divino que inspiró los textos sagrados lo ha tenido siempre sin cuidado. Que los escribas y los falsificadores le agreguen o le quiten o le cambien y hasta le añadan pasajes enteros a sus palabras a Él no le preocupa. Que se jodan los exegetas y eruditos y a ver cómo se las arreglan para descubrir el texto auténtico que Él les dictó a los escritores sagrados. ¿O será que también hay exegetas y eruditos inspirados por Dios? En este caso respetuosamente desde aquí le sugiero a nuestro Benedicto XVI, el papa teólogo, que canonice a Konstantin von Tischendorf, su paisano de Alemania, que fue el que descubrió el códice Sinaiticus y a quien le debemos una de las ediciones más cuidadosas del texto griego del Nuevo Testamento. San Tischendorf, patrono de los exegetas, ten piedad de nosotros.

El códice Sinaiticus, del siglo IV, constituye no sólo la copia más antigua del Nuevo Testamento completo sino que al final trae la Epístola de Bernabé y el Pastor de Hermas, siendo éstas las copias más antiguas de estos dos textos del cristianismo primitivo. Al final del códice Alexandrinus, del siglo V, viene la copia más antigua de la epístola de Clemente de Roma. En cambio las copias más antiguas de las epístolas de Ignacio, de la Didaché y de la Epístola de Diognetus son del siglo XI o siguientes, o sea muy posteriores; y de la epístola de Policarpo ni siquiera queda el texto griego completo sino fragmentos repartidos en varios manuscritos y una traducción al latín también repartida en varios manuscritos.

Lo anterior para hacerles ver a los que sostienen que Cristo realmente existió la distancia que media entre el año 33, en que se pretende que murió, y las copias más antiguas que dan testimonio de su existencia: ¡ciento setenta años! Queda, eso sí, un papiro, el p^{52}, de sólo 5.7×8 cm, con cinco versículos del capítulo 18 del Evangelio de Juan (los versículos 31, 32, 33, 37 y 38) que los expertos fechan hacia el año 130 y que así sería el más antiguo entre los antiguos. Con todo y la inspiración del Altísimo que pudieran haber recibido estos expertos y la simpatía que les tengo, dudo mucho de esta fecha tan temprana. De las restantes fechas que me dan y que aquí he citado dudo también, aunque en gracia de discusión hago un acto de fe y digo que les creo. Otro acto de fe quisiera hacer con el contenido mismo de los textos originales de los escritores inspirados por Dios que han dado lugar a tantas copias si me dieran estos santos un mínimo asidero, ¡pero qué! Me dicen que uno que llevaba muerto tres días resucitó y subió a los cielos. Y yo pregunto: ¿En qué parte de la estratosfera está ese resucitado? ¿Corre peligro de que lo atropelle un satélite o de que una nave espacial se lo lleve de corbata? La paleografía es una ciencia incierta: se ocupa la pobre de fechar las inscripciones y los textos antiguos por la caligrafía. Pues para el caso de las copias más antiguas de los textos del Nuevo Testamento de que he hablado, los papiros del año 200, la incertidumbre de la paleografía aumenta dado que de los dos primeros siglos de nuestra era simplemente no quedan manuscritos: ni latinos, ni griegos; ni paganos, ni cristianos; ni originales o copias. ¿Con qué caligrafía entonces vamos a comparar la de las copias que creemos que son del año 200 para fecharlas con un poco de certeza? Ténganlo presente los que sostienen que Cristo existió en carne y hueso y no como una elucubración de gnósticos buscadores de verdades eternas. De los siglos I y II quedan, eso sí, inscripciones en tumbas y monumentos. Me imagino que de ellas se hayan valido los paleógrafos para fechar sus inquietantes papiros.

Según los exegetas lacayos de la Puta lo más antiguo del Nuevo Testamento son las epístolas de San Pablo, y de ellas las más antiguas son las dos dirigidas a los tesalonicenses, escritas hacia el año 50. Que me lo prueben. A lo mejor son de cien años después, no hay forma de saberlo. Quitando sus epístolas, el primer escrito en que se menciona a Pablo es la Epístola de los Romanos a los Corintios atribuida a Clemente de Roma, que se pretende que es del año 97, pero cuya copia más antigua como ya dije es la del códice Alexandrinus del siglo V en que aparece al final del Nuevo Testamento. En esa epístola sólo se dice que Pablo sufrió varios juicios, que fue exiliado y lapidado varias veces, que predicó en el este y en el oeste y que después de haber dado su testimonio ante los gobernantes (μαρτυρησας επι των ηγουμενων) dejó el mundo y se fue al lugar sagrado (τον αγιον τοπον) siendo un ejemplo de lucha perseverante. Pero Clemente no nos dice de dónde sacó esos datos. ¡Ni que fuera escritor sagrado incluido en el canon! Cualquier cosa que me cuente, me tiene que decir cómo la supo. A él no lo inspiró Dios. ¡A lo mejor Clemente de Roma tampoco existió y es otro invento de la Puta!

Algo después del supuesto Clemente de Roma, un supuesto Ignacio de Antioquía supuestamente martirizado bajo Trajano o Adriano (o sea entre el 98 y el 138), envió camino del martirio siete epístolas en que hay ecos de las de Pablo pero ninguna mención de él ni cita directa suya. ¿Y no podría ser al revés, que en las epístolas de Pablo hay ecos de las de Ignacio? ¿O que lo que tuvieran en común Pablo e Ignacio se debiera a una tradición que seguía reverberando en el aire a comienzos del siglo II? La copia más antigua de las epístolas de Ignacio es la del códice Mediceo Laurtentianus del siglo XI. ¿No estaremos en todo esto sumando unas incertidumbres a otras incertidumbres a otras incertidumbres? Yo sí quiero creer en la inspiración divina de los escritores que Dios designó para que apresaran en letras griegas sus palabras, pero carajo, ¡que no me ponga a dudar de las copias! ¿Cómo sé que no me las falsificaron en el camino hasta llegar a mí?

¡Qué invento burdo el de San Pablo! Dice este autor sagrado en su primera Epístola a los Corintios (15:3-6): "Pues os transmití en primer lugar lo que yo mismo recibí, que Cristo murió por nuestros pecados según las escrituras y que fue sepultado y que resucitó al tercer día y que lo vieron Cefas y después los doce (Κηφα ειτα τοις δωδεκα) y después más de quinientos hermanos a la vez (επανω πεντακοσιοις αδελφοις αφαπαξ), de los cuales muchos viven todavía aunque otros ya murieron". Cefas es Pedro, los apóstoles son doce, y Pedro es uno de ellos como cualquier niño cristiano de hoy lo sabe. Pero según el pasaje anterior Cefas o Pedro no es uno de los apóstoles. San Pablo ha debido decir: "Lo vieron Cefas y después los otros diez apóstoles". ¿Y por qué digo que diez y no once? Porque el decimosegundo apóstol, el traidor Judas Iscariote, dejó de ser apóstol tras entregarle a Jesús a los romanos y se separó de los otros once, de suerte que no vio a Cristo resucitado. Lo dice concretamente Mateo para acabar su evangelio: "Los once discípulos (Οι δε ενδεκα μαθηται) marcharon a Galilea al monte que Jesús les había indicado". Acto seguido Jesús resucitado se les aparece y les manda que vayan a bautizar a todos los pueblos en el nombre del Padre, del Hijo y del Espíritu Santo. ¡Y después nos vienen a decir los historiadores lacayos de la Puta que Pablo se convirtió al cristianismo yendo a Damasco más o menos un año después de la muerte de Jesús! Si así fuera, ¿cómo explicarnos que cometa un error tan garrafal como el señalado? Cualquier niño cristiano de hoy, a casi dos mil años de distancia de Cristo, sabe infinitamente más de su Redentor que San Pablo que por un año no lo conoció aunque vivían ambos en Palestina, y que tiene la impudicia de decirnos que después de muerto también a él se le apareció. No tiene ni idea de la existencia de Judas. ¡Y qué es ese cuento de los quinientos! Ni los cuatro evangelios canónicos, ni las decenas de evangelios apócrifos, ni los Hechos de los Apóstoles hablan de que quinientos "hermanos" vieron a Cristo resucitado. ¿De dónde sacó eso San Pablo? Quitémosle de una vez por todas a este mentiroso lo de santo y dejémoslo simplemente en Pablo: Pablo el misógino, el esclavista, el homofóbico, el reprimido sexual, el narigón. Bajito y feo como su madre y limosnero como la Puta que lo parió. Que dizque murió como mártir decapitado en Roma cerca a Tre Fontane, en Acque Salvie, el 22 de febrero del año 67 bajo Nerón en tanto crucificaban cabeza abajo en el monte Vaticano a Pedro, el del *Tu es Petrus.* ¡Cristianos víctimas! ¡Víctimas nosotros de ellos! Nosotros los librepensadores, los libertarios sexuales, los que queremos y defendemos a los animales, los judíos, los herejes y las brujas, los de la verdadera caridad, los de alma grande, que llevamos mil setecientos años aguantándolos! Desde el 313 en que la Puta se ayuntó con Constantino y empezó a quemar libros y aherrojar conciencias y a vigilar por qué hueco el simio creyente realiza la cópula. Como Pablo el misógino y homofóbico, la Puta de las putas es una reprimida sexual, fea y mala.

Cuenta Marcos empezando su evangelio que Jesucristo hijo de Dios (Ιησου Χριστου υιου θεου) fue bautizado por Juan en el Jordán, y que no bien salió del agua vio los cielos abiertos y que de ellos descendía sobre él el Espíritu en forma de paloma (το πνευμα ως περιστεραν καταβινον εις αυτον) y que de arriba le decían: "Tú eres el Hijo mío, el amado (ο υιος μου ο αγαπητος) en quien he puesto todas mis complacencias". Lo de que el Espíritu en forma de paloma sea su papá lo acepto porque coincide con lo que cuenta Lucas en su evangelio: que el arcángel Gabriel le dice a María, que no conoce varón, cómo va a tener un hijo: "El Espíritu Santo (πνευμα αγιον) descenderá sobre ti y el poder del Altísimo (υψιστου) te cubrirá con su sombra (επισκιασει σοι). Por eso el que nacerá será llamado santo, Hijo de Dios (υιος θεου)". Pero resulta que Lucas ha referido unos versículos atrás que el mismo arcángel Gabriel le ha anunciado a un pobre viejo Zacarías que su anciana y horra mujer, Isabel, va a tener un hijo del mismo espíritu o paloma, y que le pondrán por nombre "Juan": Juan Bautista precisamente, el que acaba de bautizar en el Jordán a Jesús. Si Juan y Jesús tienen la misma paloma o Espíritu Santo de papá, entonces son hermanos por parte de padre, y si por este concepto Jesús es el Hijo de Dios, puesto que dos cantidades iguales a una tercera son iguales entre sí, entonces también tiene que serlo Juan Bautista, y así la tan mentada Santísima Trinidad que tanto cacarearon los Padres de la Iglesia no son tres sino cuatro: el Padre, dos Hijos y el Espíritu Santo. Seis siglos después el mismo arcángel Gabriel se le apareció a un tal Mahoma, un mercader lujurioso, polígamo, sanguinario, asesino y bellaco entre los bellacos, y le dictó el Corán, un mamotreto tan feo como la Biblia.

A los exegetas neotestamentarios lacayos de la Puta les pregunto: ¿Cómo supo Marcos todos esos detalles que cuenta del bautizo de Jesús por Juan Bautista en el Jordán? ¿Acaso estaba él presente en el lugar, espiando desde un matorral? ¿O es que Marcos es un novelista omnisciente de tercera persona como Balzac que todo lo sabe? ¿Y cómo supo Lucas lo de la aparición de la paloma a María y a Zacarías? ¿Lucas es otro espía? ¿U otro Balzac? Y habiendo narrado el bautizo cuenta Marcos que: "En seguida el Espíritu lo impulsó al desierto, donde estuvo cuarenta días y fue tentado por Satanás; vivía entre las fieras y los ángeles le servían". ¿Cómo lo supo? ¿Estuvo acaso con Jesús en el desierto? No nos lo dice. La Puta dirá que Dios le dictó ese pasaje, pero entonces yo le pregunto a la Puta: ¿Por qué entonces Marcos no nos lo informa y nos dice clarito que lo que está contando se lo dictó desde lo alto el Altísimo? ¡Qué le cuesta! Si él me lo dice, yo le creo. Pero como no me lo dice, entonces no tengo por qué creerle. ¡Para más fue el bellaco de Mahoma que dice que Alá le dictó a través del arcángel Gabriel el Corán!

En tanto los esbirros de Mahoma acaban de destruir esto me entretengo en marcar en las introducciones y notas al Nuevo Testamento y demás textos del cristianismo naciente y de los primeros Padres de la Iglesia el arsenal de adverbios y expresiones de duda que atenúan todas las aseveraciones de los eruditos que las escriben: el montón de "tal vez", "quizás", "probablemente", "a lo mejor", "acaso", "posiblemente", "podría ser" de que están llenas y que se van colando mañosamente, solapadamente sin que el lector desprevenido advierta la telaraña viscosa en que lo están envolviendo. Y esos signos de interrogación y el *circa* latino para señalar la aproximación o la incertidumbre en las fechas: San Ignacio de Antioquía: *c*50-*c*107, San Policarpo de Esmirna: *c*69-*c*155, San Justino Mártir: *c*100-*c*163, y así. San Pablo: nacido entre el 7 y el 12?, muerto en el 66 o 67? No hay afirmación de estos expertos en incertidumbre que no esté atenuada por una duda. Y cuando aparece la expresión "sin duda", lo que quieren significar es lo contrario: que hay muchísimas dudas. ¡Pero qué podemos esperar si ni siquiera sabemos cuándo nació Cristo! Si su nacimiento es el que parte la historia en dos, ha tenido que nacer en el año 1 de la era que inaugura. Pero resulta que los evangelios de Mateo y Lucas nos dicen que nació bajo Herodes, y éste murió cuando menos cuatro años antes. Los romanos contaban los años a partir de la fundación de Roma, *ab urbe condita*. En el siglo VI el monje Dionisio el Exiguo propuso reemplazar la cronología romana por una cristiana, la actual de Occidente: contamos los años antes y después de Cristo, no antes y después de la fundación de Roma. Sólo que Dionisio hizo coincidir el año 1 de la nueva era con el 754 romano sin tener en cuenta que los evangelios de Mateo y Lucas dicen que Cristo nació bajo el reinado de Herodes, quien según la cronología romana murió en el año 750 *ab urbe condita*, o sea en el año 4 antes de Cristo. De todas formas si Dionisio hubiera hecho coincidir el año 1 de la era cristiana con el 754 de la romana todavía seguiría equivocado ya que Herodes no murió en el instante mismo en que nació Cristo sino más o menos dos años antes, pues según el Evangelio de Mateo cuando el rey judío se enteró del nacimiento de Cristo "mandó matar a todos los niños de Belén y su comarca de dos años para abajo". Dionisio erró pues aproximadamente en seis años. Por lo demás tampoco hubiera podido establecer con exactitud a qué año de la era romana debía corresponder el año 1 de la nueva era que proponía pues simple y sencillamente ningún evangelio nos dice en qué año de la era romana nació Cristo. ¡Claro que Cristo es un hombre excepcional! Nació seis años antes de sí mismo. Todo lo que hace Dios es chambón: el mar, el cielo, la tierra, los animales comiéndose unos a otros y el hombre a los animales… Ni siquiera fue capaz de dictarles a sus escribas la fecha en que nació su Hijo único. ¡Ni que hubiera tenido veinte como mi mamá, que por el 15 ya confundía los nombres! ¡Viejo güevón! Ganas no me faltan de bajarte a tirones de barba del techo de la Capilla Sixtina.

Deduciendo de las fechas inciertas de unos textos inciertos otras fechas inciertas para otros textos inciertos los exegetas lacayos al servicio de la Puta han establecido el formidable engaño de la cronología cristiana: una telaraña deleznable y pringosa que no tienen de dónde colgar. La verdad es que hoy nadie sabe dónde (como no sea en el Imperio Romano), ni cuándo (como no sea en un lapso de ciento veinte años) fueron escritos los evangelios canónicos, que junto con algunos de los despreciados evangelios apócrifos son los únicos textos que dan detalles concretos de la existencia de Cristo: que nació en Belén de la estirpe del rey David, que su infancia transcurrió en Nazaret, que empezó su vida pública hacia los 30 años y demás mentiras burdas que les hacen tragar a los niños cristianos con la sopa. Cristos en un comienzo hubo muchos: un Cristo de los nazarenos, un Cristo de los ebionitas, un Cristo de los elkesaítas, un Cristo de los adopcionistas, un Cristo de los docetistas, un Cristo de los gnósticos, un Cristo de Basílides, un Cristo de Cerinto, un Cristo de Carpócrates, un Cristo de Pablo, un Cristo de Juan, un Cristo de Mateo, un Cristo de Marcos, un Cristo de Lucas, un Cristo de Marción… Hoy no hay más que uno: el de la Puta, una mezcla confusa del de Pablo con los cuatro Cristos de los evangelios canónicos. Carpócrates sostenía que Jesús era hijo de José y que sólo difería de los restantes hombres en que por tener el alma pura recordaba perfectamente lo que había presenciado en la esfera del Dios increado, al cual volvía después de su paso por el mundo. Cerinto sostenía que Jesús fue un ser humano normal hasta su bautismo, cuando un Cristo divino descendió sobre él y empezó a actuar a través de él, pero para terminar abandonándolo poco antes de la crucifixión y dejándolo a su suerte en la cruz. Los ebionitas rechazaban la divinidad de Cristo. Los adopcionistas decían que Jesús fue adoptado por Dios en algún momento de su vida. Los docetistas sostenían que el cuerpo de Cristo parecía de ser humano pero que en realidad estaba hecho de una substancia celestial. Los gnósticos cristianos decían que Jesús no tuvo un cuerpo material y que les transmitió una sabiduría esotérica a unos cuantos discípulos. Basílides decía que Cristo era el Nous, la primera emanación del Padre increado, que después produjo el Logos, que produjo a Fronesis, que produjo a Sofia y a Dínamis, que produjeron a los ángeles, y todo esto en el *pleroma* o reino de la luz; y que Cristo no murió sino que engañó a los romanos haciendo que crucificaran a Simón de Cirene en su lugar mientras él, tomando la forma de éste, se burlaba de ellos. Los ebionitas veían a Cristo como un Mesías simplemente humano, lo retrataban como vegetariano y contaban que rechazó la carne que le ofrecían en la última cena. Marción decía que el Dios de los judíos era el creador y legislador del mundo, un Dios maligno, contradictorio, inconstante, belicoso, iracundo, vengativo, autor de todos los males físicos y morales, y que por contraposición a él un segundo Dios que está por sobre el otro era el Dios del amor, cuyo hijo Jesús vino al mundo en Judea en tiempos de Poncio Pilatos a abolir la Ley y los Profetas o Biblia judía, pero sin nacer de la Virgen María sino apareciendo de repente en la sinagoga de Cafarnaún con apariencia humana, la cual mantuvo hasta su muerte en la cruz. Marción condenaba el sexo porque conduce a producir más gente y a perpetuar el horror del mundo. Ese Cristo vegetariano de los ebionitas y ese Marción fantástico que se opone a la reproducción me reconcilian con el cristianismo primitivo. ¡Pero ay, la Puta que se quedó con todo nos resultó iracundamente carnívora y paridora!

Tan pronto se montó la Puta al carro del poder de Constantino empezó a quemar papiros y pergaminos tratando de destruir todo vestigio de esos Cristos que no coincidían con el suyo, la quimera que malparió juntando los de los cuatro evangelios. Si algo sabemos de los otros Cristos, tan absurdos como el de la Puta pero que por lo menos no alcanzaron a hacer daño, es por los refutadores de "herejías" o "heresiólogos", que aparecieron a mediados del siglo II y de quienes nos queda como muestra el tratado de Ireneo de Lyon (San Ireneo) *Adversus haereses*, que la Puta sólo conservó en su traducción latina pues por andar en sus persecuciones y concubinajes dejó perder el original griego. Ya un poco antes de la plaga de los heresiólogos había aparecido otra, la de los "apologistas", cuyo más necio exponente fue Justino Mártir, que les atribuía un cuerpo a los ángeles y que sostenía que el pecado de los ángeles caídos fue su cópula con mujeres: "Los ángeles transgredieron la orden y cautivados por el amor de las mujeres engendraron con ellas hijos, que son los que llamamos demonios" (*Apología*, 2,5). Sostenía que los demonios enceguecieron a los judíos y los instigaron a infligirle al Logos, manifestado en Jesús, todos sus sufrimientos. Del ayuntamiento de los apologistas con los heresiólogos nació la Puta. Ese Logos de Justino, que se traduce al latín como el Verbo, es la misma emanación del *pleroma* de los gnósticos con que comienza el Evangelio de Juan: Εν αρχη ην ο λογος, και ο λογος εν προς τον θεον, και θεος ην ο λογος. Y en latín: *In principio erat Verbum et Verbum erat apud Deum et Deus erat Verbum.* Y en español: "En el principio era el Verbo y el Verbo estaba con Dios y Dios era el Verbo". ¡Hermoso! Lástima que Juan no se vuelva a ocupar del Verbo o Logos en lo que resta de su evangelio. ¡Le hubiera pedido que cantara! En fin, si de veras Juan fue el autor de su evangelio, y por añadidura del Apocalipsis y las tres epístolas del Nuevo Testamento que llevan su nombre, ¡era un genio! Un Rimbaud marihuano. Murió viejo. De cien años. En la isla de Patmos.

A Justino Mártir le preguntaron que por qué los cristianos que él defendía tanto no se suicidaban para llegar lo más pronto posible a Dios. A lo cual contestó: "Si lo hiciéramos estaríamos actuando contra la voluntad del Señor". Pues lo que no supo contestar este hipócrita es lo que les quiero volver a preguntar ahora a los dos mil millones de cristianos que hoy contaminan la tierra: ¿Por qué si quieren tanto a Cristo no se suicidan para que se vayan a reunir de inmediato con él en su gloria? Teólogo y mártir, Justino vivió del año 100 al 163 según dicen. Si así fuera, y si los evangelios fueran de cerca al año 80 como pretende la Puta, ¿por qué entonces Justino no sabe de ellos ni de lo que cuentan? Lo más que sabe de Cristo es que fue crucificado bajo Poncio Pilatos, según afirma en su *Apología;* y que el arcángel Gabriel le anunció a la Virgen María que el espíritu del Señor la iba "a cubrir" con su sombra, según cuenta en su *Diálogo con Trifón* usando el mismo verbo επισκιαζω que usa Lucas para contar lo mismo. ¡Como si los espíritus tuvieran sombra! ¡O como si las sombras pudieran cubrir a las vírgenes como cubren los caballos a las yeguas! ¿Quién tomó de quién ese cuento estúpido? ¿Justino de Lucas? ¿O Lucas de Justino? Si Justino lo hubiera tomado de Lucas, sabría más de Cristo. Y sin embargo el *Diatessaron,* que junta los cuatro evangelios en uno solo tratando de armonizar sus contradicciones, se debe a un discípulo de Justino, Tatiano, de quien se dice que murió en el año 180. ¿No habrán sido escritos los evangelios hacia el 163 que se da como año de la muerte de Justino? Tatiano, que era sirio, regresó en el 172 al oriente donde fundó la religión de los encartitas o abstinentes que rechazaban el matrimonio y condenaban el consumo de carne. Del *Diatessaron* quedan copias antiguas en latín y siriaco, pero se cree que fue compuesto originalmente en griego. Fue la primera traducción de los evangelios al latín. Antes de su regreso al oriente Tatiano había compuesto el tratado *Sobre los animales* (Περι ζωων). ¡Qué cerca del corazón siento a este hereje! Tan lejos como siento a Cristo.

La fecha de composición de los evangelios es decisiva para resolver el asunto de si de veras existió Cristo o si sólo es un invento de la Puta. Es entendible que ésta pretenda que los evangelios fueron escritos antes del año 100, pues mientras más lejos estén del año 33 en torno al cual fechan la muerte de Cristo menos confiables son como testimonio de su existencia. La verdad es que no sabemos quiénes escribieron los evangelios, ni cuándo, ni dónde. Para empezar, los cuatro evangelios canónicos (y todos los apócrifos y todos los demás textos del Nuevo Testamento) son pseudo-epigráficos, palabra con que designamos los escritos anónimos que se atribuyen a alguien. No sabemos quiénes son Mateo, Marcos, Lucas ni Juan. A lo mejor estos nombres designan grupos o escuelas cristianas y no individuos. Así el Juan del evangelio, el Apocalipsis y las tres epístolas del Nuevo Testamento a él atribuidas pudo ser una escuela cristiana que hubiera existido en Éfeso, que es donde se pretende que Juan escribió su evangelio. Además, como no nos ha quedado el original de ningún evangelio ni ninguna de sus primeras copias, no podemos afirmar que tal evangelio fue escrito por un solo autor y no por una serie de autores que sucesivamente lo fueron modificando y aumentando, como se cree que ocurrió con todos los libros de la Biblia hebrea o Antiguo Testamento, que se consideran la obra de varias generaciones. Ya aludimos al papiro p^{77}, que consiste en sólo nueve versículos de una copia del Evangelio de Mateo de cerca al año 200, la más antigua conservada. ¿Y cómo sabemos que es un pedazo de una copia y no del original? E igual respecto al pergamino 0189, la copia más antigua conservada de los Hechos de los Apóstoles, fechada hacia el año 200. Los escritores cristianos del siglo II no conocen esta obra. Por lo tanto ese pergamino bien podría ser el mismísimo original de este libro que empieza su relato donde terminan los evangelios y que la Puta considera la historia de sus primeros años dictada por Dios al evangelista Lucas. Si fuera el original, ¿no podrían rastrear en él los científicos de hoy la huella genética del Señor mezclada en ese pergamino con el genoma de una vaca? La Fundación Rockefeller podría financiar el proyecto.

Los evangelios están llenos de interpolaciones. El examen filológico del texto desenmascara muchas de ellas. Pero hay algo más incontrovertible que el análisis textual: el cotejo de las copias más antiguas. Por ejemplo el episodio con que empieza el capítulo octavo del Evangelio de Juan (Juan 8:11), en que Cristo defiende a la mujer adúltera y les dice a los que la quieren lapidar "El que esté libre de pecado que tire la primera piedra", falta en dos de los más antiguos papiros de cerca al año 200, el p^{66} y el p^{75}, y en los cuatro códices más antiguos: el Sinaiticus y el Vaticanus del siglo IV y el Alexandrinus y el Ephraemi del siglo V; ninguno de los Padres de la Iglesia griegos lo menciona en sus comentarios, ni parecen conocerlo los latinos Tertuliano, Cipriano e Hilario; y aparece por primera vez en el códice Bezae Cantabrigiensis del siglo V, desde el que se ha retenido hasta nuestros días. Entonces yo pregunto: ¿ese pasaje se lo dictó Dios al evangelista Juan, o no? ¿A cuál de las copias antiguas le creemos? ¿A las que no lo tienen, o a las que lo tienen? Si les creemos a las que no lo tienen por ser las más antiguas, entonces suprimámoslo del evangelio. El capítulo 21 y último de este mismo Evangelio de Juan en su totalidad es un agregado, como se ha venido señalando desde el siglo XIX y como lo indican los dos últimos versículos del capítulo que lo precede, el 20, que son conclusivos: "Muchos otros milagros hizo también Jesús en presencia de sus discípulos que no han sido contados en este libro. Éstos han sido escritos para que creáis que Jesús es Cristo, el Hijo de Dios, y para que creyendo tengáis vida en su nombre" (Juan 20:30,31). Y quitando los primeros ocho versículos, asimismo es un agregado el capítulo 16 y último del Evangelio de Marcos, del versículo 9 hasta el 20, que faltan en las copias más antiguas de este evangelio completo (el códice Sinaiticus y el Vaticanus), y cuyo vocabulario y estilo no son los del resto de este evangelio. El agregado a Marcos sin embargo es muy entendible pues en estos versículos se les aparece Cristo resucitado a los once apóstoles y los convierte en taumaturgos como él: "Id por todo el mundo y predicad el evangelio a toda criatura. El que crea y se bautice se salvará, pero el que se niegue a creer se condenará. Y estas señales acompañarán a los que crean: en mi nombre expulsarán demonios, hablarán en lenguas nuevas, cogerán serpientes, y si bebieran algún veneno, no les hará daño;

impondrán las manos sobre los enfermos y quedarán curados".

¡Pero qué pleonasmo hablar de agregados tratándose de un texto bíblico! Eso es lo que son todos, agregados, interpolaciones, tanto los del Antiguo Testamento como los del Nuevo: la obra de muchos manipuladores malintencionados y de copistas descuidados que los han ido aumentando y cambiando en el curso de las generaciones. Dios hizo muy mal en dejarnos su palabra sujeta a las incertidumbres humanas. Es más, no tiene por qué haber ninguna palabra de Dios pues está en la esencia de la palabra el hecho de que es humana, y todo lo humano es pasajero y defectuoso. Dios no. Dios es eterno y perfecto.

La Puta habrá decidido el canon por un acto de arbitrariedad en el Tercer Concilio de Cartago ratificado en el Concilio de Trento, pero no tiene forma de fijar los textos. Acabó adoptando la Vulgata o traducción al latín del Antiguo Testamento hebreo y del Nuevo Testamento griego que emprendió Jerónimo (alias San Jerónimo) en el año 382 y que terminó en el 405. En tiempos de Jerónimo el latín era una lengua viva. Para el siglo XVI de la Reforma protestante ya era una lengua muerta. Una de las causas de la Reforma fue justamente que Lutero tradujera la Vulgata al alemán, desafiando la prohibición de la Puta de traducirla a las lenguas vivas de la época. Pensaría la Puta que con eso protegería de los cambios la palabra de Dios, como cuando un río se congela. Sólo que un río congelado es un río muerto. Por lo demás hacía bien la Puta en limitar la lectura de las Sagradas Escrituras a sus lacayos o clérigos: la Biblia es un libro tan imbécil e inmoral que mientras más oculto lo tenga la Puta que se lucra de él mejor le va. No bien lo pudieron leer libremente los protestantes en los idiomas vernáculos y de inmediato empezaron a cuestionar sus contradicciones, sus estupideces y bajezas. Del cuestionamiento pasaron a la burla. Hoy los protestantes son los grandes especialistas en tomarle el pelo a la Biblia. Nosotros los católicos no, la respetamos mucho. Tanto que no sólo no la leemos sino que ¡ni la tocamos! Cuando mi papá y mi mamá viajaron de Colombia a México, *in illo tempore*, al regresar en uno de esos avioncitos tetramotores que tenían que ir haciendo escalas como saltamontes por todos los paisitos de Centro América tuvieron que pernoctar en Panamá, y en la mesita de noche del cuarto del hotel había un libro. Mi mamá lo tomó desprevenida a ver qué era, y cuando se dio cuenta de que era una Biblia lo soltó como si hubiera agarrado una culebra y se desmayó: del golpe que se dio contra el borde de la cama quedó medio loca. ¡Las cosas de Dios! "Niños —nos dijo mi papá cuando regresó con la enfermita—, por poco se les muere la mamá. En Panamá casi la pica una Biblia protestante". ¡Como si entonces hubiera Biblias católicas! Eso es un invento de los tiempos recientes, posterior al viaje a la luna.

Una vez que la Puta decidió el canon bien que mal congeló sus textos y aquí los tenemos, con sus incontables variantes que se arrastran desde su más lejano pasado, para que tratemos de descubrir qué fue en últimas lo que nos quiso decir Dios. El que quiera acceder al agua límpida de la palabra divina que aprenda primero hebreo bíblico y griego de la *koiné*, y una vez dominadas estas lenguas que pase a establecer el texto auténtico cotejando, de aperitivo, los más viejos papiros y pergaminos que con tanto amor he enumerado arriba, y de plato fuerte el medio millar de copias antiguas que les siguen. Dios no tiene por qué estar al alcance de la chusma paridora. En esto sí coincido con la Puta.

Establecido que no sabemos quiénes escribieron los evangelios, pasemos a considerar el asunto de dónde fueron escritos. ¿En Roma? ¿En Alejandría? ¿En Antioquía? Lo único seguro es que no fueron escritos en Palestina, donde nació y por donde anduvo Cristo, pues sus autores no conocen su geografía. No son de ahí, jamás pusieron un pie en Tierra Santa. Escribe Marcos (7:31): "De nuevo, saliendo de la región de Tiro vino a través de Sidón hacia el mar de Galilea que está en medio de la Decápolis" (και παλιν εξελθων εκ των οριων Τυρου ηλθεν δια Σιδωνος εις την θαλασσαν της Γαλιλαιας ανα μεσον των οριων Δεκαπολεως). El mar de Galilea no está en medio de la Decápolis sino a un lado: al este de Galilea y el Jordán. Del norte hacia el sur tenemos: Sidón, Tiro y mar de Galilea. Si Cristo salió de Tiro hacia el mar de Galilea, que queda al sur, no pudo pasar por Sidón que queda al norte. Tal vez el Altísimo no estaba lo suficientemente alto para dominar el panorama y por eso estas chambonadas de sus evangelistas. ¡Le hubiera pedido a Satanás que lo subiera a lo más alto del pináculo!

Y dice Juan (12:21): "se acercaron a Felipe, el de Betsaida de Galilea" (προσηλθον Φιλιππω τω απο Βηθσαιδα της Γαλιλαιας). Pero Betsaida no está en Galilea sino en Gaulanítida: al este del mar de Galilea, no al oeste. Juan es de Galilea. ¿Cómo es posible que no conozca su propia región? Y dice Mateo (19:1-3) "Y sucedió que cuando terminó Jesús estos discursos partió de Galilea y se fue a la región de Judea, al otro lado del Jordán (και ηλθεν εις τα ορια της Ιουδαιας περαν του Ιορδανου), a donde le siguieron grandes multitudes, y allí los curaba". Pero resulta que tanto Galilea como Judea están del lado oeste del Jordán, y Judea no se prolonga al otro lado del río: al otro lado está Perea.

Con todas estas precisiones geográficas lo único que buscan los evangelios es darle un toque de verdad a la mentira. He aquí otras precisiones vacías: "Este segundo milagro lo hizo Jesús cuando vino de Judea a Galilea" (Juan 4:54). Como según acabamos de ver también anduvo en sentido contrario, el tal milagro (o el tercero, o el cuarto) lo pudo hacer viniendo de Galilea a Judea. "Cuando subía Jesús camino de Jerusalén tomó aparte a sus doce discípulos y les dijo", etc. (Mateo 20:17). Pudo haber sido al revés, bajando de Jerusalén. "Salió Jesús con sus discípulos hacia las aldeas de Cesarea de Filipo y en el camino preguntaba a sus discípulos" (Mateo 8: 27). También pudo haberles preguntado saliendo hacia de las aldeas de Galilea o las ciudades de la Decápolis. "Y sucedió que yendo de camino a Jerusalén atravesaba los confines de Samaria y Galilea (διερχομαι δια μεσον Σαμαρειας και Γαλιλαιας), y cuando iba a entrar en un pueblo le salieron al paso diez leprosos", etc. (Lucas 17:11,12). Le hubieran podido salir seis leprosos en un pueblo y cuatro en otro. Y Lucas ha debido decir: "atravesaba los confines de Galilea y Samaria", pues si va hacia el sur éste es el orden y no al revés. "Ocurrió que al llegar a Jericó había un ciego sentado junto al camino mendigando" (Lucas 18:35). También pudo estar mendigando junto al camino de Betania.

¿Recuerdan las bodas de Caná en que Jesús convierte el agua en vino? "Al tercer día se celebraron unas bodas en Caná de Galilea, y estaba allí la madre de Jesús. También fueron invitados a la boda Jesús y sus discípulos. Y como faltase el vino, la madre de Jesús le dijo: 'No tienen vino'. Jesús le respondió: 'Mujer, ¿qué nos va a ti y a mí?'" La redacción es muy fea y la respuesta del hijo a la madre muy grosera pero en fin, a petición de ella el malgeniado convirtió seis tinajas de agua en vino. ¡Y qué! Para más fue Dioniso o Baco que en su templo de Elis, y mucho antes de Cristo, llenó de vino tres tinajas vacías sin necesitar agua, y cada 5 de enero brotaba vino en vez de agua en su tempo de Andros. Y termina diciendo el evangelista: "Así en Caná de Galilea hizo Jesús el primero de sus milagros con el que manifestó su gloria, y sus discípulos creyeron en él. Después de esto bajó a Cafarnaún con su madre, sus hermanos (οι αδελφοι) y sus discípulos y permanecieron allí pocos días" (Juan 2:1-12). Todas esas precisiones de Juan son los detalles del mentiroso. ¡Qué más da que haya sido su primer milagro, que haya tenido lugar en Caná, que hayan seguido hacia Cafarnaún, etcétera!

¡Y cómo ha sufrido la Puta con esto de "sus hermanos"! Desde Constantino, y en siglos recientes por boca de los infalibles Pío Nono y Pío XII, la Puta ha sostenido como mula terca la perpetua virginidad de la Virgen, de lo que resulta que Jesús no pudo tener hermanos. Y sin embargo Juan nos lo está diciendo bien claro: sus hermanos (οι αδελφοι). Y no sólo Juan, también los otros evangelistas nos lo dicen. Es más, Mateo y Marcos los nombran. Asombrados de la sabiduría de Jesús se preguntan sus paisanos en Mateo (13:55,56): "¿No es éste el hijo del artesano? ¿No se llama su madre María y sus hermanos Jacobo, José, Simón y Judas? ¿Y sus hermanas, no viven todas entre nosotros?" (ουχ ουτος εστιν ο του τεκτονος υιος; ουχ η μητηρ αυτου λεγεται Μαριαμ και οι αδελφοι αυτου Ιακωβος κια Ιωσεφ και Σιμων και Ιουδας; και αι αδελφαι αυτου ουχι πασαι προς ημας εισιν). Y lo mismo se preguntan en Marcos (6:3) con los mismos nombres. Y algo antes del año 250, cuando la Puta todavía no se encaprichaba en la virginidad perpetua de María, interpoló tres pasajes en las *Antigüedades judaicas* de Josefo: un párrafo referente a Juan Bautista, otro referente a Cristo (el famoso *Testimonium flavianum*), y una mención pasajera a Jacobo (Santiago en español), el hermano de Cristo. Josefo está hablando en sus *Antigüedades* (20,9,200) del sumo sacerdote Ananus cuando de repente, en mitad del párrafo y como si tal cosa, se cuela la Puta falsaria para agregar que Ananus manda traer a Jacobo ante el Sanedrín para acusarlo y hacerlo apedrear: "y trajeron ante ellos al hermano de Jesús el llamado Cristo, cuyo nombre era Jacobo" (και παραγαγων εις αυτο τον αδελφον Ιησου του λεγομενου Χριστου, Ιακωβος ονομα αυτωι). ¡Cómo se habrá arrepentido de esta interpolación la falsaria! Y de no haber borrado a tiempo las menciones a los hermanos de Jesús de los evangelios. Pero ya era tarde. Las copias que las tenían se habían empezado a reproducir como conejos. O mejor dicho, como humanos.

Y no sólo los evangelistas no conocen la geografía de Palestina sino que tampoco conocen su historia en la primera mitad del siglo I, cuando la Puta pretende que vivió Cristo, ni hablan la que ésta pretende que fue su lengua, el arameo. Escriben cerca de siglo y medio después del año 33 que la Puta da como el de la muerte de Cristo; no son de Palestina ni la conocieron; no hablan arameo ni saben hebreo y la Biblia que citan no es la original hebrea sino su traducción al griego, la Septuaginta. Están pues alejados de Jesús por una triple separación: geográfica, temporal y lingüística. Lo de que el Espíritu Santo va a cubrir a María con su sombra y que de ello le nacerá un hijo lo cuenta Lucas en el primer capítulo de su evangelio, situando esta visita "en tiempos de Herodes, rey de Judea" (1:5). Y el segundo capítulo lo empieza así: "En aquellos días se promulgó un edicto de César Augusto para que se empadronase todo el mundo. Este primer empadronamiento tuvo lugar cuando Quirinio era gobernador de Siria". Y pasa a contar que José llega desde Nazaret a Belén con su esposa embarazada para empadronarse y que allí ella da a luz a su primogénito. Pero resulta que Flavio Josefo dice en sus *Antigüedades judaicas* (18,2,26): "Cuando Quirinio había dispuesto del dinero de Arquelao y había concluido el censo, que fue en el año 37 de la victoria de César sobre Antonio en Actium", etc. Esa victoria ocurrió el 2 de septiembre del año 31 antes de Cristo. De suerte que, sacando cuentas, el censo de Quirinio tuvo lugar el año 6 de nuestra era, vale decir diez años después de la muerte de Herodes. Al afirmar Lucas que Cristo nació bajo Herodes, sitúa su nacimiento cuando menos cuatro años antes de la era cristiana; y al afirmar que nació cuando el censo de Quirinio, lo sitúa seis años después de aquélla. Las contradicciones entre los evangelistas son incontables y dejan muy mal parado al Altísimo que los inspiró, pero ésta de Lucas consigo mismo es imperdonable. ¡Qué esperanzas podemos tener los que buscamos probarles a los

ateos la existencia real de Cristo, si uno de sus cuatro biógrafos oficiales no sabe ni siquiera en qué año nació! Lucas
lo pone a nacer en un lapso de diez años y ni cuenta se da.
Por eso nos tienen apabullados los que dicen que Cristo es
un mito más del Cercano Oriente adoptado y adaptado por
la Puta para sus fines y no un personaje histórico.

Pero hay más. En el capítulo tercero, versículo 23, nos
informa Lucas: "Tenía Jesús al comenzar como unos 30
años (ωσει ετων τριακοντα) y era, según se pensaba, hijo de
José, hijo de Helí, hijo de Marat, hijo de Leví", etc. y nos
suelta todo el chorro de su genealogía, que por lo demás
es totalmente distinta de la que da Mateo al comienzo de
su evangelio. Dejo sin comentario el "según se pensaba"
(ενομιζετο) y paso a comentar lo de que tenía 30 años cuando empezó su vida pública. Este capítulo tercero comienza
así: "El año decimoquinto del imperio de Tiberio César", y
sigue con el bautizo de Jesús por Juan Bautista. El año decimoquinto del imperio de Tiberio es el 29 después de Cristo;
Cristo nació bajo Herodes según dice este mismo Lucas
(1,5 y siguientes); Herodes murió en el año 4 antes de Cristo según la Historia Universal; por lo tanto en el año 29 de
nuestra era Cristo no tenía "como unos 30 años", sino "como
unos 33" cuando menos según se deduce de lo que nos informa el mismo evangelista. ¿Lucas era un escritor descui-
dado o un fabulador? A mí me importa un carajo lo que
hubiera sido o no hubiera sido Lucas. Lo que me importa
es que Dios, que es quien lo inspiró, es un "boludo", como
dicen en Argentina. ¡Un solemne güevón, como decimos
en Colombia!

El historiador judío Flavio Josefo, que vivió aproximadamente entre el año 37 y el 100, y que escribió en griego la
Guerra judía en siete libros, las *Antigüedades judaicas* en veinte, una corta autobiografía y una defensa de la raza judía,
Contra Apión, es la máxima fuente (por no decir que la única) de la historia de Palestina en el siglo I de nuestra era. La

Puta, que es desvergonzada y muy dada a mentir con la verdad, sostiene que los evangelios en realidad no son biografías sino más bien *kerygma*, una especie de credo ampliado. Sí, pero el credo, abreviado o ampliado, es un acto de fe, y yo no acepto que se me imponga la existencia histórica de nadie con actos de fe porque no se me da mi real gana. Por lo demás, en ninguno de los cuatro evangelios se dice que quien los escribe ha sido inspirado por Dios. ¿Por qué entonces lo sostiene la Puta? ¿De dónde sacó la santidad y la inspiración divina de esos textos? ¿Y es que existieron realmente estas cuatro entelequias con nombres de humanos? He aquí otra muestra del desconocimiento por parte de estas entelequias de la historia judía en el primer siglo de nuestra era. Escribe el ente Juan (2:19,20): "Jesús respondió: 'Destruid este templo y en tres días lo levantaré'. Los judíos contestaron: '¿En cuarenta y seis años ha sido construido este templo y tú lo vas a levantar en tres días?'" Y he aquí lo que dice Flavio Josefo en sus *Antigüedades* (15,11, 421), en el capítulo 11 que destina en su totalidad a describir la construcción del segundo templo por Herodes en el decimoctavo año de su reinado: "Pero el templo mismo fue construido por los sacerdotes en un año y seis meses, tras lo cual el pueblo se llenó de júbilo". Ustedes verán a quién le creen, si a Flavio Josefo que es uno de los grandes historiadores de la antigüedad y cuyos libros están repletos de nombres y datos concretos, o al marihuano de Juan que sólo menciona tres personajes históricos: Pilatos, Anás y Caifás, y cuyo evangelio pasa en la tierra de nadie, en el tiempo de nadie y entre las confundidoras nubes del *hachís*. ¡Dizque el Logos! ¡Cuál puto Logos! Juan Evangelista es el precursor de los *hippies*.

Cuenta Mateo (2:19-23) que "Muerto Herodes un ángel del Señor se le apareció en sueños a José en Egipto y le dijo: 'Levántate, toma al niño y a su madre y vete a la tierra de Israel pues ya han muerto los que atentaban contra la

94

vida del niño'. Levantándose tomó al niño y a su madre y vino a la tierra de Israel. Pero al oír que Arquelao había sucedido a su padre Herodes en el trono de Judea temió ir allá, y avisado en sueños marchó a la región de Galilea y se fue a vivir a una ciudad llamada Nazaret para que se cumpliera lo dicho por los profetas: 'Será llamado nazareno'". ¡Otra vez Balzac en los evangelios! ¿Cómo supo Mateo qué soñó José en Egipto y en Israel? Y a ver quién me señala un versículo del Antiguo Testamento en que un profeta diga que "Será llamado nazareno". En fin, lo que en realidad quiero señalar es que al morir Herodes el Grande efectivamente a su hijo Arquelao le tocó Judea; pero, cosa que no anota el evangelista, a su otro hijo, Herodes Antipas, le tocó Galilea, donde estaba Nazaret. Y este Herodes Antipas fue ni más ni menos el que junto con Pilatos y Caifás acabó crucificando a Cristo, lo cual hace todo este asunto una cruel burla del Altísimo. Lo que debió decirle el ángel a José fue: "No te muevas de Egipto con el niño que esos dos hermanos son tan malos como el padre. Si lo salvas de uno de ellos, tarde que temprano lo matará el otro". ¡Pero qué! Los ángeles son inútiles. No sirven sino para dictar Coranes. Y otra cosa: Nazaret es otro de los inventos de la Puta. No existió, no está en Flavio Josefo. Si en vez de Nazaret los evangelistas hubieran puesto Terazán, hubiera dado lo mismo. En este caso Jesús no habría sido el nazareno sino el terazano.

En fin, los evangelistas escriben en griego, pero la Puta pretende que Cristo habló arameo. ¿Por qué entonces no dictó el Padre los evangelios en arameo para que no le fueran a traicionar a su Hijo? La Puta, que es cínica y se inventa las respuestas más marcianas para todo, dirá que los designios del Señor son inescrutables. Puesto que los evangelistas no fueron judíos de Palestina, ni griegos de la Decápolis (que está al este del Jordán), ya que no conocen la geografía de ambas regiones, ¿fueron entonces judíos helenizados de la diáspora? Por diáspora se entiende erradamente sólo la dispersión que siguió a la destrucción del templo de Jerusalén en septiembre del año 70 por Tito. Pero ya desde dos siglos antes cuando menos había judíos diseminados por buena parte de la cuenca del Mediterráneo, con un gran centro en Alejandría, en Egipto, donde se tradujo la Biblia hebrea al griego en la versión llamada de los setenta o Septuaginta; y los siguió habiendo en Jerusalén hasta el año 135 en que el emperador Adriano aplastó la revuelta judía de Bar Kochba y los expulsó definitivamente de la ciudad, que rebautizó como Aelia Capitolina y que consagró a Júpiter.

En Alejandría y durante los siglos II y III antes de nuestra era se había hecho la primera traducción de la Biblia hebrea al griego, la Septuaginta, así llamada porque la leyenda se la atribuía a setenta traductores. Esta versión griega es la que citan los evangelistas y de donde sacan sus profecías amañadas pues no conocen el original en hebreo. Es más, ni siquiera conocen bien la versión griega. El Evangelio de Marcos empieza diciendo: "Comienzo del Evangelio de Jesucristo, Hijo de Dios. Como está escrito en el profeta Isaías: 'He aquí que envío a mi mensajero para que te preceda y prepare tu camino'". Pues está equivocado Marcos. Lo que cita no es de Isaías sino de Malaquías: es el comienzo del primer versículo del capítulo tercero del libro de éste. La Puta sostiene que los evangelistas fueron inspirados por Dios. ¡Pero qué mal inspirados! Dios les dictó todo equivocado. Si el Altísimo no conoce el Antiguo Testamento, no sé para qué se mete a dictar el Nuevo.

Pero la más famosa de estas falsas profecías está en Mateo, quien tras la genealogía de Jesús al principio de su evangelio nos cuenta que un ángel se le aparece en sueños a José y le dice: "'No temas recibir a María por esposa pues lo que ha sido engendrado en ella es del Espíritu Santo. Dará a luz un hijo y le pondrás por nombre Jesús (Ιησουν) porque salvará a su pueblo de sus pecados'. Todo esto sucedió para que se cumpliera lo que dijo el Señor por boca del profeta: 'La virgen (παρθενος) concebirá (εν γαστρι εξει) y dará a luz un hijo que llamarán Emanuel, que significa Dios con nosotros'" (1:20-23). El profeta en cuestión es Isaías, quien en el Antiguo Testamento o Biblia hebrea le dice al rey Acaz de Judea, a propósito de los reyes de Siria y de Israel que vienen contra él: "El Señor mismo os dará una señal: una joven (*almah*) ha concebido (*harah*) y dará a luz un hijo y le pondrán el nombre de Emanuel. Cuando sepa desechar lo malo y escoger lo bueno comerá mantequilla y miel. Pero antes de que el niño sepa desechar lo malo y escoger lo bueno los reinos de los dos reyes que te amenazan serán destruidos" (Isaías 7:14,16). Donde el original hebreo dice "una joven" (*almah*), Mateo, siguiendo la Septuaginta, pone "una virgen" (παρθενος), siendo así que en hebreo "virgen" se dice *betulah*. Esto poco más importaría pues es perfectamente normal que una joven sea virgen y conciba después de su primera relación sexual. La falsificación de Mateo está en poner "concebirá" (εν γαστρι εξει) en futuro, siendo así que en hebreo está en pasado: "ha concebido" (*harah*). La joven de que habla Isaías ya ha concebido y dentro de unos meses dará a luz a su hijo tras lo cual, siendo éste todavía un niño sin uso de razón, los dos reyes enemigos de Acaz serán vencidos. Ésa es la profecía de Isaías, que en pocas palabras y simplificándola podría ser: "Rey Acaz, dentro de unos dos o tres años tus dos reyes enemigos serán vencidos". Los verbos de las profecías están siempre en futuro. Una profecía con verbo en pasado no es profecía. En Isaías, sí hay una profecía, la que le hace a Acaz de que los dos reinos enemigos "serán" destruidos, y si se cumplió fue siglos antes de Mateo, quien mañosamente y embrollándolo todo cambia el "ha concebido" de Isaías por "concebirá", dejando la puerta abierta para que siglos después de Isaías la Virgen María conciba a Jesús por obra del Espíritu Santo. ¿Pero dónde está el Espíritu Santo en Isaías?

¿Dónde están la expresión hebrea *ru'ah ha-qodesh* o el vocablo *shkhinah* que son los que lo designan? ¡Y qué es ese cuento de Emanuel! ¿Dónde en los evangelios se vuelve a hablar de Emanuel?

"Una voz se oye en Ramá con llanto y lamento amargo: es Raquel que llora por sus hijos y se niega a ser consolada porque ya no existen". ¡Quién que lea este versículo de Jeremías (31:15) puede pensar que está anunciando la matanza de los inocentes que cuenta Mateo! Pues es lo que sostiene este fabulador cuando después de inventarnos que Herodes mandó matar a todos los niños de Belén y su comarca de dos años para abajo termina diciendo: "Entonces se cumplió lo dicho por medio del profeta Jeremías", y nos suelta el versículo. Y según el mismo fantaseador, la profecía de que Jesús iba a nacer en Belén (Mateo 2:5,6) es este versículo de Miqueas: "Pero tú, Belén Efrata, aunque eres la más pequeña entre todos los pueblos de Judá, me darás al que debe gobernar a Israel" (Miqueas 5:1). Y la profecía de la huida a Egipto (Mateo 2:15) es este versículo de Oseas: "Cuando Israel era niño lo amé y de Egipto llamé a mi hijo" (Oseas 11:1). Y dice Mateo en 4:12-16: "Cuando oyó que Juan (Bautista) había sido encarcelado se retiró a Galilea. Y dejando Nazaret se fue a vivir a Cafarnaún, ciudad marítima, en los confines de Zabulón y Neftalí, para que se cumpliera lo dicho por medio del profeta Isaías: 'Tierra de Zabulón y tierra de Neftalí en el camino del mar, al otro lado del Jordán, la Galilea de los gentiles, para el pueblo que yacía en tinieblas una gran luz ha amanecido'". Si en vez de Cafarnaún Cristo se hubiera ido a vivir a Corazín, o a Genesartet, o a Magdala, o a Tiberiades, o a Seforis también se habría cumplido la profecía.

Y escribe Juan (19:32-37): "Vinieron los soldados y les quebraron las piernas a los que habían crucificado con él. Pero cuando llegaron a Jesús, como le vieron ya muerto no le quebraron las piernas sino que uno de los soldados le abrió el costado con la lanza y al instante brotó sangre y agua. El que lo vio da testimonio y su testimonio es verdadero, y él sabe que dice la verdad para que también vosotros creáis. Esto ocurrió para que se cumplieran las Escrituras: 'No le quebrantarán ni un hueso'. Y también otro pasaje de las Escrituras dice: 'Mirarán al que traspasaron'". El primer pasaje es de los Salmos (34:20,21) y lo que dice es: "Aunque el justo padezca muchos males de todos los librará Yavé. Él cuida con afán todos sus huesos, y no le será quebrado ni uno de ellos". O sea lo contrario de lo que le pasó a Jesús: es cierto que no le quebraron ni un hueso, ¡pero lo mataron! En cuanto al segundo pasaje es de Zacarías (12:10) y en él dice Yavé: "Y derramaré sobre la casa de David y los moradores de Jerusalén espíritu de gracia, y llorarán por mí, a quien traspasaron, como se llora la pérdida de un hijo único". ¡Cuándo han llorado los judíos por la muerte de Jesús! ¡Nada más faltaba!

En estas profecías de retardados mentales para retardados mentales se basa la Puta para probar que, puesto que se cumplieron, Cristo sí existió y fue el enviado de Dios. Pero hay más, un pasaje de Lucas (24:41-44) en que es Cristo el que sin el menor pudor se atribuye a sí mismo el cumplimiento de lo anunciado en las escrituras. Escribe Lucas que Cristo se les aparece resucitado a "los once" y les dice que lo palpen para que comprueben que no es un espíritu y que ha resucitado en carne y hueso. "Y diciendo esto les mostró las manos y los pies. Y como ellos, aunque llenos de gozo, seguían sin creer maravillados, les dijo: '¿Tenéis algo de comer?'. Entonces le dieron parte de un pez asado y miel. Y tomando el pez comió y les dijo: 'Ya os decía cuando aún estaba con vosotros que había de cumplirse todo lo que está escrito acerca de mí en la Ley de Moisés, en los Profetas y en los Salmos'". Pretencioso el hombre, ¿no? Y en Mateo 13:13-15 les explica a los apóstoles: "Por eso les hablo (al pueblo ignaro) en parábolas, porque viendo no ven y oyendo no oyen ni entienden. Y se cumple en ellos la profecía de Isaías que dijo: 'Oiréis, pero no entenderéis; miraréis, pero no veréis. Porque el corazón de este pueblo se ha embotado'". Pero no hay tal profecía en Isaías. Lo que éste cuenta es que en el año en que murió el rey Ozías, Yavé lo envía a decirle al pueblo que por más que oigan no entenderán y por más que miren nunca verán de suerte que acabarán siendo destruidos a causa de su cerrazón mental, y sus ciudades serán asoladas y sus tierras quedarán vueltas un desierto. Lo cual no sólo es un mensaje perverso sino inútil, pues si Yavé sabe que el pueblo no va a hacer caso, ¿para qué manda a Isaías? Por lo demás los oídos sordos no son sólo de los tiempos de Isaías o de Jesús sino de todos los tiempos. ¡Cuánto no llevo explicando por qué hay que repudiar a la Puta! Más le hace el viento a Juárez cuando le sopla a su estatua.

¿Y para qué habla Cristo en parábolas si, como nos dice, el pueblo cerril no escucha ni entiende? En Mateo 13:18-35 le propone a la multitud una después de la otra las parábolas del sembrador, la cizaña, el grano de mostaza y la levadura, tras lo cual nos dice el evangelista: "Todas estas cosas se las dijo Jesús a las multitudes en parábolas y de nada les hablaba sino en parábolas para que se cumpliese lo dicho por medio del profeta: 'Abriré mi boca en parábolas y proclamaré lo que estaba oculto desde la creación del mundo'". ¡Pero cuál profeta! Lo que cita Mateo no es de ningún profeta. Es el versículo 2 del Salmo 78 que dice: "En parábolas voy a abrir mi boca y evocaré los enigmas del pasado". Como sea, con profeta o sin profeta: ni las multitudes entienden las parábolas de Cristo ni tampoco las entienden sus discípulos: "Entonces después de despedir a las multitudes entró en la casa y sus discípulos le dijeron: 'Explícanos la parábola de la cizaña del campo'. Él les respondió: 'El que siembra la buena semilla es el Hijo del Hombre; el campo es el mundo; la buena semilla son los hijos del Reino; la cizaña son los hijos del Maligno. El enemigo que la sembró es el Diablo; la siega es el fin del mundo; los segadores son los ángeles'", etc. (Mateo 13:36-43). Éstas son equivalencias abusivas, adivinanzas. El mundo es el mundo y no un campo, y los ángeles son los ángeles y no segadores, etcétera.

Cristo es un engendro fraguado por Roma, centro del imperio y del mundo helenizado, a partir del año 100, juntando rasgos tomados de los mitos de Atis de Frigia, Dioniso de Grecia, Buda de Nepal, Krishna de la India, Osiris y su hijo Horus de Egipto, Zoroastro y Mitra de Persia y toda una serie de dioses y redentores del género humano que lo precedieron en siglos y aun en milenios y que el mundo mediterráneo conoció a raíz de la conquista de Persia y la India por Alejandro Magno. El cristianismo de los primeros tiempos tuvo que competir con varios de los misterios de Asia Menor y en especial con el mitraísmo, la gran religión del imperio de la que tanto tomó y a la que sólo se pudo imponer con el apoyo de Constantino y sus sucesores, ya bien avanzado el siglo III. Cristo nació el 25 de diciembre de una Virgen, y en la misma fecha, que es el solsticio de invierno, nacieron Atis, de la Virgen Nana; Buda, de la Virgen Maya; Krishna, de la Virgen Devaki; Horus, de la Virgen Isis, en un pesebre y en una cueva. También Mitra nació el 25 de diciembre, de una virgen, en una cueva y lo visitaron pastores que le trajeron regalos. Y de una virgen también nació Zoroastro o Zaratustra.

Atis murió por la salvación de la humanidad crucificado en un árbol, descendió al submundo y resucitó después de tres días. Mitra tuvo doce discípulos; pronunció un Sermón de la Montaña; fue llamado el Buen Pastor; lo consideraron la Verdad y la Luz, el Logos, el Redentor, el Salvador y el Mesías; se sacrificó por la paz del mundo; fue enterrado y resucitó a los tres días; su día sagrado era el domingo y su religión tenía una eucaristía o Cena del Señor en que decía: "El que no coma de mi cuerpo ni beba de mi sangre de suerte que sea uno conmigo y yo con él, no se salvará".

Buda fue bautizado con agua estando presente en su bautizo el Espíritu de Dios, enseñó en el templo a los 12 años, curó a los enfermos, caminó sobre el agua y alimentó a quinientos hombres de una cesta de bizcochos; sus seguidores hacían votos de pobreza y renunciaban al mundo; fue llamado el Señor, Maestro, la Luz del Mundo, Dios de Dioses, Altísimo, Redentor y Santo; resucitó y ascendió corporalmente al Nirvana.

Dioniso también resucitó y fue llamado Rey de Reyes, Dios de Dioses, el Unigénito, el Ungido, el Redentor y el Salvador. Horus fue bautizado en el río Eridanus por Anup el Bautista que fue decapitado; a los 12 años enseñó en el templo y fue bautizado a los 30; fue llamado el "Ungido", la Verdad, la Luz, el Mesías, el Hijo del Hombre, la Palabra Encarnada, el Buen Pastor y el Cordero de Dios; hizo milagros, exorcizó demonios, resucitó a Azarus y caminó sobre el agua; pronunció un Sermón de la Montaña y se transfiguró en lo alto de un monte; fue crucificado entre dos ladrones y resucitó después de ser enterrado tres días en una tumba.

Krishna fue hijo de un carpintero, su nacimiento fue anunciado por una estrella en el oriente y esperado por pastores que le llevaron especias como regalo; tuvo doce discípulos; fue llamado el Buen Pastor e identificado con el cordero; también fue llamado el Redentor, el Primogénito y la Palabra Universal; hizo milagros, resucitó muertos y curó leprosos, sordos y ciegos; murió hacia los 30 años por la salvación de la humanidad y el sol se oscureció a su muerte; resucitó de entre los muertos, ascendió al cielo y fue la segunda persona de una Trinidad.

Zoroastro fue bautizado en un río con agua, fuego y viento santo; fue tentado en el desierto por el Diablo y empezó su ministerio a los 30 años; expulsó demonios y le devolvió la vista a un ciego; predicó sobre el cielo y el infierno, sobre la resurrección, el juicio, la salvación y el apocalipsis.

¿Y qué son las palabras atribuidas a este engendro mitológico de Cristo sino un batiburrillo sacado de los libros canónicos y apócrifos de la Biblia hebrea y de la sabiduría popular? El Sermón de la Montaña ha sido tomado de los Salmos, Isaías, los Proverbios y el Eclesiástico. Y sus bienaventuranzas provienen del quinto tratado (capítulos 91-107) del Libro de Enoc y del Libro de los Nazarenos que dice: "Bienaventurados los pacíficos, los justos, los creyentes", "da de comer al hambriento, da de beber al sediento, viste al desnudo" y "que tu mano derecha no sepa qué limosna da la izquierda". Y el llamado "pequeño Apocalipsis" de los evangelios sinópticos tiene frases tomadas al pie de la letra de ese mismo Libro de Enoc, así como del Libro de los Jubileos y del Testamento de los Doce Patriarcas. El dicho de Cristo de que "es más fácil que un camello pase por el ojo de una aguja que un rico entre al reino de Dios" es un proverbio que está en el Talmud. Y su precepto de que "Trata a los demás como quisieras que te trataran a ti" está en el libro de Tobías (4:15): "Lo que no quieras que te hagan no se lo hagas a los demás". Y también se lo atribuyen al famoso rabino Hillel, contemporáneo de Jesús: "No le hagas a los demás lo que no te guste que te hagan a ti, ésa es la ley en pocas palabras y lo demás es comentario". Y de la sabiduría popular y no de Jesús son los dichos "Nadie echa vino en odres viejos" (Marcos 2:22) y "¿Desde cuándo los sanos necesitan médico?" (Mateo 9:12).

Ni siquiera es original que enseñe con parábolas, narraciones fingidas con que pretende explicarnos su tan cacareado Reino de los Cielos, pues Krishna y los budistas también recurrieron a ese género y asimismo los jainistas, de quienes provienen las parábolas del hijo pródigo y el sembrador. En cuanto a las de Cristo, cuando no son adivinanzas infantiles son brumosas, insensatas, inmorales y arbitrarias, llenas violencia e injusticia, de mentirosos, asesinos, opresores, ingratos, torturadores y traficantes de esclavos que él no reprueba. En vano busca uno en ellas una mínima compasión o comprensión o humanidad. ¡Qué más arbitrariedad e injusticia que la que consagra esa parábola de los labradores de la viña que cuenta Mateo en 20:1-16! En ella un patrón les paga igual a los labradores que contrató al amanecer que a los que contrató al atardecer, y cuando estos últimos se lo reprochan, a uno de ellos le contesta: "Amigo, no te hago ninguna injusticia. ¿Acaso no conviniste conmigo en un denario? Toma lo tuyo y vete. Quiero dar a este último lo mismo que a ti. ¿No puedo hacer con lo mío lo que quiero? ¿O es que vas a ver con malos ojos que yo sea bueno? Así los últimos serán los primeros y los primeros los últimos". Esta parábola empieza diciendo: "El Reino de los Cielos es semejante a un patrón que salió al amanecer a contratar obreros para su viña". Pues si ése el Reino de los Cielos sale sobrando pues es igual al mísero reino injusto de este mundo que pesa sobre nosotros día a día y que es obra del patrón, de Dios, que lo creó dándole a cada quien según su divina y real gana, haciendo a unos bueyes y a otros hombres, a unos esclavos y a otros amos, a unos ricos y a otros pobres, a unos bellos y a otros feos, a unos tontos y a otros inteligentes. La de los labradores de la viña es la parábola de la injusticia, la del horror de este mundo, pero resume a cabalidad las enseñanzas de Cristoloco, un impostor confundidor que nunca buscó iluminar ni ennoblecer.

Cura a un ciego en Jericó, resucita a un muerto en Naín, hace andar a un paralítico en Cafarnaún, expulsa a unos demonios en Gerasa, se mete a las sinagogas a predicar sin que se lo pida nadie. Va, viene, sube, baja, cita a Isaías, los Salmos, el Éxodo, el Levítico, el Deuteronomio como televangelista con micrófono. Con los fariseos se enzarza en tremendas discusiones acerca de la Ley y los Profetas, y con argucias de sofista y una casuística digna del jesuita más pérfido los vence. De haber vivido hoy lo habrían contratado como abogado Enron y Halliburton. Es el Mesías en quien se cumplen todas las profecías. Pero no uno local que viene a salvar a Israel sino el mismísimo redentor de todo el género humano. Él es el Hijo.

—¿El Hijo de quién?

—Pues del Padre.

—¿De Yavé?

—Ah, compadre, ahí sí me la está poniendo muy peliaguda. Dejémoslo simplemente en el Hijo. O si prefiere, el Señor.

—¿Pero no se le dice pues "Señor" también al Padre?

—Sí, pero es que son dos. Dos "Señores" distintos en un solo Dios verdadero.

—Con la paloma del Espíritu Santo arriba y en medio de ellos.

—Exacto.

—¡Ah, compadre, qué feliz me hace! Hablo en prosa y soy teólogo.

Hoy es opinión casi unánime entre los eruditos imparciales que el evangelio más antiguo es el de Marcos, que en él se basan los de Mateo y Lucas y que los tres fueron escritos originalmente en griego. Y es que el Evangelio de Mateo reproduce el noventa por ciento del de Marcos y el de Lucas reproduce el cincuenta y siete por ciento. Y sin embargo la Puta, apoyándose en una incierta cita de Papías hecha por Eusebio en su *Historia eclesiástica*, ha sostenido siempre, y con la mayor desfachatez lo sigue sosteniendo hoy en día, que el Evangelio de Mateo fue el primero y que fue escrito originalmente en arameo. ¡Claro, para acercarlo lo más posible a Cristo! Sólo hasta principios del siglo XIX se empezó a cuestionar esta tesis que una simple comparación de los evangelios revela como equivocada. De entonces data el término "sinóptico" (del griego "ver al mismo tiempo"), que le debemos a Griesbach, para agrupar estos tres evangelios por oposición al de Juan, del que difieren en esencia. Si el Evangelio de Marcos, que es el más corto, coincide casi en su totalidad con el de Mateo, que es bastante más largo, esto significa que Mateo fue el que tomó a Marcos y le agregó cosas, y no al revés. E igual pasa con Lucas. Por mil seiscientos años, vale decir del 200 hasta 1800, la Puta impidió que se hiciera esta constatación evidente. Además de coincidir en lo que han tomado de Marcos, los evangelios de Mateo y Lucas coinciden en lo que han tomado de una segunda fuente de dichos atribuidos a Jesús que no ha subsistido en ninguna copia y que los eruditos designan con la palabra alemana *Quelle* (fuente) abreviada a *Q*. En fin, para unos breves pasajes de Mateo se ha postulado una tercera fuente designada como *M*, y para otros breves pasajes de Lucas una cuarta fuente designada como *L*. Mateo y Lucas son pues, en esencia, un Marcos aumentado.

Sobre la base de las anteriores constataciones evidentes, pero en el entendido de que Cristo existió, cosa que nadie ha probado, los estudiosos del Nuevo Testamento de los dos últimos siglos se han entregado al juego necio de las conjeturas para explicar quiénes fueron los evangelistas, dónde y cuándo escribieron los evangelios y por qué cauces llegaron hasta ellos la palabra y los hechos de Jesús, sea o no sea éste el Hijo de Dios. Yo no voy a entrar aquí en ese juego que me sale sobrando. Simple y sencillamente no tenemos datos firmes para explicar nada. No hay prueba ninguna que permita atribuir el Evangelio de Juan al supuesto apóstol Juan en vez de Juan el presbítero de que habla Papías, citado por Eusebio. A Pedro lo llaman también Simón Pedro y Cefas, pero a lo mejor Simón Pedro y Cefas son dos personajes distintos. El Pablo de las epístolas no es el Pablo de los Hechos de los Apóstoles. Y de las catorce epístolas atribuidas a él hoy ya casi no queda una que se considere auténtica. Y si alguna se considera tal resulta que está llena de interpolaciones. Juan no es Juan, Pedro no es Pedro, Pablo no es Pablo, Cristos hay muchos... De un pantano se puede sacar agua limpia si se tiene un filtro. Pero aquí no hay filtro. Sólo agua pantanosa. Todo es incierto: fechas, nombres, lugares, citas, copias. Al que afirme que Cristo existió le toca probarlo: con escritos cristianos o paganos o marcianos. Para los marcianos habrá que esperar a que vayamos a Marte a ver si sus tormentas de arena no los han estropeado. De los escritos cristianos los principales son los evangelios canónicos de que he venido tratando. En cuanto a los escritos paganos aducidos como prueba de la existencia de Cristo se reducen al *Testimonium flavianum*, un simple párrafo de las *Antigüedades judaicas* de Flavio Josefo, que si bien nació en el año 37 (o sea un poco después de la muerte de Cristo, a quien por lo tanto no pudo conocer) por lo menos era judío de Palestina y hablaba arameo. Y no hay más que ese párrafo de ese libro terminado en el año 13 de Domiciano (o sea el 93 de la era cristiana) y escrito en griego. Sobra seguir citando a Suetonio, a Tácito y a Plinio el Joven, que eran romanos y no judíos, que no vivieron en Palestina, que escribieron después del año 100 en latín, y que si mencionan las palabras *Crestus* o *Cristo* o *cristiano* en sus escritos es de pasada y porque las han oído quién sabe dónde y por boca de quién sabe quién.

El *Testimonium flavianum* es el siguiente párrafo del libro 18 de las *Antigüedades judaicas*, cuyo tercer capítulo empieza hablando de una sublevación de los judíos contra Pilatos y continúa diciendo: "Por esta época vivió Jesús (Ιησους), un hombre sabio (σοφος ανηρ), si es que se le puede llamar hombre pues fue el artífice de obras maravillosas, y maestro de quienes quieren recibir la verdad. Tuvo muchos seguidores judíos y helenizados (Ελληνικου). Fue el Cristo (o Χριστος ουτος ην) y cuando Pilatos, por instigación de los principales entre nosotros, lo condenó a la cruz, los que lo querían no lo olvidaron pues se les apareció vivo al tercer día según lo habían anunciado los profetas divinos junto con otras mil cosas maravillosas más referentes a él; y la tribu (το φυλον) de los cristianos (Χριστιανων), así llamados por él, continúa hasta la fecha" (*Antigüedades* 18,3,63-64).

Del *Testimonium flavianum* sabemos por primera vez por Eusebio que cita el párrafo completo en su *Historia eclesiástica* (1,11), obra escrita entre el 312 y el 324. Ninguno de los escritores cristianos anteriores a él lo conoce, ni siquiera Orígenes (*c*185-*c*254) que en tres ocasiones con ligeras variantes (*Comentario sobre Mateo* X,17 y *Contra Celso* I,47 y II,13) se refiere a la pasajera mención de Jacobo el hermano de Jesús en las *Antigüedades judaicas* de que ya he hablado. Así dice Orígenes en el *Comentario sobre Mateo* (X,17): "Y era tan grande la reputación de Jacobo entre el pueblo por su rectitud que Flavio Josefo, que escribió las *Antigüedades judaicas* en veinte libros, cuando quiere dar la causa de que el pueblo tuviera que sufrir tan grandes desventuras hasta el punto de que el templo fue destruido, dice que fue la ira de Dios por lo que se atrevieron a hacerle a Jacobo el hermano de Jesús llamado Cristo. Pero lo notable es que aunque Josefo no acepta a Jesús como Cristo, sin embargo da testimonio de la gran rectitud de Jacobo y dice que el pueblo pensaba que habían sufrido estas desgracias por él". Lo notable para mí son dos cosas: que Orígenes diga que "Josefo no acepta a Jesús como Cristo", con lo cual probamos que no conoció el *Testimonium flavianum*, cuya esencia es esta afirmación; y que en ningún lado de las *Antigüedades judaicas* tal como las tenemos hoy se dé como causa de la destrucción del templo la ejecución de Jacobo, aunque Josefo sí nombra a éste y precisa que es "el hermano de Jesús el llamado Cristo" pero de paso, sin darle mayor importancia (*Antigüedades* 20,9,200). Así que la copia de las *Antigüedades* que consultó Orígenes tenía algo que no tienen las copias nuestras actuales, y le faltaba algo que sí tienen y que también tenía la que consultó Eusebio: el *Testimonium flavianum*. Por lo tanto Eusebio, que escribía en griego, falsificó el *Testimonium flavianum*, o bien lo tomó de una copia que tenía la falsificación fresquecita. Otros escritores cristianos anteriores o posteriores a Orígenes que como él escriben en griego, citan a Josefo y no conocen el *Testimonium flavianum* son Clemente de Alejandría (*c*150-*c*215), Juan Crisóstomo (347-407) y el patriarca de Alejandría Focio (*c*820-*c*891). Así pues, todavía en el siglo IX, en tiempos de Focio, circulaban copias de las *Antigüedades judaicas* sin la interpolación.

Focio fue uno de los más grandes eruditos cristianos. Entre sus obras está la *Mistagogia del Espíritu Santo*, primera refutación de la doctrina latina del *Filioque* que, según ya he referido, lo enfrentó al papa Nicolás I; y el *Myriobiblion* o *Biblioteca*, una colección monumental de resúmenes de doscientos ochenta libros religiosos importantes, gracias a la cual hoy sabemos de la existencia de muchas obras de la antigüedad griega y los primeros siglos del cristianismo que sin ella nos serían totalmente desconocidas. En el *Myriobiblion* (código 33) escribe: "He leído la *Cronología* de Justo de Tiberíades que empieza con Moisés y termina con la muerte de Herodes Agripa. Es de lenguaje conciso y pasa a la ligera sobre asuntos que habría tenido que tratar a fondo y así, debido a sus prejuicios judíos pues era judío de nacimiento, no hace la mínima mención de la aparición de Cristo, ni de las cosas que le ocurrieron, ni de las obras maravillosas que hizo. Era hijo de un judío de nombre Pistus y un hombre, según lo describe Josefo, de carácter disoluto". Justo de Tiberíades fue un historiador judío contemporáneo y rival de Flavio Josefo, quien denigra extensamente de él en el apéndice autobiográfico que le añadió a sus *Antigüedades*. Ya no quedan los escritos históricos de Justo de Tiberíades, se perdieron después de Focio; pero lo que sí queda claro por lo que respecta a éste es que conocía muy bien a los dos historiadores judíos de la segunda mitad del siglo I y que ninguno de ellos habla de Cristo.

La copia más antigua que nos queda de los libros 11 al 20 de las *Antigüedades judaicas* de Josefo es el códice F 128 de la Biblioteca Ambrosiana, del siglo XI. El que esta copia tenga el *Testimonium flavianum* significa que proviene de la estirpe de copias falsificadas que se asocian al nombre de Eusebio: Eusebio obispo de Cesarea, biógrafo de Constantino a cuyo carro de la victoria se montó junto con la Puta y autor de la *Historia eclesiástica*, que es la tercera Historia de esta cortesana calientacamas, siendo las dos primeras las memorias de Hegesipo escritas hacia el año 180 en tiempos del papa Eleuterio y de las que sólo han quedado los párrafos que cita de ellas justamente nuestro obispo historiador, y los Hechos de los Apóstoles, que son de la misma época de Hegesipo y tan falsos como los evangelios, si es que cabe. Según sostiene la Puta con un desfase de cuando menos cien años, los Hechos de los Apóstoles fueron escritos antes de la destrucción de Jerusalén, que fue en el año 70, pero no tiene forma de probarlo. Y para colmo de descaro sostiene que son historia pura y que los escribió Lucas, el autor del tercer evangelio. Pero ni Lucas existió, ni el autor del evangelio que lleva su nombre es el mismo del de los Hechos, ni este engendro que parece libro es historia. Los Hechos de los Apóstoles los escribió el Espíritu de la Mentira, que hoy como ayer y como hace mil ochocientos años sigue preñando a la malnacida ramera de que aquí tratamos. Tengo ante mí en este instante la edición del Antiguo Testamento de la Facultad de Teología de la Universidad de Navarra, salida de la vagina sucia del Opus Dei. Esta asociación delictiva, estafadora de viudas, cómplice de los poderosos, obra tartufa de la España cerril del beato Escrivá de Balaguer, hoy domina al Vaticano, Babilonia Roma, en cuyo trono de San Pedro sienta sus puercas nalgas la Gran Puta.

De todos modos si el *Testimonium flavianum* fuera auténtico y no una interpolación, ¿cómo explicarnos que Josefo, que le consagra a Herodes el Grande 34 capítulos de sus *Antigüedades*, se olvide de inmediato de Cristo después de lo que ha dicho de él y sólo lo vuelva a mencionar de paso en su fugaz referencia a su hermano Jacobo? Por lo demás, salvo en las dos interpolaciones de que hemos venido tratando, en las obras de Josefo no aparece la palabra *Cristo* con que la Septuaginta traduce al griego (unas cuarenta veces) la palabra hebrea *Mesías*, que significa "ungido". Es más, tampoco *Mesías* aparece en las obras de Josefo. Tal vez eso de que los judíos estaban esperando un Mesías sea puro cuento de cristianos. Mesías ya habían tenido muchos, muchos reyes ungidos. Hoy, de todas maneras, ya no necesitan Mesías que los salve, gracias a Dios, pues para eso tienen la bomba atómica. Israel valiente, Israel sufrido, ¿qué estás esperando para lanzarle una de ésas aunque sea chiquita a Babilonia Roma y acabas con la Puta? ¿No te ha hecho pues sufrir tanto esta desgraciada durante mil ochocientos años?

¿Y quién le contó a Josefo lo de las mil cosas maravillosas de Cristo y que resucitó al tercer día? ¿Acaso un tío? ¿O un abuelo? ¿O su papá, que según él mismo nos cuenta se llamaba Matatías? Porque él, Josefo, no pudo haber sido testigo presencial de las hazañas de Cristo dado que nació algo después de que nuestro Redentor muriera. ¿Y por qué no vuelve a hablar en su extenso libro de la tribu (το φυλον) de los cristianos, si según dice "continúa hasta la fecha", o sea hasta el año 93 en que escribe? La plaga de los cristianos, amigo mío Josefo, siempre ha ido en aumento. Hoy son más de dos mil millones y con serias intenciones de expandirse a lo largo y ancho de la Vía Láctea y, no bien rebasada ésta, por las galaxias circunvecinas. Espurio o auténtico, el testimonio de Flavio Josefo sobre Cristo no vale un comino. Y punto.

Voy a probarle en seguida a la Puta, de aperitivo, que Lucas no escribió los Hechos de los Apóstoles según me lo dice por boca de sus lacayos del Opus Dei de la Universidad

111

de Navarra. Hay una frase de Juan Bautista que citan con ligeras variantes los Hechos de los Apóstoles y los cuatro evangelios. Si el evangelista Lucas fuera también el autor de los Hechos de los Apóstoles, la frase en cuestión tendría que ser exactamente igual en este libro y en su evangelio. Pero no hay tal. Lucas coincide con los tres restantes evangelistas (pese a que uno de ellos, Juan, proviene de una tradición muy distinta a la suya) mucho más que con los Hechos. En las cinco citas que siguen pongo en griego entre paréntesis los sustantivos y verbos, que son las palabras que tienen peso semántico y que cuentan para efectos de una comparación.

Dicen los Hechos (13:25): "Cuando Juan (Bautista) estaba por terminar su carrera decía: '¿Quién pensáis que soy? No soy el que creéis, mirad que detrás de mí viene (ερχεται) uno al que no soy digno (αξιος) de desatarle (λυσαι) las sandalias (υποδημα) de los pies (των ποδων)'". Y dice Lucas (3:16): "Juan respondió diciéndoles a todos: 'Yo os bautizo (βαπτιζο) con agua (υδατι). Pero viene (ερχεται) el que es más fuerte (ισχυροτερος) que yo, a quien no soy digno (ικανος) de desatarle (λυσαι) la correa (υμαντα) de sus sandalias (υποδηματων); él os bautizará (βαπτισει) en el Espíritu Santo (πνευματι αγιω) y en el fuego (πυρι)'".

Obsérvese la diferencia tan grande entre estas dos versiones de las palabras textuales de Juan Bautista. Coinciden en el verbo *venir* (ερχεται), en el verbo *desatar* (λυσαι) y en el sustantivo *sandalias* (υποδημα). Y en nada más. No coinciden en la palabra griega que expresa el adjetivo *digno*, que en los Hechos es αξιος y que en Lucas es ικανος. Además a Lucas le falta la palabra *pies*, y a los Hechos les faltan las palabras *correa* y el comparativo de superioridad *más fuerte*. Pero sobre todo, a los Hechos les falta la contraposición esencial de que Juan bautiza con agua siendo así que el que viene bautizará con el Espíritu Santo y con fuego. En cambio compárese a Lucas con las versiones de los otros dos evangelistas sinópticos y se verá cuántas son las coincidencias entre los tres.

Dice Marcos (1:7,8): "Y predicaba diciendo: 'Después de mí viene (ερχεται) el que es más poderoso (ισχυροτερος) que yo, ante quien no soy digno (ικανος) de inclinarme (κυψας) para desatar (λυσαι) la correa (ιμαντα) de sus sandalias (υποδηματων). Yo os bautizo (εβαπτισα) con agua (υδατι) pero él os bautizará (βαπτισει) en el Espíritu Santo (πνευματι αγιω)'". Y dice Mateo (3:11): "Yo bautizo (βαπτιζο) con agua (υδατι) para la conversión, pero el que viene (ερχομενος) después de mí es más poderoso (ισχυροτερος) que yo, que no soy digno (ικανος) ni de llevar (βαστασαι) sus sandalias (υποδηματα). Él os bautizará (βαπτισει) en el Espíritu Santo (πνευματι αγιω) y en el fuego (πυρι)".

Las coincidencias de los tres evangelios sinópticos entre sí respecto a las palabras de Juan Bautista y sus diferencias en conjunto con la versión de los Hechos de los Apóstoles son innegables. Que las versiones de los tres evangelios sinópticos coincidan es explicable porque Mateo y Lucas proceden de Marcos. En cuanto al Evangelio de Juan, que proviene de otra tradición, coincide con los sinópticos en hablar del bautizo, que tratándose de Juan Bautista es el punto esencial; pero por otro lado coincide con los Hechos en usar el mismo adjetivo griego αξιος para expresar la palabra *digno* y no el ικανος que usan los tres sinópticos. He aquí la versión de Juan el evangelista: "Juan (Bautista) les respondió: 'Yo bautizo (βαπτιζο) con agua (υδατι), pero en medio de vosotros está uno que no conocéis. Él es el que viene (ερχομενος) después de mí y al que no soy digno (αξιος) de desatar (λυσω) la correa (ιμαντα) de las sandalias (υποδηματος)'".

En ninguno de los manuscritos más antiguos aparecen los Hechos de los Apóstoles unidos al Evangelio de Lucas. No tenían por qué estarlo pues son dos engendros distintos debidos a distintos autores anónimos. Y a lo mejor no a dos sino a muchos. Eso sí, escritos ambos en la segunda mitad del siglo II. Después, en algún momento del siglo III, otro falsario anónimo los juntó agregándoles dos especies de prólogos de cuatro versículos al Evangelio y cinco a los Hechos. En esos prologuitos el autor anónimo, hablando en primera persona, le destina el Evangelio a un "distinguido Teófilo" y los Hechos a un "querido Teófilo". ¿El distinguido y el querido serán un solo Teófilo? ¿O dos Teófilos? La Puta dice que uno solo. Yo digo que no sabemos. Y esa primera persona singular de los prologuitos, sin decir agua va, de inmediato en ambas obras se trueca en una tercera persona omnisciente, en otro Balzac de esos que saben qué le dijo el Diablo a Cristo en la soledad del desierto. Y así por todo el Evangelio, pero no por todos los Hechos pues en el capítulo 16, versículo 11, y de nuevo sin decir agua va, el Balzac de tercera persona se convierte, como por la magia de Aladino, en un narrador de primera persona plural: "Haciéndonos al mar fuimos desde Tróade directamente a Samotracia". Y en adelante Balzac y Aladino van alternando. Debo decir que estas primeras personas, en singular o en plural, me tranquilizan. Lástima que esos narradores que se llaman "yo" y "nosotros" no tengan nombre. ¡Qué! ¿Todavía no existía el bautizo? Me habría gustado mucho que Lucas hubiera empezado su Evangelio y los Hechos así: "Yo, Lucas, que nunca miento, parado en mis dos patas sobre la Tierra plana en torno a la cual gira el Sol, le dedico este opúsculo o librito a Teófilo, mi amor, para que se empape de ciencia oculta". Así ya la cosa cambia y me da certeza. Que es lo único que pido: certeza, certeza, certeza para creer en mi Redentor.

Teófilo quiere decir "amado por Dios" y en los primeros siglos del cristianismo de éstos hubo muchos. La Puta se hace la que no sabe cuál de todos fue el Teófilo de Lucas, pero yo sí sé: el sexto obispo de Antioquía, que escribió un tratado *Contra Marción* y tres libros *Ad Autolycum* que contie-

nen la cronología del mundo hasta la muerte de Marco
Aurelio en el 180, y que fue el primero en usar la palabra
τριας o Trinidad para la unión de las tres personas divinas
en Dios, y en distinguir entre el Logos ενδιαθετος y el Logos
προφορικος, la Palabra interna o inmanente en Dios y la Palabra emitida o proferida por Dios. ¡Qué menos para un
personaje así que dedicarle dos opusculitos! Pero claro, hay
que aceptar primero que éstos fueron escritos un siglo después de la destrucción del templo de Jerusalén y no unos
años antes de ésta como pretende la Puta que prefiere que
el Teófilo de las dedicatorias sea un simple hijo de vecino y
no semejante obispo. Para mí no hay problema en que el
Teófilo de Lucas sea el obispo de Antioquía porque estoy
convencido de que los cuatro evangelios y los Hechos de los
Apóstoles fueron escritos por el año 180, que es cuando se
mencionan por primera vez juntos. Los menciona juntos
Ireneo de Lyon (c130-c202) en su tratado *Adversus haereses*
(3.11.8), donde afirma, con la autoridad de todo un Padre
de la Iglesia: "Los Evangelios no pueden ser más ni menos
en número de los que son pues hay cuatro zonas del mundo en que vivimos y cuatro vientos principales; y habiéndose propagado la Iglesia por toda la tierra, siendo su fundamento el evangelio y teniendo el Espíritu de la vida cuatro
pilares (cuatro en forma pero sostenidos por un solo Espíritu) y los querubines cuatro caras y siendo cuadriformes
las criaturas vivas, así el evangelio y la actividad del Señor
son cuádruples y son cuatro las alianzas generales pactadas
con Él: una por el arco iris cuando el diluvio de Noé, la segunda por el signo de la circuncisión cuando Abraham, la
tercera cuando el otorgamiento de la Ley a Moisés, y la cuarta el Evangelio a través de nuestro Señor Jesucristo". Teófilo
de Antioquía daba como razón el hecho de que Lázaro estuvo muerto sólo cuatro días. San Cipriano por su parte
aducía que eran cuatro los ríos que regaban el paraíso. A
todo lo cual, y como si fuera poco, en su prólogo al Evange-

lio de Marcos San Jerónimo agregó los animales de cuatro patas y los cuatro aros de las varas con que se cargaba el Arca de la Alianza. ¡Cómo no iba a desechar después el Tercer Concilio de Cartago los evangelios apócrifos mediando semejantes razones! Y con ellos de paso los muchos hechos y apocalipsis de su misma baja estofa.

He aquí la lista de esos textos apócrifos que hacia el año 200 competían con los canónicos en estupideces y en sabiduría esotérica: el Evangelio de Pedro, el Evangelio de Matías, el Evangelio de Nicodemo, el Evangelio de Taciano, el Evangelio de Ammonio, el Evangelio de Felipe, el Evangelio de Valentino, el Evangelio de María, el Evangelio de Tomás, el Evangelio de los Hebreos, el Evangelio de los Ebionitas, el Evangelio de los Egipcios, el Evangelio apócrifo de Juan, el Evangelio apócrifo de Jacobo, el Protoevangelio de Jacobo, el Evangelio del papiro Egerton 2, el Evangelio de la Infancia de Tomás, el Evangelio de la Verdad, la Epístula Apostolorum, la Sabiduría de Jesucristo, el Tratado de la Resurrección, el Descenso de Cristo a los Infiernos, la Pistis Sophia, la Epístula Iacobi, el Diálogo del Salvador, el Tratado Tripartito, los Hechos de Pedro, los Hechos de Tomás, los Hechos de Andrés, los Hechos de Juan, los Hechos de Pablo, los Hechos de Tadeo, los Hechos de Pilatos, los Hechos de los Doce Apóstoles, los Hechos de Pedro y Pablo, los Hechos de Pablo y Tecla, el Martirio de San Pedro, el Apocalipsis de Pedro, el Apocalipsis de Pablo, el Primer Apocalipsis de Jacobo, el Segundo Apocalipsis de Jacobo, el Apocalipsis de Adán... El Protoevangelio de Jacobo por ejemplo nos informa que los padres de la Virgen María fueron Joaquín y Ana, que aquélla se casó con José cuando éste ya era un hombre viejo y con hijos, y que una partera que estaba presente en el nacimiento de Jesús dio testimonio de su *virginitas in partu*. Y el Evangelio de Pedro, coincidiendo con el anterior, nos dice que los llamados hermanos de Jesús eran hijos de José con una primera esposa anterior a María. Por el Evangelio de Nicodemo (10.7) nos enteramos de que el buen ladrón se llamaba Dimas y el mal ladrón se llamaba Gestas. El Martirio de San Pedro cuenta cómo crucificaron a éste con la cabeza hacia abajo por su propio pedido. A los Hechos de Poncio Pilatos se refiere Justino Mártir en su primera *Apología* (35), donde después de mencionar la pasión y crucifixión de Jesús escribe: "Y que todo esto ocurrió lo pueden comprobar en los Hechos de Poncio Pilatos". Y Tertuliano se refiere en dos ocasiones a un informe que le hace Pilatos al emperador Tiberio hablándole de la injusta sentencia de muerte que él había emitido contra una persona inocente y divina, tras lo cual el emperador propone que se considere a Cristo entre los dioses de Roma, pero el Senado se rehúsa a complacerlo (*Apologeticum* 5). Los Hechos de Pedro y Pablo cuentan el martirio de estos apóstoles en Roma. Los Hechos de Juan mencionan la estadía de Juan en Éfeso. Los Hechos de Pablo (capítulo 3) nos describen al decimotercer apóstol: "Y vio venir a Pablo, un hombre de poca estatura, calvo, patizambo, fuerte, cejijunto y de nariz algo ganchuda, lleno de encanto; a veces parecía un hombre, a veces un ángel".

Los Hechos de Tadeo traen la correspondencia entre Jesús y el rey Abgarus de Edesa, un par de documentos invaluables que el historiador Eusebio nos transcribe en su *Historia eclesiástica* (1,13) tras informarnos que se los encontró en los archivos de Edesa y que los tradujo del siriaco al griego "palabra por palabra". La carta de Abgarus empieza diciendo: "Abgarus Uchama, el toparca, a Jesús que se ha aparecido como nuestro gracioso salvador en la región de Jerusalén, saludos". Y he aquí la respuesta de Jesús, enviada con el mensajero Ananías: "¡Feliz tú que crees en mí sin haberme visto! Porque está escrito que los que me han visto no creerán en mí, y que los que no me han visto creerán y vivirán. En cuanto a tu pedido de que te visite, primero tengo que acabar aquí abajo todo lo que me encomendaron, tras lo cual debo subir de inmediato al que me envió. Cuando haya subido te enviaré uno de mis discípulos para que te cure de tu enfermedad y te dé vida a ti y a quienes están contigo". ¡Y después dicen que Jesús no existió y que el obispo historiador Eusebio falsificó el *Testimonium flavianum*!

Empezando con Albert Schweitzer y siguiendo con Rudolf Bultmann, W.D. Davies, Ernst Käsemann, E.P. Sanders y otras eminencias, se ha venido acumulando durante el siglo XX una vasta literatura sobre Pablo que ha terminado por sostener que Cristo fue un invento suyo. Pero yo pregunto: ¿y a Pablo quién lo inventó? Lo que sostengo es que Pablo inventó uno de los muchos Cristos que hubo en un comienzo, aunque no tenemos forma de decidir si el suyo fue el primero, sacándolo en su mayor parte de los mitos de Asia Menor, y que a Pablo lo inventó Marción, quien antes que nadie reunió en su *Apostolikon* diez de las catorce epístolas a él atribuidas en el Nuevo Testamento, a saber: Gálatas, Corintios 1 y 2, Efesios, Colosenses, Filipenses, Tesalonicenses 1, Tesalonicenses 2, Filemón y Romanos. Las siete primeras figuran en la copia más antigua de las epístolas de Pablo que se ha conservado, el papiro p[46], también conocido como el Códice Chester Beatty, que trae asimismo la Epístola a los Hebreos y que ha sido fechado hacia el año 200. De las ciento cuatro hojas originales de este papiro sólo han quedado ochenta y seis, por lo que bien pudiera haber estado Tesalonicenses 2 en las hojas perdidas.

Antes de Marción hay ecos (no citas) de las epístolas de Pablo en los tres primeros Padres Apostólicos: Ignacio de Antioquía, Clemente de Roma y Policarpo de Esmirna, pero no en los dos siguientes, Papías y Justino. Puesto que no se trata de citas explícitas, podemos pensar que las coincidencias de los tres primeros Padres Apostólicos con Pablo se deban a que los cuatro están tomando ideas de un fondo común. De suerte que el ente Pablo, entendido como un conjunto de epístolas reunidas bajo ese nombre, sólo empieza a circular por el mundo con Marción. Así como nadie ha escrito "yo conocí a Cristo", tampoco nadie ha escrito "yo conocí a Pablo". A Marción en cambio sí lo conoció alguien. Ireneo cuenta en su *Adversus haereses* (3.3.4.) que Policarpo se encontró a Marción en una ocasión y que a la pregunta de éste "¿No me reconoces?" el santo obispo de Esmirna le contestó: "¡Claro que te reconozco! Eres el primogénito de Satanás". Marción, que era dueño de un barco y rico y no un limosnero de alma como la Puta (que dicho sea de paso inició su manía de excomulgar con él en el año 144), se anticipó en casi dos siglos y medio al Tercer Concilio de Cartago y estableció por primera vez un Nuevo Testamento, escrito en griego y que constaba de tres partes: el *Apostolikon*, un Evangelio y una *Antítesis*. El *Apostolikon* estaba constituido por las diez epístolas de Pablo arriba mencionadas, que nos han quedado. El Evangelio, que no ha quedado, era según Tertuliano el de Lucas expurgado de cuanto éste tiene que ver con el Antiguo Testamento, pero nada nos impide pensar que hubiera sido al revés: que Lucas se apropió del Evangelio de Marción y lo amplió judaizándolo. Y la *Antítesis* era un texto de repudio al Antiguo Testamento y al rabioso y feo dios de los judíos, el genocida Yavé.

Aunque el Evangelio de Marción no ha quedado, lo podemos reconstruir gracias al cuarto de los cinco libros del farragoso tratado *Adversus Marcionem* que escribió en latín Tertuliano (*c*160-*c*220) contra él tratando de refutarlo. En este cuarto libro Tertuliano va comparando pasaje por pasaje el Evangelio de Lucas con el Evangelio de Marción, pretendiendo que éste es una corrupción de aquél. Pero Tertuliano, que fue el primero de los Padres de la Iglesia latinos, escribe más de medio siglo después de Marción, y resulta que es justamente en este lapso de tiempo cuando aparecieron Lucas y demás evangelistas canónicos. Marción bien pudo ser el primero y Lucas vino después. Si así fuera, habría que reconsiderar entonces desde el comienzo el problema de los evangelios sinópticos que en vez de tres serían cuatro: Mateo, Marcos, Lucas y Marción.

En fin, lo que haya sido, de las catorce epístolas que el Tercer Concilio de Cartago le atribuyó a Pablo e incorporó en el Nuevo Testamento diez eran las del *Apostolikon* del hereje excomulgado Marción. Sin él acaso se hubieran perdido estos escritos sagrados, inspirados por Dios, y así de los tres Cristos que hoy explota la Puta habiéndose esfumado el de Pablo sólo le quedarían dos: el de los evangelios sinópticos y el del Evangelio de Juan. Ahora bien, la autenticidad de las epístolas paulinas se ha ido poniendo en entredicho en los últimos siglos y si de las catorce hoy quedan ocho que los eruditos consideren genuinas son muchas, y eso quitándoles aquí y allá las interpolaciones fraudulentas y las glosas inocentes puestas al margen que, al igual que se cree que ha ocurrido en todos los escritos bíblicos, acabaron por incorporarse al texto como si siempre hubieran sido parte suya. Ya en la primera mitad del siglo III Orígenes había puesto en duda la autenticidad de la Epístola a los Hebreos, pese a lo cual fue incluida en el canon. Pero lo más grave es que de las seis epístolas de Pablo hoy consideradas pseudoepigráficas o espurias dos vienen del *Apostolikon* de Marción: Efesios y Colosenses. ¿No se las habrá atribuido Marción equivocadamente a Pablo? ¿O no las habrá inventado, junto con las demás de su *Apostolikon*? Tratándose de la patraña de Cristo, para mí herejes y ortodoxos todos son unos. Si los tres evangelios sinópticos proceden del de Marción, eso no significa que éste, por más desjudaizado que esté, no sea tan falso como los otros. Son falsos los cuatro. Y falso el de Juan y falsos todos los apócrifos. Todo lo de Cristo es falso. Cristo no existió. Es puro cuento.

¿Y Pablo? ¿Pablo sí existió? A lo mejor sí existió un Pablo de nariz ganchuda que escribió una epístola, y a quien el naviero hereje Marción después le atribuyó otras nueve, tomadas de aquí y de allá, o bien dictadas en la alta noche por su musa. Total, además de reprimido sexual y malo, Pablo es una entelequia bellaca y absurda. En Romanos 3:28 dice: "Afirmamos por lo tanto que el hombre se justifica (δικαιουσθαι) por la fe (πιστει) con independencia (χωρις) de las obras que manda la ley (εργων νομου)", con lo cual está de acuerdo Lutero, para quien basta la fe; y en 1 Corintios 3:8 dice: "cada uno recibirá (λημψεται) su recompensa (μισθον) según su trabajo (κοπον)", con lo cual no está de acuerdo Lutero, para quien salen sobrando las obras. En Gálatas 3:28 dice: "Ya no hay diferencia entre judío y griego, ni entre esclavo y libre, ni entre varón y mujer, ya que todos vosotros sois uno solo en Cristo Jesús". Con lo cual miente este misógino esclavista y en prueba las citas que siguen. En 1 Timoteo 2:11 dice: "La mujer, que aprenda con sosiego y con toda sumisión. No permito que la mujer enseñe ni que suplante la autoridad del varón porque Adán fue formado primero y Eva después. Además, Adán no fue engañado pero la mujer, al dejarse engañar, incurrió en pecado". Esto es misoginia de pura cepa. Y en 1 Timoteo 6:1,2 dice: "Los que están bajo el yugo de la servidumbre consideren a sus amos como dignos de todo honor. Los siervos de amos creyentes no han de tener a éstos en menos por ser hermanos sino al contrario, han de servirles con más empeño puesto que son creyentes y amados los que reciben sus servicios". Y en Tito 2:9: "Los siervos, que sean sumisos a sus amos en todo procurando ser complacientes sin replicarles; que no los engañen sino que den muestras de la más completa fidelidad en todo para que hagan honor a la doctrina de Dios nuestro Salvador". Y en 1 Corintios 7:21: "¿Fuiste llamado siendo siervo? No te preocupes; y aunque puedas hacerte libre aprovecha más bien tu condición". Lo cual es la más descarada aprobación de la esclavitud, el cristianismo puesto al servicio de los amos y los poderosos, que es como ha funcionado siempre la Puta hasta que, viendo que era imparable el triunfo de los movimientos igualitarios y libertarios que siguieron a la revolución francesa, se cambió de bando. Ahora desempolva viejas encíclicas en que condenaba la esclavitud y amenazaba a los negreros con la excomunión. Pues se quedaron sus buenas intenciones en palabras. Ni uno solo excomulgó esta ramera.

Así, por ejemplo, la bula *Sicut dudum* de Eugenio IV del año 1435 que dice: "Incurrirán en esta sentencia de excomunión los que capturen o vendan o sometan a la esclavitud (*servituti subicere*) a los residentes de las Islas Canarias bautizados (*eosdem canarios baptizatos*) o a los que están buscando libremente el bautismo (*aut ad baptismum voluntarie venientes*)". Juro por Dios que me ve y me oye que ni uno solo de los canarios bautizados se hizo bautizar por su gusto y que ninguno estaba buscando libremente el bautizo y que Eugenio IV no excomulgó ni a uno solo de los esclavistas. Mahler sí se hizo bautizar voluntariamente pero para que le dieran la dirección de la Ópera de Viena. Y qué bueno porque ¡qué gran músico! A mí Mahler me ha dado mil satisfacciones. Cristo ni una.

De este Eugenio IV (de soltera Gabriele Condulmaro) ya dijimos que era sobrino de papa y tío de papa y citamos su bula antijudía *Dudum ad nostram audientiam*. Se nos pasó decir que cuando el emperador bizantino Juan Paleólogo, forzado por una inminente invasión turca hubo de aceptar la unión de las Iglesias latina y griega (que duró lo que un matrimonio de maricas en un *dark room* de baño turco), nuestro Eugenio lo obligó a reconocer: la primacía papal, la existencia del purgatorio, la legitimidad del uso de pan ázimo en la eucaristía y la legitimidad del uso del *Filioque* en el credo. ¡Cuánta píldora amarga le hicieron tragar al pobre Paleólogo!

Los españoles habían conquistado las Islas Canarias en 1404. Cuando se encaminaba el siglo a su final, el 11 de agosto de 1492 Alejandro VI subió al trono y América fue descubierta dos meses después. Entonces este Santo Padre que tanto quiso a sus hijos promulgó la bula *Inter caetera* por la que, puesto que eran las intenciones de los Reyes Católicos de España Fernando e Isabel "llevar la fe a esas tierras, islas y gentes, el papa, como Vicario de Cristo, les da dominio sobre todas las tierras que haya trescientas millas al oeste de las Azores, confiado en que ellos cumplirán su palabra de enviar hombres buenos y sabios a conducir a esos pueblos a la fe". Como se quejaran los portugueses, entonces Alejandro VI modificó la bula con el Tratado de Tordesillas y le dio lo que hoy es Brasil al rey Manuel de Portugal pero, según le expresaba poco después en la carta papal *Ineffabilis et Summi Patris*, "siempre y cuando algunas ciudades, campos, tierras, lugares o dominios de la gente sin fe hayan querido someterse a Vos, pagaros tributo y reconoceros como su soberano" (*si forsan contingeret aliquas civitates, castra, terras et loca seu Dominia Infidelium ditioni tua subjici, seu tributum solvere, et te in eroum Dominum cognoscere velle*). ¡Qué papa tan justo! Si los indios no quisieran someterse ni pagar tributo ni reconocer al rey Manuel como su soberano, entonces el Santo Padre no le estaba dando dominio sobre ellos. En Brasil hubo esclavitud hasta 1888.

Armados de mosquetes y bendecidos por los frailes, los generosos conquistadores españoles y portugueses, que sólo buscaban propagar la fe de Cristo y nada de oro pues despreciaban el vil metal, sojuzgaron y expoliaron a los pueblos indígenas del Nuevo Mundo, destruyeron sus civilizaciones y con las piedras de sus pirámides levantaron iglesias y palacios. Entonces un fraile dominico, fray Bartolomé de las Casas, alzó su voz para condenar el genocidio, y como siempre sucede con estos Cristolocos o Nazarines que brotan por arte de magia de la tierra como en las novelas de Benito Pérez Galdós, a los males que había se vinieron a sumar males mayores. Se desató entonces en África la caza de negros para traerlos de esclavos a América y reemplazar a los indios. A América le habían seguido las Filipinas, así llamadas en honor a Felipe II, "el más católico de los reyes", y conquistadas a partir de 1521 por España, la criada mayor y la esbirra más fervorosa de la Puta de Babilonia. También allá se instalaron a salvar almas. ¡Qué empeño el de la Puta de querer salvar! Yo no quiero que me salven de nada, me quiero morir en paz en la impenitencia final, lo más lejos posible de la Puta y sus desgracias.

En 1639 Urbano VIII, el bondadoso Maffeo Barberini que tanto favorecía a sus parientes y que casi quema a Galileo por insumiso, promulgó la bula antiesclavista *Commissum Nobis*, dirigida a su amado hijo el recolector general de deudas de la Cámara Apostólica de Portugal, y que empieza: "Confiado a Nos el más alto cargo apostólico por el Señor, se nos manda que la salvación de todos no nos sea ajena, y no sólo la de los creyentes cristianos sino también la de los que todavía están por fuera del seno de la Iglesia en la oscuridad de la superstición nativa" (*Commissum Nobis a Domino Supremi Apostolatus officii ministerium postulat ut nullius hominis salutem a cura nostra alienam ducentes, non solum in Cristifideles, sed etiam in eos qui adhuc in ethnicae superstitionis tenebris ex gremio Ecclesiae versantur*). Y pasa a prohibir que los indios de Paraguay, Brasil y el Río de la Plata sean reducidos a la esclavitud, vendidos, comprados, permutados, regalados, separados de sus mujeres e hijos, despojados de sus cosas y bienes, llevados a otros lugares, privados de la libertad y mantenidos en servidumbre, so pena de excomunión *latae sententiae*. ¿A cuántos excomulgó Barberini *latae sententiae* por esclavistas y encomenderos? Que me lo diga la Puta.

A las hipócritas bulas antiesclavistas se les vinieron a sumar las solapadas instrucciones (*instructii*) de la Congregación del Santo Oficio, con que a partir de mediados del siglo XVI se empezó a expresar el Magisterio de la Puta frente al nuevo fenómeno de la caza y el tráfico de negros (*nigros*) y nativos (*sylvestres*) del continente africano. Digo nuevo pero para los cristianos que por esas fechas entraban en el negocio, no para los negreros mahometanos que desde el siglo XI se dedicaban al infame comercio, como dévotos seguidores que son del monstruo Mahoma que fundó un imperio basado en la esclavización de pueblos. He aquí unas palabras muy dicientes de la Instrucción número 1293 de la Sacra Congregación del Santo Oficio, fechada el 20 de junio de 1866, en pleno pontificado del papa infalible Pío IX, y escrita en respuesta a una serie de preguntas del reverendo padre William Massaia, Vicario Apostólico ante la tribu de Galla, en Etiopía: "Aunque los pontífices romanos no han dejado nada sin tratar respecto a que la esclavitud sea abolida por doquiera entre las naciones, y aunque gracias a ellos ya no hay esclavos en varios pueblos cristianos desde hace varios siglos (*a pluribus saeculis nulli apud plurimas christianorum gentes servi habeantur*), sin embargo la esclavitud misma, considerada en sí y en términos absolutos, en modo alguno repugna a la ley natural y divina (*tamen servitus ipsa per se et absolute considerata iuri naturali et divino minime repugnant*), y puede haber muchas justificaciones para la esclavitud como se puede ver consultando los teólogos e intérpretes aprobados del canon sagrado (*pluresque adesse possunt iusti servitutis tituli quos videre est apud probatos theologos sacrorumque cononum interpretes*). Porque el dominio que tiene un amo respecto a un esclavo no se debe entender más que como el perpetuo derecho de disponer aquél, para su provecho, del trabajo del siervo, siendo legítimo que una persona le ofrezca dicho dominio a otra (*Dominium enim illud, quod domino in servum competit non aliud esse intelligitur quam ius perpetuum de servi operis in proprium commodum disponendi, quas quidem homini ab homine praestari fas est*). De esto se sigue que no repugna a la ley natural y divina que un esclavo sea vendido, comprado, cambiado o regalado, en tanto esta venta o compra o cambio o regalo se observen las condiciones que aquellos autores aprobados ampliamente siguen y explican (*Inde autem consequitur iuri naturali et divino non repugnare quod servus vendatur, ematur, commutetur, donetur, modo in hac venditione, emptione, commutatione, donatione, debitae conditiones accurate serventur quas itidem probati auctores late perse quuntur et explicant)*". Y esta joya, que viene casi al final: "No es fácil contestar las preguntas 17 y 18. Usualmente los esclavos que han sido reducidos a la esclavitud injustamente tienen derecho a huir; pero no los esclavos que estén bajo una esclavitud justa (*servi qui iustam subeant servitutem*), salvo que el amo los quiera inducir a algún pecado o sean tratados inhumanamente". ¡Ah Puta malnacida y rezandera, hasta cuándo vas a abusar de nuestra paciencia! Estás más que pasada de que te tiren una bomba atómica.

Por lo demás ese repudio hipócrita de la esclavitud por parte de la Puta salía sobrando. ¿Cuándo dijo Cristo una sola palabra para condenarla? Y sin embargo sus estúpidas parábolas están llenas de amos y esclavos. "Llamó a diez esclavos suyos (δεκα δουλους εαυτου), les dio diez minas y les dijo", etc. (Lucas 19:13). "Los esclavos del amo (δουλοι του οικοδεσποτου) vinieron a decirle: 'Señor, ¿no sembraste buena semilla en tu campo? ¿Cómo es que tiene cizaña?'" (Mateo 13:27). Y que no se me diga que estamos hablando de criados; *esclavo* en griego es δουλος y *criado* es οικετης, como en Lucas 16:13: "Ningún criado (οικετης) puede servir a dos señores".

Cristo no condenó la esclavitud como tampoco condenó la poligamia (o más exactamente la "poliginia", que es la condición de un hombre con muchas esposas): "Entonces el Reino de los Cielos será semejante a diez vírgenes (δεκα παρθενοις) que tomando sus lámparas salieron a recibir al novio (νυμφιου) (Mateo 25:1). ¡Cómo! ¿Un hombre con diez esposas vírgenes? Eso no es cristianismo, es vulgar mahometismo. Mahoma era un putañero, Cristo no, era loco. Cinco de esas diez vírgenes son prudentes, las otras cinco son necias. Las prudentes acaban acostándose con el novio ("entraron con él a la fiesta de las bodas y se cerró la puerta"). ¡Ése dizque es el Reino de los Cielos!

Y el que no tuvo nunca una palabra de reproche ante la esclavitud jamás la tuvo tampoco de amor para los animales. Ni los vio. "Estaba próxima la pascua de los judíos y Jesús subió a Jerusalén y encontró en el templo a los vendedores de bueyes, ovejas y palomas, y a los cambistas sentados ante sus mesas; y haciendo un látigo de cuerdas los echó a todos del templo junto con las ovejas y los bueyes, volcó las mesas de los cambistas regando las monedas por el suelo, y a los que vendían palomas les dijo: 'Sacad de aquí esto, no convirtáis la casa de mi Padre en un mercado (οικον εμποριου)'" (Juan 2:13-16). No le indigna que estén vendiendo a unos pobres animales para que los sacrifiquen en seguida adentro los sacerdotes esbirros de Yavé, en el infame templo judío que desde siempre fue no un inocente mercado sino un lugar de sangre, un matadero. No, eso no le preocupaba. De aquí que este loco, como Castro y como Lenin, fuera de los que insultaban con nombres de animales: "¡Raza de víboras! (γεννηματα εχιδνων) ¿Cómo podéis decir cosas buenas siendo malos?" (Mateo 12:34). "¡Serpientes, raza de víboras! (οφεις, γεννηματα εχιδνων). ¿Cómo podréis escapar de la condenación del infierno?" (Mateo 23:33). "En ese momento vinieron unos fariseos a avisarle: 'Vete porque Herodes te quiere matar'. Y él les contestó: 'Id a decirle a ese zorro (αλωπεκι) que yo expulso demonios y hago curaciones hoy y mañana, y al tercer día acabo'" (Lucas 13: 31,32). ¡El Hijo de Dios llamando a los demás "serpientes" y "zorros"! ¡Qué indignidad! Y en la región de los gadarenos a los demonios que expulsa de unos endemoniados los hace entrar en una piara de cerdos que va a despeñarse en el mar (Mateo 8: 28-34). ¡Qué insensibilidad ante su otro prójimo que nunca vio, los pobres animales! "No deis las cosas santas a los perros ni echéis vuestras perlas a los cerdos, no sea que las pisoteen y volviéndose os despedacen" (Mateo 7:6). "Ya hice matar mis terneros y reses cebadas y todo está a punto para el banquete" (Mateo 22:4). "Y le dijo a la mujer: 'Deja que coman primero tus hijos porque no está bien tomar su pan para echárselo a los perros'. Y ella le respondió: 'También los perros comen debajo de la mesa las migajas que dejan caer los hijos'" (Marcos 7: 27,28). ¡Qué lección la que le da esa mujer al maestro de los maestros, al paradigma de lo humano! "¡Cuánto más valéis vosotros que las aves!" (Lucas 12:24). "Traed el ternero cebado y matadlo, vamos a celebrar con un banquete" (Lucas 15: 23). ¡Pobres animales! Ni una palabra de compasión para ellos. A Cristoloco no le dio el alma para compadecerlos. ¡Y pretenden que este alcahueta de carnívoros sea el paradigma de lo humano! Buscaba la travestida Wojtyla antes de morirse que se incluyera la expresión "civilización cristiana" en la constitución europea. ¡Cómo va a ser civilización esa barbarie bimilenaria!

Y si no quería que los mercaderes se ganaran la vida comerciando, ¿por qué no le pidió a su Padre que los hiciera ricos? ¿No era acaso el Todopoderoso? ¿Y para qué necesitaba su Padre de sacrificios de animales? ¿Y quién exactamente era su Padre? ¿Era acaso Yavé el rabioso de quien una y otra vez repite el Levítico que se apaciguaba con el olor a carne asada? Pero por más que busco en la Biblia hebrea, Yavé no tiene ningún hijo. Traicionando el texto hebreo, donde éste dice Jehová o Yavé o Elohim la Septuaginta traduce "el Señor" ($\kappa\upsilon\rho\iota\omicron\varsigma$). ¡Cuál Señor! Señores hay muchos, Dios es uno solo. Y qué es esa necedad de que el Yavé de la Biblia hebrea tenga que mandar a su Hijo en el Nuevo Testamento! ¿Y qué necesidad hay de que después este Hijo, ya muerto y resucitado, les anuncie a sus discípulos que, puesto que ya se va definitivamente y no vuelve hasta el fin del mundo, entonces mientras tanto les va a mandar al Paráclito o Espíritu Santo? "Cuando venga el Paráclito que os enviaré de parte del Padre, y que es el Espíritu de la verdad porque procede del Padre, Él dará testimonio de mí" (Juan 15:26). "Os conviene que me vaya pues si no me voy, el Paráclito no vendrá a vosotros. En cambio si me voy os lo enviaré" (Juan 16:7). ¡Qué es esta mandadera de gente! Si el Padre hizo mal el mundo, que lo arregle Él solo sin tener que andar recurriendo a esas otras dos inútiles personas. En Juan 8:59 leemos: "Entonces (los judíos) tomaron piedras para tirárselas, pero Jesús huyó del templo (εξηλθεν) y se escondió (εκρυβη)". ¡Cómo nos va a salvar un Hijo tan cobarde! ¡Con razón se dejó crucificar! ¡Con razón lo insultaba todo el mundo cuando lo colgaron de dos maderos en el Gólgota! "Los que pasaban lo injuriaban diciéndole: 'Sálvate a ti mismo si eres el Hijo de Dios, bájate de esa cruz'. También los príncipes de los sacerdotes se burlaban a una con los escribas y los ancianos. Y hasta los ladrones que habían crucificado con él lo insultaban" (Mateo 27:39-44). Y lo mismo cuentan Marcos en 15:29-32 y Lucas en 23:35-43. Pero Lucas con una diferencia respecto a los otros dos: que aunque uno de los ladrones se burlaba de Jesús, el otro creía en él y le decía: "Acuérdate de mí cuando estés en tu reino". Y Jesús le respondió: "En verdad te digo: hoy estarás conmigo en el paraíso". Entonces en qué quedamos: ¿se burlaban de Jesús los dos ladrones como dicen Mateo y Marcos, o sólo uno como dice Lucas? ¡Carajo! ¿Es que el Padre no era capaz de dictarles una versión coherente a los biógrafos de su Hijo?

¿Y por qué nos dice el credo: "Creo en Dios Padre Todopoderoso, creador del cielo y de la tierra, y en Jesucristo su único Hijo"? Pero el padrenuestro que está en Mateo 6:9 dice: "Padre nuestro (ημων) que estás en los cielos". "Nuestro" es de muchos, no de uno solo. Entonces una de dos: o miente el padrenuestro, o miente el credo. Yo digo que miente el credo. Jesucristo no fue unigénito. El Padre, como Mahoma, tuvo muchos hijos, yo entre ellos, y si se me antoja pedirle a mi papá las cinco vírgenes necias y las cinco vírgenes sabias, se las pido. Los sacramentos de nuestra Santa Madre Iglesia son siete: bautismo, confirmación, penitencia, comunión, extremaunción, sacerdocio y matrimonio. Los enemigos del alma son tres: el mundo, el demonio y la carne. Las virtudes teologales son tres: fe, esperanza y caridad. Las virtudes cardinales son cuatro: prudencia, justicia, fortaleza y templanza. Las potencias del alma son tres: memoria, entendimiento y voluntad. Los dones del Espíritu Santo son siete: sabiduría, entendimiento, consejo, fortaleza, ciencia, piedad y temor de Dios (pero yo a Dios no le temo porque es mi papá y es bueno y el entendimiento también es una potencia del alma). Las postrimerías del hombre son cuatro: muerte, juicio, infierno y gloria. Y las once mil vírgenes, ¿cuántas son? Son once mil y las quiero todas para mí junto con las cinco vírgenes necias y las cinco vírgenes sabias y los hermanitos de todas ellas. Pero menores de quince años, ¿eh? Porque de más son viejos, y el viejo no tiene más función que la de servir de pasto a los gusanos.

"Porque al que tiene se le dará, y al que no tiene aun lo que tiene se le quitará" (ος γαρ εχει δοθησεται αυτω, και ος ουκ εχει και ο εχει αρθησεται απ αυτου) (Marcos 4:25). ¿Cómo se le puede quitar al que no tiene? ¿Y qué era el cuento ese de que "es más fácil que un camello pase por el ojo de una aguja que un rico entre al reino de Dios"? (Mateo 19:24). "Y si tu mano te escandaliza (σκανδαλιζη), córtatela. Y si tu pie te escandaliza, córtatelo. Y si tu ojo te escandaliza, sácatelo que más te vale entrar tuerto en el reino de Dios que ser arrojado con los dos ojos al infierno" (Marcos 9:42-47). ¡Pero cómo pueden escandalizar una mano y un pie! ¿Y si son los dos ojos los que lo escandalizan a uno, qué hace uno? ¿Se los saca ambos? "El que no está conmigo está contra mí, y el que no recoge conmigo desparrama" (Lucas 11:23), frase digna del criminal Mahoma. "Fuego he venido a traer a la tierra, ¡y qué quiero sino que arda! Se dividirán el padre contra el hijo y el hijo contra el padre, la madre contra la hija y la hija contra la madre, la suegra contra la nuera y la nuera contra la suegra" (Lucas 12:49-53). "Si alguno viene a mí y no odia a su padre y a su madre y a la esposa y a los hijos y a los hermanos y a las hermanas y hasta su propia vida, no puede ser mi discípulo" (Lucas 14:26). "Yo he venido a este mundo para un juicio, para que los que no ven vean, y para que los que ven se queden ciegos" (Juan 9:39). ¡Pero qué dice este loco rabioso! Con razón cuenta Marcos en 3:21,22 que "Al enterarse sus parientes salieron a contenerlo (κρατησαι αυτον) porque la gente decía que había perdido el juicio (οτι εξεστη). Y unos maestros de la ley que habían bajado de Jerusalén decían: 'Tiene a Beelzebul adentro y con su ayuda expulsa a los demonios'". Y en 3:31-35: "Entonces llegaron su madre y sus hermanos, y quedándose afuera mandaron a llamarlo. Había una multitud sentada a su alrededor y le dieron el recado: 'Mira, tu madre, tus hermanos y tus hermanas están afuera y te buscan'. Y él les respondió: '¿Quiénes son mi madre y mis hermanos?' Y mirando a los que estaban sentados a su alrededor añadió: 'Éstos son mi madre y mis hermanos. Porque el que haga la voluntad de Dios, ése es mi hermano, mi hermana y mi madre'". Y cuenta Juan en 7:3-5 : "Entonces le dijeron sus hermanos: 'No te quedes aquí, vete a Judea para que también tus discípulos vean las obras que haces, porque el que quiere ser conocido no hace nada a escondidas. Muéstrate al mundo'. Ni siquiera sus hermanos creían en él". Y en 7:19,20: "'Por qué queréis matarme?' Y le respondió la multitud: 'Estás endemoniado. ¿Quién te quiere matar?'" ¡Qué loco rabioso y grosero! No respetaba ni a su propia madre y la dejaba afuera esperando. Y repito su grosera respuesta en las bodas de Caná a la pobre cuando ésta le informa que se acabó el vino: "Mujer, ¿qué te va a ti y a mí?" (Τι εμοι και σοι, γυναι) (Juan 2:4). ¡Y después vienen los televangelistas gringos a hablarnos de *family values*! Billy

Graham, Oral Roberts, Jerry Falwell, Jimmy Swaggart, Rex Humbard, Jim Bakker, Robert Schuller, Pat Robertson, George W. Bush... A cuál más rico, a cuál más hipócrita, a cuál más falso. ¡Sepulcros blanqueados, serpientes, raza de víboras! Hoy por hoy hay doscientas cincuenta sectas protestantes que compiten con la Puta de Babilonia a ver cuál amontona más dinero y salva más almas.

"No penséis que he venido a abolir la Ley o los Profetas; no he venido a abolirlos sino a darles su plenitud. En verdad os digo que mientras duren el cielo y la tierra no pasará una iota (ιωτα) o un trazo (κεραια) de una letra de la Ley hasta que todo se cumpla. Así que el que quebrante uno solo de sus mandamientos, aun el mínimo, o enseñe a los hombres a quebrantarlos, será el más pequeño en el Reino de los Cielos" (Mateo 5:17-19). "Es más fácil que pasen el cielo y la tierra que caiga (πεσειν) un solo trazo (κεραιαν) de una letra de la Ley" (Lucas 16:17). Éstas son palabras de Cristo. Pues he aquí lo que no abolió de la Ley y los Profetas: la esclavitud; los sacrificios de animales; la quema de brujas; la lapidación de mujeres adúlteras, de blasfemos y de niños rebeldes; la circuncisión; la poligamia.

"Saca al blasfemo del campamento y que muera apedreado" (Levítico 24:13-16). "Los que adoren a otros dioses o al sol, la luna o todo el ejército del cielo, morirán lapidados" (Deuteronomio 17:2-5). "Todo hombre o mujer que llame a los espíritus o practique la adivinación morirá apedreado" (Levítico 20:27). "A los hechiceros no los dejaréis con vida" (Éxodo 22:17). "Si alguien tiene un hijo rebelde que no obedece ni escucha cuando lo corrigen, lo sacarán de la ciudad y todo el pueblo lo apedreará hasta que muera" (Deuteronomio 21:18-21). "Si una joven se casa sin ser virgen, morirá apedreada" (Deuteronomio 22:20,21). "Si un profeta pretende hablar en mi nombre sin que yo se lo haya mandado, o si habla en nombre de otros dioses, morirá" (Deuteronomio 18:20). "Al que ofrezca sacrificios a otros dioses fuera de Yavé lo mataréis" (Éxodo 22:19). "Si un hombre yace con otro, los dos morirán" (Levítico 20:13). "Si un hombre toma a una mujer y a la madre de la mujer, se les quemará a los tres" (Levítico 20:14). "Si un hombre yace con su hermana hija de su padre o de su madre y ve su desnudez y ella la de él, serán exterminados en presencia de todo el pueblo" (Levítico 20:17). "Si un hombre yace con una mujer durante su menstruación y descubre su desnudez, ambos serán borrados de en medio de su pueblo" (Levítico 20:18). "Si alguno comete adulterio con la mujer de su prójimo, morirán los dos, el adúltero y la adúltera" (Levítico 20:10). "Si se sorprende a un hombre acostado con una mujer casada, ambos morirán" (Deuteronomio 22:22). "Si alguno yace con la mujer de su padre, morirán los dos" (Levítico 20:11). "Si un hombre yace con su nuera, los dos morirán" (Levítico 20:12). "Si la hija de un sacerdote se prostituye, será quemada viva" (Levítico 21:9). "El que le pegue a su padre o a su madre morirá" (Éxodo 21:15). "El que maldiga a su padre o a su madre morirá" (Éxodo 21:17 y Levítico 20,9). "El que no obedezca al sacerdote ni al juez morirá" (Deuteronomio 17:12). "Ningún varón que tenga un defecto presentará las ofrendas, ya sea ciego o cojo, desfigurado o desproporcionado, enano o bisojo, sarnoso o tiñoso, o jorobado, o con un pie o una mano quebrados o con los testículos aplastados" (Levítico 21:18). "El que tenga los testículos aplastados o el pene mutilado no será admitido en la asamblea de Yavé. Tampoco el mestizo hasta la décima generación" (Deuteronomio 23:1,2). "Si compras un esclavo hebreo, te servirá seis años" (Éxodo 21:2). "Si un hombre vende a su hija como esclava, ésta no recuperará su libertad como cualquier esclavo" (Éxodo 21:7). "Si un hombre hiere a su esclavo o a su esclava con un palo y los mata, será reo de crimen. Pero si sobreviven uno o dos días no se le culpará porque le pertenecían" (Éxodo 21: 20). "Si un hombre hiere a su esclavo en un ojo dejándolo tuerto, le dará la libertad a cambio del ojo que le sacó" (Éxodo 21:26). "Si un esclavo está contento contigo, tomarás un punzón y le horadarás la oreja y te servirá para siempre. Y lo mismo le harás a tu esclava. No te duela darle la libertad pues te sirvió seis años por la mitad del costo de un jornalero" (Deuteronomio 15:16-18). "No le devolverás a su amo el esclavo que haya huido y se haya acogido a ti. Se quedará contigo en tu casa" (Deuteronomio 23:15,16). "Si una muchacha virgen está prometida a un hombre y otro se la encuentra en la ciudad y se acuesta con ella, entonces los sacaréis a ambos a la puerta de la ciudad y los apedrearéis hasta que mueran: la joven porque no pidió ayuda, y el hombre porque deshonró a la mujer de su prójimo" (Deuteronomio 22:23,24). "El que toque un cadáver y no se purifique debe ser eliminado de Israel" (Números 19:11-13). "Si alguno toma una mujer y se casa con ella pero después no le gusta porque le encuentra algún defecto, le escribirá entonces una carta de divorcio y se la entregará antes de despedirla de su casa" (Deuteronomio 24:1).

Y la orgía de sangre e infamias contra los animales del Levítico, el manual de los carniceros, el libro más vil que se haya escrito, tampoco ésas las condenó. "Cuando alguno de entre vosotros me haga una ofrenda de animales —le ordena Yavé a Moisés en el capítulo primero del Levítico—, podrá ser de ganado mayor o menor. Degollarán el novillo delante de mí y los sacerdotes hijos de Aarón ofrecerán su sangre rociándola sobre el altar que está a la entrada del tabernáculo. Entonces desollarán a la víctima y la despedazarán; lavarán con agua las entrañas y las patas; pondrán leña sobre el altar; acomodarán los trozos, la cabeza y los intestinos sobre la leña; encenderán el fuego y el sacerdote lo quemará todo en el altar. Así es el holocausto o sacrificio por el fuego, cuyo suave olor apacigua a Yavé. Si alguien me ofrece ganado menor de corderos o cabras, que sean también animales sin defecto: los degollarán en el lado norte del altar, rociarán su sangre en torno y luego los despedazarán en porciones. Si el holocausto es de aves, que sean tórtolas o pichones: el sacerdote les retorcerá la cabeza y las quemará sobre el altar rociando antes con su sangre la pared. Les quitará el buche y las plumas y los arrojará en el lugar de las cenizas en el costado oriental del altar. Éste es el holocausto o sacrificio por el fuego, cuyo suave olor apacigua a Yavé". Y esta fórmula inicua, "cuyo suave olor apacigua a Yavé" se repite una y otra y otra vez como en un responso fúnebre y monstruoso en la letanía de los sacrificios de holocausto, de comunión, por el pecado, por la malicia y por todos los delitos del hombre, en que van cayendo degolladas cabras, novillos, tórtolas, pichones, ovejas, corderos, carneros... Así que también Yavé tiene el sentido del olfato. Con razón dice el Génesis empezando la Biblia que Yavé "hizo al hombre a su imagen y semejanza". ¿Se comerá también Yavé a los animales que le sacrifican y los excretará como el hombre?

Y uno que vino a sancionar esta sarta de ridiculeces e infamias hoy es el paradigma de lo humano, el modelo para dos mil millones, "el hombre incomparable, una persona sublime, la piedra angular de la humanidad", como lo calificaba Renan en su ditirámbica *Vida de Jesús*, un libro paradójico que en su tiempo escandalizó a muchos porque negaba la divinidad de Cristo, con lo que estoy de acuerdo pues Dios no existe y si existe no tiene por qué tener hijos, pero no su historicidad, con lo que me escandaliza a mí. Con maromas de jesuita, o tal vez con un simple acto de fe (para los que había sido educado), este prófugo del seminario metido a racionalista resolvió que los evangelios eran historia pura y verdadera y no leyenda, invento, cuento, y basándose en ellos escribió su empalagosa *Vida de Jesús* pretendiendo que era su biografía. De esa obra imbécil voy a citar dos frases del final porque todavía hoy, habiendo llegado el hombre a la Luna, sirven para resumir la opinión de una humanidad atolondrada y necia que cree a pie juntillas las peores estupideces y habla sin razonar ni saber: "Pero cualesquiera que sean los fenómenos inesperados del futuro Jesús no será superado; en él se ha condensado cuanto hay de bueno y elevado en nuestra naturaleza". Y esta hipérbole encomiástica, el disparatado final: "Todos los siglos proclamarán que entre los hijos de los hombres no ha nacido uno más grande que Jesús". ¡Qué esperanzas si así fuera! Pero no hay tal. Jesús no existió. Ni en cuerpo y alma según pretenden los evangelistas, ni como espíritu no encarnado según la tesis de los docetistas. Y Cristos hubo muchos. En cuanto al nuestro, el de los evangelios, el de la Puta, es obra de la imaginación mítica de los pueblos mediterráneos de hace dos mil años que lo fraguaron juntando a Atis, Mitra, Osiris, Krishna, Buda, Zoroastro y Dioniso en el engendro que hoy padecemos. En manos de la Puta este buen hombre ha detenido todo progreso espiritual y moral de media humanidad. Y para desgracia nuestra y de los animales, como si con sus necedades no bastara, 570 años después de su presunto nacimiento nos cayó la peste de Mahoma el taimado, el lujurioso, el sanguinario, un bellaco de calibre mayor infinitamente más dañino que veinte Cristos, y ése sí hijo de mujer y no de la mente obnubilada de los llamados cristianos (χριστιανος), esas sectas heterogéneas de fanáticos de los tiempos de Tito y Domiciano, de Trajano y Adriano, de Marco Aurelio y Cómodo, que fueron brotando aquí y allá, como hongos en el excremento de las vacas, por los cuatro puntos cardinales del Imperio Romano, con el que acabaron.

Hacia el año 180 (a fines del reinado del emperador Adriano o comienzos del de Cómodo) el filósofo pagano Celso escribió en griego *La palabra verdadera* (Αληθης λογος), que se perdió, pero que constituye la primera refutación del cristianismo y una de las más devastadoras diatribas de todos los tiempos contra esta religión o plaga, a juzgar por lo que nos conservó de ella Orígenes (c185-c254) en su réplica en ocho libros *Contra Celso*, escrita también en griego, en el año 248, con que intentó rebatirla. Entre hereje y Padre de la Iglesia, Orígenes nos ha hecho un bien tan grande conservándonos a Celso como el que le debemos a Macarius Magnes por conservarnos en su *Apocriticus* pasajes del libro de Porfirio (*c* 232-*c* 305) *Contra los cristianos* (Κατα χριστιανων), que la Puta quemó. Y ha tenido que esperar la humanidad hasta fines del siglo XVIII para tener, en las obras de Thomas Paine *Los derechos del hombre* y *La edad de la razón*, unos escritos contra la superstición cristiana tan luminosos y libertarios como los de esos dos filósofos griegos de la antigüedad.

De los muchos argumentos de Celso contra el cristianismo el que para mí tiene mayor importancia es el que dice que esta nueva religión no pasa de ser una mitología más, sin originalidad, copiada de las de Grecia y el Oriente: también los mitos griegos le atribuían un nacimiento divino a Perseo, hijo de Zeus y de la virgen Danae; a Anfión, hijo de Zeus y de la virgen Antíope; a Eaco, hijo de Zeus y de la ninfa Egina; y a Minos, hijo de Zeus y de la virgen Europa. Y todos estos hijos de Dios hicieron milagros, como también los hicieron Hércules, Dioniso, Aristeas, Abaris y Cleómenes el estipaleo. Zamolxis, Pitágoras, Rampsinito, Orfeo, Protesilao, Hércules y Teseo habían resucitado. Y Ascelpio o Esculapio había resucitado a los muertos. Los cristianos ridiculizaban a los cretenses porque llevaban a los forasteros a visitar la tumba de Zeus, pero Cristo también había resucitado de una tumba. A Cristo se le había deificado como hacía poco se había deificado a Antinoo, el efebo preferido del emperador Adriano. Los cristianos adoraban a Cristo como los egipcios adoraban a Osiris y a Isis, los de Sais a Atenea, los de Meroe a Zeus y a Dioniso, los naucratitas a Serapis, etc. Y Celso hacía ver las coincidencias de muchas enseñanzas cristianas con creencias de los viejos misterios persas asociados al culto de Mitra. Observación que no era nueva pues ya el Padre de la Iglesia Justino Mártir hablando de la eucaristía decía que "los malvados demonios la habían imitado en los misterios de Mitra, en cuyos ritos místicos se coloca un pan y una copa de agua delante de los iniciados mientras se dicen ciertos conjuros" (primera *Apología*, 66). Mayor descaro no puede haber. ¡Acusar al mitraísmo de plagiar al cristianismo! Pero resulta que el cristianismo es posterior al mitraísmo en varios siglos, si no es que en más de un milenio. Mitra ya aparece en los Vedas, mil cuatrocientos años antes de Cristo. Así procede la Puta.

En fin, le doy la palabra a Celso para que increpe a Cristo: "Nunca creímos en las viejas fábulas que les atribuían un origen divino a Perseo, a Anfión, a Eaco y a Minos, si bien ellas por lo menos representaban los hechos de estos personajes como grandes, maravillosos y sobrehumanos. ¿Pero qué has hecho o dicho tú de noble o maravilloso? Cuando te pidieron en el templo que dieras una prueba de que eras el Hijo de Dios no diste ninguna" (*Contra Celso*, I, 67). Claro que podemos considerar nobles acciones devolverle la vista a un ciego y el movimiento a un paralítico o curar a un leproso, pero si Jesús era el Hijo de Dios, entonces lo que estaba haciendo era simplemente enmendarle la plana a su papá, el Padre Eterno, el artífice chambón que hizo este desastre de mundo. ¿Y para qué, pregunto yo, resucitó Cristo a Lázaro, si este buen hombre se tenía que volver a morir? ¿O es que Lázaro sigue vivo todavía, rezando en las sinagogas? Si sí, ha de ser un viejito muy viejito: sin dientes, sordo, calvo, mudo y con grandes dificultades para orinar debido a una hipertrofia de la próstata.

"En un principio —dice Celso— los cristianos eran pocos y sostenían una sola doctrina, pero cuando llegaron a ser muchos se dividieron en numerosas facciones, cada una con la pretensión de tener su propio territorio. Hoy están enfrentados unos con otros y a lo sumo lo único que tienen en común es el nombre a que se aferran, aunque en lo demás están divididos en varias sectas" (*Contra Celso*, III, 10 y 12). ¡Qué optimismo! Nunca estuvieron unidos, ni en tiempos de Celso ni antes. Para empezar, no creo que hubiera habido cristianos antes del año 100; y para continuar, sospecho que las catorce epístolas atribuidas a Pablo, que se pretende que fueron escritas entre los años 50 y 67 de nuestra era (siendo así los primeros escritos de la nueva plaga), son de catorce autores distintos más una legión de interpoladores y falsarios que según los intereses cambiantes de la Puta las fueron modificando. Pero si así no fuera y hubiera habido cristianos antes del año 100 y las epístolas de Pablo hubieran sido escritas poco después de la presunta muerte del presunto Cristo, entonces éstas me sirven perfectamente bien para probar las hondas divisiones que existieron desde un comienzo entre los seguidores del loco.

He aquí unas cuantas citas tomadas de esos engendros que la Puta llama "epístolas paulinas": "He sabido hermanos míos, por los de Cloe, que existen disputas (εριδες) entre vosotros y que cada uno de vosotros dice: 'Yo soy de Pablo', o 'Yo soy de Apolo', o 'Yo soy de Cefas', o 'Yo soy de Cristo'. ¿Acaso está dividido Cristo?" (1 Corintios 1:11,12). "¡Qué vergüenza! ¿Es que no hay entre vosotros ni uno solo que pueda mediar como árbitro entre hermanos, sino que vais a pleitear (κρινεται) hermano contra hermano, y para colmo delante de los incrédulos (απιστων)? De todos modos ya es una desgracia que haya pleitos (κριματα) entre vosotros" (1 Corintios 6:5-7). Y ésta, que me encanta: "Pero cuando vino Cefas (Κεφας) a Antioquía, cara a cara me le enfrenté (κατα προσωπον αυτωι αντεστην) pues era digno de condena (κατεγνωσμενος ην) ya que antes de que vinieran algunos de los partidarios de Jacobo comía con los gentiles (εθνων); pero una vez que llegaron empezó a alejarse por miedo a los circuncisos (περιτομης). También los demás circuncisos lo siguieron en este doble juego e incluso Bernabé se dejó arrastrar por esta simulación", etc. (Gálatas

2:11-13). Y continúa en los versículos siguientes el pleito de comadres entre Cefas (que es otro de los nombres con que se conoce a Pedro) y Pablo, o sea entre los dos fundadores de Babilonia Roma. Y la Epístola a los Corintios de Clemente de Roma, que la Puta considera como la más antigua después de las de Pablo y la fecha hacia el año 95, empieza diciendo: "A causa de las repentinas y repetidas desventuras y reveses que os han ocurrido, hermanos, reconocemos que hemos sido algo lentos en darle su debida atención a los asuntos en disputa entre ustedes, amados míos (αγαπητοι), especialmente la detestable e impía querella (στασεως), tan ajena y extraña a los elegidos de Dios, que unos cuantos imprudentes y arrogantes han encendido a tal grado de insania que vuestro buen nombre, antes tan famoso y querido por todos, ha sido grandemente vilipendiado".

Así pues, αγαπητε Celso, los cristianos siempre han estado agarrados de la greña y has de saber que hoy se dividen en unas mil quinientas sectas que se pelean por el Reino de los Cielos como árabes por un oasis o perros por un hueso. ¡Si hubieras vivido para ver en qué ha terminado todo esto! Te hubieras quedado más asombrado que mi abuelo cuando, después de cincuenta largos años de muerto, resucitó y se encontró con un mundo atestado de novedades como el jet, el internet, el sida, el homosexualismo, los *iPods*... Afortunado tú que viviste en la edad dorada de los apologistas y los heresiólogos, cuando la división entre cristianos se reducía a unas cuantas sectas facilísimas de agrupar: el cristianismo de los judaizantes para quienes Jesús era el Mesías entendido como un simple hombre y no como el Hijo de Dios; el de los gnósticos que consideraban a Cristo como una fuente de sabiduría, una entelequia inmaterial desprovista de cuerpo; y el de la Puta, que es el de los evangelios que inventó y que lo presentaban como Dios encarnado en Jesús de Nazaret. De todos estos cristianismos sabías, a juzgar por lo que nos permite conocer Orígenes tu refutador, pero a la vez tu salvador pues te conservó, así fuera en fragmentos y en desorden. En cuanto al conocimiento de las sectas cristianas de tu tiempo, eras casi un Ireneo, tu contemporáneo, el de *Adversus haereses*. Sabías de Marción y su discípulo Apeles, de los simonianos, los harpocracianos, los valentinianos, los ofitas, los ebionitas, los elkesaítas... ¡Pero qué te tengo que contar, si ya lo dijiste tú! Dijiste: "Los cristianos se detestan. Se calumnian constantemente con las más viles injurias y no logran ponerse nunca de acuerdo".

Pero más que contra los gnósticos y los cristianos judaizantes, la invectiva de Celso iba dirigida contra la que empezaba a imponerse como la ortodoxia, la gran patraña de un Cristo histórico, el de los evangelios que acababan de tomar forma y de los que nació la Puta. Con prodigiosa clarividencia Celso intuyó que lo que surgía ante sus ojos era una de las más grandes plagas de la humanidad. Propongo como fecha de nacimiento de la Puta de Babilonia el año 180, o sea el último de Adriano y el primero de Cómodo que es cuando Celso debió de haber escrito su *Palabra verdadera*. No hacía mucho habían muerto Papías, Policarpo, Justino y Marción; ese año murió Tatiano; Tertuliano e Hipólito entonces eran unos jóvenes; estaba por nacer Orígenes; y ya escribían Ireneo y Clemente de Alejandría. Estamos pues ante uno de los momentos más infaustos de la Historia. Humildemente, abriendo y cerrando comillas que es mi vocación (discípulo como soy del gran Eusebio, el inmenso esgrimidor de citas que nos conservó en palabras textuales, sin quitar ni poner ni una iota, la única carta de Cristo), les voy a ir cediendo la palabra por turnos al heresiólogo y al hereje habida cuenta que han quedado unidos para la eternidad en un solo libro, *Contra Celso*, que fue el que quedó.

Escribe Orígenes: "Luego dice Celso que algunos de los cristianos, como borrachos que llegan a las manos, han corrompido los evangelios tres y cuatro y más veces, manipulándolos con el fin de poder contestar a las objeciones que se les hace. Como no sean los seguidores de Marción, los de Valentino y acaso los de Luciano, no sé de otros que hayan alterado los evangelios. Pero tal acusación no vale para el cristianismo en general sino para los que se atreven a manipular los evangelios. Así como no es una acusación válida contra la filosofía el que haya sofistas, epicúreos, peripatéticos y cuantos sostienen falsas doctrinas, así tampoco se puede reprochar al cristianismo verdadero el que haya algunos que corrompen los evangelios e introducen herejías opuestas a la doctrina de Jesús" (*Contra Celso*, II, 27). Pues sí, pero los marcionitas por su parte sostenían que los apóstoles habían falsificado los evangelios. E Ireneo (*Adversus haereses* 3.12.12) y Tertuliano (*Adversus Marcionem* 4.2) decían a su vez que los marcionitas habían mutilado los evangelios y las epístolas de Pablo. Orígenes mismo sostuvo que Pablo no era el autor de la Epístola a los Hebreos, y un discípulo de Orígenes, Dionisio, rechazó que Juan fuera el autor del Apocalipsis. Y Eusebio expresaba dudas sobre cinco de las epístolas no paulinas, que sin embargo fueron consideradas canónicas, esto es, inspiradas por Dios, en el concilio de Cartago del año 397. ¿Y por qué este concilio no incluiría en el Nuevo Testamento la carta de Cristo a Abgarus, el toparca de Edesa, que transcribe Eusebio en su *Historia eclesiástica*? ¿Puede haber escrito más canónico que una carta de Cristo? Esta carta tendría que ser la piedra angular no digo ya del Nuevo Testamento sino de todo el cristianismo. ¡Pero qué! Incluyeron epístolas de Pablo, Pedro, Juan, Judas y Jacobo y no la de Cristo. ¡Ah concilio estúpido!

Pero para continuar con mi tema de las divisiones en el cristianismo, ya el mismo Cristo advertía contra los falsos profetas: "No os dejéis engañar pues vendrán otros en mi nombre diciendo que son Cristo (Εγω ειμι ο Χριστος) y engañarán a muchos" (Mateo 24:4,5). ¿Y cómo distingo yo al Cristo auténtico de los que se hacen pasar por él? También Pablo me sale con que "El evangelio que anuncio no es algo humano, pues no lo he recibido ni aprendido de ningún hombre sino por revelación de Jesucristo (αλλα δι αποκαλυψεως Ιησου Χριστου)" (Gálatas 1:11,12). ¿Y por qué le tengo que creer? También le tendría que creer entonces a Mahoma cuando me dice que el arcángel Gabriel le dictó el Corán. Y poco después, en la misma epístola, pasa a afirmar el impúdico enano, apóstol por nombramiento propio: "Pero cuando Dios, que me eligió desde el vientre de mi madre y me llamó por su gracia, tuvo a bien revelar en mí a su Hijo (τον υιον αυτου) para que lo anunciara entre los gentiles (εθνεσιν)", etc. (Gálatas 1:15,16). Para rematar con la máxima desvergüenza: "Os aseguro delante (ενωπιον) de Dios que no miento en lo que os escribo" (Gálatas 1:20). ¿Y cuándo se ha visto a un mentiroso que diga que miente? ¡Ah engatusador desvergonzado de nariz ganchuda, endriago engendrado por tu padre y parido por tu madre, limosnero precursor del Opus Dei, en qué círculo de la *gehenna* o infierno o Hades te estarás quemando para ir con estas manos indignadas a echarle leña a tu hoguera!

Y sigue Orígenes: "E imitando a un retórico que educa a un alumno, Celso introduce a un judío que discute con Jesús y lo acusa de haber 'inventado su nacimiento de una virgen' y le reprocha 'haber nacido en cierta aldea judía de una pobre mujer de la región que se ganaba la vida cosiendo y que fue echada por su marido, un carpintero, por adúltera; la cual después de vagar por un tiempo dio a luz en el deshonor a Jesús, un hijo ilegítimo que por su pobreza tuvo que trabajar de siervo en Egipto donde aprendió ciertos trucos milagrosos de que se jactan los egipcios y gracias a los cuales, cuando regresó a su país, se proclamó Dios'" (*Contra Celso*, I, 28). "Pero volvamos al punto en que Celso introduce al judío y éste habla de la madre de Jesús y dice que 'cuando estaba embarazada fue repudiada por el carpintero al que estaba prometida pues la halló culpable de adulterio, y entonces tuvo un niño de cierto soldado llamado Pantera'. Veamos si los que han inventado estas fábulas burdas sobre el adulterio de la Virgen con Pantera y su repudio por el carpintero no lo hicieron para invalidar Su maravillosa concepción por el Espíritu Santo" (*Contra Celso,* I, 32). ¡Ah zopenco abrutado! ¿No ves que Celso es un tomador de pelo? ¿No ves que lo que te está diciendo es que Cristo no existió? ¿No ves que *virgen* en griego es παρθενος, que suena como Pantera, que es en lo que Celso convirtió a tu Virgen, la de Mateo 1:23, que el muy burletero filósofo panterizó?

Y sigue diciendo el estúpido Orígenes: "Después de esto, en vez de los magos que se mencionan en los evangelios, el judío que se ha inventado Celso dice que 'Jesús hizo que los caldeos fueran a adorarlo como Dios cuando nació y que le dieran la noticia a Herodes el tetrarca, quien mandó matar a todos los niños nacidos por esas fechas pensando que así lo mataría a él entre todos ellos; y esto por miedo de que si Jesús crecía le quitara el trono'. Véase en ese ejemplo la torpeza de quien no sabe distinguir entre los magos y los caldeos, ni entender que lo que unos y otros sostienen son cosas diferentes, con lo cual ha falseado el relato del evangelio. Por otra parte no sé por qué pasó por alto la causa de que fueran a verlo los magos y por qué no dijo, como lo cuentan las escrituras, que fue una estrella que vieron en el oriente la que los guió. Vamos a refutar estos argumentos. Creemos que la estrella que vieron en el oriente era una estrella nueva distinta de los otros cuerpos celestes conocidos (los que están en el firmamento superior o los que están en las órbitas inferiores), pero que compartía la naturaleza de los cometas o los meteoros que aparecen a veces" (*Contra Celso,* I, 58). ¡Apologista estúpido! ¡Cristiano tenías que ser! ¡Qué más daba que fueran caldeos o magos!

¡Cómo va a guiar una estrella a alguien hasta un pesebre en una cueva! Me recuerda lo que me contestó una noche en Madrid un español cerril de los tiempos de Franco. "Señor —le pregunté—, ¿dónde está la Gran Vía?" Y me contestó: "Allá debajo de la luna".

Pasemos ahora a Celso: "¿Qué necesidad había de que te llevaran de niño a Egipto? ¿Era para evitar que te asesinaran? No es creíble que Dios tema a la muerte. Y sin embargo un ángel bajó del cielo a deciros a ti y a tus amigos que huyerais para que no te apresaran y te mataran. ¿No era capaz el gran Dios, que ya había enviado dos ángeles, de preservarte a ti, su único Hijo?" (*Contra Celso*, I, 66). "¿Por qué entonces no llegaste a ser rey? ¿Por qué, si eras hijo de Dios, tuviste que andar vagando como un pordiosero, ocultándote atemorizado y arrastrando una vida miserable de un lado para el otro?" (*Contra Celso*, I, 61). A lo que contesta Orígenes: "No es deshonroso evitar exponerse uno a los peligros sino que hay que protegerse de ellos cuando esto se hace no por miedo a la muerte sino por el deseo de servir a los demás, siguiendo vivo hasta llegue el momento de que quien ha asumido la naturaleza humana muera con una muerte útil a la humanidad" (*Contra Celso*, I, 61). Según cuenta Eusebio, Orígenes se emasculó para librarse de la lujuria y poder instruir sin riesgo de pecado a las catecúmenas jóvenes. ¡Pero se le secaron los sesos!

Y ahora increpa Celso a los cristianos: "Si Dios hubiera querido enviarnos su Espíritu, ¿qué necesidad tenía de insuflarlo en el vientre de una mujer? El que ya sabía cómo hacer a los hombres bien hubiera podido darle un cuerpo a su propio Espíritu sin tener que vaciarlo en tanta suciedad; y así su enviado no habría sido recibido con incredulidad si le hubiera conferido la existencia inmediatamente desde arriba" (*Contra Celso*, VI, 73). "¡Y qué tenía Dios que estar comiéndose las ovejas o bebiendo vinagre y hiel! También se hubiera podido alimentar de porquerías" (*Contra Celso*, VII,

13). Y pasando a la resurrección, el milagro de los milagros con el que Cristo es más Cristo: "Cuántos otros no han practicado ese mismo truco para aprovecharse de los ingenuos, como Zamolxis de Escitia, el esclavo de Pitágoras; y Pitágoras mismo en Italia; y Rampsonito de Egipto, de quien dicen que jugó dados con Demeter en el Hades y volvió al mundo con un velo de oro que le dio la diosa; y Orfeo entre los odrisos, y Protesilao en Tesalia, y Hércules y Teseo en Tenaro. Pero antes habría que ver si alguna vez un hombre realmente muerto ha resucitado con su mismo cuerpo. ¿Por qué tachar de fábulas inverosímiles lo que se dice de otros, como si el final de esa tragedia vuestra fuera más creíble, con Jesús exclamando desde la cruz cuando expiró, en medio de un terremoto y entre tinieblas? Cuando estaba vivo no se pudo salvar, y una vez muerto decís que resucitó mostrando las marcas de su pasión y cómo tenía las manos agujereadas por los clavos. ¿Pero quién lo presenció? Una mujer trastornada según afirmáis, y si acaso alguien más de esa banda de charlatanes que lo soñó todo, o vio lo que quería ver, o que simplemente quería asombrar a los demás con semejante cuento" (*Contra Celso*, II, 55).

Un siglo después de la *Palabra verdadera* de Celso, el filósofo neoplatónico Porfirio escribió su libro *Contra los cristianos* (Κατα Χριστιανων), cuyas copias fueron sistemáticamente destruidas a partir del año 448 cuando los emperadores cristianos Teodosio II (de Oriente) y Valentiniano III (de Occidente) ordenaron de común acuerdo la destrucción de "todo escrito que pueda despertar la cólera divina y herir las almas", en cuyo caso estaba el libro de Porfirio, y por ambas razones. Más devastador para el cristianismo que el libro de Porfirio no ha habido otro. ¡Cuál Voltaire! Voltaire fue una mansa paloma. Nacido en el 232, Porfirio era por lo tanto un jovencito en el 248 cuando Orígenes escribió *Contra Celso*. Sabemos que estudió con el gran filósofo neoplatónico Plotino cuya biografía escribió, que oyó predicar a Orígenes, que desarrolló una verdadera animadversión por el cristianismo, que estudió la Biblia hebrea y los evangelios cristianos y que consideraba a éstos como unas obras sin valor literario ni profundidad filosófica y escritos en un griego de mercado. Al cristianismo lo veía como una enfermedad perniciosa que infectaba al imperio; a los evangelios como la obra de unos charlatanes; al llamado "príncipe de los apóstoles", o sea Pedro, como el más grande cobarde; y a Jesús como un criminal y un taumaturgo de segunda. Pero lo devastador de sus críticas no está en los calificativos (éstos al fin de cuentas los pone cualquier Fidel Castro) sino en algo más ingenioso por lo simple del recurso: tomar lo que dicen los evangelios y demás sagradas escrituras tanto judías como cristianas al pie de la letra negándose a aceptar nada como alegoría ni las contradicciones como misterios o paradojas.

A mi modo de ver el arma que ha descubierto Porfirio es demoledora: negarles a los charlatanes judíos o cristianos la posibilidad de que sus inconsecuencias, contradicciones, inmoralidades, incongruencias y estupideces se califiquen de alegorías, misterios o paradojas. No: la inmoralidad es inmoralidad y la estupidez es estupidez y basta. ¿Y es que acaso está marcado en las Sagradas Escrituras con letra roja lo que uno tiene que entender como alegórico para distinguirlo de lo que uno tiene que entender en sentido estricto? Puesto que no es así y todo va en letra negra, Dios tendría entonces que mandarnos al arcángel San Gabriel para que viniera a sacarnos de dudas en los casos equívocos. Cómo debemos interpretar los seis días en que Dios creó el mundo: ¿como días de veinticuatro horas o como eras geológicas de millones de años? A una objeción de Porfirio a la advertencia de Cristo de que "No he venido a traer la paz sino la espada y a enfrentar al hijo contra el padre, a la hija contra la madre y a la nuera contra la suegra, y los enemigos del hombre serán los de su propia casa" (Mateo 10:34-36),

Macarius Magnes contesta: "Estas palabras tienen un sentido alegórico: el hijo separado del padre significa los apóstoles separados de la Ley. La hija es la carne y la madre la circuncisión. La nuera es la Iglesia y la suegra es la sinagoga. La espada que corta es la gracia del Evangelio" (*Apocriticus*, II, 7). Lo cual es una absoluta estupidez. La disparatada amenaza de Cristo no tiene defensa posible.

Porfirio fue un gran hombre. Grande de verdad. El solo título de uno de sus libros, *Sobre la abstinencia de carne*, para mí encierra una moral más elevada y más bondad que cuanto hubiera dicho de noble Cristo, que en última instancia es muy poco y siempre ajeno, nada suyo. ¡Que hay que amar a los enemigos! ¿Y si uno no tiene enemigos? De lo que se trata es de no tener enemigos. Mi abuela Raquel Pizano nunca tuvo enemigos y cuantos la conocieron la quisieron. Ella, por lo tanto, murió sin poder cumplir el precepto evangélico pues para que hubiera podido amar a los enemigos primero habría tenido que tenerlos. Entre tantas cosas hermosas de ella recuerdo antes que nada su bondad con los animales. Pero volviendo a Porfirio, de su obra en quince libros *Contra los cristianos* sólo han quedado unos cuantos párrafos en la refutación que de él intentó hacia el año 400 Macarius Magnes titulada *Respuesta del Unigénito a los griegos* (Αποκριτικος η μονογενης προς Ελληνας), conocida abreviadamente como el *Apocriticus*. Pero con esos párrafos basta. Porfirio se sabía de corrido, como telepredicador gringo de nuestros días, la Biblia hebrea, los cuatro evangelios canónicos, los Hechos de los Apóstoles, las epístolas de Pablo y el escrito apócrifo el Apocalipsis de Pedro. Y como les decía Celso a los cristianos, "vuestros escritos se refutan solos", para rebatirlos con que uno lo conozca basta. Ahora bien, Porfirio tenía la ventaja inmensa sobre nosotros de que no estaba contaminado por los dieciocho siglos de oscuridad cristiana que han corrido desde su tiempo hasta el nuestro con la machacona insistencia en que Jesús existió y que fue el Hijo de Dios. Libre de este cuento burdo con que nos lavan el cerebro en Occidente y el Oriente cristiano desde que nacemos, Porfirio tenía la posibilidad de ver las estupideces como tales y no como teología profunda. ¡Pero qué digo teología profunda! La teología es como la astrología, la frenología, la alquimia: una pseudociencia digna del papa Ratzinger.

Queda poco de Porfirio, pero todo espléndido, fresco, lúcido: contra los evangelistas, contra Pedro, contra Pablo, contra el Reino de los Cielos, contra la resurrección de la carne, contra lo que dijo e hizo Cristo. "Los evangelistas eran inventores de leyendas y no historiadores de los hechos de Jesús. Cada uno de los cuatro contradice a los otros en su versión de sus sufrimientos y de la crucifixión" (*Apocriticus*, II, 12). Y pasa a hacer ver que según uno de los evangelistas (Mateo) Jesús dice: "*Eloi, Eloi, lama sabacthani*, que quiere decir, Señor, Señor, ¿por qué me has abandonado?" Según otro (Juan) dijo: "Todo está consumado". Según otro (Lucas) dijo: "Padre en tus manos encomiendo mi espíritu". Y comenta Porfirio: "Si estos hombres no son capaces de ponerse de acuerdo respecto a la forma en que murió y se basan en rumores, ¡qué esperanzas con el resto de la historia!" Y tras observar que uno de los soldados le perforó a Cristo el costado con una lanza comenta: "Sólo Juan lo dice, ninguno de los otros. Con razón Juan jura que es veraz su relato diciendo: 'El que lo vio lo atestigua y sabemos que su testimonio es verdad'". ¡El mismo caso de Pablo cuando dice que no miente!

Y pasando a la resurrección pregunta Porfirio: "¿Por qué Jesús no se le apareció a Pilatos, o a Herodes el rey de los judíos, o al Sumo Sacerdote, o a muchos a la vez y que fueran dignos de crédito y en especial a los romanos del Senado y del pueblo? ¡Pero qué! Se le apareció a María Magdalena, una mujer ordinaria que venía de una aldehuela miserable y que había sido poseída por siete demonios, y a otra María, igualmente desconocida, una campesina, y a unos cuantos desconocidos más. Y sin embargo él había dicho: 'Veréis entonces al Hijo del Hombre sentado a la diestra del poder y viviendo entre las nubes'. Si se hubiera presentado a gente importante, nadie habría castigado a sus seguidores acusándolos de inventar historias monstruosas y no habrían tenido que sufrir por su culpa" (*Apocriticus*, II, 14).

Y sobre el episodio que pasa en la región de los gerasenos, y que cuentan los tres sinópticos, en que Jesús expulsa a los demonios de un endemoniado y los hace entrar en una piara de cerdos que corren a ahogarse en el mar, Porfirio comenta: "Si la historia es verdad y no una fábula, que es lo que creo, es una bajeza de Cristo permitir que los demonios sigan haciendo daño sacándolos de un hombre y pasándolos a unos pobres cerdos. Y no sólo esto sino que pone en fuga a los porqueros y causa el pánico en toda una ciudad". (*Apocriticus*, III, 4) Lo que va de Porfirio a Cristo está en esa palabra *pobres* dicha de unos cerdos. A Cristo no le dio su almita pequeñita para sentir el dolor de los animales; a Porfirio sí le dio para ello su alma grande. No hay una sola palabra de amor o de compasión por los animales en todos los evangelios. En cambio Porfirio escribió el libro ya mencionado *Sobre la abstinencia de carne*, cuyo solo título nos dice tanto. Ese respeto a los animales con la consiguiente defensa del vegetarianismo, que le venía directamente de su maestro Plotino, en realidad se remontaba entre los griegos hasta muchos siglos atrás, hasta Pitágoras, con quien empieza la filosofía. ¡Pero qué! Cristo viene de la religión de Yavé el carnívoro y sus levitas carniceros que oficiaban con cuchillo y fuego en la gran carnicería del templo de Jerusalén que en buena hora Tito destruyó. De ese Yavé viene Cristo, ése es su padre. De tal palo tal astilla.

Del dicho de Jesús de que "es más fácil que un camello pase por el ojo de una aguja que un rico entre al Reino de los Cielos", que está en los sinópticos, ya había comentado

Celso que Platón había expresado la misma idea en una forma más noble cuando dijo que "era imposible que un hombre excepcionalmente bueno fuera excepcionalmente rico" (*Leyes*, 743A). Porfirio por su parte comenta: "Si fuera verdad que un rico que se ha abstenido de todo pecado —del asesinato, el robo, el adulterio, el fraude, los juramentos impíos, los desenfrenos corporales y el sacrilegio— no puede entrar al llamado Reino de los Cielos, ¿entonces de qué sirve que sea bueno? Y si los pobres son los que están destinados al cielo, ¿qué les impide cometer todas los delitos pues no es la virtud la que le gana al hombre el cielo sino la pobreza? De lo cual deducimos que el pobre no tiene para qué practicar la virtud pues su sola pobreza lo salvará sin importar los males que haga, en tanto el cielo está cerrado para el rico. Me parece entonces que Cristo no ha podido sostener esto si es que traía la verdad, sino unos desposeídos que querían quitarles a los ricos sus bienes. El otro día, con el cuento de que 'Vende lo que tienes y dáselo a los pobres y tendrás un tesoro en el cielo', unos cristianos despojaron a unas mujeres de noble cuna de lo que tenían y las convirtieron en mendigas" (*Apocriticus*, III, 5). A los del Opus Dei les recomiendo que no publiquen más Biblias porque son espadas de doble filo, bumerangs que se pueden volver contra ellos. No hay peor enemigo de la Biblia que la Biblia y de los evangelios que los evangelios, y no hay mejor refutación de Cristo que sus palabras y sus hechos. Bien hizo la Puta en mantener las Sagradas Escrituras durante toda la Edad Media, mil doscientos años, protegidas del vulgo ignaro por el latín y resguardadas en los monasterios. El pueblo está para dar limosna y para servir de esclavo. Y el papa, que tiene las llaves de San Pedro para entrar al cielo, es el rey de reyes, el emperador de este mundo.

"Porque os digo que si tuvierais fe como un grano de mostaza podrías decirle a esta montaña: 'Muévete y lánzate al mar' y se movería, y nada os sería imposible" (Mateo

17:20,21). Palabras de Jesús que le merecen el siguiente comentario a Porfirio: "De lo que tenemos que concluir que el que no sea capaz de mover una montaña no se puede contar entre los creyentes. Y así no sólo los cristianos del común sino también vuestros obispos y sacerdotes quedan excluidos en virtud de ese precepto" (*Apocriticus*, III, 17).

"Otro famoso dicho del maestro es éste: 'A menos que comáis mi carne y bebáis mi sangre, no tendréis vida en vosotros'. Este dicho es bestial y absurdo. ¡Que un hombre coma carne humana o beba la sangre de un miembro de su familia o de su pueblo, y que por eso obtenga la vida eterna! Si así se hiciera, ¡en qué salvajismo no se convertiría la vida! No sé de mayor chifladura en toda la historia de la impiedad. Ni siquiera las Furias les enseñaron esto a los bárbaros. Ni siquiera los potideanos habrían llegado a eso, salvo que se estuvieran muriendo de hambre. ¿Qué sentido tiene ese dicho contrario a toda vida civilizada?" (*Apocriticus*, III, 15). A lo cual Macarius Magnes contesta con un fárrago de varias páginas en que nos sale con esto: "Considera, por favor, el caso de un niño recién nacido: salvo que coma la carne y beba la sangre de la madre que lo tuvo no vivirá. Es cierto que el alimento viene en forma de leche, pero la leche es igual que la sangre; es sólo su contacto con el aire lo que le da su color claro. Así como el Creador hace que las aguas sucias del abismo broten en una clara fuente, así de los pechos de una mujer, por un complicado mecanismo, sale sangre de las venas en una forma aprovechable. Dime de dónde los hijos de Dios pueden vivir y ser nutridos acabando de nacer ¿si no es probando la mística carne y bebiendo la mística sangre de la que los tuvo? Pues es ni más ni menos la sabiduría de Dios la que constituye la madre que prepara la mesa para sus hijos y mezcla su propio vino vertiéndolo ricamente de los dos Testamentos como si fueran dos pechos. La carne y la sangre de Cristo o de su Sabiduría (que es lo mismo) son las palabras del Antiguo y el Nuevo Testamentos dichas con sentido alegórico y que los hombres deben devorar con cuidado y digerir para ganarse con ellas no la vida temporal sino la eterna" (*Apocriticus*, III, 23). ¡Con razón todos los Padres de la Iglesia, desde Metodio de Olimpo, el historiador Eusebio y Jerónimo hasta Agustín temían meterse con Porfirio, con el "veneno de su pensamiento" en palabras de Apolinario de Laodicea! Sin el arma de la alegoría quedaban indefensos. "Pasando a considerar otra doctrina, aun más asombrosa que las anteriores e igual de oscura, está escrito que 'El Reino de los Cielos es como un grano de mostaza', o que 'El Reino de los Cielos es como la levadura', o que 'El Reino de los Cielos es como un mercader que busca unas perlas preciosas'. Estas imágenes disparatadas no son dignas de hombres sabios, ni siquiera de las sibilas. Cuando alguien quiere decir algo referente a lo divino tiene que expresarse con claridad usando imágenes de todos los días. Pero esas imágenes no son sensatas: son tontas e ininteligibles. E impropias para explicar lo que se pretende. No tienen sentido" (*Apocriticus* IV, 8).

Basándose en los Evangelios, en la Epístola a los Gálatas y en los Hechos de los Apóstoles, Porfirio considera a Pedro un hombre de juicio débil, un cobarde, un desleal y un hipócrita. La opinión que le merece este Sancho Panza no puede ser más adversa. Y así se asombra de que Jesús le haya dicho (Mateo 16:18): "Y yo te digo que tú eres Pedro y sobre esta piedra edificaré mi Iglesia y te daré las llaves del Reino de los Cielos" (que es en lo que la Puta de Babilonia Roma empezaba a basar su pretensión de supremacía sobre las iglesias de Alejandría, Antioquia y Jerusalén), ya que pocos versículos después lo rechaza diciéndole: "¡Apártate de mí, Satanás! Me escandalizas pues no sientes las cosas de Dios sino las de los hombres" (Mateo 16:23). Y el comentario de Porfirio es el que haría cualquiera que no tenga absolutamente sorbido el seso desde que nació por la Puta: "Si Jesús tenía en tan poco concepto a Pedro como para llamarlo Satanás, por favor díganme cómo hay que interpretar esta maldición al llamado jefe de los discípulos. O bien Jesús estaba borracho y con la mente confusa cuando llamó a Pedro 'Satanás', o bien estaba trastornado cuando le prometió las llaves del cielo. ¿Cómo Pedro, un hombre de juicio equivocado en tantas ocasiones, podía servir como fundamento de una Iglesia? Máxime que después de que se lo había advertido Jesús lo negó tres veces aterrorizado ante una pobre criada. Si Jesús tenía razón al llamar a Pedro 'Satanás', significando uno que carece de toda virtud, entonces fue inconsistente e imprevisor cuando le ofreció la conducción de su Iglesia" (*Apocriticus*, III, 19). Lo cual es obvio. Como también es obvia la cerrazón mental bimilenaria de los cristianos que creen oír la palabra de Dios en esa sarta de necedades y contradicciones que son los evangelios.

Pero hay un argumento de Porfirio más demoledor contra Pedro, y que podemos hacer extensivo a la Puta que lo parió. Es el siguiente episodio de los Hechos de los Apóstoles: "Un hombre llamado Ananías, de acuerdo con su mujer Safira, vendió un campo, pero se guardaron una parte del dinero de la venta y el resto él fue a entregárselo a los apóstoles. Entonces Pedro le dijo: 'Ananías, ¿por qué has dejado que Satanás se apoderara de tu corazón para que le mintieses al Espíritu Santo y te quedases con parte del dinero? ¿Por qué lo has hecho? No les has mentido a los hombres sino a Dios'. Al oír Ananías estas palabras cayó muerto. Un gran temor sobrecogió a todos los que lo vieron. Se levantaron algunos jóvenes, lo amortajaron y se lo llevaron a enterrar. Pasado un lapso como de tres horas sucedió que entró su mujer, que no sabía lo ocurrido. Entonces Pedro le preguntó: 'Dime, ¿habéis vendido el campo en tal cantidad?' Ella dijo: 'Sí, en esa cantidad'. Pedro le replicó: '¿Cómo es que os pusisteis de acuerdo para desafiar al Espíritu del Señor? Ya están a la puerta los que acaban de enterrar a tu marido y te van a llevar también a ti'. Al instante Safira cayó a sus pies y expiró. Cuando entraron los jóvenes la encontraron muerta y la llevaron a enterrar junto a su marido. Un gran temor llenó a toda la Iglesia y a todos los que supieron de este suceso" (Hechos de los Apóstoles 5:1-11). Para mí éste es un simple caso de asesinato, un doble asesinato y no puede ser otra cosa. Más benigno que yo, Porfirio comenta el pasaje así: "Pedro los mató aunque no habían hecho nada malo. ¿Pues qué mal podía haber en no regalar todo lo que les pertenecía? Pero aun si Pedro considerara la acción de ellos un pecado, debería haberse acordado del mandato de Jesús que le enseñó a perdonar cuatrocientos noventa pecados contra él (setenta veces siete). Les habría perdonado uno solo, si es que se podía llamar pecado. Y habría debido acordarse también cuando él mismo juró que no conocía a Jesús y por lo tanto mintió, demostrando con su mentira su absoluto desprecio por el juicio y la resurrección" (*Apocriticus*, III, 21). Sin comentar nada de esta última acusación, Macario le contesta a Porfirio que Pedro no podía haber perdonado a Ananías y a Safira pues no se trataba de un delito contra Pedro sino contra todo el cuerpo de los creyentes. "El atropello lo cometieron contra Dios, contra la fe". Había que castigar a Ananías y a Safira "para que no infectaran a otros como una peste, para lo cual Pedro arranca la maleza antes de que invada el campo. Además los dos no murieron por un golpe de la espada (como dices) sino de la conciencia, un golpe que venía del Espíritu Santo del amor. Por lo tanto Pedro no tiene la culpa de la muerte de ambos que ocurrió como advertencia para los demás" (*Apocriticus*, III, 28).

Y he aquí lo que opina del asunto San Efrén (que de niño mató a pedradas a una vaca pero al que apodaban "arpa del Espíritu Santo"): "El castigo de Dios contra Ananías y Safira no sólo fue porque robaron y escondieron lo robado, sino porque no temieron y quisieron engañar a aquellos en los que moraba el Espíritu Santo, que todo lo sabe" (*Catena armenia sobre los Hechos de los Apóstoles*). Así que según la Puta limosnera, hablando por boca de este malnacido santo, uno puede robarse lo que le pertenece. Y en su "Homilía sobre los Hechos de los Apóstoles" San Juan Crisóstomo comenta: "No se podía pasar a la ligera la falta, era necesario eliminar la gangrena antes de que infectara todo el cuerpo". San Agustín por su parte opinaba que el castigo de Dios a Ananías y Safira fue simplemente el de la muerte temporal, no la reprobación eterna. Y he aquí el comentario de la Biblia del Opus Dei: "Con su actitud hipócrita, Ananías y su mujer manifiestan su avaricia y sobre todo su vanagloria, y el castigo fue de una comprensible severidad en un momento fundacional lleno de auxilio divino y de especial responsabilidad. Este relato es una prueba más de cómo detesta Dios la hipocresía. Ante ella se aprecia por contraste el valor de la virtud de la veracidad, que tiende a la fiel manifestación de la verdad para que ésta reine siempre y en todas partes y se eviten la falsedad y la mentira" (Nota a los Hechos de los Apóstoles, páginas 102 y 103). Hoy en día los del Opus Dei son los grandes lacayos de la Puta. Lograron lo que parecía imposible, ¡desbancaron a la Compañía de Jesús! "A cada capillita le llega su fiestecita", dicen en Monterrey. Y sí. También le llegará un día su día a la Puta.

En *La ciudad de Dios* (XIX, 23) cuenta Agustín que Porfirio, "el más docto de los filósofos, aunque el más implacable enemigo de los cristianos", transcribe en su *Filosofía de los oráculos* la siguiente respuesta de Apolo a un marido que le pregunta qué tenía que hacer para librar a su mujer del cristianismo: "Es más fácil escribir en el agua o volar como un pájaro que devolverle el juicio a tu impía mujer una vez que se ha contaminado. Déjala que haga lo que le dé la gana en su necio engaño y que entone lamentos a la muerte de su Dios, que fue condenado por jueces justos y murió de forma ignominiosa y violenta". ¡Le hubiera tocado a

Porfirio o a Apolo lidiar con mahometanos! Es más fácil subir a pie a la Luna que convencer a uno solo de estos alucinados de que Mahoma fue un bellaco asesino y un farsante. Cristianos y mahometanos tienen sorbidos los sesos desde que nacen por sus respectivas supersticiones. Ni con taladro se les puede sacar la terquedad de sus putas testas.

Pero volviendo a Orígenes, con este loco empieza la dañina raza de los teólogos cristianos. De él dice Epifanio que escribió seis mil obras. Así las entendamos como simples rollos de papiro en que caben sólo unos cuantos capítulos de los libros de hoy, la cifra es monstruosa. En su mayor parte se trata de comentarios a la Biblia hebrea, a los evangelios y a las epístolas de Pablo, de los que (Dios sabrá por qué) la mayoría se perdieron. Quedan unos cuantos en su *Stromateis* y un *Comentario al Evangelio de Mateo* del tamaño de un ladrillo. Queda también su *Philocalia*, en cuyos primeros capítulos expone su método de interpretación de las Escrituras, que según él fueron inspiradas por Dios y son la palabra de Dios y tienen por lo tanto las tres características de toda obra divina: verdad, unidad y plenitud. Puesto que la palabra de Dios no puede ser falsa, no puede haber errores ni contradicciones en las Escrituras, y siendo el autor de éstas uno solo, la Biblia se debe entender en consecuencia como un solo libro y no como una colección de varios (*Philocalia*, V, 4-7). Pero la característica más divina de las Escrituras es su plenitud: "No hay en los libros sagrados ni el más mínimo pasaje que no refleje la sabiduría de Dios" (*Philocalia*, I, 28). "Claro que hay imperfecciones en la Biblia, como son sus contradicciones, repeticiones y rompimientos en la continuidad de los relatos, pero todas ellas se truecan en perfecciones una vez que aceptamos la alegoría y el sentido espiritual" (*Philocalia*, X, 1 y 2).

¿Se emasculó Orígenes también de la cabeza? ¡En lo más mínimo! ¡Era un genio! Las cretinadas bíblicas (que son casi tantas como versículos) las entendía él en sentido figurado y san se acabó. ¿Que molesta el sentido literal en un pasaje dado? Pues lo interpretamos en sentido traslaticio y se ve bellísimo. Por expresa voluntad de Dios, según él, al sentido literal había que agregarle otro especial cuando hiciera falta. Le tocaba al intérprete o exegeta descubrir la intención divina caso por caso, y a eso se consagró él en buena parte de los seis mil escritos de su emasculada vida. "Tal pasaje de las Escrituras no tiene sentido corporal" dictaminaba y problema resuelto. Por "sentido corporal" entendía el sentido literal o estricto. Dicha en pocas palabras su tesis era: el sentido corporal o letra de las Escrituras no se debe adoptar cuando implica algo imposible, absurdo o indigno de Dios. A lo cual Celso y Porfirio, como cuando Alejandro resolvió el problema del nudo gordiano cortándolo de un tajo, respondieron tomando las inmoralidades, las contradicciones, las inconsecuencias y las cretinadas de las llamadas Sagradas Escrituras al pie de la letra.

Todavía un papa de nuestro tiempo, Pío XII, andaba empantanado en el mismo problema de los dos sentidos, el literal y el figurado, de que tratara el hereje Orígenes. En su encíclica *Divino afflante Spiritu* del 30 de septiembre de 1943 (donde afirma que "la Vulgata, tal como la entendió y entiende la Iglesia, está totalmente inmune de todo error en materia de fe y costumbres") nos informa que "Por otra parte, cuál sea el sentido literal no está muchas veces tan claro en las palabras y escritos de los antiguos orientales como en los autores de nuestra época. Y en efecto, qué quisieron dar a entender aquéllos con sus palabras no se determina sólo por las leyes de la gramática y de la filología, ni sólo por el contexto del discurso, sino que es de todo punto necesario que el intérprete se traslade mentalmente, como si dijéramos, a aquellos remotos siglos del Oriente a fin de que, debidamente ayudado por los recursos de la historia, de la arqueología, de la etnología y de otras disciplinas, discierna y vea claramente qué géneros literarios quisieron usar y de hecho usaron los escritores de aquella vetusta edad". Pues sí, y como decía Bach, tocar el clavecín es muy fácil: basta pulsar la nota justa en el momento justo y con la intensidad justa.

Comparando la *Palabra verdadera* de Celso con el libro de Porfirio *Contra los cristianos* podemos determinar qué lejos había llegado la Puta en los cien años que los separan. Ya Porfirio no parece saber del cristianismo judaizante ni del de los gnósticos de que habla Celso, como si en el lapso de tiempo transcurrido hubieran desaparecido, y pasa por alto el parentesco esencial de la patraña y la liturgia cristianas con la mitología y los misterios paganos. Se diría que la Puta, que ya se consideraba católica, apostólica y romana, se hubiera impuesto a los demás cristianismos con su doctrina de un Jesús de Nazaret histórico: el Cristo encarnado de los evangelios y los Hechos de los Apóstoles que vivió en Palestina en tiempos de Augusto y Tiberio y que habló arameo. ¿Y quién le decía que no en el año 280 y en Roma, donde se hablaba latín y griego? Allí y entonces escribió Porfirio en griego su libro *Contra los cristianos*. Si Cristo murió en Jerusalén hacia el año 33 y habló arameo, entonces la separación a que está Porfirio de él es triple: geográfica, temporal y lingüística. Para entonces, a doscientos cincuenta años de la supuesta muerte del supuesto Cristo (hubiera sido éste el hijo del soldado Pantera, del Espíritu Santo o de la quimera que fuera), apologistas y refutadores por igual daban por cierto que ese engendro de personaje había existido. Año con año la separación temporal había ido aumentando hasta que por fin, la Puta, hablando en griego e instalada en Roma, acabó haciendo de su mito historia. Después habría de cambiar el griego por el latín con el consiguiente aumento de la separación lingüística. No hay un Jesús histórico, un rabino galileo que nació en Belén. Lo que hay es un revoltijo de mitos paganos y Biblia judía en el feo personaje de Cristo, expresado primero en griego, luego en latín y finalmente en incontables idiomas vernáculos.

Aparte de lo citado por Macarius Magnes en su *Apocriticus*, de Porfirio y su polémica contra el cristianismo nos queda un pasaje más conservado por Agustín en una de sus epístolas, y una opinión suya conservada por Jerónimo en su *Comentario al Libro de Daniel*. En la epístola de Agustín pregunta Porfirio: "¿Qué debemos creer de Jonás de quien se cuenta que estuvo tres días en el vientre de una ballena? Es increíble que un hombre tragado con todo y ropa haya sobrevivido dentro de un pez. Pero si la historia fuera alegórica, por favor explíquenmela. ¿Y qué quieren decir con eso de que una calabaza brotó de la cabeza de Jonás después de que el pez lo vomitó? ¿Qué razón hay para que le creciera esa calabaza?" No sé de dónde sacó Porfirio lo de la calabaza, a lo mejor estaba tomándoles el pelo a los cristianos pues la Biblia no habla de eso. Lo que dice la Biblia es que Yavé le ordenó a un gran pez que se tragara a Jonás y que éste estuvo en su interior tres días y tres noches, después de lo cual el pez lo vomitó en tierra, y nada más (Jonás 2:1-11). Ahora bien, cuando los escribas y fariseos le piden a Cristo una señal para creerle él les responde que la señal será que "así como Jonás estuvo en el vientre de la ballena tres días y tres noches el Hijo del Hombre estará ese mismo tiempo en el seno de la tierra" (Mateo 12:38-40). Sin darse cuenta de que en el Libro de Jonás no se habla de ninguna calabaza y preocupado únicamente por el asunto de la ropa, que pudiera obstaculizar el paso de Jonás por las fauces de la ballena, el tonto de Agustín le responde a Porfirio con un párrafo verboso en que leemos: "Las escrituras no dicen si tenía puesta o no la ropa cuando fue arrojado al interior del pez, así que bien podemos pensar que cayó con gran rapidez desnudo, si es que fuera necesario que le quitáramos las prendas de vestir, como se le quita la cáscara a un huevo para que uno se lo pueda tragar más fácilmente" (Epístola 102, 30). ¡Ah estúpido! ¡Hijo de Santa Mónica la *biberona* (la borracha) tenía que ser! ¡Cuánto mal le ha hecho a la humanidad ese putañero arrepentido!

En cuanto a la opinión de Porfirio conservada por Jerónimo es ésta, dicha en palabras de Jerónimo: "En su decimosegundo libro Porfirio habló del profeta Daniel y dijo que el libro que lleva su nombre no fue escrito por él sino por alguien que vivió en Judea en tiempos de Antíoco Epifanes, de suerte que en vez de predecir el futuro Daniel está describiendo lo que ya ha ocurrido. Así lo que Daniel cuenta anterior a los tiempos de Antíoco es historia verdadera, pero lo que se refiere a tiempos posteriores es ficción pues ningún escritor puede predecir el futuro (prólogo al *Comentario sobre el Libro de Daniel*). Y agrega Jerónimo que a ese argumento ya han respondido con sabiduría Eusebio, Apolinario y antes de ellos, en parte, Metodio. Hacían bien los Padres de la Iglesia en intentar responder a la perturbadora duda sembrada por Porfirio de que el Libro de Daniel no tenía la antigüedad que se le atribuía pues, como dice Jerónimo en ese mismo escrito, "ninguno de los profetas habló tan claramente de Cristo como Daniel, ya que no sólo afirmó que vendría, predicción común a los demás profetas, sino que dijo cuándo". ¿Cuándo? Es lo que no logro encontrar en el Libro de Daniel por más que lo busco. Más fácil encuentro en el Apocalipsis la fecha del fin del mundo. Desde Justino Mártir los cristianos venían diciendo que el Libro de Daniel predecía exactamente el nacimiento del Mesías o Cristo, la destrucción del templo de Jerusalén y la *parusía* o segunda venida de aquél. Hoy, empezando el siglo XXI, los cristianos seguimos esperando esa segunda venida, pero nos consolamos pensando que les llevamos dos mil años de ventaja a los judíos, que todavía están esperando la primera. Algo es algo. Respecto a la destrucción del templo mencionada en el Libro de Daniel, no es la causada por Tito en el año 70 de nuestra era como cree Justino sino simplemente su profanación por Antíoco IV Epifanes en el año 167 antes de Cristo, que desencadenó la rebelión de los judíos descrita en los dos libros de los Macabeos.

El Libro de Daniel es un embrollo mayúsculo y no sabemos quiénes lo escribieron o quiénes metieron la mano en él. Varios sin duda pues no es la obra de un solo autor. El capítulo 1 y de los capítulos 8 al 12 fueron escritos en hebreo; del capítulo 2 al 7 fueron escritos en arameo. Las Biblias católicas traen además otros dos capítulos que fueron escritos en griego y que los judíos y los protestantes consideran apócrifos: el 13 que cuenta la historia de Susana y el 14 que cuenta la historia del dragón Bel (más la "Plegaria de Azarías" y el "Canto de los Tres Jóvenes", también en griego, interpolados en el capítulo 3). Para complicar aún más las cosas los idiomas no corresponden exactamente a los temas y los seis primeros capítulos están escritos en tercera persona mientras que los seis siguientes en su mayor parte están en primera persona. Los capítulos 1 a 6 tratan del exilio de los judíos en Babilonia en el siglo VI antes de Cristo y están llenos de inexactitudes históricas y de ideas religiosas que corresponden a la primera mitad del siglo II antes de Cristo. Los capítulos 7 al 12 traen las visiones de Daniel y las relacionan con la persecución de Antíoco pero haciendo creer que ésta fue anunciada cuatro siglos atrás, en tiempos del exilio de los judíos en Babilonia, como si se tratara pues de profecías siendo que era simple historia, según lo sabemos gracias al segundo libro de los Macabeos. El capítulo 9 reinterpreta la profecía equivocada de Jeremías que anunció que la desgracia del pueblo judío terminaría en setenta años, convirtiéndolos arbitrariamente en cuatrocientos noventa, con lo que se vuelve a equivocar pues ésa nunca ha terminado, salvo que demos como su fin la creación del Estado de Israel actual en 1948.

Pero la novedad del Libro de Daniel no está en sus profecías, de las que al fin de cuentas estaban llenos los libros de la Biblia que lo precedieron, sino en lo que tomó a través de los griegos del zoroastrismo persa que sostenía los siguientes conceptos religiosos ajenos al judaísmo: la exis-

tencia de ángeles y demonios; la profecía de una gran batalla al término del tiempo en que se enfrentarían los ejércitos del bien y del mal y en la que participarían hombres y
ángeles (la cual dará lugar a los escritos apocalípticos ju-
deocristianos); la inmortalidad del alma; y el juicio final
con la resurrección de los muertos y los posteriores premios
para los buenos y castigos para los malvados. Conceptos estos últimos que están expresados así en el Libro de Daniel:
"En aquel tiempo se levantará Miguel, el gran príncipe que
defiende a los hijos de tu pueblo, porque será un tiempo de
calamidades como no lo ha habido y entonces se salvarán
todos los que estén inscritos en el Libro. Muchos de los que
duermen en el polvo despertarán, unos para la vida eterna,
otros para la vergüenza y el horror eternos" (Daniel: 12:
1,2). He ahí las dos zanahorias de la resurrección y el cielo
con que la Puta viene jalando desde hace cerca de dos mil
años a su rebaño asnal y el garrote del infierno para los que
se nieguen a entrar al redil. Del Libro de Daniel los tomó.
Antes del Libro de Daniel, y del segundo Libro de los Macabeos que también habla de la resurrección, los judíos pen-
saban que con la muerte se terminaba todo. Así en el Libro
de Job leemos: "El hombre nacido de mujer vive pocos días
llenos de sinsabores. Brota como una flor y se marchita, y
pasa como una sombra sin detenerse. El árbol tiene una
esperanza pues si lo cortan aún puede retoñar. Mas cuando el hombre muere, ¿adónde va? Pasarán los cielos sin
que despierte, nunca saldrá de su sueño" (Job 14:1-12).
Con semejante panorama de tinieblas, sin resurrección posible ni cielo, el judaísmo estaba destinado al fracaso, no
podía competir con la Puta, que con el par de zanahorias y
la amenaza del garrote arrastra a dos mil millones (al cielo
y al infierno la Puta les ha agregado los lugares intermedios
del limbo y el purgatorio). Lo que quiere el hombre es seguir siendo. Y como el hombre, el perro, el burro y la mesa.
Es lo que yo llamaría el empecinamiento ontológico univer-

sal: persistir cada quien en su esencia para preservar la existencia.

Pero volviendo a Porfirio, al fechar correctamente el Libro de Daniel en tiempos de Antíoco Epifanes y los Macabeos y no cuatro siglos atrás, cuando el cautiverio de Babilonia, como se creía en su tiempo y se siguió creyendo casi hasta nuestros días, no sólo estaba minado la interpretación cristiana basada en el valor profético de ese libro sino que iniciaba la gran empresa de la desmitificación de la Biblia, a la que se han opuesto el judaísmo y el cristianismo por igual. Con esa simple opinión de Porfirio citada por Jerónimo nace el estudio objetivo de la Biblia que rechaza la tesis irracional de que sus textos fueron inspirados por Dios. Todos los libros de la Biblia hebrea son de autores anónimos. Y muchos de ellos, si no es que todos, fueron modificados una y otra vez por otros autores anónimos en el curso de las generaciones. Ni el Pentateuco lo escribió Moisés, ni las Lamentaciones las escribió Jeremías, ni los Salmos los escribió David, ni el Cantar de los Cantares lo escribió Salomón, ni tampoco los Proverbios, ni tampoco el Libro de la Sabiduría. Los capítulos 40 al 66 del libro atribuido al profeta Isaías, que se cree que vivió en el siglo VIII antes de nuestra era, hoy se piensa que fueron escritos cerca de dos siglos después. El libro de Obadías, que tiene sólo una página, parece ser la combinación de pedazos debidos a dos autores. El resultado de todo esto es un revoltijo de mitos, leyendas, tradiciones orales, cuentos populares, episodios épicos, anales, biografías, cronologías, censos, proverbios, epigramas, poemas, profecías... Mucha estupidez, mucha inmoralidad, mucha infamia, y quitando unos cuantos versículos desolados y pesimistas del Libro de Job y del Eclesiastés muy mala literatura. Los primeros nueve libros, y acaso también varios más, fueron escritos en los siglos VII y VI antes de nuestra era en hebreo, una lengua que estaba viva entonces pero que no mucho después, tras el cautiverio del pueblo judío en Babilonia, se habría de convertir en lengua muerta y habría de ser reemplazada por el arameo en que, por los siglos III y II antes de nuestra era, se escribieron partes de los libros de Esdras y de Daniel.

Pero la gran batalla por la desmitificación de la Biblia no se habría de dar en torno al Libro de Daniel sino a la autoría de sus cinco primeros libros conocidos como el Pentateuco, la Tora o la Ley y que desde siempre se atribuían a Moisés: Génesis, Éxodo, Levítico, Números y Deuteronomio. Sin embargo los cinco libros son obra de autores anónimos de los tiempos del rey Josías y posteriores en seis siglos cuando menos al 1250 antes de nuestra era, en que se pretendía que había vivido Moisés. Incluso los capítulos del Génesis que tratan de la creación del mundo, el diluvio universal y los patriarcas (si no es que todo el libro) son más recientes, escritos durante el exilio de Babilonia o poco después. Ninguno de los cinco libros está en primera persona, en ninguno se dice que Moisés sea su autor, y en el Deuteronomio se cuenta su muerte. Pero la Puta, siguiendo la tradición judía y sin que le fuera nada en ello, se empecinó en que Moisés los había escrito. La fábula se empezó a desmoronar en el siglo XI cuando Isaac ibn Yashush, médico judío de la España musulmana, hizo ver que la lista de reyes edomitas que aparece en el capítulo 36 del Génesis menciona reyes que vivieron mucho después de Moisés, tesis que le valió de sus correligionarios el apodo de "Isaac el calumniador". La tradición había resuelto el problema de la muerte de Moisés diciendo que su sucesor, Josué, escribió el final del Deuteronomio donde está narrada. En el siglo XV Carlstadt, un contemporáneo de Lutero, hizo ver que el estilo del relato de la muerte de Moisés es el mismo del resto del Deuteronomio, así que no se podía sostener que Josué o cualquiera había agregado simplemente unas cuantas frases al final del libro. En el siglo XVII Thomas Hobbes adujo varios hechos y afirmaciones de los cinco libros inconsistentes con la autoría de Moisés. Por ejemplo el texto a veces dice que algo de lo narrado continúa "hasta el día de hoy", pero ésta no es una frase de quien narra una situación contemporánea, sino de alguien que trata de situaciones del pasado que han persistido hasta el momento en que escribe.

Poco después de Hobbes el calvinista francés Isaac de la Peyrère volvió a sostener la tesis de que Moisés no había sido el autor del Pentateuco y entre las varias pruebas que aducía estaba el primer versículo del Deuteronomio: "Éstas son las palabras que les dijo Moisés a los hijos de Israel al otro lado del Jordán en el desierto". Según La Peyrère la expresión "al otro lado del Jordán" se explica porque Moisés está al otro lado del río respecto al escritor, que está en Israel; y es que Moisés, a quien Yavé le prohibió que entrara a la tierra prometida, tan sólo la alcanzó a ver poco antes de morir, desde el monte Pisgah, sin llegar a cruzar el Jordán. Los católicos obligaron a La Peyrère a convertirse al catolicismo y quemaron su libro. Y por esos mismos años en Holanda el filósofo Spinoza fue excomulgado por sus correligionarios judíos (y después condenado por los protestantes y su *Tratado teológico político* puesto en el *Índice de libros prohibidos* por los católicos) por insistir en los anteriores argumentos y agregarles otros: al anacronismo de los reyes edomitas le sumó el de varios topónimos posteriores a Moisés; hizo ver la imposibilidad de que éste dijera de sí mismo que era "el hombre más humilde de la tierra"; y sostuvo que la frase del final del Deuteronomio de que "No ha vuelto a surgir en Israel un profeta más grande que Moisés" sólo la pudo escribir alguien que hubiera vivido siglos después de él, durante los cuales hubieran surgido otros profetas con quienes se le pudiera comparar. Con esto no sólo quedaba excluido Moisés como autor del Pentateuco sino también Josué, su inmediato sucesor.

Los cinco libros del Pentateuco más los de Josué, Jueces, Samuel y Reyes fueron escritos en tiempos del rey Josías, en torno al año 622 antes de nuestra era, y no siglos atrás. Es más, Moisés no existió, ni en el año 1250 antes de nuestra era como se pretendía ni nunca; ni existió Josué; ni estuvo el pueblo judío cautivo en Egipto; ni hubo ningún éxodo, ni ninguna conquista de ninguna tierra prometida, ni una monarquía próspera y unificada bajo David y Salomón. La arqueología no da testimonio de nada de esto y se viene a sumar a la historia y a la evidencia interna de los textos bíblicos para desenmascarar estos mitos, obra de unos escribas o sacerdotes de los tiempos de los reyes Ezequías y Josías, leyendas de un pasado idealizado, de una Edad de Oro gloriosa que no existió en la realidad pero que tomó vida en la escritura. David y Salomón no se mencionan siquiera en un solo texto conocido de Egipto o Mesopotamia. Recientemente, en el yacimiento de Tel Dan del norte de Israel, los arqueólogos han encontrado una inscripción en arameo de cerca al año 835 antes de nuestra era (o sea cien años posterior a cuando se piensa que fue el reinado de Salomón), en que se menciona la "casa de David". Del fabuloso templo de Salomón en cambio no han encontrado ni rastro. Y es que Judá en tiempos de ambos reyes, y aun mucho después, era un erial despoblado, aislado, marginal, sin un centro urbano importante ni una estructura de aldeas y pueblos jerarquizados. Críticos radicales de los últimos años han llegado a afirmar que la historicidad del rey David "no es mayor que la del rey Arturo". ¡Qué no dirán entonces de su lejano descendiente Jesús de Nazaret! En todo caso, de haber existido, David y Salomón no estuvieron sujetos a las leyes de Moisés, las de la Tora o Pentateuco, pues éstas son posteriores a ellos en varios siglos.

El Génesis empieza contando la creación del mundo y el hombre y de inmediato la vuelve a contar en un segundo relato que contradice en muchos puntos al primero. En el primer relato el creador es Elohim; en el otro es Yavé. Y en la narración del diluvio universal pasa igual, aparecen los dos mismos dioses o nombres de Dios y también hay dos relatos, aunque no sucesivos sino entrelazados. La hipótesis de los especialistas bíblicos de las últimas décadas para explicar esta anomalía de que un mismo relato se dé en dos versiones es que un compilador posterior al exilio de Babilonia (que tuvo lugar del 587 al 538 antes de nuestra era) mezcló dos tradiciones en un solo revoltijo. Pero ésa es tan sólo una suposición. Tratándose de la Biblia hebrea lo único seguro es que nunca sabremos nada seguro. A falta de hechos ciertos, hoy el deporte de los especialistas bíblicos es inventar conjeturas que nunca podrá probar nadie. Y lo dicho para la Biblia hebrea vale para el Nuevo Testamento. ¿Por qué Yavé, Elohim, el Padre, Alá o como quieran llamar al Monstruo barbudo y feo que dicta libros permite tanta confusión tratándose de su palabra? Es que los designios del Altísimo son inescrutables, dice la Puta. Y en diciéndolo tiende la mano para que le den limosna.

En Judea y en tiempos de los reyes Ezequías (727-698 antes de Cristo) y Josías (639-609) la mafia sacerdotal y carnívora de los levitas emprendió una profunda reforma religiosa a la que se debe el Pentateuco con sus leyes y los seis siguientes libros de la Biblia cuando menos, y cuyo propósito esencial era centralizar todos los mataderos de Judá en uno solo, el templo de Jerusalén, de suerte que los esbirros de Yavé tuvieran el monopolio de la carne con el pretexto de que era para los sacrificios en el altar del creador del mundo. De cuantos libros ha escrito la humanidad en arcilla, en papiro, en pergamino, en papel, con ideogramas, jeroglíficos, caracteres cuneiformes o letras de alfabeto, el tercero y cuarto de la Biblia, el Levítico y Números, son los más viles. En ellos Yavé el Monstruo le exige a su pueblo de carnívoros sacrificios de animales. Ya en el Génesis leemos: "Y vio Yavé que la maldad del hombre era grande en la tierra y que todos sus pensamientos tendían siempre al mal. Se arrepintió entonces de haberlo creado y se afligió su corazón. Entonces dijo: 'Borraré de la faz de la tierra a los hombres y a los animales, pues me arrepiento de haberlos creado'" (Génesis 6:5-7). ¿Y por qué también a los animales? ¿Qué culpa tenían ellos de la maldad del hombre? ¿Por qué tenían que pagar ellos por él? Después de lo cual manda el diluvio. Y en Josué 11:6, en plena devastación de la tierra de Canaán, Yavé le ordena a Josué, su esbirro mayor: "No les temas a tus enemigos porque mañana a esta hora los entregaré heridos de muerte a Israel. Les cortarás entonces los jarretes a sus caballos y echarás al fuego sus carros". Y así se hace, los derrotan sin dejar un solo sobreviviente, les cortan los jarretes a los caballos y echan al fuego los carros. ¿Qué culpa tenían los caballos?

Desde el Génesis queda pues consagrado el atropello de los animales. Por algo dice Yavé el sexto día de la creación: "Hagamos al hombre a nuestra imagen y semejanza y que tenga autoridad sobre los peces del mar y las aves del cielo, sobre los animales del campo, las fieras salvajes y los reptiles que se arrastran por el suelo" (Génesis 1:26). Las leyes referentes al sacrificio de animales del Levítico no hacían más que sancionar la injusticia. He aquí resumidas, sin las descripciones detalladas y sangrientas de que van acompañadas, algunas de ellas: "Si todo el pueblo de Israel peca por inadvertencia, en cuanto se dé cuenta de su pecado ofrecerá un becerro como sacrificio de expiación" (Levítico 4:13-21). "Si el que peca es el sumo sacerdote, le ofrecerá a Yavé un becerro sin defecto" (Levítico 4:3-12). "Si el que peca es un jefe, traerá como ofrenda un macho cabrío y lo degollará en el lugar de los holocaustos" (Levítico 4:22-26). "Quien toca por inadvertencia inmundicias humanas o pronuncia un juramento insensato, como sacrificio de reparación le llevará a Yavé una hembra de oveja o de cabra y el sacerdote hará expiación por él" (Levítico 5:3-6). "Si un hombre yace con una esclava, ambos serán azotados y él le ofrecerá a Yavé un carnero como expiación por su culpa

(Levítico 19:20,21). Y esta perla de la infamia: "Si un hombre se ayunta con un animal, morirán él y el animal. Y si una mujer se deja cubrir por un animal, los dos morirán también. Son responsables de su propia muerte" (Levítico 20:15,16). ¡Carajo, yo jamás he visto a un pobre burro persiguiendo a una puta vieja para cubrirla! Y ésta es la Ley que no venía a abolir Cristo (Mateo 5:17), sino a darle su plenitud. Porque a la mujer le vino la regla, porque dio a luz una niña, por lo uno, por lo otro, por lo otro van cayendo degollados becerros, chivos, corderos, carneros, cabras, tórtolas, vacas, ovejas, pichones, para después ser quemados en el altar del Monstruo. Manual de los carniceros, el Levítico se lo destinó Yavé a los de la tribu de Leví, su preferida, los levitas, a quienes eligió como sus sacerdotes y de quienes proviene la estirpe rezandera e hipócrita de curas, pastores, popes, rabinos y ayatolas que después de milenios siguen estafando al mundo.

Y a las leyes contra los animales del Levítico se le suman las de Números: cada día, "ofrecidos en holocausto de calmante aroma para Yavé", se le sacrificarán dos corderos de un año sin defecto, uno por la mañana y otro al atardecer; el sábado serán dos corderos; el primer día de cada mes, siete más un carnero; el día de la pascua, lo mismo; y lo mismo el día de las primicias, "además de un macho cabrío para que expíe por vosotros"; el día 15 del séptimo mes, trece novillos, dos carneros y catorce corderos sin defecto. Y así los capítulos 28 y 29 de Números van haciendo la larga lista de los animales que hay que sacrificarle a Yavé en tal fiesta o en tal día "como sacrificio por el pecado". Mayor infamia imposible. Ni siquiera el libro genocida de Josué es tan vil como el Levítico y Números. En Josué, el sexto libro del mamotreto, está el famoso pasaje en que durante la batalla de los israelitas contra los amorreos Yavé detiene el sol en medio del cielo sobre Gabaón para que se tarde en ponerse de suerte que su esbirro pueda completar a cabalidad el exterminio de sus enemigos. En el curso de su campaña de guerra santa y tierra arrasada por las montañas, las planicies y las lomas de Canaán, la tierra prometida, que Josué recorre sin dejar vencido vivo, pasándolos a todos a cuchillo y asolándolo todo, los israelitas atacan por sorpresa a los amorreos y los vencen. "Y mientras los amorreos huían de los israelitas y ya alcanzaban la bajada de Bet-Horón, Yavé les lanzaba desde lo alto del cielo grandes piedras de hielo, y fueron más los que murieron por ellas que los que cayeron bajo la espada de los israelitas" (Josué 10:11,12). ¡Qué imagen grotesca! El creador del mundo lanzándoles piedras desde lo alto del cielo, a mansalva y sobre seguro como rufián de la más baja ralea, a unos vencidos que huyen... Pero ni Josué existió, ni es historia el libro que lleva su nombre: es simple imaginación genocida de unos escribas de los tiempos del rey Josías. No hubo ninguna conquista de Canaán. Los antepasados de quienes escribieron la Biblia no llegaron desde Egipto a Canaán; en Canaán estaban desde siempre, en ese erial semidesértico. No hay un solo testimonio arqueológico de su estadía en Egipto ni de su pretendida conquista de la tierra prometida. Los israelitas eran los cananeos. Y tanto mejor para Isracl que así haya sido, que la arqueología lo exima por lo menos de esa sangre humana que no derramó pues con la de los animales basta. De esa infame religión de carniceros surgió la infame religión cristiana. Para desgracia de la tierra faltaba sin embargo por venir lo peor, esta otra maldita raza carnívora y sin prepucio de los secuaces de Mahoma que hoy, convertidos en bombas excretoras, andan en plena campaña de destrucción del mundo acabando hasta con el nido de la perra.

Mahoma (c570-632) es uno de los seres más dañinos y viles que haya parido la tierra. Una máquina de infamias que ni de la reproducción se privó: tuvo seis hijos con Jadiya, la viuda rica con que se casó para quedarse con su herencia, y otro con su concubina María la copta. De los 25 a los 45 años este mercader taimado que habría de fundar la religión mahometana (una plaga peor que el sida y la malaria) se pasaba cada año el mes sagrado del Ramadán encerrado en una cueva del monte Hira en las afueras de La Meca, durante el cual el arcángel Gabriel le aterrizaba encima y le hacía "revelaciones": que Alá, le decía, era grande, y que él era su Profeta. Y en el árabe más puro, el coránico, que en esos instantes mismos nacía limpísimo, intocado, libre de anacolutos y moscas y de todo excremento humano o de perro, el enviado de Alá el clemente y misericordioso le iba dictando a su Profeta los luminosos versículos de los justicieros suras del Corán: "Si teméis no ser equitativos con los huérfanos, no os caséis más que con dos, tres o cuatro mujeres" (sura 4, versículo 3). "En el reparto de los bienes entre vuestros hijos Alá os manda dar al varón la porción de dos hijas" (sura 2, versículo 12). "Jamás le ha sido dado a un profeta hacer prisioneros sin haberlos degollado ni cometer grandes sacrificios en la tierra" (sura 8, versículo 68). "Felices son los creyentes que limitan sus goces a sus mujeres y a las esclavas que les procuran sus manos diestras" (sura 23, versículo 6). "¿Hemos creado acaso ángeles hembras?" (sura 37, versículo 150). "Las peores bestias de la tierra ante Alá son los mudos y los sordos, que no entienden nada. Si Alá hubiese visto en ellos alguna buena disposición, les habría dado el oído. Pero si lo tuviesen, se extraviarían y se alejarían de él" (sura 8, versículos 22 y 23). Hagan de cuenta las bellaquerías del Éxodo, el Levítico, el Deuteronomio y Números que ya cité. En crueldad y maldad, en misoginia y esclavismo, el Corán compite con la Biblia.

Muerta Jadiya y dueño de su herencia, el flamante Profeta se entregó de lleno a la cópula con mujeres, y montándose a horcajadas en el monoteísmo poligínico se dio a propagarlo por el mundo con la espada. Llegó a ser el hombre más poderoso de la península arábiga, donde instaló su reino del terror y mató a millares. No obstante su reciente poder, el socarrón seguía recibiendo las visitas del ángel, que le hacía nuevas revelaciones: las que necesitara para justificar su lujuria rapaz y sanguinaria. Como en el aura de un ataque de epilepsia oía campanitas, entraba en trance y entonces se le aparecía su compinche alado y le dictaba, por ejemplo, el versículo 4 del sura 33 autorizándolo a disponer sin reparos de conciencia, como bien quisiera, de Zaynab, la bella joven esposa de su hijo Zaid, porque éste no era hijo propio sino adoptivo. Cuando sus bandidos de Medina asaltaron en el mes sagrado, en que la costumbre prohibía el derramamiento de sangre, una caravana que iba de La Meca a Siria y en el asalto mataron a uno, el iluminado volvió a oír campanitas y su Gabriel alcahuete le dictó el versículo 214 del sura 2 para justificar el crimen: "A los que te interroguen sobre la guerra y la carnicería en el mes sagrado diles que es pecado grave, sí, pero que es mucho más grave la idolatría y apartarse de la senda de Alá". Y tras embolsarse la quinta parte del botín, el Profeta santo y noble, cuyos secuaces hoy se sienten autorizados a volar torres con aviones y a matar en su nombre a cuantos se les atraviesen, aceptó cuarenta onzas de oro de rescate por cada prisionero.

Otro versículo de otro sura le dictó el ángel alcahuete para legalizarle su concubinato con María la Copta, criada de su mujer Hafsa. Porque además de Jadiya, Zaynab y Hafsa y las esclavas, que no cuentan, tuvo otras once mujeres legítimas (contabilizadas), entre las cuales Aisha, que tenía 9 años cuando él, de 53, la estupró. ¡Más pederasta que cura de la diócesis de Boston! Si hoy viviera, lo condecoraríamos con la cruz de los Legionarios de Cristo del padre Marcial Maciel. Parece que en esta ocasión el remilgado poligínico no necesitó de versículo especial: violó a Aisha y de paso se ganó la voluntad de su padre, Abu Bakr, quien habría de sucederlo como primer califa no bien Alá llamó a su seno a su Profeta. Cuando Aisha creció comentaba con sentido del humor que cada vez que a su multicompartido marido se le presentaban problemas de conciencia, el Mensajero de Alá oía campanitas: venía el arcángel Gabriel, le dictaba su versículo ad hoc y santo remedio. Para males de conciencia no hay medicina mejor que un espíritu celeste del octavo coro.

Al poeta Abu Afak, del clan Khazrajite y de cien años de edad, lo mandó asesinar mientras dormía por haberse atrevido a criticarlo en unos versos. Y por motivo igual mandó matar a la poetisa Asma bin Marwan, de la tribu de los Aws, a quien su esbirro Umayr ibn Adi, azuzado por él, fue a buscarla a su casa y allí, en momentos en que la joven amamantaba a su niño de pecho, la asesinó clavándole una espada. Al judío Kab ibn al Asharaf, que se atrevió a llorar en verso a unas víctimas del Profeta, el sanguinario también lo mandó matar, y cuando sus esbirros le echaron la cabeza de Kab a sus pies los alabó por sus buenas acciones en pro de la causa de Alá. A los judíos de la tribu de Nadir los expulsó de Medina para apoderarse de sus bienes y después los masacró, como masacró, en el 627, a los judíos del clan de los Koreidha, que tuvieron la temeridad de quedarse en la ciudad: a todos los hombres (entre setecientos y ochocientos) los ejecutó, y a las mujeres y a los niños los vendió como esclavos. Los crímenes, atrocidades y bellaquerías de esta máquina imparable de matar y fornicar dan para todo un compendio de la infamia: su biografía.

La Biblia y el Corán aprueban pues, explícitamente, la esclavitud. En cuanto a Cristo, al no desligarse de la ley antigua de la que dijo que no venía a abolirla sino a perfeccionarla, implícitamente la acepta. Y así, con la bendición de ambos libros y la aprobación tácita de Cristo, hubo en el mundo esclavitud declarada hasta mediados del siglo XIX en los Estados Unidos, país cristiano, y hasta mediados del siglo XX (si no es que hasta hoy subrepticiamente) en Arabia Saudita y Yemen, países mahometanos. Después de lo dicho, ¿se podrá esperar compasión para un cordero de parte de los secuaces de Alá y Mahoma, de Jehová y Moisés, de Dios y Cristo? Lo más que se puede pedir es que al Padre y al Hijo no les dé por comerse la paloma del Espíritu Santo, el Paráclito, porque entonces ahí sí va a ser el Armagedón. ¿Se imaginan un cónclave sin Espíritu Santo? ¿Quién va a inspirar a los purpurados? ¿Quién va a poner de acuerdo a los tonsurados? ¿Quién va a evitar el zafarrancho de los travestidos la próxima vez que se junten para elegirle pastor a la grey carnívora? Al Padre y al Hijo desde aquí les hago un comedido llamado: por el bien de la humanidad no se nos vayan a comer al Paráclito.

Autorizados por la Biblia, los evangelios y el Corán, hoy dos mil millones de cristianos, mil cuatrocientos millones de musulmanes y diez millones de judíos se sienten con el derecho divino consagrado en el Génesis de disponer como a bien les plazca de los animales: de enjaularlos, de rajarlos, de cazarlos, de befarlos, de torturarlos, de acuchillarlos, en las granjas-fábricas, en los cotos de caza, en las plazas de toros, en los circos, en las galleras, en los mataderos, en los laboratorios y en las escuelas que practican la vivisección. "Dios es amor" dicen los protestantes. No. Dios es odio. Odio contra el hombre, odio contra los animales. E infames las tres religiones semíticas que invocan su nombre.

Al alemán Hermann Samuel Reimarus (1694-1768), profesor de lenguas orientales, se le considera el padre de la investigación histórica sobre Jesús de Nazaret, entendido éste como un simple hijo de carpintero y no como el Hijo de Dios. Dos libros publicó en vida Reimarus: *Abhandlunge von den vornehmsten Wahrheiten der natürlichen Religion* (Tratado de las principales verdades de la religión natural) en 1754, y *Die Vernunftlhehre* (Doctrina de la razón) en 1756, en los que negaba la revelación y la posibilidad del milagro, que consideraba como un acto absurdo contrario a la idea de un Dios creador de un mundo perfecto, y en los que proponía una religión natural contrapuesta a las religiones semíticas reveladas. Poca cosa, en verdad, y ni siquiera original pues la imposibilidad del milagro ya la había sostenido Spinoza, y la propuesta de una religión natural surgida de la razón y no de la revelación era la del deísmo de su siglo, el de Voltaire y la Ilustración y el de Thomas Paine, quienes veían a Dios como creador del mundo pero no como un ser providente que lo conservara ni como fuente de la religión. Pero la importancia de Reimarus no está en sus dos libros publicados sino en otro, extensísimo, *Apologie oder Schutz-schrift für die vernunftigen Verehrer Gottes* (Apología o defensa de los adoradores racionales de Dios), que le tomó veinte años escribir, que dejó inédito y del que póstumamente, entre 1774 y 1777, Gotthol Lessing dio a conocer siete fragmentos. Uno de ellos, el titulado "Von dem Zwecke Jesu und seiner Jünger" (Las intenciones de Jesús y sus discípulos), se considera hoy como el principio de la investigación del Jesús histórico contrapuesto al Cristo de la fe. En él Reimarus sostiene que Jesús fue un hombre tocado de sueños mesiánicos y que a su muerte sus discípulos se robaron su cadáver y lo escondieron para poder sostener el cuento de su resurrección. Yo habría preferido que Reimarus, Paine y los filósofos de la Ilustración en vez de refugiarse en el deísmo hubieran negado simplemente la existencia de Dios, así les hubieran endilgado el feo epíteto de ateos, y que no se hubieran limitado a negar al Cristo de la fe que hizo milagros sino también al Jesús histórico que no los hizo. Y es que respecto al origen del mundo, si es que lo tuvo, no nos queda más remedio que aceptar que nunca sabremos cómo ocurrió y que Dios es una explicación necia que no explica nada pues es tan difícil imaginar la eternidad suya como la de la materia. Dios es la vuelta del bobo: lo postulamos para explicar cuanto no entendemos, pero sin entenderlo a Él. En cuanto al robo del cadáver de Jesús por sus discípulos no pudo haber ocurrido pues Jesús no existió y el que no existe no deja cadáver ni discípulos. Pero en fin, algo es algo y peor es nada. Prefiero mil veces a Reimarus que al engendro de Tomás de Aquino.

El segundo gran nombre en la búsqueda del Jesús histórico es David Friedrich Strauss, autor de la farragosa obra *Das Leben Jesu kritisch bearbeitet* (La vida de Jesús críticamente examinada) escrita a los 28 años y publicada en 1835 en dos volúmenes y mil cuatrocientas páginas que se dicen rápido pero que pesan como diez ladrillos. ¿Y total para qué? Para sostener la simple tesis de que los milagros de Jesús son meros inventos de los escritores cristianos del siglo I que buscaban expresar con ellos las esperanzas populares de sus correligionarios. Parte Strauss de una distinción pantanosa entre mitos evangélicos, mitos históricos y leyendas, que propone en el prólogo de su mamotreto. Aunque "mito histórico" es una paradoja, pues si algo es mito no puede ser Historia, a mí me gusta sin embargo la expresión tratándose de Cristo. Y es que al situar a este incierto y contradictorio personaje en tiempos de Herodes el Grande, Herodes Antipas, el Sumo Sacerdote Caifás y el procurador romano Poncio Pilatos, los evangelistas estaban inventando un mito único, uno situado en el tiempo por contraposición a los otros mitos del Oriente, que eran intemporales. De Osiris, Mitra o Dioniso, por ejemplo, nadie sabía cuándo existieron. La primera gran mentira de la Puta es afirmar que Cristo nació en Belén bajo Herodes el Grande y murió en Jerusalén cuando Poncio Pilatos era el procurador romano de Judea. Que me muestre entonces su partida de bautismo en Belén y su certificado de defunción en Jerusalén a ver si le creo. Y firmados por el Padre y el Espíritu Santo. Si no, ¡a otro perro con ese hueso! En fin, mil cuatrocientas páginas para no decir que Jesús alias Cristo no existió, que es lo que importa, a mí se me hacen demasiadas.

En 1838 Christian Hermann Weisse y Christian Gottlob Wilke, el primero en su *Die evangelische Geschichte, kritisch*

177

und philosophisch bearbeitet y el segundo en su *Der Evangelist, oder exegetische-kritische Untersuchung über das Verwandtsverhältnis der drei ersten Evangelien,* propusieron, cada quien por su lado, la hipótesis de que el Evangelio de Marcos no era un resumen de los de Mateo y Lucas como se decía, sino por el contrario la base de ambos. Weisse postuló además la existencia hipotética de una fuente de dichos de Jesús (hoy designada como *Quelle*) que Mateo y Lucas le sumaron al Evangelio de Marcos. De ambas conjeturas, muy probables, ya hemos tratado aquí. En todo caso poco más importa de dónde viene un engaño. Que el Evangelio de Marcos sea anterior o no a los de Mateo y Lucas no hace a ninguno de los tres verídicos. En cuanto a los dichos de Jesús, ¿dónde están? ¿Quién los grabó? ¿Con qué grabadora? De los dos primeros siglos de nuestra era no quedó nada de lo que se escribió en papiro o en pergamino, ¡iba a quedar algo de lo que se dijo! Si Jesús existió y algo dijo, tomado de la sabiduría popular, de la Biblia hebrea o de quien fuera, como en la película de Vivien Leigh el viento se lo llevó.

Después de Weisse y de Wilke otro Christian, Ferdinand Christian Baur, publicó en 1845 *Paulus, der Apostel Jesu Christi* (Pablo, apóstol de Jesucristo) en que sostiene que de las catorce epístolas atribuidas a Pablo sólo son suyas Gálatas, Romanos y Corintios 1 y 2, y que los Evangelios y los Hechos de los Apóstoles no fueron escritos en el siglo I sino algo después, tesis con las que coincido, si bien Baur se queda corto. De las catorce epístolas atribuidas al llamado Pablo yo sólo le reconozco una como genuina: la que ustedes gusten y escojan. Las demás son espurias, obra de autores anónimos que para difundirlas utilizaron el prestigioso nombre del de nariz ganchuda, que a lo mejor ni existió, en cuyo caso quien le escribió su única epístola fue el Espíritu Santo. En cuanto a los Hechos de los Apóstoles, son más recientes todavía de lo que pensaba Baur: son de finales del siglo segundo, si no es que de principios del tercero.

Ya me referí a la *Vida de Jesús* del prófugo del seminario Ernest Renan, publicada en 1863 y que tanto escándalo causó. A partir de este libro estúpido los católicos franceses empezaron a competir con los protestantes alemanes en la pseudociencia de la investigación sobre la historicidad de Jesús, cuyo monopolio habían tenido éstos hasta entonces. Gran escándalo habría de causar también en 1902 *L'Évangile et l'Église* (El evangelio y la Iglesia), que motivó tres encíclicas y le valió a su autor, el cura católico francés Alfred Loisy, la excomunión en su categoría de *vitandus*, la más severa, que les prohíbe a los católicos todo trato con el excomulgado, desde compartir con él el lecho hasta dirigirle la palabra. Argüía Loisy que puesto que la crítica científica demostraba que Jesús no pensó nunca en establecer ningún sacramento ni en fundar una Iglesia, a ésta le correspondía tan sólo predicar un mensaje de esperanza y nada más, sin que le asistiera ningún derecho a sentirse dueña del dogma y la verdad. ¡Y a quién se lo venía a decir! A Pío X, sucesor de León XIII, sucesor de Pío Nono que había convocado todo un concilio para que lo declarara infalible. El libro de Loisy fue puesto en el Índice y toda exégesis bíblica libre y no dirigida por el Santo Oficio condenada como "modernismo" en las tres encíclicas que le dedicó Pío X a ese vago enemigo suyo que consideraba "la síntesis de todas las herejías": *Pascendi Dominici gregis* y *Lamentabili sane exitu*, de 1907, y *Sacrorum antistitum*, de 1910.

Eso de "apacentar el rebaño", que le da título a la encíclica *Pascendi Dominici gregis* porque así empieza, es puro cinismo de la Puta pues apacentar significa alimentar y lo único que ha hecho esta solemne ramera durante mil ochocientos años es ordeñarlo. La encíclica *Lamentabili sane* por su parte era la condena de sesenta y cinco "graves errores" o "novedades" en la interpretación de las Sagradas Escrituras y los principales misterios de la fe por parte de los "modernistas", que debían ser "denunciados, condenados y proscritos por el Oficio de esta Santa, Romana y Universal Inquisición". De aquí el famoso juramento antimodernista que traía anexo la encíclica *Sacrorum antistitum* y que debían prestar en adelante, *motu proprio*, "todos los clérigos, pastores, confesores, predicadores, superiores religiosos y profesores de los seminarios filosóficos y teológicos". Eso de *motu proprio*, que significa "voluntariamente", era pura zalamería de la Puta pues en realidad se tenía que entender como *velis nolis*: "por la buenas o por las malas". La Puta es, ha sido y será siempre autocrática, no admite discusión. Lo que diga el *Petrus* de turno eso es, ¡y a callar rebaño! Entre lo que tenían que jurar los lacayos tonsurados de la Puta estaba la siguiente declaración de fe: "Creo firmemente que la Iglesia, maestra y depositaria de la palabra revelada, fue instituida directamente por Cristo mismo, real e histórico, cuando vivió entre nosotros, y que la construyó sobre Pedro y sus sucesores hasta el fin de los tiempos". Por instigación de Pío X fueron suprimidas todas las publicaciones católicas libres, se despidió a los académicos y maestros de seminario que simpatizaban con el modernismo y se estableció una sociedad secreta, el *Sodalitium Pianum*, encargada de espiar y hostigar a los teólogos sospechosos y de estimular la delación en el mejor estilo del Santo Oficio. A Angelo Roncalli, el futuro Juan XXIII, lo denunciaron por recomendarles a sus estudiantes la *Historia de los comienzos de la Iglesia cristiana* de Luis Duchesne. Y lo primero que se encontró Giacomo della Chiesa, alias Benedicto XV, en su escritorio, estrenando pontificado, fue una denuncia secreta contra él, dirigida a su antecesor Pío X y en la que lo acusaban de modernismo.

En 1967, bajo Pablo VI, la Congregación para la Doctrina de la Fe (antiguo Santo Oficio, antigua Inquisición) con la mayor frescura suprimió el juramento antimodernista, así como el año anterior la Puta había anunciado que no publicaría nuevas ediciones del *Índice de libros prohibidos*, que el catálogo existente dejaba de ser vinculante y se retiraba en consecuencia la pena de excomunión para quien leyera los libros en él incluidos. El engendro del Índice se lo debemos a otro Pablo, el papa Carafa alias Pablo IV, gran perseguidor de los judíos y uno de los papas más sanguinarios, que fue el que lo estableció en 1557 para conjurar los peligros de la imprenta, el modernismo de su tiempo. Con él la Puta atropelló durante cuatro siglos la libertad de expresión en Occidente, hasta que un día, como si nada, borrón y cuenta nueva. ¿Pero no retiró pues también no hace mucho la Puta, por boca del infame Wojtyla, su condena contra Galileo, a quien estuvo a punto de quemar? En cuanto a los crímenes de la Inquisición, hoy la Puta dice que no fueron tantos, y que si alguno se cometió, hay que entenderlo en su contexto histórico y como obra de la mentalidad de otros tiempos.

El error número 16 de la encíclica *Lamentabili sane* parece que era el de Loisy: "Lo relatado por Juan no es propiamente historia sino una contemplación mística del evangelio; sus discursos son meditaciones teológicas sin verdad histórica respecto al misterio de la salvación". Es que Loisy (y antes de él Strauss y Baur) le negaba todo valor histórico al Evangelio de Juan. ¡Como si los sinópticos lo tuvieran! Los cuatro son igualmente mentirosos. Y cuando el Evangelio de Juan tiene algo en común con los sinópticos los contradice. Por ejemplo, en los sinópticos la expulsión de los mercaderes del templo ocurre al final de la vida pública de Jesús; en cambio en el Evangelio de Juan ocurre al comienzo. La Puta resuelve la contradicción diciendo que hubo dos expulsiones de los mercaderes del templo: una al comienzo del ministerio de Jesús y otra al final. No sé qué diga del hecho de que el Sermón de la Montaña de Mateo, el de las bienaventuranzas, en Lucas ocurre en un llano. Pretenderá que se trata de dos sermones distintos, uno en una montaña y el otro en un llano. Las bienaventuranzas además no sólo difieren en ambos evangelios sino que en Lucas vienen seguidas de unas maldiciones que faltan en Mateo:

"Pero ¡ay de vosotros los ricos porque ya habéis recibido vuestro consuelo! ¡Ay de los saciados porque tendréis hambre! ¡Ay de los que ahora reís porque gemiréis y lloraréis!" (Lucas 6:24-25). La Puta dirá que por la gran altura de la montaña se le borró a Mateo un tramo del caset.

¿Y qué dice la Puta del milagro de la multiplicación de los panes y los peces que en Mateo está contado dos veces? En la primera (14:14-21) Jesús multiplica cinco panes y dos peces y comen "como unos cinco mil hombres sin contar las mujeres y los niños"; y en la segunda (15:29-38) son siete panes y "unos pocos pececillos" con los que comen "unos cuatro mil hombres sin contar las mujeres y los niños". Entonces en qué quedamos: ¿fueron cinco panes, o siete? ¿Y comieron como cinco mil, o como cuatro mil? La Puta entonces, sin inmutarse, dice que fueron dos las multiplicaciones milagrosas. ¿Y por qué agrega Mateo que "sin contar las mujeres y los niños"? ¿Es que acaso las mujeres y los niños valen menos que los hombres? Este mismo milagro también lo narran los otros tres evangelios, pero no dos veces sino una sola, y sin hablar de mujeres ni de niños (Marcos 6:38-44, Lucas 9:13-17 y Juan 6:9-11). ¡Entonces qué! ¿Fueron dos las multiplicaciones de los panes y los peces, o una sola? ¿Y había mujeres y niños, o no los había? La Puta, que es misógina y puerofóbica, a las mujeres las desprecia y a los niños se los come en caldo tierno a las finas hierbas después de haberlos utilizado para apaciguar sus insaciables ansias sexuales. El padre Marcial Maciel y el cardenal Alfonso López Trujillo no me dejarán mentir. El uno es el jardinero de los Legionarios de Cristo, un jardín perennemente florecido de los niños más hermosos de México. El otro es mi paisano colombiano y presidente del Consejo Pontificio para la Familia en Roma a cuyas alturas no llega cualquier cura patirrajado. Desde aquí les hago un comedido llamado a ambos clérigos para que compartan su tesoro con el prójimo pues el pan tiene que ser partido.

Paso por alto las discrepancias (cuando no manifiestas contradicciones) de los evangelios canónicos respecto a la genealogía de Jesús, su nacimiento, su familia, sus apóstoles, sus milagros, su bautismo, su predicación, su pasión, su crucifixión y su ascensión, que cualquiera que lea sin prejuicios esos prestigiosos relatos puede descubrir, para referirme tan sólo a la incompatibilidad general observada por Strauss, Baur y Loisy entre el Evangelio de Juan y los sinópticos. En éstos Jesús se limita a anunciar el Reino de Dios, mientras que en aquél no hace otra cosa sino hablar de sí mismo como cualquier Fidel Castro megalómano: "Yo soy el pan de la vida" (6:35), "Yo soy la luz de este mundo" (8:12), "Yo existía antes de que naciera Abraham" (8:58), "Yo soy el buen pastor" (10:11), "Yo soy la resurrección y la vida" (11:25), "Yo soy el auténtico vino" (15:1). Yo, yo, yo, yo, yo… Con razón es el Hijo de Yavé, que en el Éxodo (3:14) dice "Yo soy el que soy". ¡Cuánta afirmación jactanciosa! En el Evangelio de Juan, Cristoloco está más loco que nunca. "Si le creyeseis a Moisés, tal vez me creeríais a mí, pues él escribió de mí" (Juan 5:46). ¿Dónde, si Moisés no existió y su autoría del Pentateuco es otra leyenda judía? "Yo y el Padre somos uno" (10:30). ¿Y el Espíritu Santo qué, dónde me lo deja? "Pues nadie ha subido al cielo sino el que bajó del cielo, el Hijo del Hombre" (3:13). ¿Y Elías? ¿No subió pues Elías al cielo en un torbellino? (2 Reyes 2:11). "Como Moisés levantó la serpiente en el desierto, así es preciso que se levante el Hijo del Hombre para que todo el que crea en él no perezca y tenga vida eterna" (Juan 3:14). ¡Qué comparación más pornográfica! Con razón decían que estaba endemoniado y loco: "Se produjo de nuevo una discusión entre los judíos a causa de sus palabras. Muchos de ellos decían: 'Tiene al demonio adentro y no está en sus cabales, ¿para qué lo escucháis?'" (Juan 10:19,20). Lo cierto es que el Cristo de Juan no es el mismo de los sinópticos: o uno u otro. Salvo que hubiera habido dos Cristos…

¿Y por qué no? Así como hubo dos expulsiones de los mercaderes del templo, dos creaciones del mundo, dos diluvios universales y dos multiplicaciones de los panes y los peces, así también pudo haber dos Cristos: uno loco y otro menos.

El cristianismo no lo fundó nadie en particular, lo fundaron muchos y en muchos lados: en Antioquía, en Alejandría, en Jerusalén, en Constantinopla, en Éfeso. Hablando con propiedad no hay cristianismo primitivo. En un principio hubo varios cristianismos, distintos y hasta contradictorios, obra de varias sectas y cada una con su Cristo. Sin ir más lejos del Nuevo Testamento, el Cristo de Pablo es una entidad teosófica casi sin carne y hueso con todo y que muere y resucita; en tanto el de los sinópticos come y bebe, incluso hasta después de resucitar, pues como hemos visto tan pronto como se les aparece resucitado a los apóstoles les pide de comer y le dan pez asado. Y el Cristo del Evangelio de Juan no es el mismo de los sinópticos. La Puta habla de un solo Cristo pero ella sola tiene varios. Y ninguno de los suyos es igual al de los gnósticos. Andando el tiempo una de esas primeras sectas cristianas, la Gran Puta, se acostó con Constantino el sanguinario y se alzó con todo y borró a las otras. Este facineroso al que la Gran Puta le debe lo que ha sido y lo que es hoy era hijo de una tabernera (*stabularia*) y puta ella misma, Santa Elena. Ahorcó a su suegro; mandó envenenar a su hijo Crispo, estrangular a sus dos cuñados y ahogar en la pila de baño a su esposa Fausta. Antes de la batalla del puente Milvio contra Majencio vio un signo antepuesto al sol y la frase *In hoc signo vinces*: con este signo vencerás. El signo eran dos palos cruzados, una cruz. Y de esa cruz la leyenda colgó a un loco.

En la epístola de Ignacio de Antioquía dirigida a los cristianos de Esmirna aparece por primera vez la expresión "Iglesia católica" (η καθολικη εκκλησια). ¿Será la misma Iglesia desde la que manda saludos Pedro en la antepenúltima frase de su primera epístola, donde enigmáticamente dice: Ασπαζεται υμας η εν Βαβυλωνι, frase que las Biblias vernáculas traducen como "Os saluda la Iglesia de Babilonia"? Si fuera así, entonces Ignacio y Pedro coinciden conmigo: los tres estamos hablando de la misma puta, la Gran Puta de Babilonia del Apocalipsis (Βαβυλων της πορνης της μεγαλης) que tantos crímenes habría de cometer durante mil setecientos años para quedarse impune. ¿Y cuándo aparecen escritos por primera vez los nombres de Jesús y Cristo? Si de veras Pablo fue el primero de los autores del Nuevo Testamento y su primera epístola es la primera de las dos que dirigió a los tesalonicenses, entonces fue ahí, en la frase con que empieza esa epístola: "Pablo, Silvano y Timoteo a la iglesia de los tesalonicenses congregada en Dios Padre y en el señor Jesucristo: la gracia y la paz sean con vosotros" (Παυλος και Σιλυανος και Τιμοθεος τη εκκλησια θεσσαλονικεων εν θεω πατρι και κυριω Ιησου Χριστω, χαρις υμιν και ειρηνη). Ahí se habría enunciado por primera vez el Jesús o Cristo que en español solemos juntar en Jesucristo. Sólo que la frase no empieza con Jesucristo sino con Paulos, Pablo. ¿Será este Pablo el inventor de Cristo? ¿O fue la Puta la que los inventó a los dos? De todos modos me parece un imperdonable desacierto de quien sea el haber bautizado al "Señor" como Ιησους, traducción al griego del nombre propio hebreo y arameo *Yeshua*, abreviación de *Yehoshuah* que significa "Yahvé es la salvación" y que en español se traduce como Josué y no como Jesús. Por lo tanto Jesús en español no tiene sentido, sobra. No puede haber más que un nombre para el personaje que nos ocupa: Josué, que designa al máximo genocida de la Biblia hebrea o Antiguo Testamento, el gran esbirro de Yavé que devastó la tierra de Canaán por órdenes de su amo el Monstruo. Y así Josué alias Jesús es el Hijo y Yavé es el Padre: Jesús es el Hijo de Yavé. Con lo cual armonizamos muy satisfactoriamente el Antiguo con el Nuevo Testamento. Del Padre y del Hijo, según ya dijimos al tratar del *Filioque*, procede el Espíritu Santo. Y eso es

185

todo, podemos dar por concluido este espinoso asunto de la Santísima Trinidad. En cuanto al título de Χριστος o Cristo, que en griego significa "ungido", pretende traducir la palabra hebrea *mashiaj* o Mesías porque ésta también significa untado con aceite. Pero no. Para los judíos "Mesías" significa no sólo eso sino infinitamente más: el salvador de toda una raza. Los griegos no podían tener el concepto hebreo del Mesías porque nunca lo estuvieron esperando.

Antes de la invención de la imprenta los libros eran escasos y costosos pues se tenían que copiar uno por uno, palabra por palabra. Así por casi milenio y medio, hasta Gutenberg, la Biblia sólo estuvo al alcance de la clerigalla, la mafia tonsurada servidora de la Puta que detentaba el poder so pretexto de que era la única intérprete autorizada de la palabra de Dios. Cuando Gutenberg inventó la imprenta de tipos móviles y la Biblia pudo ser difundida a todo el rebaño, la Puta celosamente la encerró en la caja fuerte del latín impidiendo que la tradujeran a las lenguas vernáculas. Y hacía bien. No hay peor enemigo de la Biblia que la Biblia. Lutero no sabía lo que hacía cuando la tradujo al alemán: abrió la caja de Pandora. La primera gran división de la Puta se la debemos al papa romano León IX y al patriarca de Constantinopla Miguel Cerulario, quienes en 1054 la partieron en dos: la Puta de Occidente y la Puta de Oriente. La segunda se la debemos a Lutero, que el 31 de octubre de 1517 clavó sus noventa y cinco tesis de protesta en la puerta de la iglesia del castillo de Wittenberg y partió a la Puta de Occidente a su vez en otras dos: la Puta protestante y la Puta católica. Bienaventurado seas, Martín Lutero, clérigo bellaco. Bienaventurados también Miguel Cerulario y León IX. Y bienaventurado, en fin, ya que estamos en éstas, Mihail Gorbachov, el pavo real inflado a cuya ineptitud le debemos el derrumbe del comunismo. Liberados de la coyunda de la Puta católica los protestantes se entregaron con fervor a leer la Biblia, a interpretarla y a descubrirle, como era de esperarse, sus inmoralidades y bellaquerías, sus contradicciones y estupideces. Gracias a Lutero fue posible Locke; gracias a Locke fue posible la Ilustración; gracias a la Ilustración fue posible la Revolución Francesa; gracias a la Revolución Francesa fue posible el *Risorgimento* italiano; gracias al *Risorgimento* italiano fue posible la pérdida del poder temporal de la Puta de Roma; y gracias al descalabro de la Puta de Roma hoy el amable lector tiene este libro en sus manos. De no haberse dado esa concatenación de sucesos afortunados, ¡cuánto hace que el de la voz habría ardido en la hoguera!

El pontificado más largo es el de Giovanni Maria Mastai Ferretti, alias Pío Nono, que duró treinta y un años, siete meses y tres semanas, durante los cuales la Puta perdió sus últimos dominios temporales: Romaña, Umbría y las Marcas, que le daban vino, aceite, siervos y leche de cabra, y el retrete palúdico de la ciudad de Roma a la que durante milenio y medio había tiranizado y sumido en la suciedad y en la ignorancia. Aunque Pío Nono fue el pontífice que reinó más tiempo, no fue sin embargo el más malo. ¡Cómo iba a serlo si era estúpido! Su estulticia rayana en el delirio anulaba su maldad. Él fue el papa que se declaró infalible, el que promulgó el dogma de la Inmaculada Concepción de María y el que para vergüenza de propios y extraños publicó el *Syllabus erroroum* que repudiaron todos, desde Gladstone y Lincoln hasta el último deshollinador con cáncer de escroto. Hijo de conde y condesa se sentía rey. ¿Pero de qué? Si acaso de los tesoros mal habidos del Vaticano, que fue lo que le dejaron. Víctor Manuel II, éste sí un verdadero rey, el de la unificación de Italia y el *Risorgimento* italiano, por poco y no lo pone a dormir en el asfalto: lo sacó de sus "dominios temporales" como saca un insomne de su habitación a un zancudo con un periódico, digamos con *La Stampa* o *La Nazione*: "*Fuori, zanzara, mascalzone, va via!*" Ah, antes de que se me olvide, este Impío Nono fue también el que no permitió que se fundara en Roma una Sociedad para la Prevención de la Crueldad con los Animales (como si él no lo fuera) arguyendo que los seres humanos no tienen obligaciones para con ellos. La tesis, vaya, de Tomás de Aquino que sostenía que la caridad no se extiende a los irracionales por tres razones: una, "porque no son competentes propiamente hablando para poseer el bien, siendo éste exclusivo de las criaturas racionales"; dos, porque no tenemos comunidad de afectos con ellos; y tres, porque la caridad se basa en la comunión de la felicidad eterna que los irracionales no pueden alcanzar.

De la orden inquisidora de los dominicos, canonizado por Juan XXII y proclamado doctor de la Iglesia por Pío V (un criminal que a su vez fue beatificado por Clemente X y canonizado por Clemente XI), elevado a las alturas celestiales y consagrado como el gran filósofo del catolicismo por León XIII, el llamado "Doctor Angélico" y "Príncipe de los Escolásticos" es uno de los seres más repugnantes y dañinos paridos por vagina humana. Tanto que no digo más y vuelvo a Impío Nono para hacerle cuentas y de paso a su sucesor, la alimaña León XIII, otro granuja de limitado horizonte mental y el tercer papa que más ha durado, habiéndole quitado su segundo puesto recientemente nuestro infame Wojtyla. Pío Nono, como dijimos, reinó treinta y un años, siete meses y tres semanas; León XIII, veinticinco años y cinco meses; y Wojtyla, veintiséis años, diez meses y diecisiete días. ¡Cómo ha podido la humanidad resistir tanto! ¡Y los romanos! Los desventurados romanos, que padecieron a la Puta en carne propia desde el 30 de marzo del 315 en que Constantino le dio Italia e islas anexas a su Gran Ramera, hasta la toma de Roma por Víctor Manuel II el 20 de septiembre de 1870. Mil quinientos cincuenta y cinco años con cinco meses y veinte días sacando cuentas. ¡Un número 1 seguido de tres cincos más cinco meses y veinte días! Una eternidad. ¡Con razón llaman a Roma la Ciudad Eterna! ¡Con razón quedaron los pobres romanos vueltos unos lameculos de papa, medio tarados de la calamorra!

El 19 de septiembre de ese año de 1870, un día antes de la caída de Roma en manos de las fuerzas de la Italia libre, la Impía Nona se encerró en su Vaticano haciendo un berrinche de calibre mayor que le duró a la Puta casi sesenta años durante los cuales vivió de las limosnas de los pobres. Y así hasta el Tratado de Letrán que firmaron en 1929 Mussolini por parte de Italia y el cardenal Gasparri por parte del trepador de montañas y de puestos eclesiásticos Pío XI, el mayordomo de turno de la Puta. La Puta constantiniana se encamó entonces con *il Duce*, el dictador fascista esclavo de su pequeño pene que lo impulsaba a delirios mayores como por ejemplo invadir a Etiopía, el país más pobre de la tierra. "*Perché la mia volontà*"... decía y golpeaba en el aire. Ateo como era, la puta que se levantó, nuestra Gran Ramera, le costó sin embargo una barbaridad: mil setecientos cincuenta millones de liras en "compensación", una oficina postal y una estación de radio que también le sacó, más el control de la enseñanza religiosa en las escuelas estatales y la entronización en todos los salones de clase de un crucifijo para que los niños italianos en edad de merecer se masturbaran pensando en Jesús desnudo. Ese Tratado de Letrán tenía el carácter de un concordato, por los que tenía verdadera pasión la Impía Undécima, más acometida de concordatitis que León XIII de enciclipedorrismo. Si esta fiera tomista y leonina promulgó ochenta y seis encíclicas, la otra firmó concordatos con Letonia, con Bavaria, con Polonia, con Rumania, con Lituania. Esto antes del Acuerdo de Letrán. Y después con Prusia, con Baden, con Austria, con la Alemania nazi, con Yugoslavia... Con Colombia no porque para qué si desde siempre ha tenido a sus pies a ese pobre paisucho arrodillado. Colombia es una putita de calibre menor: asesina, mezquina y mala. Allá el

24 de diciembre acuchillan a los marranos para comérselos chamuscados la víspera del nacimiento del Niño Dios. Y adoran al Corazón de Jesús. Son cardiólatras. El presidente que hoy tienen es un culibajito tan bajito, tan pequeñito, de tan escasa estatura moral, que cuando camina barre el suelo con el culo. Muy católico, eso sí. Dice que el Espíritu Santo lo ha salvado ya tres veces de las FARC, unas guerrillas, y se da golpes de pecho. Luego manotea en el aire amenazando: que a él no le tiembla la mano. ¿Qué querrá decir? ¿Que no padece del mal de Parkinson?

La Puta tiene una suerte loca, de Fidel Castro. Así como a este hampón lo han mantenido sucesivamente el comunismo ruso, los hoteleros gallegos, la juventud prostituida de Cuba y en los últimos años el petróleo venezolano que le regala el pitecántropo Chávez, del mismo modo a Impío Nono lo sostuvieron primero los austríacos y luego los franceses. Y cuando estos alcahuetas, por causa de la guerra franco-prusiana, lo abandonaron a su suerte dejándole el camino libre a Italia para que se anexara a Roma, el Vicario de Cristo, la alimaña máxima, el tirano criminal que tan bien conocían los romanos por haberlo padecido milenio y medio en carne propia, se convirtió a los ojos del resto de la humanidad en un santo. La estampita policromada de Impío Nono con su cara tomatuna y su sotana blanca empezó a circular por todo el planeta. Ningún papa había sido tan conocido como él, ni visto con mayor devoción por sus ovejas, su rebaño, que lo que es en realidad es una jauría carnívora más mala que la horda musulmana. Eran los tiempos modernos, los de la prensa diaria, el telégrafo y el ferrocarril.

Así pues, si Impío Nono había perdido sus dominios temporales, se había convertido por compensación en santo en vida, cosa de la que ni cuenta se dio de tan bruto que era. Siguió haciendo hasta el final su berrinche de viuda rica despojada de sus tierras encerrado en su Vaticano, donde murió. La santidad tartufa fue la herencia que les dejó, sin sospecharlo, a sus sucesores. Con él se inicia la era de los papas modernos, la de los papas santurrones, que ha producido hipócritas de la talla de Pío Doce y el polaco Wojtyla. Tengo frente a mi cama el diploma que les mandó a mis papás Pío Doce, el papa nazi, firmado de su puño y letra y con su foto que me acompaña desde muchacho cuando salí de Colombia. Se ve en ella al pobre Eugenio Maria Giuseppe Giovanni Pacelli, una fiera desdentada que ya no puede torturar ni quemar, arrodillado en su reclinatorio y todo travestido de blanco entornando los ojos al cielo. No bien despierto hacia las 8 y lo saludo tomando fuerzas para empezar el día: *"Buon giorno, figlio di putana. ¿Dormiste bien, hideputa?"* *In illo tempore*, en mi juventud atrabancada, lo solía descolgar de la pared para que los chulos y rufianes que habían dormido conmigo lo orinaran. Hoy está amarillecido pero por el orín del tiempo. A la Puta, instigadora imparable de la paridera, le debo el máximo bien de mi vida: veinte hermanos. El que no ha tenido hermanos no sabe lo que es sufrir, no es humano. Si Cristo no los tuvo, como asegura contra viento y marea la Puta para conservar la virginidad perenne de la Virgen, ¡qué santo va a ser! Cristo cargó una sola cruz. Yo veinte. Mi pobre madre paridora hoy está en el cielo quemándose en los infiernos. Le asignaron un círculo especial: el veinte, el más profundo, el de las paridoras desaforadas. Pol Pot está en el diecinueve.

¡Cuánto habría querido ser de papá rico como Cristo y Unigénito! Le habría pedido a mi Padre Eterno que me colmara de bienes y posesiones terrenales como las que por amor a su Hijo le dio a su Puta. Viñedos, palacios, obras de arte, Guardias Suizos hermosos, arroyuelos cantarinos y risueñas colinas acariciadas por el sol. ¡Pero qué! Nací de padre pobre y honrado y con veinte hijos. Al morir nos dejó un pegujalito sembrado de café: maleza. El precio del café se fue de culos y con él Colombia. Con el mismo puño con que se da golpes de pecho esta putita rezandera empuña el puñal y lo clava en animales, en humanos, en lo que sea. Es de un catolicismo vesánico.

De las primeras bellaquerías estúpidas de Pío Nono es su condena a la constitución austríaca de 1848 que abolía la esclavitud del campesinado y les permitía a los protestantes y a los judíos tener sus propias escuelas y universidades. "Declaramos nulas y vacías estas leyes para el pasado y para lo futuro —decía enfurecido el paporro, que estaba estrenando pontificado— y exhortamos a sus autores, en especial a los que se llaman católicos y que se han atrevido a aprobarlas y ejecutarlas, a que recuerden las sanciones y castigos en que incurren ipso facto según las constituciones apostólicas y los decretos de los Concilios Ecuménicos para los que violan los derechos de la Iglesia". ¡Claro! Es que sus súbditos romanos le pedían la misma libertad al autócrata. Se levantaron contra él, le mataron a su primer ministro el conde Rossi, lo sitiaron en el palacio del Quirinal, lo obligaron a huir disfrazado a Gaeta y proclamaron la República Romana, pero ay, como nunca falta un hueco para un descosido ni un alcahueta para una Puta, los franceses vinieron en su auxilio, lo reinstalaron en su trono y lo protegieron hasta que se tuvieron que ir por el estallido de la guerra franco-prusiana. Eran los años del *Risorgimento,* al que el Impío se opuso con un decreto prohibiéndoles a los católicos que lo apoyaran. Situados en la mitad de la bota itálica, y separando por lo tanto al norte del sur, Roma y los Estados Pontificios constituían el gran obstáculo para la unificación de Italia. Lo que le iba en juego entonces a la Puta eran sus preciadas posesiones temporales, que quería como las niñas de sus ojos. ¡Qué espectáculo de ruindad avariciosa el que dio! Y cuando Garibaldi avanzaba sobre el Vaticano el Impío, desafiante, decía: "Ya los oigo venir. Ésta es mi artillería". Y se señalaba el crucifijo que le colgaba del pecho como un pene flácido.

Con cara tomatuna y epiléptico, Impío Nono se caracterizaba además por ser un devoto del 8 de diciembre. Ese día en 1854 promulgó el dogma de la Inmaculada Concepción de María en su epístola apostólica *Ineffabilis Deus*. Ese día en 1864 promulgó la encíclica *Quanta cura*, a la que le anexó el *Syllabus*. Y ese día en 1869 instaló el Primer Concilio Vaticano, para que lo declarara infalible. ¡Pero para qué, si ya lo era! Cuando promulgó el dogma de la Inmaculada Concepción lo hizo como tal o de lo contrario esa promulgación no habría sido dogma sino una simple opinión papal. La novedad era grande entonces pues desde el Concilio de Nicea de 325 sólo los concilios generales habían decidido qué era dogma y qué no. Dogma o no dogma, decir que María fue concebida sin pecado echaba en todo caso por la borda la doctrina paulista de la pasión de Cristo entendida como expiación por el pecado original de Adán y Eva que manchó a todo el género humano sin excepción. Hasta el siglo XII la doctrina de los Padres de la Iglesia había sido que sólo Jesús fue concebido virginalmente y nadie más, ni siquiera su madre. Una cosa es que María fuera virgen cuando tuvo a Jesús y otra que hubiera sido "sin pecado concebida". Cuando en el siglo XII los canónigos de Lyón establecieron una nueva fiesta religiosa para celebrar la Inmaculada Concepción de la Virgen, San Bernardo de Claraval les hizo ver horrorizado que entonces habría que aplicarles también a los progenitores de María y a todos sus antepasados el mismo criterio de que habían sido concebidos sin mancha, siendo así que en todo acto sexual hay pecado, que es la eterna tesis de la Puta. Puesto que María nació a través de la cópula sexual tenemos que deducir que fue concebida pecaminosamente. Lo que había que celebrar entonces, les recomendaba San Bernardo a los lioneses, era el nacimiento de María, no su concepción. Y en las décadas que siguieron, el "Magister Sententiarum" Pedro Lombardo, el "Doctor Seráfico" San Buenaventura y el

"Doctor Angélico" Santo Tomás de Aquino estuvieron de acuerdo con él. Y cómo no lo iban a estar si San Bernardo era el autor de las *Alabanzas a la Virgen Madre*, el gran tratado de "mariología" o ciencia que trata de la Virgen María (y que no hay que confundir con la "malacología", que es el estudio científico de los moluscos). Pero ay, poco después vino Duns Scotto, el "Doctor Sutil", a apoyar a los de Lyón en su fiesta para aguarles a sus colegas teólogos la suya proponiendo la tesis de que María fue inmunizada contra el pecado original antes de ser concebida. Y en esta sutil idea del Doctor Sutil se apoyó siglos después Pío Nono para imponer su dogma. Y, preguntará usted, ¿se puede inmunizar, como con una vacuna, a quien todavía no ha nacido? ¡Claro! Así como Pío Nono pudo ser infalible quince años antes de que el Primer Concilio Vaticano lo declarara tal, del mismo modo la Virgen María antes de existir fue vacunada contra el pecado original. Dos dogmas pues, íntimamente unidos, marcan la vida de Pío Nono, a quien en nuestros días el canonizador de la mano rota Wojtyla beatificó: el de la Inmaculada Concepción y el de la infalibilidad del papa, que casi entierran a la Puta de tanta indignación que causaron en el mundo civilizado, por fuera del rebaño.

El 18 de julio de 1870 entre truenos y relámpagos, en medio de una tempestad horrísona que vapuleaba a la Basílica de San Pedro como si se estuviera desfondando arriba de ella el Padre Eterno, 531 obispos contra dos que se opusieron (el resto de los conciliares se había escapado de Roma en los días anteriores para no tener que votar ni en un sentido ni en el otro) declararon infalible a Pío Nono. Tormenta más iracunda no había visto la Ciudad Eterna. ¿Estaba Dios molesto con sus prelados por lo que iban a hacer? "No —dijo el cardenal Manning (un converso anglicano)—, así fue en el Sinaí cuando los diez mandamientos". El Concilio Vaticano Primero fue un concilio suicida pues si el papa era infalible, ¿para qué convocar más concilios de centenares de

194

obispos que hay que traer, alojar y alimentar, si con la sola palabra del Vicario de Cristo basta?

Pero donde Pío Nono se supera en estupidez es en su *Syllabus erroroum* o "Lista de los principales errores de nuestro siglo", una colección de ochenta verdades que había ido condenando a lo largo de los años, presentándolas como falsedades en alocuciones consistoriales, cartas apostólicas y encíclicas, y que le anexó a su encíclica *Quanta cura*. He aquí textualmente citados algunos de esos errores que condenaba la Puta:

1. No existe ningún Ser Supremo sapientísimo y providentísimo distinto del universo, y Dios es idéntico a la naturaleza misma de las cosas y por lo tanto está sujeto a cambios.

3. La razón humana es el único juez de lo verdadero y de lo falso, del bien y del mal.

6. La fe en Cristo se opone a la razón, y la revelación divina no sólo no sirve para nada sino que incluso es dañina para el perfeccionamiento del hombre.

7. Las profecías y milagros de las Sagradas Escrituras son ficciones y en los libros del Antiguo y el Nuevo Testamento hay muchos mitos, siendo el mismo Jesucristo uno de ellos.

12. Los decretos de la Santa Sede impiden el progreso de la ciencia.

15. Todo hombre es libre de abrazar la religión que le plazca.

21. La Iglesia católica no tiene la potestad de definir dogmáticamente que es la única y verdadera religión.

26. La Iglesia no tiene derecho legítimo de adquirir y poseer nada.

38. Con su conducta arbitraria los pontífices romanos contribuyeron a la división de la Iglesia en oriental y occidental.

40. El Magisterio de la Iglesia católica es contrario al bienestar y a los intereses de la sociedad.

53. Hay que abolir las leyes que protejan a las órdenes religiosas.

55. Conviene que la Iglesia esté separada del Estado.

80. El Romano Pontífice puede y debe reconciliarse y transigir con el progreso, con el liberalismo y con la moderna civilización.

¡Cómo van a ser errores semejantes verdades! Si acaso, serán verdades a medias pues, por ejemplo, respecto a la proposición 53 lo que hay que abolir son las órdenes religiosas y no las leyes que las protegen; respecto a la 55 lo que conviene es que no haya Iglesia; y respecto a la 80 el Romano Pontífice simplemente no tiene por qué existir. Lo que necesitamos es que la humanidad tome conciencia del caso y se arme de valor y un revólver, como el turco Ali Agca. Y punto. Muerto el perro se acabó la rabia.

Tal fue el rechazo que produjo en el mundo civilizado el *Syllabus* y tal el odio que se hizo tomar en Roma por sus bellaquerías el Impío que lo concibió, que tres años después de su muerte y cuando la clerigalla follona trasladaba de San Pedro a escondidas en la noche los restos del papa epiléptico para enterrarlos en la iglesia de San Lorenzo Extramuros, al pasar la atemorizada comitiva con el ataúd por el puente Sant'Angelo la turba romana, advertida del suceso, se les echó encima y lo quisieron tirar al Tíber. ¡Como si no estuvieran en 1878 con máquinas de vapor y ferrocarriles y condones y homosexualismo y demás progresos que trae la edad moderna sino mil años atrás, excretando a la intemperie en los tiempos oscuros del papa Formosus! Menos mal que no lograron su empeño. Habrían contaminado no sólo el río sino a Roma, a Italia, a Europa, el Mar Océano y el Universo Mundo.

—¿Sirvió de algo el dogma de la Inmaculada Concepción de María?

—Sí, compadre. Curó de su epilepsia al epiléptico.

—¿Y cómo fue eso?

—Muy simple: la Virgen le mandó la Muerte, que lo cura todo, y santo remedio.

—¡Qué bueno que descansó!

—Sí, pero el alcahueta Wojtyla, el papa de la mano suelta, el de la diarrea canonizadora, lo beatificó.

—Ah viejo asqueroso. ¡Lo hubiera matado el turco!

—Compadre, no diga barbaridades. De "hubieras" está llena la eternidad que ya pasó.

Muerto y enterrado Pío Nono, la mayordomía de la Puta pasó a Gioacchino Vincenzo Pecci, alias León XIII. Con ochenta y seis encíclicas en su haber más un hijo que engendró en Bélgica cuando era nuncio de la Puta en Bruselas, fue el papa más enciclípedo. Su leonina encíclica de 1891 *Rerum novarum* (De las cosas nuevas) causó furor. Los católicos de su tiempo la ponderaron en los términos más hiperbólicos (que ni que fuera la carta de Cristo al toparca de Edesa) y todavía hoy siguen cacareándola. En 1931 Pío XI hasta le dedicó otra encíclica, la *Quadragesimo anno*, para conmemorar los cuarenta años de su aparición. ¡Cabrones! Estabais celebrando un flato. La *Rerum novarum* es una encíclica hipócrita, verbosa, mierdosa, digna de la bimilenaria Puta esclavista aliada siempre de los poderosos, y que con ella renovaba la esclavitud alcahueteada por Cristo y predicada por Pablo disfrazándola de justicia social para los nuevos esclavos de la tierra, los de la revolución industrial. "Es mal capital en la cuestión que estamos tratando —decía el marrullero en su encíclica— suponer que una clase social sea espontáneamente enemiga de la otra, como si la naturaleza hubiera dispuesto a los ricos y a los pobres para combatirse mutuamente en un perpetuo duelo. Esto es tan ajeno a la razón y a la verdad que, por el contrario, es lo más cierto que como en el cuerpo se ensamblan entre sí miembros diversos, de donde surge aquella proporcionada disposición que justamente podríase llamar armonía, así ha dispuesto la naturaleza que, en la sociedad humana, dichas clases gemelas concuerden armónicamente y se ajusten para lograr el equilibrio. Ambas se necesitan en absoluto: ni el capital puede subsistir sin el trabajo, ni el trabajo sin el capital. El acuerdo engendra la belleza y el orden de las cosas". Sí. Y los evangelios son cuatro porque lo más usual es que las mesas tengan cuatro patas, como las tiene el perro. Ahora bien, si las clases sociales son como los miembros diversos en la armonía del cuerpo, me habría gustado preguntarle a Pecci: ¿Y el tubo digestivo con su escape a cuál clase social corresponde? ¿A la alta o a la baja? Digo que me "habría gustado" porque ya de este santo varón no queda sino polvo en el pudridero de los papas.

Y sigue diciendo la encíclica: "Deberes de los ricos y patronos: no considerar a los obreros como esclavos; respetar en ellos, como es justo, la dignidad de la persona, sobre todo ennoblecida por lo que se llama el carácter cristiano. Que los trabajos remunerados, si se atiende a la naturaleza y a la filosofía cristiana, no son vergonzosos para el hombre, sino de mucha honra, en cuanto dan honesta posibilidad de ganarse la vida. Que lo realmente vergonzoso e inhumano es abusar de los hombres como si fueran cosas de lucro y no estimarlos en más que cuanto sus nervios y músculos pueden dar de sí". ¿Y cuándo, laborioso Pecci, en tus noventa y tres años lavaste una letrina atascada para honra tuya y ganarte la vida? *Mascalzone!* Comías como rey, bebías como rey, dormías como rey, vivías como rey, con criados mal pagados, o no pagados, cuales eran los curas y las monjas que te servían. Cuando fuiste nuncio en Bruselas ante Leopoldo I te echaron de Bélgica por meterte en política. El primer ministro te hizo echar. Yo te habría mandado al cadalso. Eras traidor y bellaco. Apoyaste a Inglaterra contra los irlandeses, tus correligionarios católicos, buscando reestablecer con ella las relaciones diplomáticas. Nada lograste, te quedaste con el pecado y sin el género. E igual te pasó con Polonia la católica, cuya lucha libertaria contra Rusia traicionaste para granjearte la buena voluntad de los zares (a ver si desbancabas de su favor a la Iglesia Ortodoxa rusa) ofreciéndoles la promesa de imponerle a tu rebaño polaco, como si de un deber se tratara, el sometimiento incondicional a esos tiranos. A través de tus obispos polacos lo pensabas hacer, como tu Secretario de Estado el cardenal Rampolla te aconsejaba. ¡Qué simpatía despertaste en el zar Alejandro II con tu encíclica *Quod apostolici numeris* en que condenabas la subversión socialista y comunista que tanto temía! Nada lograste, empero, ni con él ni con su hijo y sucesor Alejandro III. No pudiste enganchar a la Puta de Oriente a tu yunta. El felón de Pío XII, uno de tus sucesores, habría de repetir tu traición a la católica Polonia cuando al estallar la Segunda Guerra Mundial, calculando que con su silencio aplacaba al vesánico, dejó que Hitler la arrasara sin emitir una sola palabra de protesta. Tener de aliado a la Puta es como meter un áspid en la cama. De todos modos, por más que vaya y venga el péndulo al final se impone la justicia de Dios que lo sabe todo. Dios castigó a los polacos con los rusos y los nazis no por lo que hubieran hecho sino por lo que iban a hacer: parir al endriago Wojtyla que por veintiséis años, diez meses y diecisiete días cabalgó día y noche con deleite indecible a la Puta y le aumentó a la humanidad dos mil millones. Eso no tiene perdón del cielo. Un pueblo capaz de producir semejante alimaña, y que después la aclama y la pasea en triunfo, es una raza perversa sin redención que Israel debe destruir ipso facto. Salvo que esté guardando todas sus bombas atómicas para el Islam...

—Pero dígame una cosa, compadre. Cuando usted dice "la Puta", ¿a cuál se refiere? ¿A la de Oriente, o a la de Occidente? ¿A la católica, o a la protestante?

—A todas juntas a la vez y a ninguna al mismo tiempo.

—Ah, qué bueno que me lo aclara porque así sí me queda muy claro el asunto.

Pero no interrumpamos la encíclica. Sigue hablando

el leonino: "Y de igual modo, el fin de las demás adversidades no se dará en la tierra, porque los males consiguientes al pecado son ásperos, duros y difíciles de soportar y es preciso que acompañen al hombre hasta el último instante de su vida. Así, pues, sufrir y padecer es cosa humana, y para los hombres que lo experimenten todo y lo intenten todo no habrá fuerza ni ingenio capaz de desterrar por completo estas incomodidades de la sociedad humana". ¿Y entonces para qué padeció Cristo? ¿No nos redimió pues del pecado? No. "Jesucristo no suprimió en modo alguno con su copiosa redención las tribulaciones diversas de que está tejida casi por completo la vida mortal, sino que hizo de ellas estímulo de virtudes y materia de merecimientos, hasta el punto de que ningún mortal podrá alcanzar los premios eternos si no sigue las huellas ensangrentadas de Cristo". Entonces no pudo haber sido tan "copiosa" su redención si nuestras tribulaciones continuaron y el pecado lo tenemos que pagar con sangre. Cristo no sirvió para un carajo. Sirven más las bombas de Israel o las tetas de los hombres. ¿Y cuánta sangre derramaste tú, Gioacchino Vincenzo Pecci, en tus 93 años bien cumplidos? "Dios no creó al hombre —dice— para estas cosas frágiles y perecederas, sino para las celestiales y eternas, dándonos la tierra como lugar de exilio y no de residencia permanente. Y, ya nades en la abundancia, ya carezcas de riquezas y de todo lo demás que llamamos bienes, nada importa eso para la felicidad eterna". ¿Por qué te empeñabas entonces, durante tu pontificado, en recuperar a Roma y los Estados Pontificios como si de una residencia permanente se tratara y no de una estación de paso en el camino al cielo? Autócrata hipócrita. No respetabas hombres ni animales. En tus jardines vaticanos tumbabas pájaros con escopeta. Al monstruo de Tomás de Aquino lo desenterraste y le fundaste una academia de teología en Roma. No te privaste ni de propagar tus genes, pero al hijo que engendraste no tuviste el valor de reconocerlo. Y para sacar dinero a 1900 lo declaraste año del jubileo y le consagraste el género humano entero al Sagrado Corazón de Jesús. De entonces le viene a Colombia nuestra incurable cardiolatría. "Es la Iglesia la única que tiene verdadero poder, ya que los instrumentos de que se sirve para mover los ánimos le fueron dados por Jesucristo y tienen en sí eficacia infundida por Dios". Pruébamelo. Pruébame que Jesucristo te dio algún instrumento. No te lo pudo haber dado porque no existió, así como Dios tampoco y por lo tanto no puede infundir ninguna eficacia. ¡Basta de ordeñar a ese par de vacas!

Redactada por el superior de los dominicos el cardenal Zigliara y los secretarios papales Boccali y Volpini (que quiere decir "volpinos", "zorrunos") y pregonada como la "encíclica obrera" del "papa de los trabajadores", la *Rerum novarum* es uno de los documentos más mendaces que haya parido la Puta. Mientras hubo reyes, con ellos cohabitó. Una vez que entraban en proceso de extinción, taimadamente se ponía entonces al servicio de los nuevos detentadores del poder, los barones de la revolución industrial que había producido por toda Europa una miseria monstruosa. Su pretexto era que defendía a los obreros de sus explotadores. Nada más lejos de la verdad. La *Rerum novarum* fue escrita para mantener el statu quo, la sujeción de siempre de los muchos al dominio de los pocos.

Tan solapada como la vulpina encíclica *Rerum novarum* es la *Providentissimus Deus* en que el mismo papa leonino que en aquella defendía a los pobres de los ricos en ésta les autorizaba a los eruditos católicos el estudio científico de las Sagradas Escrituras. ¿Científico? "Los libros que la Iglesia ha recibido como sagrados y canónicos —afirmaba la *Providentissimus Deus*—, todos e íntegramente, en todas sus partes, han sido escritos bajo la inspiración del Espíritu Santo. Síguese que quienes piensan que en los libros sagrados puede haber algo falso, o destruyen el concepto católico de inspiración divina, o hacen a Dios mismo autor del error". Y punto. El resto era "peligro de engañarse", "deseo de novedades", "libertad de opiniones". Entonces simplemente el estudio de las Sagradas Escrituras no puede ser científico, toda investigación de la Biblia sale sobrando y de paso la taimada encíclica. El sucesor de Pío Nono, el enciclípedo León XIII, padre de un hijo, cazador de pájaros y pergeñador de encíclicas era un solemne hipócrita.

—Niños, ¿cuántos y cuáles son los papas modernos o papas tartufos?

—Los papas modernos o papas tartufos son once, a saber: Pío Nono, León XIII, Pío X, Benedicto XV, Pío XI, Pío XII, Juan XXIII, Pablo VI, Juan Pablo I, Juan Pablo II y Benedicto XVI, quien hoy por la gracia de Dios vive y reina.

—¿Y cuál es el más bueno de todos ellos?

—El menos malo de todos ellos es Juan Pablo I porque sólo reinó treinta y tres días. .

—¿Y por qué sólo treinta y tres días?

—Porque lo mataron.

—¿Y quién lo mató?

—Lo mataron la Curia y el Espíritu Santo.

—Muy bien, niños. Seguid así de aplicados y vais a ver como cuando crezcáis os van a dar una beca para estudiar teología en Roma en el Santo Tomás de Aquino.

"Hoy nuestros principales adversarios son los racionalistas. Ellos niegan toda divina revelación o inspiración; niegan la Sagrada Escritura; proclaman que todas estas cosas no son sino invenciones y artificios de los hombres; miran a los libros santos no como el relato fiel de acontecimientos reales, sino como fábulas ineptas y falsas historias. A sus ojos no han existido profecías, sino predicciones forjadas después de haber ocurrido los hechos, o presentimientos explicables por causas naturales; para ellos no existen milagros verdaderamente dignos de este nombre, manifestaciones de la omnipotencia divina, sino hechos asombrosos pero en ningún modo superiores a las fuerzas de la naturaleza, o bien ilusiones y mitos; los evangelios y los escritos de los apóstoles han de ser atribuidos a otros autores". Y así es, en efecto. Con gran sentido de síntesis y en el mejor estilo de las sentencias de la Inquisición o del *Syllabus* de Pío Nono que anunciaban una serie de verdades como mentiras, en su *Providentissimus Deus* León XIII nos estaba dando toda una lección de claridad expositiva. No hay milagros, ni profecías, ni libros santos, ni revelación, ésos son cuentos.

—¿Cuáles son los más grandes enemigos de la Biblia aparte de la Biblia?

—Los más grandes enemigos de la Biblia aparte de la Biblia son: la arqueología, la filología, la paleografía, el análisis textual y el estudio de las lenguas semíticas.

—Muy bien, niños. En premio a vuestra aplicación, mañana viernes no vendréis a clase. ¡Todo el fin de semana libres!

"Por medio de libros, de opúsculos y de periódicos propagan el veneno mortífero; lo insinúan en reuniones y discursos; todo lo han invadido, y tienen numerosas escuelas arrancadas a la tutela de la Iglesia, en las que depravan miserablemente, hasta por medio de sátiras y burlas chocarreras, las inteligencias aún tiernas y crédulas de los jóvenes, excitando en ellos el desprecio hacia las Sagradas Escrituras". Y así es, en efecto. La *Providentissimus Deus* fue una encíclica luminosa.

Dos veces han hablado los mayordomos de la Puta *ex cathedra*, o sea infaliblemente: en 1854 Pío Nono para promulgar el dogma de la Inmaculada Concepción de María de que ya tratamos, y en 1950 Pío XII para promulgar el de la Asunción que dice que al final de su vida la madre de Jesús fue llevada en cuerpo y alma al cielo. "Y si alguien, y Dios no lo quiera, se atreve a negar lo que hemos definido o a dudar de ello, sírvase saber que ha apostatado y se ha apartado por completo de la divina fe católica". ¡Ay qué miedo!

Eso es un anatema. ¡Más venenoso que neurotoxina de pez! ¡Qué obsesión la de estos Píos con esa señora que ni existió! Pues para que haya habido madre de Dios primero tuvo que haber Dios, y eso sigue sin probarse. Muy ladradorcito este decimosegundo Pío, si bien no mordía por lo desdentado. El año anterior había declarado en una proclama amenazante que los católicos que apoyaran al comunismo quedaban excomulgados "de forma automática". O sea: como cuando uno toca un timbre y le suena. Y en su mensaje cristiano de 1950 anunció oficialmente el hallazgo de la tumba del apóstol Pedro bajo el altar mayor de la Basílica de San Pedro en Roma, que acababan de excavar. ¡Qué buena nueva! Si existen los huesos de Pedro es que Pedro existió. Y si existió Pedro, el apóstol de Cristo, es que Cristo existió. Y si existió Cristo, el Hijo de Dios, es que Dios existe. Sin Padre no hay Hijo y sin Hijo no hay apóstol. Así que los huesos de Pedro eran de una importancia capital. Los encontraron completamente petrificados. Tanto que cuando se les pudo hacer la prueba genética con el ampliador de ADN ¡resultaron que eran piedra! La Puta no volvió a hablar *ex cathedra* ni a mencionar el asunto de los huesos. No había huesos, no había Pedro, no había Cristo, no había Dios. Lo que sí había era una piedra sobre la que se construyó una iglesia.

Pero antes de que se me olvide, de muchacho visité la Basílica de San Pedro en Roma. Entrando está la estatua del apóstol sentado en su trono al alcance de los fieles, que se acercan a besarle los pies. Una señora bajita, chiquitita, gordita no alcanzaba. Miró en torno a ver quién había y no me vio: sólo la inmensa catedral vacía y encajonado en su oquedad el eco. Dio entonces un saltito la señora para darle su besito a San Pedro ¡y que se da tremendo trancazo contra los salientes dedos de los pies del santo! Se alejó cabizbaja, dolida, corrida, con un chichón en la frente. Me acerqué entonces e increpé al grandulón: "¡Negaste a Cristo tres veces, apóstol collón! Y acabas de maltratar a una anciana.

Aquí te va en castigo". ¡Y que le lanzo su bien nutrido escupitajo!

Con los santuarios de Lourdes y Fátima en cambio les ha ido de maravilla: la Virgen le ha hecho el milagro a la Puta de llenarle sus arcas de oro más de lo que ya las tenía. A lo cual hoy se le suma lo que saca con su Istituto per le Opere di Religione, nombre pío del Banco Vaticano, que no paga impuestos y lava miles y miles de millones de dólares de dinero sucio italiano, más lo que les producen los mil apartamentos que tiene el papa en Roma, más lo que le mandan las veinte mil parroquias norteamericanas (unos ocho mil millones) y las diócesis alcahuetas alemanas y sígale y sígale y sígale con las limosnas que le llueven de todos los confines del planeta como maná del cielo en tiempos de Moisés. Lourdes está en el sur de Francia, en los Pirineos; Fátima en el distrito de Santarem, en el centro de Portugal. Lourdes fue primero, Fátima vino luego. El 11 de febrero de 1858, en la gruta Massabielle cerca al pueblito de Lourdes, la Virgen se le apareció a la niña de 14 años Bernadette Soubirous, hija de un molinero, y se le identificó diciéndole, palabras textuales: *"Je suis l'Immaculée Conception"*. ¡Si ése no es un milagro yo no sé cuál sea! Sólo tres años y dos meses antes Pío Nono había promulgado el dogma de la Inmaculada Concepción, con que estrenó la infalibilidad papal, procedimiento novedosísimo para conocer la verdad y más seguro que el método experimental inventado por Galileo. ¡Cómo una niña campesina, iletrada, que sufría de asma y otros padecimientos mayores y menores y que para colmo había contraído el cólera en la epidemia de 1854, cómo iba a saber esa criatura de tan profundo dogma! Si esto no es milagro… ¡Carajo, entonces qué!

Varias veces más se le apareció la Virgen en los meses siguientes a Bernadette. En el pueblo nadie le creía. Ni el cura, ni el alcalde, ni el lechero, ni el cabrero, ni su papá el molinero. Hasta que intervino el papa y declaró que las visiones de la niña eran auténticas. ¡Qué triunfo para la criatura! ¡Qué triunfo para Lourdes! ¡Qué triunfo para Francia! ¡Qué triunfo para la cristiandad! ¿Querían prueba? Ahí la tenían: "Yo soy la Inmaculada Concepción", o como dirían los argentinos, la Inmaculada Concha. El culto a Nuestra Señora de Lourdes quedaba instaurado. Y que empiezan las curaciones milagrosas y la avalancha de peregrinos. El manantial subterráneo que surge de la gruta lo curaba todo: ceguera, sordera, cojera, parálisis, tuberculosis, sífilis, reumatismo, lepra. Sida no porque aún no había, mas no porque la fuente se quedara corta en sus virtudes curativas. Peregrinos de toda Europa llegaban en trenes atestados, que no se daban abasto. En 1869 un libro sobre los primeros doscientos milagros de Lourdes vendió ochocientos mil ejemplares, y en 1876 se construyó una basílica sobre la gruta. Desde entonces millones de devotos la visitan anualmente, en su mayoría enfermos. En 1933 Pío XI canonizó a Bernadette. Adivinen qué día. ¡El 8 de diciembre, día de la Inmaculada Concha! Tal fue el éxito de Lourdes, tales las multitudes que atraía, que en 1958 hubo que construir una segunda iglesia al lado de la basílica para acomodar al gentío. ¡Cómo no va a vivir feliz la Puta con semejante fuente! ¡Claro! "Siempre es mucho mejor estar bien que mal", como decía mi amigo la Maricuela, que murió de sida por no ir a Lourdes. O como me contestó el doctor Barraquer, el oftalmólogo, cuando le dije que veía poco: "Todos queremos ver más, pero no se puede". ¿No se puede? El año entrante me le voy al doctor Barraquer de peregrinación a Lourdes y va a ver si se puede o no se puede. Santa Bernadette de Lourdes murió joven, en 1879 a los 35 años y después de haberse enclaustrado los últimos trece con sus múltiples dolencias en el convento de las hermanitas de la Caridad de Nevers donde entregó el espíritu en medio de indecibles dolores. Nuestra Señora de Lourdes, que curó a tantos, se olvidó de ella. Así pasa. En casa de herrero cuchillo de palo.

Pero pasemos a Fátima, el Lourdes del siglo XX. ¡Qué exitazo! ¡Qué taquillón! Como venta de empanadas en atrio de iglesia de Medellín, Colombia. Fátima está a un paso de Cova da Iría, que fue donde se les apareció la Virgen, el 13 de mayo de 1917, a tres pastorcitos: Lucía dos Santos y sus primitos Francisco y Jacinta Marto, a quienes, mientras apacentaban sus ovejas, "una señora vestida de blanco, más brillante que el sol" se les presentó diciéndoles: "Yo soy Nuestra Señora del Rosario".

—Compadre, si es así, entonces hay dos Vírgenes: la Inmaculada Concepción y Nuestra Señora del Rosario. ¿Cuál de las dos es la madre de Dios?

—Ni la una ni la otra. Ambas las dos juntas al mismo tiempo y a la vez pero sucesivamente y según proceda y convenga.

—¡Ah, qué bien! Así sí me queda muy clara la cosa.

Fueron seis las apariciones, una cada 13 de cada mes, menos en agosto que ocurrió el 19 porque los niños estaban siendo interrogados por las autoridades civiles en el pardo de Valinhos, cerca a Aljustrel. Importancia especial tuvo la aparición del 13 de julio, cuando la Virgen confió a los tres niños un mensaje sobrecogedor: el anuncio de guerras y calamidades, entre las cuales la Revolución bolchevique. Más una invitación solícita a la humanidad a orar y a convertirse. En la última aparición, la del 13 de octubre, setenta mil creyentes reunidos en Fátima presenciaron un "milagroso fenómeno solar" que se dio inmediatamente después de que la Virgen se les apareciera a los pastorcitos, para despedirse de ellos.

—¿Y qué quería la Virgen con todas esas apariciones?

—Una capillita. Eso. Que le construyeran una simple capillita.

Una basílica fue la que le construyeron, entre 1928 y 1953, cuando la consagraron, con plaza enfrente y hoteles, hospitales, ancianatos, un Museo del Tesoro, un Museo de las curaciones milagrosas, un Centro de donativos, ofrendas y herencias, una Venta de monaguillos para pederastas, un Centro de recepción de scouts. Capillitas, iglesitas, librerías, bibliotecas, dark rooms… Para todos los gustos, lo que quieran. ¿Curaciones milagrosas? Las que usted guste y mande. La de Lourdes al lado de la de Fátima resultó una Virgen tontona, lerda. En fin, en tanto avanzaba la construcción y agarraban ímpetu los peregrinajes, el 13 de octubre de 1930 el obispo de Leiria, diócesis a que pertenece Fátima, aceptó las visiones de los niños, mientras el papa, desde Roma, reforzaba al obispo con indulgencias plenarias para los peregrinos. Pero ay, cuánto hacía que para entonces se nos habían ido los dos primitos al cielo: poco después de las apariciones, Nuestra Señora del Rosario los llamó a rezar con ella. ¡Adiós Francisquito! ¡Adiós Jacintita! Saludos a San Pedro.

—¡Ah vieja mala esa Virgen de Fátima! ¡Cómo pudo haberse llevado a esos pobres niños!

—No sea injusto, compadre. La Virgen simplemente se los llevó a rezar el rosario con ella y a cantar en los coros celestiales. Niños aquí abajo es lo que sobra. ¡O qué! ¿Va a hacer ahora un escándalo por dos mocosos?

El 13 de mayo de 1967, quincuagésimo aniversario de la primera aparición de Nuestra Señora del Rosario, un millón de peregrinos se congregó en Fátima para oír la misa que ofició Pablo VI en favor de la paz. ¿Y quién creen que estaba ahí en el santuario con Pablo VI? ¡Lucía dos Santos! Lucía dos Santos robando cámara en primera fila.

—¡Cómo! ¿Todavía viva?

—Vivita y coleando. Y por muchos años más. Se nos acaba de morir de viejita. Por poco y no entierra a Juan Pablo II. Sor Lucía murió el 13 de febrero de 2005. Y Juan Pablito el 2 de abril siguiente.

—¡Qué vieja más verraca! Hubiera muerto el 13 de mayo…

En 1948 había entrado a las carmelitas de Coimbra, Portugal, se hizo monja de clausura y tomó el nombre de Lucía de Jesús. Y ahora viene lo que importa, el último secreto de Fátima. Muertos los primitos, Lucía tuvo otras nueve visiones, hasta 1929, con inquietantes revelaciones que culminaron en el llamado "tercer misterio de Fátima" del que sor Lucía informó en 1943 al Vaticano, que lo mantuvo desde entonces en secreto. Ni Pío XII, ni Juan XXIII, ni Pablo VI, ni Juan Pablo I revelaron el misterio. Y por poco Juan Pablo II no se lo lleva consigo a la tumba pues tenía que ver con él. Donde Ali Agca le hubiera apuntado bien a la calamorra, ¡adiós papa y adiós secreto! ¡Pero qué, el turco estúpido falló! El 13 de mayo de 2000 el Secretario de Estado del Vaticano cardenal Angelo Sodano, con la aprobación de sor Lucía y con Juan Pablo II enfrente (que visitaba entonces por tercera vez a Fátima), reveló que éste era el papa del tercer misterio, y que el misterio profetizaba el atentado de Ali Agca.

—¡Valiente misterio! ¡De qué sirvió! Ni evitó el atentado, ni murió el papa. ¡Qué tenía que tener la Virgen de Fátima a media humanidad en vilo por tantos años con semejante pendejada! ¡Qué desilusión, compadre! No vuelvo a rezar el rosario.

—Lo que usted no sabe, compadre, es que la bala de Ali Agca se la pusieron a la Virgen entre las joyas de su corona; que Juan Pablo II beatificó a Francisquito y Jacintita; y que el cardenal Sodano era más malo que su madre. Él fue el que inventó el cuento de que el atentado era el tercer misterio. Pero no, el tercer misterio de Fátima sigue en pie, aún no se realiza. Yo digo que va a ser la destrucción del Vaticano por el Estado de Israel con bomba atómica.

—Dios lo oiga. Aunque se lleven de corbata a Roma.

El tercer misterio de Fátima resultó como la "parusía" o segunda venida de Cristo, una falsa alarma. Esperaban que volviera Cristo en cualquier momento, "como llega un ladrón en la noche", y no llegó. Ni como ladrón ni como nada. Dicen que Wojtyla murió convencido de que la Virgen de Fátima desvió la bala de Ali Agca cuando el atentado de 1981 en la Plaza de San Pedro y que por eso se escapó. Lo que yo me pregunto es: ¿si la Virgen de Fátima era tan poderosa, por qué no mató entonces a Ali Agca en el camino a la Plaza de San Pedro antes de que le disparara al papa? Más de un millón de kilómetros en total viajó Wojtyla en sus ciento cuatro viajes apostólicos que lo llevaron a ciento treinta países de los cinco continentes, en jet privado, besando pisos, cantando misas, cagando en lenguas de fuego y actuando como lo que era en esencia, un santo en exhibición permanente, *un showman*. De mano suelta para bendecir y canonizar, beatificó a mil trescientos treinta y ocho y canonizó a cuatrocientos ochenta y dos, más que todos sus antecesores juntos. Convirtió al Vaticano en una fábrica de santos hasta que devaluó el santoral. Un santo hoy día quedó valiendo lo que un premio en el festival de cine de Cannes. Su último viaje fue a Lourdes, unos meses antes de irse a juntar en los infiernos con su compinche la madre Teresa, gran limosnera como él y como él gran alcahueta de la paridera. A Lourdes fue a conmemorar el sesquicentenario de la proclamación del dogma de la Inmaculada Concepción por Pío Nono.

—Una preguntica, compadre, por curiosidad. ¿Cuándo fue el atentado de Ali Agca?

—En 1981.

—Sí, ya sé, pero qué día. En qué fecha cayó.

—El 13 de mayo.

—¡Coño! ¡Milagro! ¡La Virgen de Fátima lo salvó! ¡Creo en Dios!

Imbecilizada por la cardiolatría y la devoción mariana, Colombia madruga, roba, atraca, secuestra y mata. A nuestro primer mandatario el Espíritu Santo ya lo ha salvado tres veces de las FARC. ¡Gracias Espíritu Santo o pene parado, Paráclito!

Cuando en mayo de 1982 Wojtyla fue a Fátima a agradecerle a la Virgen epónima que lo hubiera salvado del atentado de Ali Agca el año anterior, un curita español se le fue encima con una navaja y la decisión de cortarle el pescuezo a la Bestia. Pero, ay, Dios que es grande y malo no lo permitió: un monseñor-guardaespaldas, con la ayuda de otros, sometió al curita antes de que lograra su intento. ¿Su nombre? Monseñor Paul Marcinkus, lacayo y guardaespaldas del mayordomo de la Puta. Norteamericano, servil, inescrupuloso, como una cucaracha que trepa por una pared enmierdada este Marcinkus venía subiendo por la jerarquía eclesiástica y hubiera llegado mucho más alto, de no ser por los inescrutables designios del Paráclito, que lo tumbó de un zapatazo. Llegó a arzobispo y presidente del Istituto per le Opere di Religione o Banco Vaticano, uno de los más grandes paraísos fiscales y lavaderos de dinero sucio del mundo, que él presidió, desde 1971 hasta 1989 cuando hubo de dejarlo a raíz de la quiebra del Banco Ambrosiano. Acaba de morir, en Sun City, USA, a los 84 añitos, fugitivo de la justicia italiana y cumpliendo un voto de silencio con la Puta después de haber violado el de pobreza, y me imagino que también el de castidad porque estos ensotanados son unas verdaderas fieras sexuales. Cuando estaba en la cima de su poder en plena riqueza declaró que la Iglesia Católica, Apostólica y Romana no se podía manejar sólo con avemarías. A Pablo VI lo acompañó en su viaje a Tierra Santa en 1964, la primer salida de Italia de un papa desde que en 1812 Napoleón se llevó a Pío VII enjaulado en una carreta desde Savona a Fontainebleu, Francia, donde le hizo firmar una renuncia a los Estados Pontificios, que el papa traidor en cuanto pudo violó. En ese viaje a Tierra Santa la papesa Montini agarró la perversa manía de besar pisos. No bien bajaba de la escalerilla del avión y se arrodillaba a darle besitos a la pista del aeropuerto. La misma nos hizo en Colombia. Yo lo vi con su velamenta blanca agitada por el viento besando el duro asfalto de El Dorado, el aeropuerto de Bogotá, como gachupín tomando posesión de la tierra, con el culo al aire. Con él venía Marcinkus, que lo acompañó a todos lados: a Tierra Santa, a la India, a Estados Unidos, a Portugal, a Turquía, a Colombia, a Suiza, a Uganda, a Asia, a las islas del Pacífico, a Australia y a Filipinas donde en Manila el Vicario de Cristo escapó a otro atentado, tras de lo cual sentó cabeza y dejó la viajadera besapisos.

—¡Cómo! ¿También quisieron matar a Pablo VI?

—Pero claro, compadre, ¿por qué se asombra? ¡Quién no va a querer matar a un papa!

En 1982 estalló uno de los mayores escándalos financieros y políticos de la posguerra cuando el Banco de Italia obligó al Banco Ambrosiano, cuyo principal accionista era el Banco Vaticano, a declararse en bancarrota después de descubrirle una evasión fiscal de mil cuatrocientos millones de dólares y de que asesinaran a su vicepresidente Roberto Rosome. La bancarrota del Banco Ambrosiano le costó al Banco Vaticano cuatrocientos seis millones que les tuvo que pagar a acreedores de aquél. Ya en 1974 el siciliano Michele Sindona, banquero de la Cosa Nostra y que le movía dinero a América a Pablo VI para disimular la fortuna de la Puta, también había quebrado causándole a la susodicha ramera treinta millones de dólares en pérdidas. Sindona murió en la cárcel envenenado con cianuro que le espolvorearon en el café. El presidente del Ambrosiano, Roberto Calvi, llamado "el banquero de Dios", terminó colgado de un puente de Londres con los bolsillos del abrigo llenos de pedazos de ladrillo y diez mil dólares en efectivo. En cuanto a monseñor Marcinkus, gracias a las alcahueterías del Tratado de Letrán para con los lacayos de la Puta, se escapó. Burlando la justicia italiana y con la bendición de Pablo VI se refugió en el Vaticano para terminar huyendo, ahora con la bendición de Juan Pablo II, a los Estados Unidos, a Sun City, Arizona, donde se recluyó en un refugio para religiosos católicos y ahí acaba de morir. Este monseñor calavera le salió costando a la Puta más que veinte clérigos pederastas de la diócesis de Boston juntos.

Ya saben pues, ovejas, a dónde van a dar las limosnas que mandan al Vaticano. A la juerga de los millones de la Puta. En los años noventa el Banco Vaticano tenía inversiones por más de diez mil millones de dólares y por lavado de dinero cobraba el cinco por ciento, lo cual era una bicoca si tenemos presente que Sindona le cobraba a la familia mafiosa de los Gambino el cincuenta por ciento por lavarles su dinerito proveniente de la heroína a través de una *shell corporation* o compañía de evasión fiscal y lavado de dinero, la Mabusi. Vaya a saber Dios por qué estos ensotanados de hoy en día han bajado tanto la tarifa. Las finanzas de la Puta son oscuras y secretas como las de Cuba. ¿O por qué creen que se entendió tan bien Juan Pablo II con Castro? Tal para cual. Tan tenebroso el uno como el otro y los dos más falsos que Judas, que ni existió. Juan Pablo II protegió a Marcinkus y a Sindona, como habría de proteger también al gran paidófilo mexicano padre Marcial Maciel, el del jardín florido que tanto envidio, y a mi paisano el cardenal Alfonso López Trujillo, orgullo de Colombia. Los tejemanejes de este cardenal son dignos de Marcinkus. En Medellín convirtió el Seminario Mayor en centro comercial y a los del cartel les andaba vendiendo la Universidad Pontificia Bolivariana. Se miraba en fino espejo de cristal de roca y se perfumaba. Cuando lo iban a encanar puso pies en polvorosa y huyó a Roma donde lo acogió Juan Pablo II que lo hizo presidente del Consejo Pontificio para la Familia, que es donde hoy sigue. Muerto Wojtyla este purpurado amante del dinero y las *delicatessen* jugó un papel decisivo en el último cónclave. Cuando la balanza se inclinaba hacia el argentino Bergoglio, que se perfilaba ya como el primer papa latinoamericano, intervino mi paisano orinando billete verde del Opus Dei, de a millón por cabeza, y convenció a varios de la región que se cambiaran al alemán. Por eso Ratzinger ganó y hoy tenemos un Benedicto XVI en vez de un Gardel I.

—¿Y cómo lo sabe, compadre, quién se lo contó?

—El Espíritu Santo, ¿eh? El Paráclito me lo contó.

El Banco Vaticano empezó con ochenta millones de liras, regalo de Mussolini. Tras la derrota de Alemania en la Segunda Guerra Mundial a él fueron a dar doscientos millones de francos suizos del tesoro de la Croacia nazi franciscana, que los *ustashis* les lograron contrabandear a los ingleses en la frontera entre Austria y Suiza; más ciento setenta millones de dólares del oro nazi, que por diferentes caminos también acabaron en el banco de Dios. ¿Cuánto tendrá hoy en día la Puta? Dios sabrá. Dios que es su gran alcahueta y dueño en última instancia de sus bienes. Serbios, judíos y ucranianos sobrevivientes de los campos de concentración nazis junto con organizaciones que representan a trescientas mil víctimas del holocausto la demandaron en 1999 en la Corte del Distrito de San Francisco (caso Emil Alperin et al. versus Vatican Bank et al.). Dios dirá. Por más que fallen en contra nunca dejarán a la Puta en la calle. Nació para robar y reinar.

Es tan cínica la Puta que dice que el año pasado, el 2005, sus finanzas terminaron con un saldo positivo de once millones de dólares, según acaba de informar, en rueda de prensa, el cardenal Sergio Sebastiani, presidente de la Prefectura de los Asuntos Económicos de la Santa Sede. Que es el mejor resultado en los últimos ocho años. Que sólo en el 2004 habían logrado un superávit después de tres años consecutivos de déficit. Pero que la Radio Vaticano y el *Osservatore Romano*, ay, siguen dando pérdidas. Y según el secretario de la mencionada prefectura, Francesco Croci, la Puta tiene dos tipos de entradas importantes por concepto de donaciones: las hechas por los fieles en la colecta llamada del "óbolo de San Pedro", y las del canon 1271 del código del derecho canónico. Por las primeras en el 2005 recibió cincuenta y nueve millones de dólares, y por las segundas veintiséis. Ah sí, pero según una investigación del *London Telegraph* y del *Inside Fraud Bulletin,* el Vaticano es el principal destino de cincuenta y cinco mil millones de dólares de dinero sucio italiano, gracias a lo cual se coloca en la octava posición en el ranking de los paraísos fiscales del mundo por delante de las Bahamas, Suiza y Liechtenstein. El Vaticano es un Estado *cut out,* uno cuya legislación sobre el secreto bancario impide toda posibilidad de rastrear ningún fondo financiero depositado en él. Pero no sólo eso. A diferencia de los restantes paraísos fiscales en que el lavado de dinero lo hacen bancos privados, en el Vaticano lo hace el propio Banco Central del Estado, que es ni más ni menos el Istituto per le Opere di Religione o Banco Vaticano, reconocido como Banco Central por el Bank for International Settlements. Pero volvamos a los informes de Croci: el año pasado los diez países más generosos con la Puta fueron, en orden de dadivosidad: Estados Unidos, Italia, Alemania, Francia, España, Irlanda, Canadá, Corea, México y Austria. Sírvase tomar nota el lector de estas Celestinas desvergonzadas. ¡Ay mi México, cómo pudiste estar ahí, en esa lista de ignominia! Las vergüenzas que me haces pasar… En Colombia en cambio a la Puta hoy por hoy lo más que le llegamos a dar es una rotunda patada en el culo. Católicos sí somos mas no pendejos.

Tan rica será la Puta que en su sola arquidiócesis de Boston hace poco, en octubre de 2003, acaba de tener que pagarles ochenta y cinco millones de dólares a quinientos cincuenta y dos querellantes representados por más de cuarenta abogados, para acallar sus demandas contra los curas bostonianos que practican el precepto evangélico "Dejad que los niños vengan a mí". De los querellantes en cuestión unos doscientos alegaban que habían sido violados y sodomizados. ¡Menos mal que no los gonorrizaron, porque ya sí sería el colmo que después de usar a esas criaturas para sus celebraciones les hubieran contagiado una gonorrea! Tras el arreglo judicial de Boston la Puta de bondadosa les ofreció a sus víctimas "consejos y orientación espiritual". ¡Querrían seguir echándoselos ya de creciditos! Desde 1990 la arquidiócesis de Boston lleva pagados ciento diez millones de dólares por concepto de estas demandas desconsideradas que la están poniendo al borde de la quiebra, y su arzobispo el cardenal Bernard Law tuvo que renunciar dizque por encubrimiento dizque de los malhechores dizque que abusaban dizque de sus víctimas. ¡Cuál encubrimiento, cuáles malhechores, cuál abuso, cuáles víctimas! El sexo es sano. Lo que hay es que enseñárselo pronto a los niños para que lo practiquen con alegría en Jesús y conciencia sana de que obran bien y le hacen el bien al prójimo. El anciano también tiene sus derechos. ¡O qué! ¡Atropelladores de la vejez! ¡Abusadores! ¡Malhechores! ¡Pobre cardenal Law! Es una víctima. No sé por qué la Puta de Roma permitió que lo defenestraran. ¡Gringos hipócritas! Demanden entonces también a los gusanos que se van a tragar a esos niños cuando envejezcan y mueran.

En promedio cada víctima bostoniana recibió noventa y cuatro mil dólares, cifra que a sus abogados se les hizo poco pues, como hicieron ver, entre quince arreglos similares el de Boston era el quinto más bajo. Y le recordaron a la diócesis de Boston que las treinta y seis víctimas de la diócesis de Providence, Rhode Island, habían recibido en promedio doscientos veinticinco mil dólares. Las doscientas cuarenta y tres víctimas de la diócesis de Louisville, Kentucky, en promedio sólo sacaron sesenta y siete mil; y cincuenta y tres mil las ciento setenta y seis de la diócesis de Manchester, New Hampshire. Mucho o poco a mí estas cifras se me hacen escalofriantes. ¡Qué polvos tan costosos los que se están echando estos curitas norteamericanos! En Colombia cualquier cura marica sale del paso con cien pesos y un caldo Maggi. La Puta, en todo caso, estuvo de plácemes con todos estos arreglos. Como dijo el padre Christopher J. Coyne, vocero de la arquidiócesis de Washington: "Admitimos nuestros errores, aprendemos de nuestros errores y haremos cuanto esté en nuestras manos para no repetir nuestros errores". ¿Qué quería decir con ello? ¿Que iban a contratar mejores abogados para salir menos mal librados? Me imagino que sí, porque el "Dejad que los niños vengan a mí" no lo pueden eliminar del evangelio. Es un precepto sublime, lo único que tienen, lo único noble y sensato que dijo Cristo.

Thomas H. Hannigan Jr., abogado defensor de la Puta, está demandando a su vez a las compañías de seguros que la aseguraron por pederastia. Aunque con escaso éxito. Lo más que ha logrado sacarle a una compañía de seguros hasta ahora este abogado son los cinco millones que tuvo que pagarles la Puta en 1992 a más de cien víctimas de un solo curita de la diócesis de Fall River, Massachusetts.

—¿Cinco millones dividido por cien cuánto da?

—Cincuenta mil dólares.

—¡No estar yo tan viejo, compadre, para irme a los Estados Unidos a trabajar de niño!

—Y no sólo eso. Además del dineral querían las víctimas que les hicieran un monumento, al estilo del de los caídos en la guerra de Vietnam.

—¡Qué cabrones!

—Ni tanto si tenemos en cuenta que las ochenta y seis víctimas del padre John J. Geoghan el año pasado se arreglaron con la arquidiócesis de Boston por diez millones.

—¡Diez millones! ¿A cómo viene saliendo entonces por cabeza?

—A ciento dieciséis mil doscientos setenta y nueve dólares por cabeza.

—¡Ni que tuvieran el culito de oro!

—A lo que sí tuvieron que renunciar los querellantes del culito de oro fue a presentar más demandas contra otros curas de otras diócesis.

—Muy justo el trato, compadre, porque la virginidad sólo se pierde una sola vez y un huevo quebrado no lo recompone nadie.

La primera diócesis norteamericana en declararse en bancarrota por la pederastia de sus curas fue la de Portland, Oregón, en julio de 2004, después de haber logrado arreglarse con más de cien víctimas que le costaron cincuenta y tres millones de dólares. Con esta declaración de bancarrota lo que esta diócesis espera salvar ahora de la rapacidad de sus víctimas (que de abusados pasaron ahora a abusadores) son las propiedades, escuelas y fideicomisos de sus parroquias, alegando que los bienes parroquiales son distintos de los diocesanos. A lo cual arguyen los querellantes que la Iglesia católica es una sola entidad, el Vaticano, y que con bancarrota o sin bancarrota de sus diócesis les tiene que pagar. A la quiebra de la diócesis de Portland en julio siguieron las de Tucson en septiembre y Spokane en diciembre. De todos modos en julio de 2005 la de Tucson tuvo que pagar veintidós millones para poder seguir operando.

Pero pasemos a México para que vean qué alzada está la Puta. Onésimo Cepeda y Silva, obispo de Ecatepec, acaba de demandar por setecientos cincuenta millones de pesos (setenta y cinco millones de dólares), argumentando daño moral, al Partido de la Revolución Democrática o PRD porque dijeron de él que "era un mercader de la religión y la política", "un hombre que se caracteriza por sus lujos y privilegios" y "una de las manifestaciones más grotescas y corruptas de la Iglesia católica". Como si no estuviera en la esencia de la Puta mercadear con la religión y como si no llevara dos siglos (desde que cayeron sus protectores los reyes con su derecho divino) metida en política. ¡Lujos y privilegios los del papa! Por lo que a la corrupción se refiere, hay que creerles a los del PRD si ellos lo dicen porque en eso sientan cátedra. Son de lo más corrupto de México. Teólogo de la Universidad de Friburgo, Onésimo es un gordo calvo y barrigón. Como buen lacayo de la Puta, desprecia a los animales y va a las corridas de toros a darles la alternativa a los pichones de torero (por algo la Virgen de la Macarena es la patrona alcahueta de estos criminales). Anda con guardaespaldas como si fuera un mafioso. ¡Quién sabe por qué! Tal vez porque es amigo de los políticos del grupo de Atlacomulco. Es autócrata de hueso colorado como Wojtyla, al que en una foto de periódico que conservo sale lamiéndole la mano: "La Iglesia nunca será democrática porque no es ningún partido político; es jerárquica porque depende del papa y cada prelado es la cabeza de la Iglesia del lugar" dijo cuando metía en cintura al párroco rebelde de Santa Clara, que no se sometía a su autoritarismo y cuya parroquia le quitó a las malas prohibiéndole oficiar misa. Y concluye: "De esta forma se salvó el principio de autoridad de la Iglesia. De romperse ya no habría autoridad, cualquier pueblo me hace un mitin de este tipo y yo tengo que cambiar al cura párroco. Eso no va a ser porque este obispo no es un pelele". ¡Claro que no! Él es muy macho y come carne, que va digiriendo en sus episcopales tripas. Los instrumentos musicales de viento son monódicos y como tales sólo pueden emitir un sonido a la vez. Él no porque es el hombre doble: José Onésimo Daniel Cepeda y Silva cepeda y silva en un solo acorde.

Más corruptos que los del PRD son los priistas del grupo de Atlacomulco encabezados por el profesor Hank González, que de maestro rural pasó a funcionario del PRI (Partido Revolucionario Institucional) y a construir un imperio que en 1993 según la revista *Forbes* iba por los mil trescientos millones de dólares. El arzobispo primado de México cardenal Norberto Rivera Carrera dijo de él, en la misa de cuerpo presente que ofició en la catedral cuando murió: "Encomendamos a la misericordia de Dios a nuestro hermano Carlos que fue buen administrador y no sólo supo cuidar y desarrollar los talentos que el Señor le dio sino multiplicarlos. Que el Señor le tome en cuenta todos sus trabajos y le dé la recompensa eterna". México es el país más corrupto de la tierra y nuestro hermano Carlos el más corrupto de México. Amigo de sus amigos y socio de sus socios solía decir que "Un político pobre es un pobre político". En cuanto al bondadoso y apuesto cardenal Rivera, en el último cónclave, en que él participó, descartaba que lo eligieran papa. "La Iglesia gracias a Dios —decía— tiene riqueza de cardenales". "¿Y qué nombre escogería en caso de que lo eligieran?" ¡Pues el suyo de pila, Norberto I, el primer papa maya! "¿Cuánto durará este cónclave?" le preguntan. Y él responde: "Nadie puede saberlo. Creo que el Espíritu Santo ya lo sabe pero aún no nos lo ha dicho". Y se va porque ahora tiene que "encerrarse".

—¿Con quién?

—Pues con los otros purpurados.

—¿Y a qué?

—Pues a elegir papa.

Y termino este interludio mexicano con el cardenal Juan Jesús Posadas Ocampo, muerto a tiros por la gracia de Dios el 24 de mayo de 1993 en un oscuro incidente de narcotráfico en el aeropuerto de Guadalajara cuando se dirigía a recibir al Nuncio Apostólico de Su Santidad monseñor Girolamo Prigione. La versión oficial fue que se desató una balacera entre dos bandas rivales de narcotraficantes y que en la confusión lo mataron. Sólo que una testigo declaró que antes de que llegara el cardenal oyó detrás de una puerta de vidrio en el aeropuerto unas voces que decían: "Por bocón nos vamos a chingar al cardenal". Catorce tiros le pegaron, como en corrido norteño, a quemarropa para no fallar. Le quitaron un sobre amarillo tamaño oficio que traía y el pectoral, que es la cruz que les cuelga del pecho a estos prelados. Su sucesor el cardenal Juan Sandoval Íñiguez ha sostenido reiteradamente que el cardenal Posadas no murió por accidente sino que fue víctima de un crimen de Estado porque tenía información que pensaba divulgar sobre los nexos del gobierno de Carlos Salinas de Gortari con el narcotráfico. Podría ser. Pero qué coincidencia entonces que al cardenal Sandoval Íñiguez hoy la fiscalía mexicana lo esté investigando por lavado de dinero proveniente del narcotráfico. Hombre bronco y malgeniado, de modales hoscos, este ensotanado jalisciense que manda sobre cuatro obispos y mil trescientos curas de ochocientas iglesias, y que es doctor en teología dogmática de la Universidad Gregoriana (¿no sobrará el "dogmática"?), les ha declarado a los periodistas que él recibe limosnas de donde vengan pues tratándose de la caridad para él no hay dinero sucio. Que sucio es el papel higiénico cuando se usa. Amén de narcotráfico lo han acusado de tener nexos con las mafias de los juegos de azar y de otros negocios sucios, y de complicidad en la estafa por tres millones trescientos mil dólares a cientos de sus propios feligreses, en su mayoría mujeres pobres a las que la asociación civil Jubileo Roma 2000 les vendió con su aval y por cuotas un viaje a Roma donde las iba a recibir Juan Pablo II en audiencia privada. Las "iba" porque el viaje y la audiencia se los birlaron, el año 2000 ya pasó y el Santo Padre se murió. ¡Hoy a estas beatas tontas jaliscienses las está esperando Wojtyla para recibirlas en pelota y en audiencia privada entre las nubes del cielo! Y a los periodistas les dice el cardenal Sandoval Íñiguez que "Se necesita no tener madre para ser protestante". Que no le interesa el cargo de papa. Que piensa, eso sí, proclamar presidente de México a su jardinero. Ah, y se me olvidó decir de Wojtyla que acometido de una diarrea imparable esta cotorra polaca excretó en vida (amén de las encíclicas, exhortaciones, cartas papales, mensajes consistoriales, documentos y constituciones) dos mil cuatrocientos discursos en su mayoría de carácter político y en más lenguas que las que se hablaron en la torre de Babel. Un ejército de periodistas lo seguía día y noche a donde iba, como una jauría de perros a una perra en celo. Pero no, él no era una hermosa perra en celo: era una hermosa cotorra políglota.

Porque han de saber mis lectores que no soy de los que insultan con nombres de animales pues los amo. Yo no soy como Cristo, que trataba a Herodes de "zorro" y a los escribas y fariseos como "serpientes" y "raza de víboras". Ni como los Doctores y Padres de la Iglesia que vinieron luego a seguir su ejemplo. San Atanasio llamaba a los arrianos "serpientes" y "escarabajos". San Agustín llamaba a los donatistas "ranas" y a los judíos "víboras" y "lobos". San Hilario de Poitiers decía que los judíos "no son hijos de Abraham sino de la estirpe de la serpiente", y a los idólatras los llamaba "rebaño de reses" y "bandada de cuervos". San Juan Crisóstomo consideraba a los judíos "peores que los cerdos, los machos cabríos y todos los lobos juntos", a la sinagoga la llamaba "cubil de bestias inmundas" y a los herejes "perros que ladran". San Efrén (del que ya dije que de niño mató a una vaca a pedradas) llamaba a los judíos "lobos sanguinarios" y "cerdos inmundos", a los partidarios de Marción "hijos de serpiente", y a los seguidores de Mani "piara de cerdos". San Jerónimo, el de la Vulgata, la traducción más famosa de la Biblia al latín, llamaba a los herejes "asnos de dos pies", a Vigilantius "perro viviente", a Lupicino "asno" y "perro corpulento de raza irlandesa bien cebado", a Orígenes "cuervo" y "pajarraco negro como la pez" y a Rufino "escorpión", "tortuga que gruñe" e "hidra de numerosas cabezas". San Ambrosio juzgaba las opiniones de Joviniano "ladridos de perros", y Teodoreto, obispo de Ciro, llamaba al patriarca Jorge de Capadocia "lobo", "oso" y "pantera". San Gregorio Nacianceno llamaba al emperador Juliano "cerdo que se revuelca en el fango", San Efrén lo llamaba "lobo", "cabrón" y "serpiente", y Eusebio, el primer historiador de la Iglesia, lo llamaba "perro rabioso", que es como San Ignacio de Antioquía llamaba a los cristianos que se le oponían, amén de "lobos que se fingen mansos". San Pablo llamaba "perros" a los dirigentes de la comunidad cristiana de Jerusalén y poco le faltó para incluir a San Pedro entre "los que orinan contra la pared" (perífrasis de Lutero en su traducción al alemán de la Biblia). Tertuliano llamaba a los herejes "lobos insaciables" y San Epifanio de Salamina "víboras de variadas especies". Es que la Puta, que es más mala que Mahoma, desprecia como éste a los animales y no se apiada de su suerte.

Pero no, más malo que este asaltante de caravanas que resolvió proclamarse el Mensajero de Alá no hay nadie. Cruel, traidor, taimado, mentiroso, rencoroso, inescrupuloso, lujurioso, torturador, impostor, bellaco, inhumano, sanguinario, deshonesto, innoble, abyecto, asesino, polígamo, pederasta, déspota, puso a rezar a sus secuaces prosternados hacia La Meca cinco veces al día con el culo al aire y les reguló hasta los más mínimos detalles de la vida diaria: cómo comer, cómo rezar, cómo copular, cómo escupir, cómo orinar, cómo excretar, y les lavó el cerebro a unos mil, que en catorce siglos de multiplicación tremebunda se han convertido en mil quinientos millones que por donde pasan arrasan. ¡Qué raza más nociva y paridora, más rencorosa y envidiosa, más podrida de odio y mala! Nos cuenta Malik ibn Anas en su *Al Muwatta*, la compilación de leyes más antigua del Islam, que Abdullah ibn Umar dijo: "Me subí al techo de una de nuestras casas y vi al Mensajero de Alá (que Alá bendiga y le conceda la paz) en cuclillas encima de dos ladrillos sin cocer haciendo sus necesidades cara al Bayt al Maqdis". Y luego nos cuenta que Said ibn al Musayab dijo: "El Mensajero de Alá (que Alá bendiga y le conceda la paz) oró mirando hacia el Bayt al Maqdis por dieciséis meses después de llegar a Medina, pero luego, dos meses antes de la batalla de Badr, se cambió la *kebla*". Y así fue, en efecto. La *kebla* es la dirección en que tienen que rezar los musulmanes, y Bayt al Maqdis es Jerusalén. Como los judíos (de quienes tanto tomó, empezando por el Pentateuco) se negaban a reconocerlo como profeta, Mahoma resolvió entonces, dando un giro de ciento ochenta grados, cambiar la *kebla* de Jerusalén a la Kaaba de La Meca y se inventó una revelación en que Alá le ordenaba el cambio. "Anoche —les dijo un fulano a unos que rezaban en Quba— le fue enviada otra parte del Corán al Mensajero de Alá (que Alá bendiga y le conceda la paz), ordenándole que rezara mirando hacia la Kaaba, así que dense la vuelta". A partir de entonces la cara del musulmán de Medina que reza mira hacia La Meca, y el trasero hacia Jerusalén.

La *kebla* es importantísima para esta horda de brújulas excretoras, de asesinos rezanderos que destilan hiel de odio por sus fauces verdosas: copulan mirando hacia la *kebla*, paren mirando hacia la *kebla*, los entierran mirando hacia la *kebla*. Y a los animales, mis hermanos, ¡los matan mirando hacia la *kebla*! No han tenido un Siglo de las Luces, ni una Revolución Francesa, ni una Declaración de los Derechos del Hombre. No respetan a las mujeres ni a los animales, mezclan la religión y el Estado, se arrodillan ante los déspotas, rezan cinco veces al día, han invadido a Europa y a los Estados Unidos de mezquitas y le están robando a Occidente la tecnología nuclear para imponernos a las malas, como paradigma de lo humano, las bellaquerías de su Profeta. El mahometismo es una chusma hipócrita, asesina, rezandera, una falsa religión. Después de mil cuatrocientos años siguen en las tinieblas medievales, de las que ya salimos a contracorriente de la Puta, gracias a Dios, pero a las que nos quieren hacer volver. Poseída por el demonio de la paridera la horda proliferante musulmana hoy se empeña en tener armas nucleares y yo pregunto para qué. ¿Para qué, si tienen la vagina atómica? De mil que eran cuando murió Mahoma, hoy son mil quinientos millones.

Ah malnacido Wojtyla, alimaña de obtusa testa. Hasta que te moriste hiciste el mal. Cuando los demonios te tiraban de las patas hacia el averno para aplicarte en su último círculo la justicia de Dios, todavía te empeñabas en que incluyeran en la Constitución Europea la expresión "civilización cristiana". ¡Cómo va a haber una civilización cristiana, eso es un oximoron! El cristianismo es obcecación, cerrazón, barbarie. Como el Islam. Los dos grandes fanatismos semíticos sólo han traído sufrimiento y oscuridad a la tierra. ¡Qué religiones van a ser! ¡Qué civilizaciones! Civilización la griega, y religiones el hinduismo, el budismo, el jainismo, que respetan a todos los seres vivos y no tratan de imponer verdades. Una de las primeras biografías de Mahoma escritas en Occidente es la de Sir William Muir, *Life of Mahomet*, publicada entre 1856 y 1861 en cuatro volúmenes y basada en las fuentes musulmanas originales pero de una historicidad rigurosa. Su conclusión es ésta: "La espada de Mahoma y el Corán son los más empecinados enemigos de la civilización, la libertad y la verdad que haya conocido el mundo".

Claro que algo bueno se ha dado en el Islam. Pero en oposición a su infamia consubstancial. Pienso en el poeta al-Maarrí, uno de los más grandes de la lengua árabe, que veía la reproducción como un pecado y la muerte como el simple hecho de dormirse; que prefería la cremación de los hindúes al entierro de los mahometanos; que escribía con desprecio de los ulamas o clérigos musulmanes; que afirmaba que Mahoma no tenía el monopolio de la verdad; que era vegetariano y rechazaba el consumo de carne y productos animales; que sostenía que ninguna criatura viva debía ser herida o dañada en modo alguno, que los animales sentían el dolor y que era inmoral infligirles un daño innecesario o matarlos; que repudiaba el uso de sus pieles y les reprochaba a las favoritas de la corte que las llevaran; que consideraba absurdo ir a La Meca en peregrinación a besar la piedra negra de la Kaaba; que se asombraba de que los cristianos creyeran que Dios había sido torturado, escarnecido y crucificado, y que los judíos pretendieran que al Ser

Supremo le gustaba el olor de la carne asada; que observaba que los hombres aceptan la religión de los padres por la fuerza de la costumbre y por su incapacidad de distinguir lo verdadero de lo falso; que veía los libros sagrados como un montón de cuentos necios y de documentos espurios atribuidos a apóstoles de los que se pretendía que habían sido inspirados por Dios; que consideraba al mahometismo, al cristianismo y al judaísmo falsos y podridos hasta la médula, a sus clérigos como unos hipócritas ávidos de poder y de riquezas, y a sus fieles como unos necios que aceptaban dócilmente lo que aquéllos les decían que tenían que creer. Ridiculizó todos los dogmas del Islam y en su libro en prosa rimada *Al Fusul wa al ghayat,* una serie de comentarios irónicos sobre la naturaleza del hombre pero con la apariencia de exhortaciones piadosas, muchos han visto una parodia del Corán. Nació en el 973 en Maarrat, Siria, y de niño se quedó ciego por la viruela; estudió en Alepo, Antioquía y Trípoli y pasó unos meses en la corte de Bagdad, para acabar volviendo a su ciudad natal donde vivió los siguientes cincuenta años hasta su muerte acaecida en el 1057. Una máxima suya que quería que le inscribieran sobre su tumba a modo de epitafio presidió su vida ascética y compasiva: "Esta injusticia que me hizo a mí mi padre nunca se la haré a nadie". Pero como Abul Alá ibn Abdallah al- Maarrí no hay muchos, ni dentro del Islam ni por fuera. Al-Maarrí era un hombre de alma grande, y la humanidad en su conjunto es mierda.

Muy lejos de la nobleza de al-Maarrí, pero digno de recordarse, es Abu Nuwas (762-*c*814), el más grande poeta árabe, gran amante del vino y los muchachos, que inspiraron sus poemas. Aparece en incontables episodios cómicos de *Las mil y una noches* y se hizo célebre por su inmoralidad, ebriedad y blasfemia, sus tres virtudes teologales. Lo encarcelaron varias veces y poco faltó para que lo ejecutaran por *zindiq* o hereje. De él se cuenta que entró borracho a una mezquita en el momento en que el imán decía el primer versículo del sura 109: "Decid, oh, incrédulos…" Y Abu Nuwas gritó: "¡Aquí estoy!" Cuando la turba lo iba a linchar le mostraron un retrato de Mani, el del maniqueísmo, para que lo escupiera: se metió el dedo en la garganta y le vomitó encima. Salió impune, libre, a seguir disfrutando de la vida, su vino y sus muchachos. No así otros heterodoxos iluminados del Islam que no corrieron con su suerte y fueron ejecutados por *zandaqa* o herejía. El primer mártir del Islam fue Djad Ibn Dirham, ejecutado en el 742 por órdenes de Hisham, el penúltimo califa omeya, por negar los atributos divinos y creer en el libre albedrío. Sus seguidores consideraban a Mahoma un mentiroso y negaban la resurrección.

Pero la persecución de los *zindiq* sólo empezó en serio bajo el segundo de los califas abásidas, al-Mansur, que mató a muchos, siendo el más famoso Ibn al-Muqaffa, a quien ejecutó en el 760 por censurar al Islam, su concepto de Dios y su profeta: le fueron cortando uno a uno los miembros, que iban echando al fuego. Bajo al-Mahdi y al-Hadi, los sucesores de al-Mansur, la represión y las ejecuciones aumentaron en ferocidad y se nombraron magistrados especiales para perseguir a los herejes bajo las órdenes de un gran inquisidor, el Sahih al-Zanadiqa. Bastaba un simple rumor para que el inquisidor enjuiciara de inmediato al sospechoso. Los *zindiqs* eran arrestados en masa e interrogados. Si abjuraban los liberaban. Si no, los decapitaban, crucificaban o estrangulaban, y sus libros eran cortados en trocitos. Un anticipo ni más ni menos de la Inquisición cristiana. A Ibn Abi-l-Awja, que se preguntaba por qué, si Dios era tan bueno, había entonces catástrofes y epidemias, lo ejecutaron en el 772. Poco antes de morir confesó que había inventado más de cuatro mil *hadith* (dichos y hechos de Mahoma que constituyen una de las principales fuentes de la ley islámica), para prohibirles a los musulmanes lo que les estaba permitido y viceversa. Para ponerlos a ayunar, por ejemplo, cuando no venía al caso, o a comer cuando no debían. Sostenía que el mundo era eterno, con lo cual salía sobrando el Creador, y tachaba de mentirosos a Abraham, José y demás profetas que menciona el Corán. A Bashshar ibn Burd, ciego de nacimiento y misántropo, que remedaba borracho la llamada del muecín a la oración y se burlaba de las peregrinaciones a La Meca y de la naturaleza milagrosa del Corán, que negaba la resurrección y el juicio final y creía en la transmigración de las almas, lo acusaron de herejía y en el 784 lo arrojaron a un pantano. Éstos son los verdaderos mártires del Islam, los que mató esta barbarie criminal disfrazada de religión, y no los suicidas asesinos de nuestros días que vuelan torres en su nombre camino al jardín de las delicias de Alá donde los esperan no sé cuántas *huríes* o vírgenes hembras que van a estuprar día y noche sin quitarles la virginidad.

¡Claro que el Islam le ha dado grandes hombres al mundo! Pienso en el poeta al-Mutanabi, cuyos versos desilusionados nos muestran a la humanidad encadenada a la ignorancia, la estupidez y la superstición, de las que sólo la muerte podrá librarla. Pienso en los librepensadores de Basra como Qays ibn Zubayr que negaba la existencia de Dios, o al-Baqili que negaba la resurrección, o Ibrahim ibn Sayaba que proclamaba la pederastia como la primera ley de la *zandaqa*. Pienso en Ibn al-Rawandi que desenmascaró en sus obras a Mahoma, la revelación, las profecías, los milagros, los dogmas religiosos, la *hadith* y toda la *sharia* o ley islámica, y para quien el Corán, lejos de ser el libro inimitable y milagroso según todos proclamaban, era una obra literaria menor, confusa, incomprensible, sin valor práctico alguno y ciertamente no revelada. Al-Rawandi rechazaba la posibilidad de una respuesta racional satisfactoria al asunto de la existencia de Dios, al que se dirigía en estos términos, citados por al-Maarrí: "Les repartiste los medios de subsistencia a tus criaturas como un patán borracho. Si fuera un hombre el que hubiera hecho ese reparto le diríamos: 'Nos estafaste. Vamos a darte una lección'". ¿En qué lección estaría pensando al-Rawandi? ¿En una buena tunda en las nalgas al Creador?

Y Abu Bakr Muhammad ibn Zakariya al-Razi, nacido en Ray, cerca a Teherán, en el 865, y muerto en esa misma ciudad en el 925, cuyas críticas a la religión fueron las más virulentas del Islam y de toda la Europa medieval. Químico, médico y autor de una enciclopedia de la medicina griega, siria y árabe, *al-Hawi* o *Liber continens*, famosísima en Occidente, al-Razi desafió toda autoridad en los múltiples campos que ocuparon su atención. ¡Fue capaz de escribir, en el mundo musulmán, un tratado de ética sin referirse una sola vez a los dichos de Mahoma ni al Corán! A este libro nefasto lo veía como un revoltijo de "fábulas absurdas e incoherentes", se le hacía una ridiculez que lo juzgaran como una obra inimitable siendo así que su estilo, su lenguaje y su tan cacareada elocuencia estaban llenos de fealdades y torpezas, y en dos libros heréticos que escribió daba rienda suelta a su hostilidad para con los profetas, esos "chivos de barbas largas escupidores de mentiras", y para con el fraude de los milagros y las religiones reveladas. Las llamadas "sagradas escrituras" se le hacían despreciables y de ellas afirmaba que sólo habían hecho el mal; pugnaba por una sociedad libre del terror religioso y de la tiranía de los clérigos; y denunciaba los estragos de las religiones, causa de las más sangrientas guerras que habían asolado a la humanidad.

En lo que sí no creo es en el cuento de la ciencia islámica. ¿La medicina? ¡Cuál medicina, qué curaron! ¿Las matemáticas? Las matemáticas no son ciencia, son los engaños de dos rayitas, el signo igual, una ociosidad fea y aburrida. ¿Y la teología? La teología es el estudio del que no existe: un Viejo rabioso y malo que brota del cerebro de degenerados como Ratzinger cual un hongo venenoso. Inmenso mal

le han hecho los árabes a la humanidad al haber preserva-
do a Aristóteles, el más grande payaso de la antigüedad, que
de todo habló y nada supo. Como nuestro Ortega y Gasset,
vaya, que en paz descanse (si es que al cristiano lo dejan en
los infiernos descansar en paz). La escolástica adoptó a
Aristóteles como el faro de sus desvelos, y junto con él a sus
comentadores árabes Avicena y Averroes. Pero no, ahí no
hay más que verborrea fangosa. Todo lo que huela a escolástica huele mal. Tomás de Aquino exhala vapores de al-
cantarilla mefítica, ponzoñosa. En cuanto a Ratzinger, ¡qué
gran metida de pata la que acaba de dar este teólogo! Le
tocó la cola a la avispa mahometana y por poco no lo em-
ponzoñan. En Somalia le acaban de matar a sor Leonella,
una monja. Y donde no esté enmurallado en el Vaticano y
protegido por la Guardia Suiza y el ejército italiano, también se lo echan. ¡Quiera Alá! Porque este hombrecito es
dañino y malo como Wojtyla o como Jomeini. ¡Ah tripleta
de santurrones criminales, azuzadores de la paridera! Si
existen ustedes, ¿dónde está Dios? En una conferencia reciente en Ratisbona Ratzinger acaba de citar estas palabras
del emperador bizantino Manuel II Paleólogo, dichas hacia
1394 a un sabio persa a propósito de la *jihad* o guerra santa
musulmana: "Muéstrame qué trajo de nuevo Mahoma y ve-
rás que nada bueno, sólo cosas malas e inhumanas, tales
como su orden de propagar por la espada la fe que predicaba". ¡Más le valía a Ratzinger no haber nacido! Al día siguiente salió la turbachusma musulmana como salen las
avispas toreadas a defender el avispero. En Gaza, en Cisjor-
dania, en Turquía, en Afganistán, en Pakistán, en Irán, a
todo lo largo y ancho de los vastos dominios de Satán los
esbirros y secuaces del *Iblis* Mahoma maldecían, pataleа-
ban, vociferaban, excretaban y les salía babaza verde por las
fauces. ¡Ay, qué miedo! Toco madera. ¡Tan! ¡Tan! En Irán el
ayatola Jatami declaró que las palabras del papa daban
prueba de su ignorancia sobre la tolerante religión musul-

mana. ¿Ignorancia? ¿Tolerancia? ¿El ignorante y el intolerante no será más bien él, este santón bellaco? Es cierto que el versículo 257 del sura 2 del Corán dice: "No se puede imponer la religión por la fuerza". Pero éste es un versículo de cuando Mahoma era una mansa paloma sin ningún poder y fue abolido por otros posteriores, de cuando sí lo tenía y se había vuelto un halcón sanguinario, como el versículo 5 del sura 9 que dice: "Mata a los infieles donde los encuentres". O el versículo 12 del sura 8 que dice: "Yo sembraré el terror en los infieles y vosotros cortadles las cabezas". O el versículo 37 del sura 5 que dice: "A los que les hacen la guerra a Alá y a su Profeta mátalos, crucifícalos, córtales las manos y los pies". O el versículo 4 del sura 47 que dice: "Cuando encuentres infieles mátalos y haz con ellos una carnicería". ¡Qué! ¿Es que no entienden estos musulmanes bestializados cuando repiten de memoria como loros el Corán? ¿No saben acaso que un versículo posterior anula los anteriores que lo contradigan porque ésta es la forma de proceder de Alá, el clemente y misericordioso? Turbamulta asesina, chusma malnacida, excremento del Profeta, ¡me habéis matado a la monjita sor Leonella que era más buena que la madre Teresa! Pero volviendo a Manuel II Paleólogo, sigue con su cuento Ratzinger: "El emperador pasa a explicar en detalle las razones de por qué propagar la religión por la violencia no es aceptable. La violencia es incompatible con la naturaleza del alma y de Dios". ¿E Inocencio III qué? ¿Y las cruzadas? ¿Y la esclavización de América? ¿Y la quema de brujas? ¿Y la Inquisición? ¡Ah cabrón travestido, eres más malo que ayatola!

El Corán es un libro desarticulado y pernicioso y la *jihad* que predica es su esencia y el motor del Islam. Sin *jihad* nunca la humanidad habría conocido esta plaga. ¿O por qué creen que en pocos años unas bandas de asaltantes de caravanas que excretaban a la intemperie y se limpiaban con hojas de palmera conquistaron medio mundo? Para el 632, cuando murió Mahoma, ya dominaban toda la península arábiga. Para el 650 se habían extendido a Mesopotamia, Persia, Siria, Líbano, Palestina y Egipto. En el 670 conquistaron a Túnez, en el 705 a Cartago, en el 711 cruzaron el estrecho de Gibraltar, se apoderaron de media península ibérica y avanzaron hasta el sur de Francia donde el rey franco Carlos Martel los detuvo en el 732 en la batalla de Poitiers. Pero si por el Occidente los detenían, por el Oriente continuaban su avance: para el 712 ya se habían adueñado de Pakistán y llegaban al delta del Indo. En el 751 tomaron a Samarkanda y a Uzbekistán. Y así. Ante el avance de esta turba endemoniada, de esta máquina enfurecida de matar y sojuzgar iban cayendo el África subsahariana, el subcontinente indio, el sureste asiático, Constantinopla y parte de los Balcanes. Hasta las puertas de Viena llegaron. Hoy los tentáculos del pérfido Profeta se extienden desde Senegal hasta Indonesia: cincuenta y dos países de mayoría musulmana a los que pronto habrá que sumar a Francia, Inglaterra, Alemania, Italia, España, Holanda y los Estados Unidos. Y para que estas víctimas candorosas reviertan a su primigenio estado de libertad, ay, es más fácil rearmar un huevo quebrado. Ah, y no se les olvide que el buen musulmán no come carne de cerdo, no bebe alcohol, no pinta la figura humana en cuadros, va en peregrinación a La Meca al menos una vez en la vida, ayuna todo el mes del Ramadán, reza cinco veces al día y lo más que tiene son cuatro mujeres, todas sin alma. Para efectos del alma la mujer musulmana es como una mesa, pero con dos patas. Amén de lo anterior el seguidor de Mahoma es también homosexual aunque sin serlo. Es una especie de ortodoxo heterodoxo ambidextro.

—Ah, qué bueno porque así tienen muy ampliadas las fuentes del placer. ¿Y pueden montar en bicicleta?

—¡Pero claro! Y en camello.

Los anzuelos infalibles de Mahoma para pescar secuaces no fueron la bondad, la caridad o la piedad, virtudes ajenas a este perpetrador de infamias. Fueron el botín, el saqueo, la rapiña, más el dominio de las poblaciones sojuzgadas, fuente inagotable de impuestos, de cautivos y de esclavos para que el árabe zángano, acostumbrado a no trabajar, no tuviera que violentar su esencia. Y para los caídos en combate la promesa de un harén bien surtido de huríes o vírgenes hembras que los esperan, con las piernas abiertas y un olor de azahar, en el jardín de las delicias (como llaman remilgadamente al gran burdel de Alá). No bien lo repudiaron en La Meca y llegó a Medina en el 622, año de la hégira, el comerciante Mahoma pasó a ser cabecilla de bandidos. Él mismo presidió los tres primeros asaltos, por lo demás fallidos, a las caravanas que iban de La Meca a Siria. En el cuarto, en Nakhla, sus hombres vencieron a los de La Meca atacándolos a traición en el mes sagrado, cuando estaba prohibido el derramamiento de sangre. Para justificar la profanación Mahoma se inventó el versículo 214 del sura 2 que dice: "A los que te interroguen sobre la guerra y la carnicería en el mes sagrado diles que es pecado grave, sí, pero que es mucho más grave la idolatría y apartarse de la senda de Alá". Y pese a que esa vez no había estado presente en el asalto, se embolsó la quinta parte del botín y cobró un rescate de cuarenta y cinco onzas de plata por cada prisionero. Asi quedó establecido su *modus operandi* para las siguientes expediciones de rapiña y sus atropellos a las tribus judías de Medina que fue expulsando una a una de la ciudad para apoderarse de sus bienes hasta que sólo quedaron los Banu Koreidha, cuyos hombres masacró, cuyas mujeres y niños vendió como esclavos y cuyas posesiones se repartió con sus secuaces. En su biografía de Mahoma Muir nos cuenta con detalle esta carnicería que se prolongó por un día y buena parte de la noche y que dejó el mercado de la ciudad inundado con la sangre de setecientos u ochocientos judíos. El actual presidente de Irán, Mahmoud Ahmadinejad, que niega el holocausto de la Segunda Guerra Mundial, ¿también negará esta matanza de judíos a manos de su Profeta? En una entrevista para *Der Spiegel*, a la pregunta "¿Todavía sigue creyendo que el holocausto no es más que un mito?", este lameculos de ayatola contestó: "Sólo acepto algo como verdad si estoy convencido de ello". Lo cual es una prueba irrefutable de dos cosas: una, la existencia de Alá; y dos, que Ahmadinejad vio las películas mexicanas de Cantinflas. El sanguinario y lujurioso Profeta dejó el horrendo espectáculo de la carnicería de los últimos judíos de Medina para irse a gozar de la judía Riahan, cuyo marido y todos sus parientes hombres acababan de ser asesinados "en nombre de Alá el clemente y misericordioso", como dicen al comienzo todos los suras del Corán. Y a propósito, los versículos 26 y 27 del sura 33 le fueron dictados en esa ocasión a Mahoma. Dicen: "Alá ha hecho salir de sus fuertes a los judíos sembrando el terror en sus corazones. Habéis matado entonces a muchos de ellos y a los otros los habéis reducido al cautiverio. Así Alá el omnipotente os ha hecho herederos de sus casas y riquezas y de un país que no habíais hollado hasta entonces con vuestros pies". Pues sí, muy bien dicho, "herederos", habida cuenta de que los acababan de matar. Es condición *sine qua non* para heredar el que haya un muerto.

Pero volvamos a Benedicto. ¿Cuántos años le quedarán de vida y gozo a este anciano? ¿Cinco? ¿Diez? Cinco o diez que se pasará pidiéndoles perdón a los mahometanos por la verdad que les dijo y por las muchas que calló pero que le leyeron en su mente transparente. Los mahometanos saben muy bien lo malos que son. ¡Pero ay del que lo diga o lo piense! No perdonan. Yo porque soy un irresponsable y estos libros míos circulan poco. Además "por la verdad murió Cristo", como dicen mis paisanos colombianos, muy buenos para ir a misa y robar, para rezar y matar. ¡Más peligrosos que turco con cimitarra y más ladrones que el ladrón de Bagdad!

Occidente de todos modos caerá, con sus ilusos sueños

libertarios. O lo vuelve la Puta al medioevo, o lo vuelve el Islam. Con la vagina atómica de esta horda alucinada no compite nadie. ¡Ni poniendo el papa a parir a sus monjas! Demos esta empresa por perdida y en tanto nos hacen papilla sigamos regurgitando el pasado por ociosidad, pues aunque dicen que la Historia es *magistra vitae* de ella nunca habremos de aprender nada. Antes de Mahoma en la península arábiga reinaban la desunión y la discordia y los árabes se mataban unos con otros: él los puso de acuerdo uniéndolos contra el resto de la humanidad. Haciendo un balance de la vida de este gran bellaco sus apologistas occidentales (alcahuetas que nunca faltan para justificar en nombre de los tiempos y de las costumbres todos los crímenes) lo consideran un político astuto, un gran legislador, un soberbio diplomático y un brillante estadista. Lo que quieran, pero ante todo es un asesino que dejó una herencia de sangre. ¡Qué más da poner a la gente a rezar cinco veces al día mirando hacia La Meca! También los habría podido poner a rezar diez veces mirando hacia Mindanao y Palauán, por donde anduvo Sandokán, el tigre de la Malasia. En fin, el gran invento de ese bellaco fue la guerra santa o *jihad*, cuyo fruto inmediato fue evitar que los árabes se siguieran matando unos con otros al encauzar las energías asesinas de esta raza zángana contra el resto de la humanidad, nosotros, los perros infieles que echamos azadón de sol a sol. No bien murió el brillante estadista y estallaron entre los suyos las luchas por la sucesión, con el resultado de que el segundo, el tercero y el cuarto califa (Umar, Utmán y Alí) murieron asesinados, como papas. Como nuestro Albino Luciani, vaya, a quien entre los del Banco Vaticano y la Curia se lo despacharon a la gloria de Dios con una sobredosis de un hipertensor: le pusieron el corazón a trepidar como locomotora de carbón, de ésas que iban diciendo en mi niñez, *in illo tempore*, "U-uuu-uuuuuu...", meneando vagones como putas las nalgas mientras soltaban ráfagas de humo por el paisaje virgen de smog. Hoy en la llamada Arabia Saudí los sucesores del Profeta son unos reyezuelos zánganos, tiránicos, polígamos, que con tecnología occidental usufructúan el petróleo que no produjeron, pues éste es obra de la descomposición de plantas y animales en las profundidades de la tierra durante doscientos millones de años. Su secta es la wahabí, que se cuenta entre las más cerriles del Islam. Uno de estos reyezuelos sauditas wahabitas, Faisal, fue asesinado en marzo de 1975 por un sobrino. ¡Qué alegría la que me dio! Tanta como los mil cuatrocientos peregrinos musulmanes que murieron en julio de 1990 durante su peregrinación a La Meca tras el pánico "sembrado en sus corazones" por Alá "el clemente y misericordioso" que los puso a correr en estampida. E igual cuatro años después, pero menos: sólo doscientos setenta. Como los gusanos brotan de los huevos de las moscas puestos sobre la carne en putrefacción, así del wahabismo saudita nos viene la bendición de Osama bin Laden. ¡Alá es grande y Mahoma su profeta! También el Dios de los cristianos es muy bueno para matar fieles en sus iglesias cuando le da por temblar. Lo peor que puede hacer un cristiano cuando tiembla es meterse a una iglesia a rezar. ¿Tiembla? ¡Corra! A la catedral de Manizales, Colombia, el Padre de Jesús, Yavé, le tumbó en un temblor las dos torres y mandó al cielo a varias beatas y parroquianos rezanderos.

Pero volvamos a la Puta, a su Cristo inventado cuyo idioma, según el consenso actual del rebaño, fue el arameo. Sin embargo todavía en 1648 el jesuita Inchofer sostenía que lo que Jesús habló fue latín y que no pudo usar otro idioma de la tierra pues el latín es la lengua que hablan los santos en el cielo. Por esos años el protestante Vossius sostenía que lo que habló Jesús fue griego, tal vez por razones apologéticas pues así nadie podía decir que los sermones y las palabras de Jesús se falsearon al ser traducidas del idioma en que hubiera hablado al griego, en que están escritos los evangelios. Vale decir que si Cristo murió en el año 33, mil seiscientos largos años después todavía la cristiandad no sabía en qué idioma había hablado. La carta de Jesús a Abgarus toparca de Edesa que aquí he transcrito tomándola de la *Historia eclesiástica* (1,13) de Eusebio ¿nos lo podría aclarar? Sostiene Eusebio que la ha encontrado en los archivos de Edesa y que la ha traducido al griego "palabra por palabra del siriaco". ¿Eso que Eusebio llama "siriaco" era la lengua de Jesús? ¿O es que Jesús hablaba varias lenguas y era políglota como papa? En esa misma *Historia eclesiástica* (3,39) Eusebio cita a Papías, quien hablando de los dichos de Jesús dice que Ματθαιος μεν ουν Εβραιδι διαλεκτω τα λογια συνεταξατο (Mateo recopiló los dichos en dialecto hebreo). ¿En qué quedamos? ¿Cristo habló en hebreo o en siriaco? Hoy los eruditos leen "arameo" donde Eusebio escribió "siriaco" y donde Papías escribió "dialecto hebreo".

La primera vez que se alude a la lengua aramea es en la Biblia, en 2 Reyes 18:26: "Eliaquim, Sebná y Joás le respondieron al copero mayor: 'Por favor, háblanos en arameo, que entendemos, pero no nos hables en judío delante de toda esa gente que está arriba en las murallas'". Lo que pasa es que donde el texto hebreo decía "aramit" la Septuaginta tradujo al griego συριστι y la Vulgata de San Jerónimo tradujo al latín *syriace* (o sea "siriaco" en ambos casos); y hoy lo traduciríamos como "arameo". Y donde el texto hebreo decía "yeudit", la Septuaginta tradujo Ιουδαιστι y la Vulgata tradujo *iudaice* (o sea "judío" en ambos casos); y hoy lo traduciríamos como "hebreo". Hoy se cree que los dos libros de los Reyes se empezaron a escribir por el 622 antes de nuestra era (en tiempos del rey Josías) y se terminaron después del exilio de los judíos en Babilonia (año 587 antes de nuestra era). Asimismo se cree que en el exilio los judíos empezaron a hablar arameo y dejaron de hablar hebreo, que se convirtió entonces en una lengua muerta. En el libro de Esdras (4:7), que abarca desde el decreto de Ciro en favor de los judíos dado en el 538 antes de nuestra era hasta la reforma de Esdras en el 456 antes de nuestra era, se dice que Bislan y otros le escribieron al rey persa Artajerjes en *aramit*, lengua en que en este mismo libro se transcriben varias cartas intercaladas en el texto hebreo. Pues bien, la Septuaginta de nuevo traduce ese *aramit* como συριστι, y la Vulgata *syriace* (o sea "siriaco" en ambos casos). En fin, el Libro de Daniel, que fue escrito hacia el 167 antes de nuestra era, tiene unos capítulos en hebreo y otros en arameo, palabra que está en 1:4 y que la Septuaginta traduce como γλωσαν Χαλδαιων y la Vulgata como *linguam chaldeorum* (o sea "lengua caldea" en ambos casos). Ya en el primer siglo de nuestra era Josefo nos informa que actuando como enviado de Tito le habló al pueblo de Jerusalén en su lengua y la palabra que usa es εβραιζων (en hebreo). Lo que no nos dice es qué entiende por "hebreo": si el hablado en su momento, que hoy creemos que era el arameo, o el hebreo propiamente tal y que es la lengua escrita de la Biblia hebrea. Y un siglo después de Josefo los Hechos de los Apóstoles (22:2) nos dicen que Pablo les habla a los mismos habitantes de Jerusalén en εβραιδι διαλεκτω (en dialecto hebreo). Para Josefo y los autores de los Hechos "hebreo" significa "judío".

Para resumir, el "siriaco" y "caldeo" de las traducciones al griego y al latín de los tres libros de la Biblia hebrea que acabo de citar (2 Reyes, Esdras y Daniel), el "siriaco" de Eusebio, el "dialecto hebreo" de Papías y de los Hechos de los Apóstoles, y el "hebreo" de Josefo son una sola y la misma lengua, el arameo, que sus hablantes llamaban *lishana aramaya* (lengua aramea), que del 700 al 320 antes de Cristo fue la *lingua franca* de los imperios asirio, babilonio y persa y que tras la conquista de Alejandro Magno se siguió hablando en Siria, Mesopotamia y Palestina hasta el 650 de nuestra era, cuando fue reemplazado por el árabe. Hoy en día, bien sea que se le llame arameo o siriaco, lo siguen hablando grupos dispersos en Israel, Líbano, Siria, Turquía,

Irak, Irán, Armenia y Georgia, y es la lengua de la liturgia en la Iglesia del Este, la Iglesia católica caldea, la Iglesia siria ortodoxa, la Iglesia siria católica, la Iglesia melequita de Calcedonia y la Iglesia maronita católica. Es más, el siriaco en que se pretende que fue escrito el *Diatessaron* de Tatiano (la famosa refundición de los cuatro evangelios canónicos en uno hecha en Siria hacia el 172) es arameo. Y asimismo es arameo la pretendida traducción de la Biblia hebrea al siriaco del siglo II llamada *peshitta*, la segunda en antigüedad después de la Septuaginta al griego. También están en arameo ochenta de los rollos del Mar Muerto, descubiertos en 1947 y que datan de entre el año 200 antes de Cristo y el 70 después. También, en fin, están escritos en su mayor parte en arameo los dos Talmudes, el de Jerusalén y el de Babilonia (empezados ambos en el siglo III).

Es evidente que una lengua de la que tenemos inscripciones de hace tres mil años y que se habló en una extensión geográfica tan grande como la que constituyen el Asia Menor y el Oriente Medio tuvo que tener dialectos y que sus formas actuales han de diferir mucho de las antiguas. Pero sigue siendo una misma lengua, así como las *Glosas silenses* del monasterio de Santo Domingo de Silos y las *Glosas emilianenses* del monasterio de San Millán de la Cogolla, ambas del siglo X, son español. Pero el problema que nos tenemos que plantear en este punto, tratando del idioma que habló el pretendido Cristo, es: ¿en qué relación están el arameo y el hebreo? ¿El hebreo es un dialecto del arameo? ¿O es al revés? ¿O es que el arameo y el hebreo son dos formas de una misma lengua tal como lo son el español de España y el español de América, o el inglés de Inglaterra y el de los Estados Unidos? ¿O acaso el arameo y el hebreo son dos idiomas distintos pero cercanos, como es el caso del español y el portugués? Y más concretamente, precisando mi pregunta en el tiempo: ¿en qué relación están el hebreo y el arameo en el siglo I de nuestra era? ¿En el siglo I de nuestra era el arameo no podría ser la forma coloquial o hablada, y el hebreo la forma escrita o literaria, de una sola y la misma lengua? Puesto que la grabadora de Edison es de hace poco, creo que no tenemos los elementos para contestar estas preguntas. Ni los teníamos en 1813 cuando Wilhelm Gesenius fundó con su *Gramática hebrea* y su *Diccionario de hebreo y caldeo* (léase arameo) la lingüística semítica como contraparte de la lingüística indoeuropea que nacía por entonces con Rasmus Rask, Jacob Grimm y Wilhelm von Humboldt; ni los teníamos en 1884 cuando Emil Friedrich Kautzsch publicó su *Gramática del arameo bíblico* (una ampliación de la de Gesenius) o en 1894 cuando Gustaf Dalman publicó su *Gramática del arameo judío-palestino* y se empezó a imponer el nombre de *arameo* para la lengua de que venimos tratando; ni lo tenemos hoy día, a más de medio siglo del descubrimiento de los rollos del Mar Muerto.

Los evangelios, que están escritos en griego, traen unas cuantas palabras en hebreo o en arameo (en especial nombres propios o de lugar) pero sin que podamos asignarlas con seguridad a uno u otro idioma. Por ejemplo, dice el Evangelio de Juan (19:16,17): "Tomaron pues a Jesús quien cargando la cruz salió hacia el llamado Lugar de la Calavera (λεγομενον Κρανιου Τοπον), llamado en hebreo Gólgota (ο λεγεται εβραιστι Γολγοθα), donde lo crucificaron". Pero Gólgota (*Gulgaltá*) lo consideran los lingüistas arameo. ¿Donde Juan dice "hebreo" no podríamos traducir "arameo"? Además de los nombres propios geográficos o de personas hay otras palabras arameas (que a lo mejor son hebreas) intercaladas en el griego de los evangelios y transliteradas, como *abba* (padre) y *rabboni* (maestro o rabí). Y además de las palabras sueltas hay una frase, una sola, en arameo, que pronuncia Cristo en la cruz a la hora nona a punto de morir: "*Elí, Elí, lemá sabacthaní*", y que el evangelista traduce como "Dios mío, Dios mío, ¿por qué me has abandonado?" (Mateo 27:46 y Marcos 15:34). ¡Por fin!

¡Por fin una frase de Nuestro Redentor en su propio idioma, el arameo! Pero ay, la frase no es suya. Es el comienzo del Salmo 22, que según los remilgados en la versión canónica hebrea sería algo así como *Elí, Elí, lamá zabtaní*. No hay forma de agarrar a Cristo. Está más perdido que el hijo de Lindbergh.

Ya he citado el importantísimo pasaje de Mateo 5:17-19 en que Cristo afirma que no ha venido a abolir la Ley ni los Profetas y en que dice: "En verdad os digo que mientras duren el cielo y la tierra no pasará una iota (ιωτα) o un trazo (κεραια) de una letra de la Ley hasta que todo se cumpla". Y es que la iota minúscula es la letra más pequeña del alfabeto griego. ¡Sólo que las minúsculas en griego no se usaron hasta el siglo IX! Todos los manuscritos griegos de los evangelios anteriores al siglo IX están en letras mayúsculas, pero resulta que la iota mayúscula tiene el mismo tamaño que cualquiera de las otras veintitrés letras mayúsculas del alfabeto griego. ¿Cómo resolver este misterio? Hoy se piensa que Mateo usó la palabra griega iota (ΙΩΤΑ en mayúsculas), que designaba esta letra del alfabeto griego, para significar la yod, la letra más pequeña del alfabeto hebreo y arameo, y en tal caso la palabra κεραια sería un ganchito de las letras de dicho alfabeto. Sí, eso se piensa pero no es una certeza sino una conjetura. Como todo en la Biblia, manuscrito por manuscrito, palabra por palabra, letra por letra, todo son suposiciones, hipótesis. Traducir por lo demás, en mayor o en menor medida, siempre es conjeturar. Para colmo el alfabeto hebreo y arameo, como todos los semíticos, no tenía vocales. De las cerca de seis mil palabras del hebreo del Antiguo Testamento, derivadas de unas quinientas raíces, sólo se escribían las consonantes. Es como si en español nos encontráramos escrito "lbr", y tuviéramos que decidir entre "libro", "libre", libra", "librar", "liebre", "albor", "albur", "albura", etc. (o más exactamente "rbl" pues las lenguas semíticas se escribían de derecha a izquierda). El contexto más o menos dirá qué debemos entender con "lbr", pero siempre estaremos conjeturando, adivinando. En el hebreo y demás lenguas semíticas, que fueron las que inventaron el alfabeto, la situación en un principio no era tan grave como la estoy pintando pues en ellas las vocales tienen otro peso, pero con el correr del tiempo la lectura de los textos antiguos terminó convirtiéndose también en el ejercicio de la adivinanza.

Aquí estoy sosteniendo dos cosas: que Cristo no existió y que Dios no existe. El que pretenda lo contrario lo tiene que probar, la carga de la prueba le corresponde al que afirma. Yo puedo afirmar que existe una montaña de diamante en Marte. Ya usted no le toca probar que no: es a mí al que me toca probar que existe. En Colombia en mis tiempos teníamos una clase de apologética cuyo fin era enseñarnos a defender la religión católica hasta de misiá Pelotas: de los ateos, los judíos, los mahometanos, los protestantes, los comunistas… Nos la daba un curita. Todavía recuerdo sus argumentos de la existencia de Dios: el de la causa de las causas, el del primer motor inmóvil, el del ser necesario, el argumento analógico, el teleológico… Y marihuanada y media tomada del engendro máximo que mente humana pueda concebir: el gordo Tomás de Aquino, nacido de un huevo puesto por una mosca sobre carne putrefacta. Hoy me dedico a la antiapologética. A hacerles ver a los ciegos. A explicarles, por ejemplo, que el argumento de la causa de las causas se contradice a sí mismo: su conclusión de que Dios no tiene una causa contradice su premisa de que todo la tiene. Si la premisa es verdadera, entonces Dios tiene que tener causa. Si la conclusión es verdadera, entonces la premisa es falsa pues no todo tiene causa ya que Dios no la tiene. Aunque no me corresponde probar la inexistencia de Dios sí puedo hacerlo. No puede existir un Ser tan dañino que pudiendo en su omnipotencia hacer el bien haga la chambonada de este mundo con todos sus horrores: terremotos, maremotos, hambrunas, sequías, el hambre, la sed, el dolor, la angustia, la vejez, la enfermedad, la muerte, los animales comiéndose unos a otros…

¡Y qué tiene que estar mandando Dios a su Hijo único a que lo crucifiquen para expiar por el pecado de Adán y Eva como si lo hubiera cometido todo el género humano como pretende Pablo! ¿Por qué tenemos que pagar justos por pecadores? Y si Dios quería que Adán y Eva no pecaran, no ha debido inculcarles la tendencia al pecado. ¡O qué! ¿No fue pues Él el que los hizo, el sexto día de la creación, sacando a Adán del barro y a Eva de una costilla de Adán? Pero no sólo Dios es un ser inmoral: además es estúpido. ¡A quién se le ocurre confiar su palabra a lenguas humanas, inciertas, ambiguas, cambiantes, pasajeras… Hoy ni el más erudito de los eruditos puede determinar, tras pasarse la vida estudiando hebreo, arameo y griego y comparando manuscritos, cuáles fueron las revelaciones de Dios a los escritores sagrados. La palabra es voluble y deleznable, se la lleva el viento o la borra el tiempo.

Con que Cristo habló arameo… ¡Cuál Cristo, cuál arameo! Cristo no existió y ésta es la hora en que no sabemos a ciencia cierta qué entendemos por arameo. Y no les voy a decir que la materia no tiene por qué haber sido creada y que forzosamente debe existir y ser eterna porque "materia" es una palabra engañosa: parece ciencia pero no, es metafísica como la de Aristóteles y la de Tomás de Aquino, humo de marihuana. Con que Dios es el creador de la materia… ¡Cuál Dios, cuál materia! Cuando Napoleón le preguntó al astrónomo Laplace por qué no mencionaba a Dios en sus escritos aquél le contestó: "Señoría, yo no necesito de esa hipótesis". Lástima que Laplace, con todo y su inmenso *Traité de mécanique céleste* en cinco gruesos volúmenes llenos de formulitas y formulotas, tampoco haya logrado explicar nada. Decía que el estado actual del universo es el resultado de su estado anterior y la causa del que sigue, y que en consecuencia si pudiéramos conocer el presente de todo el universo conoceríamos todo su pasado y todo su futuro. Lo cual es una solemne tontería. ¡Cómo vamos a conocer el presente de un universo ilimitado, si el conocimiento de algo complejo es sucesivo y no simultáneo! Para conocer un presente ilimitado en el espacio necesitaríamos toda la eternidad del tiempo, no un simple nanosegundo, que es lo que es el presente. ¡Frasecitas a mí, Peñaranda! Mejor ponte a trabajar, a ganarte el pan con el sudor de tu frente. Ah, el marqués de Laplace, a quien llamaban "conde", fue Ministro del Interior de Napoleón. Duró seis semanas. De una patada en el non plus ultra el emperador lo despidió.

—Dios no es material.

—Tampoco lo que no existe.

—Dios no tiene límites.

—Tampoco lo que no existe.

—Dios no es visible.

—Tampoco lo que no existe.

—Dios no cambia.

—Tampoco lo que no existe.

—Dios no es describible.

—Tampoco lo que no existe.

—Dios no es finito.

—Tampoco lo que no existe.

—Dios no es temporal.

—Tampoco lo que no existe.

—Dios es malo.

—Ah, eso sí, compadre. ¡Malísimo! Más malo que un hijo de Wojtyla engendrado en la concha de la madre Teresa.

Antes del siglo VI la Puta no necesitó de teólogos pues Dios sólo se conocía paulinamente, a través de la fe. Como lo dice el Credo de Nicea: "Creo en Dios Padre Todopoderoso, Creador del cielo y de la tierra, y en Jesucristo su único Hijo, Nuestro Señor, que fue concebido por obra y gracia del Espíritu Santo y nació de Santa María Virgen, padeció bajo el poder de Poncio Pilatos, fue crucificado, muerto y sepultado, descendió a los infiernos, al tercer día resucitó de entre los muertos", etc. Adoptado en el Primer Concilio de Nicea en el 325, éste es el Credo que aprendemos de niños en el catecismo y que en esencia (con el *Filioque* o sin él) vale por igual en las Iglesias católica, ortodoxa, anglicana y protestante. De los doce artículos que forman dicho Credo sólo el primero, "Creo en Dios Padre Todopoderoso, Creador del cielo y de la tierra", podría ser objeto de la razón además de serlo de la fe, que, como bien nos dice el catecismo, "es una virtud sobrenatural por la cual creemos firmemente todas las verdades que Dios ha revelado y nos enseña por su Iglesia".

—¿Cuál Iglesia, compadre?

—¡Pues la Puta de que aquí tratamos, carajo! Usted sí es como retardado mental...

—Ah, pero para creer firmemente en todas las verdades que Dios ha revelado y nos enseña por su Iglesia primero hay que creer en Dios y en su Iglesia.

—Exacto, compadre. Usted sí es muy inteligente. Se va a escapar del infierno.

—¿Y eso qué es?

—Es el lugar en donde los réprobos son condenados a padecer eternamente con los demonios.

—¿Y ahí que le hacen a uno?

—Las penas esenciales para los réprobos son dos: una, la privación eterna de la vista de Dios o pena de daño; y dos, el tormento del fuego o pena de sentido.

—A mí la primera me importa un comino. La segunda es la que me aterra. ¿Y quiénes van al infierno, aparte de los réprobos?

—Al infierno van todos los que mueren en pecado mortal aunque no sean culpables más que de uno solo. Así que, compadre, deje ese ayuntamiento permanente en que vive con hombres y animales.

—¡Si pudiera!

—Intente o no se salva.

—Yo sí me salvo porque creo en Dios, aunque poquito.

—Nada de poquito. O todo o nada. O cree o no cree. Y si no cree es ateo. ¿Y sabe cuáles son las funestas consecuencias del ateísmo? Uno, degrada al hombre y le quita el consuelo de las miserias de la vida. Dos, destruye la moral despojándola de toda autoridad y sanción eficaz. Y tres, es una causa de desórdenes y de ruina social.

—¡Ay qué miedo, Dios libre y guarde!

"Hasta donde puedas, agrega la razón a la fe" dice la última frase de un tratadito sobre la Santísima Trinidad que escribió Boecio a principios del siglo VI. Y aquí es cuando entran los teólogos a aguar la fiesta de la fe. En esa frase aparentemente inocua está la semilla del máximo engendro de la Edad Media, la escolástica, una filosofía pantanosa de sutilezas estériles, escrita en mal latín y puesta al servicio del oscurantismo teísta de los papas, que habría de germinar entre los siglos XI y XIII en las obras de Pedro Abelardo, Pedro Lombardo, San Anselmo, San Buenaventura, San Alberto Magno, Santo Tomás Aquino y Duns Escoto, y que tan despreciada habría de ser a partir del Renacimiento y hasta fines del siglo XIX cuando al condenado de León XIII le dio por revivirla con su encíclica *Aeterni Patris*. Boecio, famosísimo en la Edad Media por su *Consolación por la filosofía*, fue comentador y traductor al latín de Aristóteles, quien no supo nada de fe pero a quien se le ocurrió la perniciosa idea de que se puede probar la existencia de Dios por la razón. Y no. La razón, la tan cacareada Diosa Razón del Siglo de la Luces, para eso no sirve, no está hecha para empantanarse en grandilocuencias ociosas. Dios es la vuelta del bobo, una explicación superflua. ¿Dios, que es eterno, creó el universo? ¿Y quién dijo que al universo tenían que crearlo? ¿No ha podido estar desde siempre ahí? Ahí estaba cuando yo nací, y ahí estará cuando me muera.

Al que no le cuesta trabajo decir que Dios es eterno tampoco le tiene por qué costar decir que el eterno es el universo.

En fin, en los mismos siglos en que los escolásticos cristianos de Occidente adoptaban el racionalismo que Aristóteles había puesto al servicio de la idea de Dios y se lo sumaban a los dogmas religiosos de la fe, lo mismo hacían Averroes en el Islam y Maimónides en el judaísmo. Sólo que ni Averroes ni Maimónides cambiaron en lo más mínimo el curso de sus religiones, que no necesitaban de la razón pues la fe les bastaba. No hay peor ciego que el que no quiere ver, ni peor zángano que el que no quiere pensar. Ni el mahometismo ni el judaísmo han necesitado nunca de teólogos. Para ellos Alá y Yavé son axiomas, como para mí lo es el universo: ahí está y no hay nada que discutir. E igual piensan la Puta ortodoxa, que se escapó de la escolástica, y la protestante, que habría de surgir con Lutero, enemigo de teólogos y mula terca con tapaojos. A la razón la llamaba "la novia del diablo", "una bella ramera" y "el peor enemigo de Dios". "No hay mayor peligro —escribía— que la razón, especialmente si se ocupa de los asuntos del alma y de Dios, pues es más fácil enseñarle a un asno a leer que acallarla y enderezarla". Y esto otro: "La fe debe pisotear la razón y el entendimiento y taparles lo que ven para que no pretendan conocer nada distinto de la palabra de Dios".

La Puta católica, apostólica, romana y escolástica pretende pues demostrar por la razón la existencia de Dios. En cuanto a la Santísima Trinidad, la divinidad de Jesús, su resurrección y demás dogmas cristianos esenciales está en el mismo caso de las demás Putas seguidoras de Cristo, sólo cuentan con la fe, que a su vez depende de la autoridad, que pretende ser dueña de la tradición, que pretende conservar la revelación. Un tal dice que es profeta y que Dios le hizo tal revelación; la tradición empieza a repetir el cuento de la revelación al profeta; para legitimarse la Puta se adueña de la tradición y empieza a mandar, a quitar y poner reyes, a vender indulgencias, a exigir diezmos, a pedir limosnas, a quemar herejes y a santificar simplones; y finalmente la Puta pretende que tengamos fe en ella y creamos que ella es la dueña de la tradición que preserva la revelación que nos hizo Dios a través de su profeta. Como ven, la fe es el último eslabón de una cadena de argucias y engaños. Revelación, autoridad, tradición y fe son conceptos interdependientes ya que la revelación se debe aceptar por la autoridad, la autoridad por la tradición y la tradición por la fe. En sana lógica es imposible reconciliar razón y fe pues ésta lleva incorporada en sí la negación de aquélla. Si uno cree con los ojos cerrados y a pie juntillas, ¿para qué se tiene que poner a demostrar algo? La fe es rabiosamente antirracionalista. Ahora bien, uno puede llegar por la razón a la conclusión de que Dios existe sin tener que creer el rosario de dogmas de la Puta: que Jesucristo es el Hijo de Dios y que bajo Poncio Pilatos fue crucificado, muerto y sepultado y al tercer día resucitó de entre los muertos, etcétera, etcétera. Que es ni más ni menos (y me lo creerá el lector) lo que me pasa a mí, que no tengo fe en nada: ni en la virginidad de la Virgen, ni en la existencia de Cristo, ni en la resurrección, ni en la transubstanciación, ni en la anunciación, ni en la ascensión, ni en la transfiguración… Y sin embargo creo en Dios. ¡Claro que Dios existe! Es un viejo malo y feo, vengativo y rabioso, muy proclive a la maldad y con las tripas podridas de rencores.

La oposición en Occidente al poder temporal de la Puta y a su corrupción empieza a fines del siglo XI con el surgimiento de los cátaros (del griego "puros") en los Países Bajos y en el norte de Francia. Perseguidos y expulsados de ambos lados, los predicadores cátaros se trasladaron entonces a las provincias del Languedoc en el mediodía francés, donde lograron una cálida aceptación. Por la ciudad de Albi, que se convirtió en el baluarte de su movimiento, se les conoció en adelante como los albigenses. Son éstos los de la sangrienta cruzada que desató contra ellos Inocencio III en 1209 y de la que ya hemos tratado. El rechazo de los cátaros o albigenses a las riquezas materiales y a los placeres del mundo, su abstención del sexo y de todo consumo de carne contrastaba ante los ojos de los humildes con el avorazamiento lujurioso y carnívoro de la clerigalla al servicio de la Puta, que se enriquecían más y más cobrando diezmos y primicias.

En junio de 1155, vale decir medio siglo antes del baño de sangre de la Cruzada antialbigense, y en la pequeña ciudad de Monterotondo de los Estados Papales italianos fue ahorcado Arnaldo de Brescia por denunciar lo mismo que los albigenses, la riqueza y la corrupción de los clérigos, y por oponerse como ellos al poder temporal del papado. Su cadáver lo quemaron y las cenizas las arrojaron al Tíber. Austero y de vida ascética Arnaldo de Brescia fue condenado primero en Italia como cismático por Inocencio II; luego en Francia, adonde huyó, el Concilio de Sens lo condenó como hereje a instigación del siniestro San Bernardo de Claraval; de vuelta a Italia fue excomulgado por Eugenio III, a quien llamaba "el sanguinario" y que fuera el artífice de la segunda cruzada predicada justamente por el rabioso santo; y finalmente Adriano IV (el primero en hacerse llamar Vicario de Cristo) lo hizo condenar por herejía y ejecutar. Tras la muerte de Arnaldo de Brescia a sus partidarios que insistieron en seguir denunciando la incompatibilidad entre el poder espiritual y las posesiones materiales de la Puta los condenó el Sínodo de Verona en 1184. En ese mismo sínodo y ese mismo año el papa Lucio III excomulgó a Pedro Valdo, el del movimiento de los pobres de Lyon o valdenses que había fundado en esta ciudad francesa, y promulgó contra ellos la bula *Ad abolendam*.

Hacia 1176, anticipándose en treinta años a Francisco de Asís, el rico comerciante Pedro Valdo renunció a sus bienes e hizo el primer voto de pobreza del segundo milenio, que habría de trastornarle en adelante la cabeza a la Puta más que cualquier atentado contra el dogma. Y es que las herejías doctrinales van y vienen, pero tocarle el bolsillo a la Ramera de Babilonia es crimen de leso papado. No hay nada que la saque más de quicio que recordarle que Cristo fue pobre. Del voto de pobreza los valdenses pasaron a predicar la Biblia en provenzal y no en latín; a reducir los siete sacramentos a sólo el bautizo y la comunión; y a rechazar la idea del purgatorio, las oraciones por los muertos y el culto a los santos, anticipándose con todo ello en tres siglos a la Reforma protestante. El movimiento de los valdenses se propagó como un incendio por España, el norte de Francia, Flandes, Alemania, el sur de Italia y llegó hasta Hungría y Polonia. La Puta los excomulgó; y no bien acabó con los albigenses y tuvo las manos libres para seguir con ellos, de la excomunión pasó a la persecución activa y a las ejecuciones. Todavía en 1487 Inocencio VIII andaba organizando una cruzada contra los valdenses del Delfinado y Saboya.

Siguiendo los pasos de Valdo y tomando al pie de la letra el Evangelio de Mateo donde dice "No llevéis oro, ni plata, ni monedas en el cinturón, ni provisiones para el camino, ni una túnica de más, ni sandalias, ni bastón" (10:9,10), a los 20 años y después de vivir desde su niñez una vida disoluta, Francisco de Asís renunció a los bienes materiales de su rica familia para acabar fundando luego, en 1209, la orden de los franciscanos basándola en el voto de pobreza y en una vuelta a lo que él creía que había sido el cristianismo primitivo. En su *Cántico de las criaturas,* que escribió en 1225, llama "hermanos" a los gorriones, los asnos, los lobos y otros animales, pero resulta que en su *Cántico al hermano Sol,* escrito poco antes, llama también "hermanos y hermanas" al sol, la luna, el viento, el agua y el fuego. Considerar hermanos nuestros a los animales habría sido toda una revolución en la limitada y mezquina religión de Cristo, que no tuvo una sola palabra de amor por ellos, si Francisco no hubiera extendido la hermandad a los seres inanimados, que no sienten, e incluso a las enfermedades y a la muerte. ¡Cómo va a ser la luna, un planeta inerte, nuestra hermana! Eso ya no es una nueva moral sino verborrea melosa de hippie marihuano. Una vaca en cambio sí es nuestra hermana y no tenemos derecho a acuchillarla en los mataderos para después comérnosla. El primer precepto de una religión basada en la compasión, una verdaderamente noble, debe ser: Todo el que tenga un sistema nervioso para sentir y sufrir es nuestro prójimo. Por lo tanto los animales, y en especial los mamíferos cuyo sistema nervioso es el más desarrollado en la escala zoológica, son nuestro prójimo y no sólo el hombre. Las piedras no son nuestros hermanas, las vacas sí. Francisco de Asís fue un hipócrita: por sus biógrafos contemporáneos sabemos que su amor por los gorriones y los bueyes no le impedía comérselos, y así en las reglas de su orden no estipuló la abstinencia de carne como no fuera durante el ayuno de las fiestas religiosas. Al llamado San Francisco de Asís vamos quitándole pues de una vez por todas lo de santo. El cristianismo no tiene salvación. Es una religión perversa sin atenuantes.

Tras la muerte de Francisco su orden se dividió en dos: los espirituales, que continuaron fieles a su voto de pobreza y que después se llamaron los fraticelli; y los conventuales, que en el mejor estilo de la Puta se dieron a acumular propiedades y riquezas con el pretexto de que las necesitaban para sobrevivir y poder seguir predicando, y a fundar conventos. Desde su concubinato con Constantino, a la Puta rapaz y opulenta no le hacía ninguna gracia que vinieran unos revoltosos a denunciar su poder y sus riquezas y a recordarle la pobreza de Cristo. Así que fueron los conventuales, y no los fraticelli, los que recibieron el favor papal. En 1279 Nicolás III (el papa que por su nepotismo y avaricia Dante manda al infierno en su Divina Comedia) proclamó que la orden franciscana podía poseer propiedades y riquezas, aunque eso sí, él seguía siendo el último dueño de todas ellas al final de cuentas. Para fines del siglo algunos fraticelli, como Pierre Olivi, retomaron la expresión de "la puta de Babilonia" de los albigenses para designar a la Iglesia y el calificativo de "Anticristo" para el papa. En 1317 Juan XXII declaró herejes a los fraticelli, al año siguiente quemó a cuatro de ellos en Marsella, y en los años sucesivos le entregó a la Inquisición a ciento catorce para que los quemara por andar insistiendo en la pobreza de Jesús y sus apóstoles. Ya aludimos al capítulo general de los franciscanos que se reunió en Perugia en 1322 y que declaró que Cristo y los apóstoles no habían poseído nada. Juan XXII denunció la declaración de Perugia como herejía y en dos constituciones, *Ad conditorem canonum* y *Quum inter nonnullos*, proclamó que el derecho a la propiedad era anterior incluso a la caída de Adán y Eva y que en el Nuevo Testamento Cristo y los apóstoles sí aparecían con bienes. *Quum inter nonnullos* empieza diciendo: "Como quiera que algunos hombres instruidos a menudo ponen en duda que nuestro Redentor y Señor Jesucristo y sus Apóstoles tuvieran algo, bien fuera individualmente o bien fuera como propiedad común, declaramos que afirmar pertinazmente lo anterior ha de considerarse herético (*Quum inter nonnullos viros scholasticos saepe contingat in dubium revocari, utrum pertinaciter affirmare, Redemptorem nostrum ac Dominum Iesum Christum eiusque Apostolos in speciali non habuisse aliqua, nec in communi etiam, haereticum sit censendum*). Ya antes en la constitución *Gloriosam Ecclesiam* ese mismo Juan XXII tachaba a los fraticelli de "impíos", "insolentes que manan de la fuente envenenada de los valdenses", "hijos de la temeridad y la impiedad que con el ímpetu de su ciego furor chocan contra el glorioso primado de la Iglesia Romana", y los condenaba por predicar la pobreza. ¿Y Mateo 19:21 qué? "Jesús le respondió: 'Si quieres ser perfecto, vende cuando tienes y reparte el dinero entre los pobres y así tendrás un tesoro en los cielos'". ¡Qué ingenuidad! Más vale un denario en mano en el reino cierto de este mundo que un tesoro en el incierto del otro. Hasta ahora el cielo no ha resultado ser más que nubes vaporosas. Versículos después, en Mateo 19:24, concluye Cristo: "Le es más fácil a un camello pasar por el ojo de una aguja que a un rico entrar en el Reino de los Cielos". Conclusión: hay descanonizar a setenta y tres de los setenta y cinco papas que hasta el presente han sido ascendidos a los altares pues quitando a Pedro, que no existió, y a Pietro del Murrone o Celestino V, que fue un buen hombre como tantos otros y nada más, todos fueron ricos. En los infiernos han de estar ardiendo ahora todos estos ricachones asquerosos.

A los fraticelli vinieron a sumárseles los hermanos apostólicos de Gerardo Segarelli, un iletrado que los fundó en 1260 en Parma pretendiendo restaurar la vida apostólica. En ese año, según la predicción del místico Gioacchino da Fiore, que se oponía también al poder temporal y a la opulencia de la Puta, debía empezar la era del Espíritu Santo. Los apostólicos sostuvieron que los bienes materiales y el dinero corrompen el alma humana. Vivían de limosnas y ni siquiera poseían la ropa que llevaban puesta: en sus reuniones públicas se desnudaban por completo y amontonaban las prendas para después repartírselas al azar. ¿Preludio este desnudamiento de los cuerpos de una gran orgía de las almas? Dios sabrá. En un principio la Puta no les prestó atención. Luego vio la amenaza que constituía esa santidad mendicante que tan mal la hacía quedar delante del populacho, y en 1275 los prohibió en un concilio. Luego los volvió a prohibir en otros dos, de 1285 y 1290. En 1294 quemó vivos a cuatro apostólicos en Parma y en 1300, para empezar el nuevo siglo escarmentando a estos exhibicionistas de la pobreza, quemó a Segarelli. Hoy la Gran Ramera, que ha sido siempre tan misericordiosa y que en el curso de los siglos no ha quemado ni torturado a uno solo, pide que no ahorquen a Saddam Hussein por sus inenarrables crímenes.

En fin, bajo la conducción del sucesor de Segarelli, Fray Dolcino, los apostólicos se volvieron abiertamente anticlericales y heterodoxos. Fray Dolcino se dio a predicar que el Espíritu Santo pronto destruiría a la Puta por su codicia, y en 1304 guió un levantamiento campesino en los valles alpinos del Norte de Italia buscando quitarse de encima su control y el de sus cómplices de la clase dominante. Sostenía que la era del Antiguo Testamento fue presidida por el Padre pero terminó a causa de la corrupción del sacerdocio judío; que la era del Nuevo Testamento que siguió fue presidida por el Hijo y que en ella los cristianos eran pobres, hasta que surgió la jerarquía católica de curas, obispos y papas rapaces; y que venía ahora la era del Espíritu Santo profetizada por Gioacchino da Fiore, en que sería destruida la Puta en castigo por su codicia. No dejaba de tener cierto sentido del *pendant* Fray Dolcino con su triple división de la Historia. La Puta, que no entiende de música de esferas ni armonías cronológicas sino del tintineo de las monedas de oro, convocó entonces otra cruzada, al estilo de la que había acabado con los albigenses, y con un gran ejército en tres años aplastó el movimiento de los apostólicos. A Fray Dolcino lo ejecutó en 1307 junto con ciento cincuenta de sus seguidores después de torturarlos. Estos apostólicos de Fray Dolcino por lo demás no eran almas inocentes como los albigenses y en el curso de los enfrentamientos con la Puta quemaron pueblos enteros de los que simpatizaban con ella. Culpables por igual, católicos y apostólicos habían logrado establecer en los idílicos Alpes italianos un verdadero reino del terror en que los unos mataban a cuantos sospechaban de colaborar con los otros.

Exterminados los apostólicos la Puta pasó a quemar a los fraticelli y a las beguines de Beziers y de Narbona y a los fraticelli de Marsella. Las beguines, una secta de mujeres afín a los fraticelli, sostenían que Juan XXII y la Gran Ramera estaban más allá de toda posible redención y habían tenido como máxima exponente a Marguerite Porete, la autora del más grande tratado místico escrito en viejo francés, el *Miroir des simples âmes* o Espejo de las almas simples. A esta pobre mártir de una causa perdida la quemó la Puta en 1310 en París por herejía. Y habiéndoles dado su buena paliza a las rebeldes órdenes mendicantes, la Puta pasó a quemar en 1327 al astrólogo italiano Cecco d'Ascoli porque había establecido el horóscopo de Cristo. ¡Pero a quién se le ocurre! El que no existe no puede tener horóscopo, eso es la negación de la astrología. Si a ésas vamos, Cecco d'Ascoli le habría podido levantar entonces también el horóscopo a Hércules y a Dioniso.

Por los años en que quemaban en Italia a Cecco d'Ascoli nacía en Inglaterra John Wyclif, el gran precursor de la Reforma protestante, si es que se puede llamar reforma a eso, habida cuenta que la Puta es irreformable: ha sido, es y será ineluctablemente mentirosa, ladrona, dañina, esclavista, tartufa, asesina y mala. O mejor dicho peor. Como los albigenses y los fraticelli que lo precedieron, Wyclif la emprendió contra ella. Para él el papa era un mamarracho pintarrajeado que albergaba en su interior la más abominable ruindad, un esbirro de Lucifer a quien había que arrebatarle todas sus posesiones y riquezas. Ya en el primero de los varios tratados que escribió, *De dominio divino,* de 1376, Wyclif ponía en entredicho la tesis del poder delegado de Dios a la Puta, el *quid* de la cuestión: la Puta no había recibido de Dios ningún derecho a mandar como pretendía y en consecuencia salía sobrando y junto con ella toda la tradición eclesiástica: las Sagradas Escrituras eran la única fuente de la fe y los cristianos debían guiarse sólo por ellas. Mandó traducir la Biblia al inglés, le pidió al rey que confiscara las propiedades del clero, asoció la pobreza a la santidad, consideró las indulgencias un atraco a los ingenuos y negó la transubstanciación o conversión del pan y el vino en el cuerpo y la sangre de Cristo mediante el sacramento de la eucaristía. ¿De dónde había sacado la Puta semejante cuento? El Nuevo Testamento no se dice nada al respecto. Con todo lo cual se anticipaba en siglo y medio a la Reforma protestante. Y como si lo anterior fuera poco, Wyclif rechazó la confesión, la confirmación, la extremaunción, la ordenación sacerdotal y hasta la oración pues dado que según él Dios fuerza a cada una de sus criaturas a sus actos (la agustiniana teoría de la predestinación de los protestantes), unos nacían predestinados para el cielo y otros para el infierno. ¡Para qué perder entonces el tiempo rezando! Le quedó por negar a Dios y a Cristo, con lo cual se habría convertido en precursor ya no digo de Lutero que bien muerto está, sino del que estas humildes líneas escribe.

Cinco bulas de Gregorio XI le valieron a Wyclif sus maravillosas tesis. ¡Qué envidia! A lo más que llegaré con esta *Puta de Babilonia* será a que cualquier obispo patirrajado del actual Benedicto me niegue el *Nihil obstat.* ¡Qué importa! Que se vaya sin su *Nihil obstat* la criatura. Total, un libro sin *Nihil obstat* es respecto al que lo tiene como un hijo natural respecto al legítimo: ambos nacen con dos manos y dos pies y unos órganos genitales en el centro de la compleja maquinaria trituradora desarrollados para servir a la propagación del pecado. Wyclif enseñó religión en Balliol College y dio conferencias en la Universidad de Oxford. Jan Hus, su inmediato sucesor, enseñó teología en la Universidad de Praga. Y Lutero, hijo de ambos, enseñó teología bíblica en la Universidad de Wittenberg. Conclusión: del mismo modo que la escolástica nació en las universidades así también la Reforma protestante. En ellas se gestó el nuevo monstruo que tanta sangre derramó y tantas hogueras encendió, si bien en última instancia resultó benéfico para la especie bípeda pues dividió a la Puta de Occidente en dos. ¡Y eso no es un pobre gallo cantando en la madrugada!

La tesis de Wyclif de que la pobreza está asociada con la santidad provocó en 1381 un levantamiento campesino contra sus protectores los príncipes que de inmediato lo abandonaron. Wyclif se vio obligado a retirarse a Lutterworth, varias de sus obras fueron condenadas por el Sínodo de Blackfriars, sus seguidores de Oxford capitularon, le prohibieron escribir, sufrió un embolia y luego otra que lo mató. Sus seguidores los lolardos consiguieron sin embargo en 1395 que el parlamento aprobara doce conclusiones inspiradas en las doctrinas de Wyclif condenando las oraciones por los muertos, las peregrinaciones, las ofrendas a los santos y el despilfarro de la pompa eclesiástica; afirmando que el celibato de los clérigos causa una lujuria antinatural y que los votos de castidad de las monjas llevan a los horrores del aborto y el asesinato de niños; tachando de necromancia la santificación del pan y el vino, los altares y los ornamentos religiosos; y declarando la confesión con el sacerdote inútil para la salvación. Pero la aprobación de las doce conclusiones habría de ser un triunfo pasajero. Al ascender al trono Enrique IV en 1399 desencadenó una ola de represión contra las herejías. En 1401 quemaron vivo a William Sawtrey, el primer mártir lolardo. Poco después se aprobó el primer estatuto inglés que establecía la quema de herejes en Inglaterra, forma compasiva e incruenta de matar que se había convertido en la especialidad de la Puta para salir de sus súbditos rebeldes. Y así en 1409, con ocasión del sínodo de Londres, quemaron a siete lolardos en la hoguera y a treinta y siete los colgaron. Muchos otros habrían de ser ahorcados y quemados por traición y herejía cuando se rebelaron contra la corona en 1414.

Pero más que en los lolardos ingleses hay que buscar la continuación de Wyclif en los husitas de Bohemia, los seguidores de Jan Hus. Hus había nacido hacia 1370 en Husinec, en el sur de Bohemia, actual República Checa, y había estudiado en la Universidad de Praga, de la que fue nombrado rector en 1409. Para entonces los escritos de Wyclif ya habían llegado a Bohemia traídos por los estudiantes checos que habían estudiado Oxford. La Puta era dueña de la mitad de las tierras de Bohemia, de las que sacaba enormes riquezas, y era grande el resentimiento tanto de los curas pobres como de los campesinos que estaban hartos de las prácticas simoníacas y las exacciones del alto clero. El arzobispo de Oraga, por ejemplo, se embolsaba la tercera parte de lo que le pagaban los campesinos en diezmos forzosos. En este ambiente empezó a predicar Hus las doctrinas de Wyclif. En 1408 lo excomulgó el arzobispo de Praga por sostener la primacía de las Sagradas Escrituras sin glosas, ni tradición, ni interpretación de los Padres de la Iglesia, y por rechazar la superioridad del papa. En 1412, habiendo muerto el arzobispo y habiéndose olvidado su excomunión, Hus desató una nueva disputa al denunciar la venta de indulgencias en Bohemia por parte de los agentes del antipapa Juan XXIII o Baldassare Cossa (del mismo alias que Angelo Roncalli, el papa de nuestros días), quien con la aprobación del rey Wenceslao, que llevaba parte en el negocio, buscaba financiar su campaña contra Gregorio XII. Hus denunció públicamente en la universidad "las indulgencias dudosas y falaces de un papa moderno", desatando en Praga el primer alzamiento contra los legados papales cuyos cofres fueron cubiertos de excrementos en tanto los estudiantes checos quemaban las bulas de indulgencias. Y esto ciento cinco años antes de que Lutero se rebelara contra la misma estafa y clavara en la puerta de la iglesia del castillo de Wittenberg sus noventa y cinco incendiarias tesis. Juan XXIII excomulgó a Hus y puso en interdicto a Praga.

El cardenal Baldassare Cossa había sido una de las figuras decisivas del Concilio de Pisa que el 5 de junio de 1409 (para poner fin al Cisma de Aviñón que venía desde 1378 y se habría de prolongar hasta 1417 y durante el cual la Puta tuvo primero dos papas rivales y luego tres, cada uno con su Sacro Colegio de Cardenales y su propia burocracia) depuso al papa Gregorio XII y al antipapa Benedicto XIII y nombró en lugar de ambos al griego Petros Philargos, que tomó el nombre de Alejandro V. Al día siguiente Gregorio XII convocó su propio concilio en Cividale, cerca a Aquilea, y excomulgó a sus dos rivales. En su breve pontificado Alejandro V promulgó una bula que condenaba las doctrinas de Wyclif y excomulgó a Jan Hus, quien así acumuló tres excomuniones que lo honran: la del arzobispo de Praga, la de Alejandro V y la de Juan XXIII. El 3 de mayo de 1410 Alejandro V murió en Bolonia de forma misteriosa, se dice que envenenado justamente por el cardenal Cossa, quien lo sucedió entonces por elección del mismo Concilio de Pisa y tomó el nombre ya mencionado de Juan XXIII. En 1413 Juan XXIII convocó un Concilio en Roma que volvió a condenar las doctrinas de Wyclif y Hus. En mayo de 1415 el pirómano Concilio de Constanza a su vez depuso a Juan XXIII, emprendió negociaciones con Gregorio XII para que abdicara y declaró hereje a Benedicto XIII privándolo de todo derecho al papado. El 18 de octubre de 1417 murió Gregorio XII, de más de noventa años, y tres semanas después el Concilio de Constanza eligió papa a Martín V poniéndole fin al Cisma de Aviñón.

Como era de esperarse, tras la rebelión de Hus contra los recolectores de indulgencias el rey Wenceslao le retiró su apoyo y Juan XXIII lo excomulgó y emitió un interdicto sobre Praga por protegerlo. Hus se vio obligado a huir de Praga y a refugiarse en los castillos de sus amigos en el sur de Bohemia. En 1414, engañado por el emperador del Sacro Romano Imperio Segismundo de Luxemburgo, cayó en la trampa de aceptar el llamado del Concilio de Constanza a presentarse a defender sus opiniones: no bien llegó a la ciudad lo detuvieron, lo encarcelaron y durante meses lo juzgaron como partidario de las herejías de Wyclif. El concilio condenó treinta de sus tesis y el 6 de julio de 1415 lo quemaron vivo en la hoguera después de que le rasgaran la ropa y de que le pusieran una corona de papel con tres demonios pintados en ella y la leyenda "Le encomendamos tu alma al Diablo". ¡Y a que no adivinan qué dijo Hus en medio de las llamas! Dijo: "Señor, en tus manos encomiendo mi espíritu". Eso es lo que se llama no escarmentar. Por decir lo mismo murió Cristo. El que esté en peligro de muerte no se encomiende al Señor, que no sirve; pruebe mejor con Satanás que es más leal con sus amigos. El principal discípulo de Hus, Girolamo de Praga, que había ido a Constanza a defenderlo, acabó corriendo su misma suerte: lo detuvieron y encarcelaron, lo juzgaron durante más de un año y finalmente lo quemaron vivo por hereje relapso el 26 de mayo de 1416. Tres años después estalló la sublevación de los husitas en Bohemia.

La frase más célebre de Hus, que habría de ser la divisa de todos los movimientos libertarios checos que vinieron luego, era "La verdad triunfa". ¿Pero cuál verdad, si cada quien tiene la suya? Tras la ejecución de Hus sus seguidores, que en su honor se llamaron "husitas", mataron a varios funcionarios pontificios lanzándolos por una ventana. Es lo que se conoce como "la primera defenestración de Praga" (la segunda, que desencadenó la Guerra de los Treinta Años, fue en 1618). En 1420 el papa Martín V convocó una cruzada contra los husitas del tipo de la cruzada antialbigense y en los siguientes catorce años papistas de toda Europa se volcaron sobre Bohemia a combatir a los herejes. Cinco derrotas les propinaron los husitas a los ejércitos papales hasta que finalmente la taimada Puta, que siempre gana con sus arterías, consiguió vencerlos dividiéndolos y enfrentándolos unos a otros. Bohemia terminó devastada, tal como antes lo había sido bajo Inocencio III la Occitania. Dos meses antes de quemar a Hus, el Concilio de Constanza condenó como heréticas las doctrinas de Wyclif y ordenó que su cadáver fuera exhumado y quemado. Sólo hasta 1428 se ejecutó esta disposición, con la circunstancia de que las cenizas fueron dispersadas en un río. Hay que estar poseído por el odio más vesánico para vengarse en los cadáveres. Así es la Puta, pero aquí sigue, impune cuanto reverenciada.

Cuarenta y cinco tesis de Wyclif y treinta de Hus fueron condenadas por el Concilio de Constanza. He aquí unas cuantas de las de Wyclif (o que le atribuía el concilio), que no se pueden pasar por alto porque en ellas está lo esencial de la Reforma que venía en camino: "En el Evangelio no se dice que Cristo instituyera la misa. Va contra la Sagrada Escritura que los religiosos tengan bienes. Los frailes tienen que procurarse el sustento por medio del trabajo y no por la mendicidad. Todos los de las órdenes mendicantes son herejes y hay que excomulgar a los que les den limosna. Son simoníacos los que se comprometen a rezar por los que les dan dinero. Enriquecer al clero va contra Cristo. Constantino se equivocó al enriquecer a la Iglesia y al papa Silvestre. El papa y todos sus clérigos son herejes por el hecho de poseer bienes, y asimismo lo son quienes se lo consienten y alcahuetean. El emperador y los señores feudales fueron seducidos por el Diablo para que le dieran a la Iglesia bienes temporales. La Iglesia de Roma es la sinagoga de Satanás y el papa no es ningún Vicario de Cristo ni de los Apóstoles. La elección del papa por los cardenales fue invento del Diablo. Para la salvación no es necesario creer que la Iglesia romana es superior a las otras. Es fatuo pensar que las indulgencias del papa y de los obispos sirven para algo". Y esta joya: "Todas las religiones sin distinción son inventos del Diablo". Dios bendiga a Wyclif por su lucidez y al Concilio de Constanza por la concisión con que nos ha expuesto sus tesis. Lo que le debo reprochar en cambio a ese Concilio es su cobardía ante los tiranos y su condena del tiranicidio: "El 6 de julio de 1415 el sagrado Concilio declaró y definió que la siguiente proposición 'Cualquier tirano puede y debe ser muerto lícita y meritoriamente por cualquier vasallo o súbdito suyo' es errónea ante la fe y las costumbres y la reprueba y condena como herética". ¡Claro, qué se podía esperar de unos clérigos arrodillados sino que alcahuetearan a los detentadores del poder, de quienes vivían y mamaban! Todo cubano que crea en Dios y en su santa Iglesia tiene el derecho consagrado por la ley natural, así le pese al alcahueta Wojtyla y demás lacayos del Altísimo, de matar a Castro.

Por los años en que Hus empezaba a predicar las doctrinas de Wyclif en Bohemia nacía en Roma Lorenzo Valla, el desenmascarador del fraude de la donación de Constantino y el primer demoledor del dogma de que las Sagradas Escrituras son la palabra de Dios. Lo de la donación de Constantino está en su *Declamatio*, de 1440, el tratado en que hace ver que el latín del autor anónimo de la donación no podía ser de los tiempos de Constantino sino posterior en varios siglos. Por esos años Valla trabajaba como secretario real e historiador de la corte de Alfonso V de Aragón, rey de Nápoles, quien enfrentado entonces al papa Eugenio IV encontraba muy conveniente minar las bases de las pretensiones pontificias al dominio de la península itálica. En cuanto al dogma de la inspiración divina de las Sagradas Escrituras, en su obra filológica *In Novum Testamentum ex diversorum utriusque linguae codicum collatione adnotationes* (Anotaciones al Nuevo Testamento a partir de la comparación de varios códices en ambas lenguas) Valla hacía ver las muchas diferencias presentes en tres manuscritos latinos y tres griegos que él comparaba, más las varias equivocaciones en la traducción del griego al latín de algunos pasajes del Nuevo Testamento esenciales para la fe, dando al traste con la patraña de que Dios es el inspirador de las Sagradas Escrituras. Pero hay más. Valla puso en duda que los apóstoles fueran los autores del Credo y la autenticidad de la carta de Cristo al rey Abgarus que cita Eusebio en su *Historia eclesiástica*. Valla despreciaba la metafísica, la escolástica, la jerga de los filósofos, la Vulgata de San Jerónimo, a Santo

Tomás y a Aristóteles, criticaba los votos de pobreza, de castidad y de obediencia, le enmendaba la plana al historiador Tito Livio y sostenía que Quintiliano era mejor prosista que Cicerón. ¡Y quién se atrevía a discutirle por lo menos esto último al autor de las *Elegantiae linguae latina,* la primera gramática de latín escrita desde la antigüedad! Valla era único. Y no puedo, en honor a la verdad, dejar de mencionar en este punto a un latinista nacido poco después de que muriera Valla, el cardenal Pietro Bembo, que se negaba a leer las epístolas de Pablo por miedo de que le dañaran su latín. ¡Ni que fuera Caruso cuidando la voz! Y si las leía en su lengua original, ¿qué? ¿No temía el exquisito Bembo que le corrompieran su griego? En busca siempre de equivalentes clásicos para las fealdades estilísticas de los evangelios, al Espíritu Santo lo llamaba Bembo "el hálito del céfiro celeste". Yo lo llamo la paloma cagona…

Volviendo a Valla, en su tratado *De voluptate* (Sobre el placer) sostenía que el placer era el bien supremo y que la prostituta era preferible a la monja porque aquélla hace al hombre feliz y ésta ha sido condenada a un vergonzoso celibato. Sostenía que la ley contra el adulterio era un sacrilegio, que las mujeres debían ser propiedad común y andar desnudas, y que era irracional morir por la patria o por cualquier otro ideal. Al papa lo apostrofaba en estos términos: "¿Qué más da si te destruyen tu reino? Ya lo destruiste tú. ¿Si saquean tus templos? Ya los saqueaste tú. ¿Si violan a nuestras vírgenes y matronas? Ya las violaste tú. ¿Y si inundan la ciudad con la sangre de sus ciudadanos? Ya la inundaste tú". Su última presentación en público retrata mejor que nada al gran provocador que fue: en marzo de 1457 lo invitaron los dominicos a hacer el panegírico de Tomás de Aquino en la basílica Santa Maria sopra Minerva de Roma durante las celebraciones del aniversario del santo. Pues lo que hizo Valla en vez del panegírico fue denigrar de este gordo vil de alma tan turbia como su latín. No alcanzaron a quemarlo los dominicos porque Dios, que es grande, lo llamó poco después a su seno.

Pero Valla no fue precursor de la Reforma. De ésa lo fueron Wyclif y Hus y Erasmo, el gran heredero del humanismo de Valla si bien con una diferencia esencial: que Erasmo en última instancia no fue sino un solapador más de la Puta y Valla en cambio fue su desenmascarador. Para encontrar a alguien más lúcido que Lorenzo Valla hay que esperar hasta el barón de Holbach, el de *Le christianisme dévoilé* (El cristianismo al descubierto, de 1761) y el *Système de la nature* (Sistema de la naturaleza, de 1770), con su ateísmo y sus burlas a la religión. Valla es más grande que Erasmo y el precursor de algo más amplio que la Reforma protestante: el Siglo de las Luces, el gran movimiento libertario de Occidente que, continuado por la Revolución Francesa, estuvo a un paso de liberarnos para siempre de la Puta. No se nos hizo entonces ni se nos hará en tanto permitamos que sigan surgiendo los Wojtylas y los Bush y demás bestias negras de su calaña.

Fueron los escritos de Jacobo Lefèbre d'Étaples, gran figura del Renacimiento francés y comentarista de las epístolas de Pablo, los que le sugirieron a Lutero su fórmula *sola fide*, la doctrina de la justificación sólo por la fe que este renegado monje agustino vino a sumarle a las doctrinas de Wyclif y Hus para urdir su Reforma. Si es que se puede llamar Reforma al nuevo baño de sangre que desató. Si hay algo irreformable es la Puta. O acabamos con ella o ella acaba con nosotros. Lutero leyó en Agustín la inmoral tesis de que la virtud sin la gracia es un vicio y que Dios salva o condena sin importarle las obras del hombre. Ponerse el cristiano pasivamente en las manos del Altísimo, abandonarse a su voluntad sin oponer resistencia era el camino de la salvación. Nada de obras: fe en nuestro Redentor y basta, quedamos santificados. Así que nada de rectitud ni de bondad ni de caridad, ¡a matar, a robar, a saquear que Dios nos salva!

Siguiendo el ejemplo de Wyclif y Hus que habían instigado a los príncipes de Inglaterra y de Bohemia respectivamente a incautarle en sus dominios las inmensas propiedades a la Puta, Lutero se enfrentó a León X azuzando contra éste a los príncipes germánicos para que se zafaran de su coyunda. El enfrentamiento de Lutero con la Puta de Roma empezó el 31 de octubre de 1517 cuando clavó en el pórtico de la iglesia de Todos los Santos del castillo de Wittenberg sus noventa y cinco incendiarias tesis o proposiciones en latín contra la venta de indulgencias en Alemania. Las indulgencias son la remisión mediante un pago, efectuado por los familiares, de los castigos temporales que se han ganado por sus pecados quienes no se condenan pero que, sin irse tampoco en directo al cielo, tienen que pasar antes por el purgatorio, una escala que como puede durar cien años puede durar cien mil. Pues bien, mientras más paguen los deudos más rápido sale el difuntico de las llamas del purgatorio y se va a gozar en las nubes de la presencia de Dios. Así, con unos cien mil dólares más o menos, hoy lograría el que esto escribe sacar a su papá del purgatorio donde anda el pobre purgando por las veinte mujeres que tuvo y a las que les hizo doscientos cincuenta y cuatro hijos que le dieron dos mil quinientos nietos. Lo más interesante de todo esto es que si el cristiano niega el purgatorio, que es lo que hicieron los luteranos, se van al diablo las indulgencias, pues muerto el perro se acabó la rabia.

—Una pregunta, compadre: y si el difunto se fue al infierno, ¿de qué sirven las indulgencias que se le compran?

—Sirven para lo que sirven las tetas de los hombres.

—¿Y el dinero pagado lo devuelven?

—Más devuelve un tiburón al que se traga. La Puta jamás ha devuelto un centavo.

—¿Y el limbo?

—No existe. Benedicto acaba de suprimirlo de un plumazo.

—Y entonces los indios que murieron antes de la cristianización de América, ¿dónde están hoy?

—Doctores tiene la Santa Madre Puta que saben responderlo.

El 22 de febrero de 1300 el irascible Benedetto Caetani o Bonifacio VIII promulgó la bula *Antiquorum habet* que empieza diciendo: "La fiel relación de los antiguos nos cuenta que a quienes se acercaban a la honorable basílica del príncipe de los Apóstoles les fueron concedidos grandes perdones e indulgencias de sus pecados. Nos, teniendo por ratificados y gratos todos y cada uno de esos perdones e indulgencias, por autoridad apostólica los confirmamos y aprobamos". Con esa bula, emitida con el pretexto de celebrar el nuevo siglo pero en realidad para lanzar en grande la venta de indulgencias, Bonifacio convocaba el primer año santo o año del jubileo, invento genial suyo que tanto oro le habría de dar a él, y en los siglos sucesivos a la Puta. Doscientos mil peregrinos de toda Europa se volcaron entonces sobre Roma, una ciudad de treinta mil habitantes, a llenarle de dinero las arcas al insaciable Vicario de Cristo a cambio de esas indulgencias que le evitaban al pecador más empedernido el paso por el purgatorio y le abrían de par en par las puertas del cielo. Dos clérigos instalados ante el altar mayor de San Pedro recibían día y noche las limosnas del interminable flujo de peregrinos. Durante ese primer jubileo (caprichos del Altísimo) muchos de esos peregrinos perecieron aplastados en el puente Sant'Angelo durante una estampida de la multitud al estilo de las que se dan en nuestros días durante las peregrinaciones anuales de los musulmanes a La Meca. Dante habría de plasmar el suceso en una escena de su Divina Comedia en que un montón de almas perdidas se precipitan por el nefasto puente hacia el infierno. En fin, Bonifacio VIII fue uno de los papas más autocráticos y avorazados de poder y de dinero de toda la Historia de la Puta; ascendió al papado desbancando con los más sucios manejos al octogenario y pobre de espíritu Pietro del Murrone o San Celestino V, a quien confinó en la torre de Castel Fumone y a quien, según dicen, mandó asesinar: le martillaron un clavo como los de Cristo en la cabeza.

En vista del éxito inmenso de la máquina de hacer dinero que se inventó Bonifacio, Clemente VI celebró su propio jubileo en 1350 y en adelante el año santo se siguió celebrando ya no cada nuevo siglo como había sido la idea original, sino cada cincuenta años. Todavía en mi niñez lo seguían convocando, pues recuerdo que en 1950 Pío XII celebró uno solemnísimo, que Dios sabrá cuánto billete verde le dejó. El de 1350 lo convocó Clemente VI el 25 de enero de 1343 con una bula, la *Unigenitus Dei Filius* (El Hijo único de Dios) que empieza afirmando que el Unigénito Hijo de Dios adquirió para la Iglesia militante un tesoro, el de las indulgencias, y que "se lo encomendó al bienaventurado Pedro, llavero del cielo, y a sus sucesores y vicarios suyos en la tierra para que lo dispensaran sabiamente a los fieles y lo aplicaran con misericordia por causas razonables, ya fuera para la total, ya fuera para la parcial remisión de la pena temporal debida a los pecados, tanto de modo general como especial, según conocieren por Dios lo que conviniere". Con esta verborrea mierdosa el representante del Unigénito aquí en la tierra sacó lo que anunció al comienzo, su buen tesoro.

Digno también de recordación es el jubileo de 1450 convocado por Nicolás V y durante el cual Dios le mandó a su rebaño estúpido, en castigo por su estulticia y para que aprenda aunque nunca aprende, una peste que llenó de cadáveres los caminos de Italia y que dejó chiquitos los cementerios de Roma. Nicolás, por supuesto, salió huyendo de la Ciudad Eterna hasta que cedió el flagelo y pudo volver pero para encontrarse con que, al caer de la tarde del 19 de diciembre y ya en la última semana de ese infausto jubileo, el corcoveo de una mula provocó una segunda estampida en el mismo puente Sant'Angelo en que doscientas almas necias cayeron al Tíber y se fueron a buscar en el más allá de sus turbias aguas las indulgencias plenarias. Los cadáveres que lograban sacar del traicionero río los iban colocando en devotas filas en la cercana iglesia de San Celso para su identificación. Muy triste todo, sí, pero si muchos se ahogaron, Nicolás V financieramente se salvó, gracias a Dios: en el solo banco de los Medici depositó cien mil florines de oro, más que la tercera parte de todas sus entradas anuales y casi tanto como lo que le daban los Estados Pontificios. Y pocos años después, el 3 de agosto de 1476 y en una bula en favor de la Iglesia de San Pedro de Saintes, Pío II afirmaba que "queriendo Nos socorrer por autoridad apostólica del tesoro de la Iglesia a las almas que están en el purgatorio, concedemos y juntamente otorgamos que si algunos parientes, amigos u otros fieles cristianos, movidos a piedad por esas mismas almas expuestas al fuego del purgatorio para expiar las penas por ellas debidas según la divina justicia, dieren cierta cantidad o valor de dinero durante dicho decenio para la reparación de la iglesia de Saintes, según la ordenación del deán y cabildo de dicha iglesia o de nuestro colector, visitando dicha iglesia, o la enviaren por medio de mensajeros que ellos mismos han de designar durante dicho decenio, queremos que la plenaria remisión valga y sufrague por modo de sufragio a las mismas almas del purgatorio, en relajación de sus penas, por las que, como se ha dicho antes, pagaren dicha cantidad de dinero o su valor". ¡Qué redacción, por Dios!

Y no bien el sucesor del sucesor de Nicolás V, el conspirador, asesino y nepotista de Sixto IV vació el tesoro papal con sus campañas militares y sus prodigalidades con su familia, y ya no le alcanzaban los puestos de la Curia que duplicó para ponerlos doblemente en venta, entonces echó mano de la milagrosa fórmula de la venta de indulgencias. Y así en su bula del 9 de agosto de 1479 *Licet ea* condenaba los errores de Pedro de Osma, entre los cuales uno que le afectaba muy especialmente porque se refería a su bolsillo, el que ese hereje afirmara que el Romano Pontífice no podía perdonar la pena del purgatorio: "Declaramos que todas estas proposiciones son falsas, contrarias a la santa fe católica, erróneas, escandalosas, totalmente ajenas a la verdad evangélica, contrarias también a los decretos de los santos Padres y demás constituciones apostólicas, y que contienen manifiesta herejía".

Y ahora sí llegamos a León X, el papa que desencadenó la Reforma. Todavía un año después de que Lutero clavara sus noventa y cinco tesis en el pórtico de la iglesia del castillo de Wittenberg, ese papa frívolo y pederasta que cabalgaba de lado como mujer a causa de una úlcera anal ganada en batallas amorosas no se daba por enterado de que se le venía encima un tsunami, y 9 de noviembre de 1518 emitía su despreocupada bula *Cum postquam* que empieza afirmando: "El Romano Pontífice, sucesor de Pedro el llavero y Vicario de Jesucristo en la tierra, por el poder de las llaves con que le corresponde abrir el reino de los cielos, puede por causas razonables conceder a los mismos fieles de Cristo, que ora se hallen en esta vida ora en el purgatorio, indulgencias de la sobreabundancia de los méritos de Cristo y de los santos. Y por tanto que todos, lo mismo vivos que difuntos, que verdaderamente hubieren ganado todas estas indulgencias, se vean libres de tanta pena temporal debida conforme a la divina justicia por sus pecados actuales, cuanta equivale a la indulgencia concedida y ganada. Y decretamos por autoridad apostólica a tenor de estas mismas presentes letras, que así debe creerse y predicarse por todos bajo pena de excomunión *latae sententiae*".

—¡Eureka, compadre! Ya sé qué quiere decir "encíclica".

—¿Qué?

—Mierda de papa.

—Se va a ir al infierno sin pasar por el purgatorio por boquisucio.

—¡Que me vaya! De ahí me saca mi mujer con una mula que le dé al papa.

El 15 de junio de 1520, casi tres años después de lo de la iglesia del castillo de Wittenberg, León X se dignó emitir su bula *Exsurge Domine* (Expúlsalo, Señor) condenando cuarenta y una de las noventa y cinco tesis de Lutero. He aquí, como muestra, cuatro de esos errores de Lutero según el papa que los condenaba: "Las indulgencias son piadosos engaños de los fieles y un abandono de las buenas obras. Las indulgencias no sirven para la remisión de la pena debida a la divina justicia por los pecados actuales. Se engañan los que creen que las indulgencias son saludables y útiles para provecho del espíritu. No hay forma de probar que el purgatorio esté en el canon de las Sagradas Escrituras". La bula terminaba con la siguiente censura: "Condenamos, reprobamos y de todo punto rechazamos todos y cada uno de los antedichos artículos o errores como heréticos, escandalosos, falsos y ofensivos a los oídos piadosos, como engaños a las mentes sencillas y como opuestos a la verdad católica". Y mandó quemar los escritos de Lutero en Roma. ¿Y saben qué hizo Lutero? Pues le aplicó a León X su misma medicina: quemó su bula en Wittenberg. Y es que una bula arde como una tesis y un católico como un luterano. Ecuánimes como siempre han sido, las llamas no hacen distinción, queman parejo. "Porque has corrompido la verdad de Dios, que Él te destruya en esta hoguera", así imprecó Lutero a la bula *Exurge Domine*, volviéndola cenizas que se llevó el viento. Medio año después el mismo León X emitía la bula de excomunión *Decet Romanum Pontificem* (Conviene al Pontífice Romano). Qué hizo con ella Lutero no lo sé. La ha debido de haber quemado como la otra o se habrá limpiado con ella el trasero, habida cuenta de que era un hombre tosco y vulgar que se alzó con una monja, Catalina de

Bora, y que como los perros de su Biblia alemana meaba contra la pared. Carlos V, por su parte, instó al renegado a presentarse a la Dieta de Worms y a retractarse. ¡Presentarse! ¡Retractarse! El taimado monje se refugió en el castillo de Wartburg donde le dio refugio Federico el Sabio, elector de Sajonia, y donde tradujo del griego al alemán el Nuevo Testamento. Años después en Wittenberg habría de traducir del hebreo el Antiguo, completando así su Biblia traducida, que hizo del alemán lo que la Divina Comedia de Dante hizo del italiano: una lengua hecha y derecha con siglos de porvenir.

La Ilustración vio a Lutero como el agente de la emancipación de Roma de los pueblos germánicos y el heraldo de la libertad de conciencia. Yo lo veo como un bellaco audaz. Con suficiencia de ignorante se burlaba de Copérnico y su tesis de que la tierra gira en torno al sol. Bibliólatra desatado, adoraba la Biblia como un perro a un hueso o un mahometano al Corán. Creía en brujas e incitaba en sus sermones a que las quemaran sin misericordia. Por él en 1540 quemaron en Wittenberg a cuatro mujeres acusadas de brujería. Y ante el caso de un niño retrasado mental les recomendó a las autoridades que lo ahogaran pues era un cuerpo sin alma. Decía que había que creer en el Diablo porque sin un Maligno que tentara a los hombres y los llevara a la condenación no había necesidad de Cristo para que los salvara. Escribía que "las niñas empiezan a hablar y a caminar antes que los niños porque la maleza crece siempre más rápido que las buenas semillas". Odiaba a los judíos como cristiano rabioso. A los campesinos de Suiza y Alemania que se alzaron contra sus opresores los príncipes tomando sus tesis como bandera los traicionó y abandonó a su suerte poniéndose del lado de los poderosos. Y escribió un libelo enfurecido contra los campesinos de Turingia que se rebelaron bajo la conducción de Thomas Münzer, "Wider die räuberischen und mörderischen Rotten der

271

andern Bauern" (Contra los asesinatos y depredaciones de las hordas campesinas). Münzer o Müntzer o Monczer o en latín Tomas Monetarius, que en un principio fuera partidario de Lutero, acabó llamándolo "monje desvergonzado, borracho y putañero", el "doctor Mentiras" que "se había tragado al Espíritu Santo con todo y plumas". Después de incontables atrocidades cometidas por bando y bando, los nobles de la Liga de Suabia sofocaron el alzamiento campesino con una sangrienta represión y en 1525 derrotaron a Münzer y lo decapitaron en Mühlhausen. Una colección de las cartas de Münzer fue a dar a Lutero, que las publicó con comentarios humillantes.

Reprimida la revuelta campesina les tocó el turno a los anabaptistas, a los que tal vez pertenecía Münzer. Esta secta, la primera de las muchas que habrían de surgir del protestantismo, rechazaba el bautismo de los niños aduciendo que éstos no tenían todavía la capacidad de aceptar por su propia decisión la religión cristiana y en consecuencia pretendían volver a bautizar a todos los adultos. En 1526 en la Dieta de Spira, en Alemania, católicos y protestantes se unieron para acabar con ellos y emitieron un edicto condenándolos al que se adhirió Lutero. Por entonces el hermano del emperador, el rey Ferdinand, declaraba que el ahogamiento, llamado el "tercer bautismo", era el mejor antídoto contra estos herejes entre los herejes, estos protestantes que protestaban hasta del protestantismo. Y así los protestantes de la Suiza de Zwinglio, basándose en el código de Justiniano que ordenaba la ejecución para el que fuera bautizado dos veces, condenaron a muerte por ahogamiento a los anabaptistas de Zurich. El primer mártir anabaptista fue Felix Manz, ahogado por los secuaces de Zwingilo en 1527. Ese mismo año torturaron y ejecutaron a Michael Sattler, aunque no sabemos si los protestantes o los católicos. Entre 1527 y 1660, en Suiza, Austria, Alemania, Bélgica y los Países Bajos miles y miles de anabaptistas habrían de acabar sus días ahogados, quemados, decapitados o enterrados vivos.

Sin embargo los anabaptistas lograron una hazaña que hay que recordar: en 1534 se apoderaron de la ciudad de Münster, en Westfalia, donde instalaron una teocracia y un reino del terror dignos de los ayatolas iraníes de hoy día. Sólo que los ayatolas son unos santones hipócritas y los rebeldes munsterianos fueron unos polígamos desenfrenados. Jan Matthys o Matthijs o Mathijz o Matthyssen o Matthyszoon, un panadero de Haarlem, depuso a las autoridades civiles y religiosas de Münster, expulsó al príncipe obispo Franz von Waldeck, rebautizó a la ciudad como la Nueva Sión e impuso el segundo bautismo para todos los ciudadanos. De la conquista de Münster seguiría la del universo mundo y para ello se empezaron a preparar los rebeldes. Poco les duró el sueño. El obispo expulsado los sitió con un ejército de católicos y luteranos, y cuando el domingo de resurrección de 1534, sintiéndose un nuevo Gedeón bíblico, Matthys hizo una salida con treinta de sus seguidores, lo apresaron y le cortaron la cabeza y los genitales. La cabeza la exhibieron clavada en una estaca que pusieron a la vista de los sitiados, y los genitales los colgaron de la puerta de la ciudad.

Para reemplazar al difunto Matthys los sitiados escogieron entonces a Jan Beuckelszoon o Beuckelzoon o Beuckelson o Bockelszoon o Bockelson o Beukels o Buckholdt o Bockold o simplemente Jan de Leyden, un sastre de 26 años que nombraron rey de la Nueva Sión. El sastre rey instaló de inmediato el ansiado reino de la felicidad con comunidad de bienes y de mujeres. A él le tocaron dieciséis, de las que decapitó a una. Las orgías de lujuria y destrucción que siguieron en Münster no tienen nombre. Cuanto tesoro de arte había lo destruyeron los rebautizados y cuanto libro encontraron, salvo la Biblia, lo quemaron. En tanto los anabaptistas se entregaban en el interior de la ciudad a su orgía de sexo y destrucción, afuera el obispo von Waldeck les cerraba el cerco. Cuando se hizo inminente la caída de la ciudad, como último recurso para escaparse el loco Jan de Leyden ya la iba a quemar cuando los sitiadores la tomaron. A él, a su lugarteniente Knipperdollinck y a su canciller Krechting los apresaron y tras seis meses de los más atroces suplicios los ejecutaron. Sus cuerpos los metieron en jaulas de hierro que colgaron para escarmiento de la torre de la iglesia de San Lamberto. Ahí siguen hoy las jaulas, ya vacías de cadáveres, balanceándose como los genitales de Jan Matthys en la puerta de la ciudad o como campanas del campanario. Así que el que sueñe con hacerse bautizar dos veces que lo piense. Yo con una tuve. A mí que no me vayan a degollar, ni de la cabeza ni de las campanas. Hoy lo que queda de los anabaptistas son los menonitas, los amish y los huterianos, sectas en extinción que se reproducen por consanguinidad y que andan dispersos por los Estados Unidos, Canadá y el norte de México, dándose golpes de pecho, vendiendo quesos y cargando taras. Jakob Hutter, el fundador de los huterianos, fue otro que murió quemado, en 1536 como Jan de Leyden.

El experimento teocrático de los anabaptistas de Münster no había sido el primero en Europa ni habría de ser el último. Lo precedió el de Savonarola en 1494 en Florencia y lo siguió el de Calvino en 1541 en Ginebra. Al igual que Wyclif y Hus, el dominico Savonarola era de la extraña especie de los que creían que la Puta era reformable, y como aquéllos avivaba el resentimiento popular contra su rapacidad y su lujuria. Por todas partes veía la obscenidad y a Leonardo y a Botticelli los acusaba de sodomía. De los ricos de Florencia esperaba que repartieran sus riquezas entre los pobres y algunos bienintencionados así lo hicieron y ya andaban vestidos de gris mendigando por las calles. Pero los que se negaron acudieron al más rico, al de Roma, Alejandro VI, mi papa preferido, que empezaba entonces su licencioso pontificado, uno de los más brillantes y alegres de la cristiandad. Alejandro tomó bajo su directo control el monasterio de los dominicos de Florencia que dirigía Savonarola, le prohibió a éste predicar, y como no se sometió lo excomulgó. De Savonarola hay que recordar un episodio que describe muy bien su oscurantismo de teócrata, la "hoguera de las vanidades" que encendió en la plaza de mercado para que ardieran en ella todas las obras indecentes del Renacimiento florentino, más instrumentos musicales, ropa lujosa y cuanto escrito y libro encontró que no fueran los escritos suyos y la Biblia. En esa hoguera se convirtieron en humo muchas de las pinturas del sodomita Botticelli. Traicionado por el populacho y el gobierno, Florencia lo entregó a la Inquisición, que después de torturarlo como Dios manda lo ahorcó junto con dos de sus más cercanos seguidores por herejes y luego quemó los cadáveres en la plaza principal de esa ciudad hermosa, lujuriosa y mugrosa, que recientemente han bañado con agua y jabón. El día menos pensado canonizan a Savonarola, acuérdense de mí.

Y pasamos ahora a la tercera teocracia, la de la Ginebra y de Calvino que empezó de luterano en la Sorbona, tuvo que salir huyendo de París perseguido por la Inquisición y fue a dar a Basilea donde publicó en 1536, a los 27 años, la que habría de ser su obra más famosa, la *Institutio christianae religionis* (La institución cristiana), que le situó al frente del pensamiento protestante. En Estrasburgo se casó con la viuda Idelette de Bure con la que tuvo un hijo que murió en la infancia, y llamado por los ciudadanos de Ginebra se apoderó de la ciudad y fundó en ella la segunda teocracia protestante, habiendo sido la primera la aniquilada Iglesia de los anabaptistas de Münster. Todo lo religioso y lo profano quedó bajo su control en una fortaleza amurallada, amenazada afuera por los príncipes católicos y casi aislada del resto del mundo. Como inquisidores dominicos sus espías husmeaban en la vida privada de los ciudadanos viendo quién copulaba con quién y por qué agujero. Hombre de un horizonte espiritual más limitado todavía que el de Lutero, así como éste se oponía al heliocentrismo de Copérnico, Calvino negaba la circulación de la sangre propuesta por Miguel Servet. Entre las numerosas ejecuciones que tuvieron lugar en Ginebra bajo su puritano reino del terror la más sonada fue la de este español rebelde que descubrió el intercambio de sangre entre el corazón y los pulmones y que, contradiciendo a católicos y protestantes por igual, negaba la doctrina del pecado original y el estúpido misterio de la Santísima Trinidad. A Ginebra llegó huyendo de la Inquisición católica. ¡A buen puerto se acogía, al reino de la tolerancia! Un día que de imprudente se fue a oír predicar a Calvino lo descubrieron, lo detuvieron y lo juzgaron. Todas las iglesias suizas consultadas estuvieron de acuerdo en que había que quemarlo: vivo lo quemaron en Champel el 27 de octubre de 1553 en el acto de fe más célebre llevado a cabo por una autoridad protestante según el modelo de la Inquisición católica. Calvino, que aprobó su ejecución, recomendó sin embargo que lo decapitaran. Ningún caso le hicieron al misericordioso y le aplicaron al heterodoxo español la incruenta especialidad de la Puta para salvar herejes y brujas: la hoguera con sus acariciantes llamas crepitantes. Para salvarlos de qué es lo que nunca he logrado saber. Acaso de su sevicia. Como los anabaptistas, Servet se oponía al bautismo de los niños. Yo me opongo al de niños y adultos por parejo. A los que hay que bautizar es a los muertos para que se vayan derechito al cielo con sus gusanos.

Seis años después de que los calvinistas de Ginebra quemaran a Servet en Champel por antitrinitario, los católicos de París ahorcaban a Anne du Bourg en la place de Grève por calvinista. O mejor dicho ellos no sino su rey Enrique II y la familia sanguinaria de los Guisa, ejecutores luego de la matanza de hugonotes la noche de San Bartolomé. "Amigos —exclamó du Bourg en el cadalso—, no estoy aquí por ladrón ni asesino sino por el Evangelio". Y tras estas palabras insensatas le quitaron el banquito y quedó colgando como badajo de campana. Calvino logró hacer de Ginebra lo que no pudo hacer Lutero con Wittenberg ni los anabaptistas con Münster, la Roma del protestantismo. Algo es algo. De Ginebra la Reforma irradió a buena parte de Europa y a los Estados Unidos. Todo cuanto hay de malo en este pobre país plano y sin redención viene de él o de la Puta de Roma, que se le ha sumado últimamente. Al enfermito de pancreatitis se le declaró un sida. ¡Y viene en camino el Islam! ¡Pobres Estados Unidos! Tanto carro, tanto televisor, tanta plata y miren… Están a un paso de que entre católicos, protestantes y mahometanos los teocraticen y los vuelvan de un plumazo a la Edad Media.

Un precursor de Servet en cuanto que lo satanizaron tanto los calvinistas como la Puta de Roma y que no puedo dejar de mencionar entre los hombres ilustres que quemó nuestra tan mencionada ramera fue el francés Éttiene Dolet, un humanista de la estirpe de Valla y de Erasmo y autor de los *Commentarii linguae latinae*. Tres veces lo encarcelaron por ateísmo y por publicar un diálogo de Platón que negaba la inmortalidad del alma. La Facultad de Teología de la Sorbona acabó condenándolo, lo torturaron y lo quemaron vivo en la hoguera. Ésta es la hora en que no se sabe si Dolet era protestante o un librepensador racionalista y anticlerical o qué. Lo que sí está claro es que si bien católicos y protestantes se enfrentan en todos los campos en el curso del siglo XVI, en un punto se ponen de acuerdo: la necesidad de acabar con las brujas, los herejes, los escépticos, los defensores de la tolerancia religiosa y los espíritus libres que se lanzan valientemente a la gran aventura de la ciencia moderna. A Dolet lo han llamado "el primer mártir del Renacimiento", pero eso depende de cuándo demos por empezado el Renacimiento o terminada la Edad Media. Quemar víctimas en estado de indefensión ha sido en todo caso la gran especialidad de la Puta desde que se montó al poder en el 313 y lo que había sido hasta entonces una religión de necios se convirtió en una empresa de asesinos. Déjenle crecer otra vez las garras y verán si vuelven o no vuelven las hogueras. Ojo a la travestida Benedicta de hoy día, de zapatillas rojas aterciopeladas e impoluta albura ensotanada, que es un inquisidor nato. Se le lee la falsía jesuítica en los ojos. Una cosa habremos de agradecerle hoy al monje montaraz de Lutero por sobre todas sus infamias: el haber dividido a la Puta de Occidente en dos, sin lo cual no habrían sido posibles el Siglo de las Luces ni la Revolución Francesa ni cuantos movimientos libertarios vinieron luego. Sin él acaso habríamos retrocedido del Renacimiento al Medioevo y hoy estaríamos en las oscuridades medievales en que siguen los musulmanes. Enfrentadas la una con la otra, la Puta protestante de la Reforma y la católica de la Contrarreforma se habrían de despedazar el alma a dentelladas compitiendo a ver cuál era la más asesina. Pues la primera, la católica, la otra no fue más que un divertimento.

En 1534, mientras los anabaptistas tomaban a Münster, Enrique VIII de Inglaterra declaraba instaurada la Iglesia anglicana en su isla. Uno por uno había venido rompiendo en los dos años precedentes todos sus lazos con el papado en represalia porque Clemente VII se negaba a anular su matrimonio con la tía de Carlos V, Catalina de Aragón, con la que tuvo a la futura Bloody Mary, la sanguinaria María Tudor. En 1532, con la ayuda del parlamento, obligó al clero inglés a reconocerlo como jefe de la Puta inglesa, disolvió todas las órdenes monásticas y sus propiedades las repartió entre los nobles a cambio de su apoyo. Al año siguiente se casó en secreto con Ana Bolena, la hizo coronar reina por Thomas Cranmer, al que acababa de nombrar arzobispo de Canterbury y que le ayudó a anular su matrimonio con Catalina. A John Fisher y a Thomas Moro (canonizados en 1935 por la Puta católica) los hizo decapitar a pocos días uno del otro por lameculos de papa y por oponerse a ese divorcio y a su nuevo matrimonio. Y sin embargo él mismo, cuando a su vez era lameculos de papa y ferviente católico, había hecho quemar en la hoguera por reformistas al erudito de Cambridge Thomas Bilney y al traductor de la Biblia al inglés William Tyndale. Ya en rebeldía siguió de pirómano y al fraile Forest le aplicó la consabida hoguera por papista y a John Nicholson por luterano. Luego se cambió a decapitador. Y decapitados John Fisher y Thomas Moro se siguió con su flamante Ana Bolena a la que hizo degollar acusándola de adulterio con varios hombres y de incesto con su hermano. Se casó entonces con Joan Seymour que pronto murió al dar a luz a quien habría de sucederlo como Eduardo VI. Luego se casó con Ana de Cleves, de la que se divorció de inmediato por fea para casarse con Catalina Howard, de 20 años, a quien poco después hizo decapitar en la Torre de Londres en castigo por los amantes que había tenido antes de su matrimonio con él. De las seis esposas que tuvo (de ellas, tres Catalinas y dos Anas) les bajó sus reales cabezas a una Catalina y a una Ana. Su última esposa, Catalina Parr, se escapó del maltrato porque Barba Azul fue llamado al juicio de Dios. ¡Y pensar que antes de pelearse con Roma este monstruo caprichoso y cruel había escrito un libro en defensa de los siete sacramentos y atacando a Lutero, a quien despreciaba, el *Assertio septem sacramentorum adversus Martinum Lutherum*, que le valió del papa el título de "defensor de la fe"!

El hijo que tuvo Enrique VIII con Joan Seymour, Eduardo VI, sucedió a su padre con tan sólo 10 años de edad para morir seis años después de tuberculosis y ser sucedido a su vez por su hermanastra María Tudor, la mencionada hija de Enrique y Catalina de Aragón, Bloody Mary o María la sanguinaria, católica como su madre y por lo tanto devota practicante de la hoguera: en sus cinco años de reinado quemó a trescientos miembros del alto clero protestante, entre los cuales el alcahueta arzobispo de Canterbury Thomas Cranmer, el obispo de Worcester John Hooper, el reformador Hugh Latimer y el obispo de Londres Nicholas Ridley, quemados estos últimos en una misma hoguera en Oxford. A un paso de las llamas Latimer exhortaba a su compañero de martirio así: "Be of good comfort, Master Ridley, we shall this day light such a candle by God's grace in England as, I trust, shall never be put out" (Consuélese, maese Ridley, que por la gracia de Dios hoy brillaremos como una vela que según espero nunca se apagará en Inglaterra). ¡Valiente consuelo! No hay vela que no se apague ni héroe que no se olvide. ¡Quién recordaría hoy a Latimer y a Ridley sino yo porque ando levantándole el inventario de sus crímenes a la Puta! Y sigamos. A Juana de Arco no la cuento pues aunque también la quemaron era una loquita protagónica que oía "voces".

Sigamos entonces con una de las páginas más negras de la Historia de la Puta y de las más conocidas, la noche de San Bartolomé, la matanza de los protestantes franceses o hugonotes ocurrida al amanecer del 24 de agosto de 1572 y en que la Puta católica, por la mano de sus esbirros el rey de Francia Carlos IX y su madre Catalina de Medici, masacró a traición a los hugonotes de París y a los que habían venido de provincia a la boda de Margarita de Valois, hija de Catalina, con el hugonote Enrique de Navarra. El exterminio de los jefes hugonotes que seguían en París tras la boda fue tramado en secreto por Catalina y los nobles católicos en el palacio de las Tullerías, contiguo al Louvre. Poco antes del amanecer del 24 de agosto las campanas de la iglesia de Saint Germain l'Auxerrois rompieron a tañer, señal para empezar la matanza. Una de las primeras víctimas fue el almirante de Coligny, el jefe de los hugonotes, muerto a manos de los esbirros de Enrique de Guisa, el jefe de los católicos. Las casas y las tiendas de los hugonotes fueron saqueadas, sus ocupantes brutalmente asesinados y muchos de sus cadáveres tirados al Sena. Ni el séquito de Enrique de Navarra, que Margarita y su hijo habían alojado en el Louvre, se escapó pues violando hasta el principio universal de la hospitalidad allí los asesinaron. Todavía el día 25, pese a que una orden real había mandado terminar la carnicería, ésta seguía en París. De París pasó a Ruán, Lyon, Bourges, Orleáns, Burdeos, prolongándose hasta principios de octubre. ¿A cuántos hugonotes mató la Puta entre los de París y de provincia? Según ella a unos dos mil. Según un sobreviviente hugonote, el duque de Sully, setenta mil. Ustedes verán a quién le creen.

Cuando la noticia del baño de sangre llegó a Roma el papa Gregorio XIII la celebró con fiestas y un solemne *Te Deum*, le encargó al pintor Vasari que lo inmortalizara en un fresco que hoy se puede ver en la Sala Real del Vaticano, mandó acuñar una medalla conmemorativa y le escribió a Carlos IX felicitándolo: "Os acompañamos en vuestra alegría porque por la gracia de Dios habéis librado al mundo de esos desgraciados herejes". Este Gregorio XIII (de soltero Ugo Buoncompagi y profesor de leyes) no bien llegó al papado y nombró a su hijo bastarlo Giovanni gobernador de Castel Sant'Angelo y después cardenal. Sucesor del gran asesino, inquisidor y antisemita San Pío V, fue sucedido a su vez por el gran asesino, inquisidor y simoníaco Sixto V. Un zafiro, como quien dice, entre dos diamantes. Fue él el que se inventó los nuncios papales o agentes diplomáticos que enviaba a espiar a los príncipes católicos y a urgirlos a quemar protestantes y a fundar seminarios. Él mismo fundó uno en Roma trasformando un hospicio de peregrinos ingleses en un semillero continuo de misioneros que mandaba a la Inglaterra de Isabel I, quien allí se los convertía en mártires (esta gran reina se escabechó a ciento veintitrés curas católicos, en su mayoría jesuitas). Respecto a los judíos llegó a la conclusión de que su culpa por haber rechazado a Cristo y haberlo crucificado "aumentaba de generación en generación, condenándolos a la esclavitud perpetua". Y sin embargo este mismo papa declaró que no era homicidio matar un embrión de menos de cuarenta días pues todavía no era humano. Y así es, en efecto, un embrión de cuarenta días apenas si es algo más que un gusano, matarlo es un vermicidio. Crimen es acuchillar una vaca, que tiene recuerdos como yo y un sistema nervioso como el mío que le hace sentir el dolor, la angustia, el miedo, el pánico como yo. El sucesor de Gregorio XIII, el simoníaco e inquisidor Sixto V se echó para atrás y en su bula *Effraenatum* decidió que el aborto temprano sí era homicidio y lo castigó con la excomunión. Luego Gregorio XIV, retomando la tesis de Gregorio XIII, dio por no emitida esa perversa bula que en nuestros días habrá inspirado sin duda al Pablo VI de la *Humanae vitae* y al infame Wojtyla, los más grandes azuzadores de la paridera.

—¿Cuáles son, en orden cronológico, niños, los tres santos pirómanos de la Contrarreforma católica?

—En orden cronológico son: San Pío V, San Carlos Borromeo y San Roberto Belarmino.

—¿Y a cuántos quemaron entre herejes, judíos, protestantes y brujas?

—A tres mil quinientos millones de trillones de septillones.

—No exageren, niños: si acaso a cien. ¿Y por qué, aparte de quemar congéneres humanos, también es digno de recordación San Pío V?

—Porque le encargó al artista Daniel de Volterra, *il braghettone*, que a los hombres desnudos que pintó Miguel Ángel en la Capilla Sixtina les tapara el pipí.

—¿Y cómo era San Pío V?

—Gordo, miope, de barbita y mostacho y muy bruto y muy malo.

—¿Y San Roberto Belarmino?

—Mucho peor: un lameculos de papa que traicionó a Galileo y se lo entregó a la Inquisición.

Exacto, un lameculos de papa y traidor. En su libro *De Romano Pontifice* escribió: "El papa es el juez supremo en cuestiones dudosas de fe y de moral. Si yerra imponiendo pecados y prohibiendo virtudes, la Iglesia deberá considerar como buenos tales pecados y como vicios tales virtudes; si no, pecará contra conciencia".

—¿Qué es pecar contra conciencia, niños?

—Hacerse la paja pensando en mujeres.

—No. Eso es heterosexualidad.

Y no sólo San Roberto Belarmino le entregó a Galileo a la Inquisición sino que fue también el que le echó más leña a la hoguera en que quemaron a Giordano Bruno por defender antes que Galileo la tesis copernicana de que la tierra gira en torno al sol y por sostener que las estrellas son soles distantes con sus propios planetas, que el universo es infinito, que se puede convocar a las almas de los muertos por la necromancia y la magia y que lo de la Santísima Trinidad es puro cuento, o sea la vieja tesis antitrinitaria que le costó la vida a Miguel Servet. Como éste, Giordano Bruno acabó en la hoguera: en la plaza romana de Campo dei Fiori empezando el 1600 lo quemaron.

La guerra civil entre católicos y hugonotes continuó en Francia, pero no me voy a explayar en ella porque se acaba de morir Wojtyla, le están cantando sus nueve misas y ya lo van a enterrar en el pudridero de los papas con bombo y platillo, entre pedos y relinchos y mucha pompa y circunstancia. Hablaré tan sólo de pasada de los *camisards* (del occitano "camisa"), así llamados por sus camisas blancas que simbolizaban la pureza y que se ponían de noche cuando, poseídos por el fervor del Espíritu Santo, salían a quemar iglesias y a matar curas católicos. No bien Luis XIV decidió imponerles el catolicismo a todos sus súbditos y revocó el Edicto de Nantes que había consagrado en Francia la tolerancia religiosa, miles de protestantes se vieron obligados a emigrar del país o a refugiarse en la región montañosa de las Cevenas, en el Languedoc. Predicadores espontáneos como los del Hyde Park de Londres surgían de las entrañas de la tierra por generación espontánea y entre ellos un grupo de niños alucinados que en el mejor estilo de la cruzada infantil que dirigió en la Edad Media el pastorcito Stephen de Vandôme iban de pueblo en pueblo anunciando el inminente regreso de Cristo a la tierra para destruir al Anticristo de Roma. Guiados por una niña de luminosa belleza, "la bella Isabel", los pequeños profetas protestantes arrastraban multitudes que lloraban, se agitaban como serpientes en serpentario y caían en trance. En julio de 1702 los *camisards* ajusticiaron en Pont de Monvert al malvado abate de Chayla, mano derecha del intendente del Languedoc, que dirigía la persecución. Con ello quedó marcado el comienzo de la guerra de los *camisards* y de la sangrienta represión que desencadenó contra ellos Luis XIV. Décadas después de la muerte de este rey la represión seguía y sólo terminó en 1744. Es más, hasta 1950 en Francia los matrimonios entre católicos y protestantes eran casi como el de Romeo y Julieta y la intolerancia perseguía a los enamorados hasta en la tumba pues en los cementerios católicos no se podía enterrar a los protestantes ni en los protestantes a los católicos, y en unos y otros los cadáveres sólo eran comidos por gusanos correligionarios.

Buenos conocedores de sus montañas, apoyados por la población local y conducidos por caudillos populares como Jean Cavalier, un aprendiz de panadero, o Pierre Laporte, un castrador de chivos, unos cuatro mil *camisards* tuvieron en jaque durante años a un ejército de sesenta mil católicos. Con una táctica de emboscadas y ataques nocturnos les hicieron la vida imposible. Mandaban avanzadas de mujeres y niños histéricos a gritar, a aullar y a temblar poseídos por el Espíritu Santo; creían que las balas enemigas se convertían en agua, veían visiones y oían voces que los animaban a luchar por el Señor. Los dos primeros años de la guerra fueron los más sangrientos. A las ejecuciones y masacres de los católicos a manos de los *camisards* seguían las de los *camisards* a manos de los católicos. Un día los guerrilleros *camisards* masacraban a un pueblo católico; al siguiente el ejército católico masacraba a un pueblo *camisard*. Como cuando durante la Reforma en Escocia el cardenal David Beaton quemaba a los jefes protestantes George Wishart (el traductor al inglés de la Primera Confesión Helvética) y Patrick Hamilton (quien según el obispo Leslie había ido en peregrinación a la luterana Wittenberg de donde volvió "lleno de la pócima venenosa y mortal de Lutero mezclado con otros archiherejes"), y en respuesta los seguidores de éstos colgaban a Beaton de un muro del castillo de Saint Andrews. En el otoño de 1703 el rey tomó la decisión de arrasar a las Cevenas: cuatrocientas sesenta y seis aldeas y pueblos fueron entregados a las llamas y exterminados sus habitantes. Fue el llamado *brûlement des Cévennes* o "quema de las Cevenas", para beneplácito de Clemente XI, que sancionó el baño de sangre protestante con una bula. El espíritu de Inocencio III revivía en Luis XIV. En febrero del año siguiente una insurrección de los *camisards* del Vivarais fue ahogada en sangre, los de Camargue fueron masacrados, el pueblo de Franchassis destruido, los Cadets de la Croix exterminados y el jefe *camisard* Jean Cavalier derrotado. En los años siguientes los otros jefes *camisards* fueron siendo ejecutados: Castanet, Ravanel, Catinat, Bourgade, Couderc... El último fue Abraham Mazel, caído en 1710 cerca de Uzès. Con su muerte terminaron los combates pero no la represión, que continuó hasta 1744. Y no sé para qué doy nombres. Si me pongo a enumerar una por una a las víctimas de las Putas católica y protestante no me caben en las páginas del directorio telefónico de la ciudad México. Baste decir que la sola Guerra de los Treinta Años, que se inició con el enfrentamiento de la Unión Protestante a la Liga Católica a raíz de la llamada "segunda defenestración de

Praga" y que duró de 1618 a 1648, le bajó la población a Alemania de dieciocho a cuatro millones. No hay como una guerra de éstas o una buena peste bubónica para contrarrestar a un Wojtyla. Viene en camino el virus ébola que en cualquier momento empieza a hacer lindezas Dios mediante. En fin, en 1715 Luis XIV acuñó medallas para celebrar el exterminio de sus súbditos protestantes, hugonotes o *camisards* o como los quieran llamar. Fue de lo último que hizo el *Roi Soleil* pues poco después dejó su terrestre reino para irse a brillar en la eternidad de Dios, de quien fuera (aunque así no lo registre la Historia, que en ocasiones es alcahueta, muda y sorda) uno de sus más eficaces carniceros. ¡Cómo es que se nos murió Wojtyla sin canonizar a Luis XIV! Ni a Hitler ni a Mussolini ni a Pol Pot... ¡Ah papa haragán e inepto!

Pero la gran lacaya de la Puta no ha sido Francia sino España la cerril. La cerril, la prepotente, la obtusa, la cabra tumbamontañas y el país más bruto de Europa y el más cruel con los animales incluyendo a las cabras que desbarrancan por escarnio. Raza perseguidora de judíos, de moros, de herejes, de brujas, de protestantes, de indios americanos, dispuesta siempre a abrazar las causas más innobles de sus reyezuelos zánganos en el nombre de Dios en quien (al menos de palabra, que no de obra pues como su nombre lo indica el Altísimo les queda muy arriba en el cielo) de cuando en cuando se cagan. Porque además de zafia y cerril esta raza patipuerca es blasfema. La llamada raza hispánica no son en última instancia sino los criados de Fernando e Isabel, de Carlos V, de Felipe II, de los Borbones, una chusma arrodillada capaces de gritar, como cuando los franceses los estaban liberando del tirano Fernando VII, "¡Vivan las cadenas!" De este monstruo de maldad y cerrazón mental desciende el actual cazador furtivo Su Majestad Don Juan Carlos, don bellaco, don Borbón, un hombre frívolo y casquivano que se divierte matando osos a mansalva.

En estos zánganos reales, en sus principitos e infantas y en la tauromaquia se agota la hispanidad, que nos hincha de orgullo el alma.

El sábado 2 de abril de 2005, tras veintiséis años, diez meses y diecisiete días de pontificado durante los cuales ayudó como nadie a sumarle a la población mundial dos mil millones y casi revienta el santoral con los cuatrocientos ochenta y dos nuevos santos y los mil trescientos treinta y ocho nuevos beatos en espera de canonización que como por la magia de Aladino produjo su mano suelta, por fin murió Wojtyla, el papa más dañino, pérfido y malo que haya parido en sus putos días la puta tierra. Mentía en once lenguas además del polaco en que lo amamantó la Mentira. No bien se montó al solio de Pedro por un golpe de la suerte tras el fugaz pontificado de Albino Luciani (que Dios sabrá si no murió asesinado) y puso a funcionar todo el aparato vaticano al servicio de su vanidad que no conocía más límites que los del universo. Quería que lo vieran, lo oyeran, lo aplaudieran, ser el centro de todos y de todo todo el tiempo. ¿Y qué decía? Estupideces. Era homofóbico sin irle ni venirle, salvo que hubiera sido una mariquita de clóset, que bien puede ser. La idea del semen ajeno *per angostam viam* lo enloquecía como al Doctor Angélico y a la Inquisición. En cambio le importaba un carajo que acuchillaran en los mataderos a las vacas. Ni un solo niño o perro abandonado recogió. ¡Y cuántos niños no nacieron con sida en África mientras él predicaba contra la interrupción del embarazo y el condón! De los setecientos millones de espermatozoides que se pierden, por lo bajito, en cada eyaculación, y de las incontables eyaculaciones que se pierden en el curso de la vida de cada hombre nada decía este truhán tonsurado. Vivía en palacios entre comodidades y criados y más protegido que el tesoro de Tutankamen. Viajaba en jet privado, salía en televisión día y noche e inundaba con su santurrona efigie el planeta. Impúdicamente disfrutaba de los logros de la ciencia atea que la Puta que él encarnaba combatió y obstaculizó por siglos, opuesta siempre a todo progreso e investigación. A la Puta la manejó como un autócrata y nunca permitió la más mínima disensión. Viajó siempre en jet privado y en su impúdica agonía de meses ocupó un piso entero del Hospital Gemelli como si fuera príncipe saudita y no el más humilde entre los humildes que pretendía ser.

En esos veintiséis años, diez meses y diecisiete días en que representó la farsa de la santidad visitó ciento treinta países, doscientas sesenta y nueve ciudades italianas y doscientas setenta y cuatro de las trescientas veintiocho parroquias de la diócesis de Roma, recorriendo en total un millón trescientos mil kilómetros, el equivalente a más de tres viajes de la tierra a la luna. Promulgó trece encíclicas, trece exhortaciones apostólicas, cuarenta y una cartas papales, diez constituciones apostólicas y diecinueve motu proprios; convocó ocho consistorios y quince sínodos; escribió más de cien documentos, cartas o constituciones; recibió a más de catorce millones de fieles en ochocientas setenta y siete audiencias semanales a las que hay que sumar quinientas ochenta y cuatro visitas oficiales de Jefes de Estado y ochenta y dos de primeros ministros; pronunció dos mil cuatrocientos discursos o sermones o como los quieran llamar; nombró ciento cincuenta y siete nuevos cardenales. En sus nueve viajes apostólicos al África visitó treinta y dos países. Dignas de recordar son sus visitas al epicentro del sida: el Congo, Zaire y Sudáfrica, donde anduvo satanizando el condón y diciéndoles a los niños negros sin porvenir ni padres que "bienvenidos al banquete de la vida". En su obtusa testa de santurrón no le cabía el que la *immissio penis in vaginam* es la fuente de todos los infortunios del mundo. Devoto de la Virgen María, varias veces fue a sus santuarios de Knock en Irlanda, Fátima en Portugal, Lourdes en Francia y la Basílica de Guadalupe en México a supervisar los inagotables chorros de dinero que de ellos fluye hacia las incolmables arcas de la Puta. El 15 de mayo de 1995 ofició una misa en Manila ante la más grande concentración de bípedos gregarios que registre la Historia: entre cuatro y ocho millones. El 27 de octubre de 1986 reunió en Asís a ciento veinte representantes de todas las sectas cristianas y de las demás religiones para pasarse un día entero con ellos orando y ayunando, quitándole así el récord de ayuno al ex presidente de México el gran bandido Carlos Salinas de Gortari que ayunó desde el desayuno hasta la comida de medio día en protesta por lo poco que le dejaron robar.

Wojtyla fue el primer papa en visitar una sinagoga, la de Roma, el 13 de abril de 1986. Y en marzo del 2000 fue a visitar el monumento nacional israelí del holocausto, el Yad Vashem, y a hacer historia en Jerusalén tocando con su mano bendecidora el Muro de las Lamentaciones, el lugar más sagrado de los judíos, a los que les pidió perdón por las atrocidades cometidas contra ellos por la Puta desde que mataron a Cristo. Tras la muerte de la cotorra mentirosa la Asociación Judía Antidifamación (Anti Defamation League) emitió un comunicado declarando que Juan Pablo II había revolucionado las relaciones entre católicos y judíos, y que a él se le debía "más cambio para bien en sus veintiséis años de pontificado que en los casi dos mil años que lo precedieron". ¿Qué quiere decir esta estúpida declaración? ¿Que la visita a una sinagoga y el hecho de tocar un muro y de pronunciar unas palabras melosas borran dos mil años de persecución, tortura, deportaciones y asesinatos cometidos en nombre de Cristo contra los judíos? Si así fuera, ¿por qué no reinstalamos entonces el Tercer Reich que sólo los persiguió diez años? En mayo de 1999 fue a Rumania invitado por el patriarca Teoctist de la Puta Ortodoxa Rumana, convirtiéndose en el primer papa que visitara un país predominantemente ortodoxo desde el gran cisma de 1054. Se diría que el impúdico Wojtyla se había propuesto batir en desvergüenza a todos sus predecesores para arrasar por partida múltiple en los récords Guinness. Su gran sueño era visitar a Rusia en busca de nuevos súbditos pero no lo logró. Llegó hasta devolverles el icono de Nuestra Señora de Kazán a ver si lo invitaban. "El asunto de la visita del papa a Rusia —contestó Vsevolod Chaplin en nombre de la Puta Ortodoxa Rusa— está relacionado con los problemas entre las dos Iglesias, hoy imposibles de resolver, y no tiene nada que ver, como creen los periodistas, con el simple hecho de devolver uno de entre los muchos objetos sagrados que se robaron y sacaron ilegalmente de Rusia".

Recibió en audiencia privada en el Vaticano al terrorista Yasser Arafat cuatro veces; una al criminal nazi Kurt Waldheim, presidente de Austria; y otra a Fidel Castro, a quien le retribuyó su visita viajando un año después a Cuba a legitimar con su presencia allá la continuidad del tirano. ¿A dónde no fue, dónde no habló, con qué tirano o granuja con poder no se entrevistó? Un poco más y alcanza a abrazar al genocida de Saddam Hussein, al que ya le tenía puesto el ojo. A Angelo Sodano, amigo de Pinochet y alcahueta de sus crímenes durante los once años que fue Nuncio Apostólico en Chile, lo nombró Secretario de Estado, el más alto puesto de la burocracia vaticana después del suyo. Al tartufo cazador de herencias y estafador de viudas José María Escrivá de Balaguer, fundador de la secta franquista del Opus Dei y más perverso y tenebroso él solo que toda la Compañía de Jesús junta, lo canonizó. A su nuncio en Argentina Pio Laghi, en pago por su apoyo a la guerra sucia en ese país donde solía jugar tenis con el dictador criminal Jorge Rafael Videla, lo nombró pronuncio en Estados Unidos, jefe de la Congregación para la Educación Católica, luego lo hizo cardenal y finalmente cardenal protodiácono. En Nicaragua satanizó lo que llamaba "la Iglesia popular" y en El Salvador condenó al cardenal Oscar Romero, cuyas denuncias de los escuadrones de la muerte de su país le habrían de costar la vida: un francotirador lo mató de un tiro en el corazón mientras celebraba una misa en el hospital de La Divina Providencia y en el preciso momento de la eucaristía. El rosario de las bellaquerías de Wojtyla no tiene cuento.

Al final, para seguirse haciendo ver, le dio por pedir perdón y se disculpó por un centenar de los incontables crímenes cometidos por la Puta en los mil seiscientos años que disfrutó de un omnímodo poder. Y así el 31 de octubre de 1992 pidió perdón por la persecución en 1633 a Galileo; el 9 de agosto de 1993, por la participación de la Puta en el comercio de esclavos en África; en mayo de 1995 y en la República Checa, por los que quemó la Puta en la hoguera y por las guerras de religión que desencadenó tras la Reforma protestante; el 10 de julio de 1995 y en una carta a "todas las mujeres", por las injusticias cometidas contra ellas en nombre de Cristo, por la violación de sus derechos y por la misoginia empecinada de la Puta; el 16 de marzo de 1998, por el silencio cómplice del catolicismo ante el holocausto; el 18 de diciembre de 1999 en Praga, por la ejecución de Jan Hus en la hoguera en 1415: que "independientemente de las convicciones teológicas que defendió Hus no se puede negar por más tiempo su integridad personal ni su empeño por elevarle el nivel moral a su nación", dijo el desvergonzado. El 12 de marzo de 2000, durante una de las misas del perdón que se inventó, lloró "por los pecados de los católicos cometidos a lo largo de los siglos contra los grupos étnicos, por la violación de sus derechos y el desprecio a sus culturas y tradiciones religiosas". El 4 de mayo de 2001 le pidió perdón al patriarca de Constantinopla por los pecados de los cruzados cuando devastaron a esa ciudad cristiana en 1204. El 22 de noviembre de 2001 y por internet, pidió perdón por los abusos de los misioneros contra los pueblos aborígenes del Pacífico Sur. Y un largo etcétera. Pero lo que más me gusta de toda esta bellaquería de nuevo cuño es la visita del impúdico el 6 de mayo de 2001 a la mezquita de los Omeyas en Damasco a la que entró a orar y a perorar y donde dijo en su perorata: "Por todas las veces que los musulmanes y los cristianos se han ofendido pidámosle perdón al Altísimo y perdonémonos mutuamente". Y acto seguido el cara dura besó el Corán. Por un beso de éstos al Corán en la España de los Reyes Católicos o en la Roma de San Pío V lo habrían quemado vivo en la hoguera por apóstata. Son los signos de los tiempos. ¿Y qué papa habrá de pedir perdón en el futuro por la homofobia de Wojtyla y por la infinidad de niños que nacieron para ser abandonados o con sida por su obtusa oposición a las píldoras interruptoras del embarazo y al condón en un mundo superpoblado? ¿O por los infinitos crímenes de la Puta carnívora y bimilenaria contra nuestro otro prójimo, los animales?

El sábado 2 de abril de 2005 y tras una enfermedad de meses que puso a cagar fuego al Vaticano y mantuvo en vilo al planeta, por fin murió Wojtyla, el papa de la paridera. Al día siguiente, domingo 3, Joseph Ratzinger le ofició su buena misa de cuerpo presente. Y el viernes 8 el mismo Ratzinger le presidió la misa de difuntos en San Pedro, cocelebrándola con el Colegio de Cardenales en pleno, ciento sesenta y cuatro purpurados, y con los patriarcas y arzobispos de las diversas sectas orientales católicas. Esta misa cocelebrada, que precedió al entierro propiamente tal, congregó a varios millones de ovejas carnívoras en Roma y al más grande número de jefes de Estado que conozca la Historia, superando los del entierro de Winston Churchill, y dos mil millones la vieron por televisión: más que los que vieron el entierro de la entelerida princesa Diana. El entierro de Wojtyla se convertía así en el más suntuoso de que haya disfrutado cadáver de *Homo sapiens* en proceso de putrefacción. Pantallas digitales gigantes desplegadas en varios puntos de Roma, como el Circo Máximo, transmitían la ceremonia para los millones de peregrinos que se volcaron sobre la ciudad a ver si les alcanzaba a llegar una partícula siquiera del olor del cadáver de quien muriera en olor de santidad y emprendía ahora su último viaje rumbo al agujero negro de Dios. Todo un circo.

Delegaciones oficiales y no oficiales asistieron al entierro: presidentes, vicepresidentes, ex presidentes, primeros ministros, primeras damas, cancilleres, embajadores, líderes de la oposición, grandes duques, emires, príncipes, reyes, reinas, caballeros de la Orden de Malta, delegaciones de catorce países musulmanes y del Estado de Israel, representantes de la Liga Árabe, de la ONU, la OTAN, la UE, la OSCE, la ILO, la FAO, la UNESCO y hasta de la Oficina de Drogas y Crimen de la ONU ¡como si el criminal no estuviera ya empaquetado en su ataúd y hubiera que agarrarlo! Veíamos allí, entre la más alta granujería del planeta, a Bush, a Clinton, a Blair, a Chirac, truhanes archiconocidos que no necesitan presentación; al cazador de osos Juan Carlos Borbón, vergüenza de España; al cazador de zorros Carlos príncipe de Gales, vergüenza de Inglaterra; al rebuznador Fox, vergüenza de México; al presidente de la República Democrática del Congo (¿democrática? ¡vaya!), el criminal Joseph Kabila y su vicepresidente Jean Pierre Bemba, hoy enfrentados a muerte; al segundo lacayo de Castro Ricardo Alarcón, presidente de la Asamblea Nacional de Cuba (siendo el primero Felipe Pérez Roque, el hombre de las permanentes rodilleras); al lameculos de ayatola Mohammad Katami, presidente de Irán; al tirano Bashar al Assad, presidente de Siria; al genocida Robert Mugabe, presidente de Zimbawe; al pavo real Hamid Karzai, presidente de Afganistán; a Charles Murigande, Ministro de Relaciones Exteriores del país más genocida del planeta, Ruanda, con ochocientos mil tutsis masacrados en sólo en tres meses por los hutus; al presidente de Nigeria Olusegun Obasango, el genocida de Odi y Benue, anabaptista fuera de tiempo y lugar. Y toda esa ralea, la *crème de la crème* del *Homo sapiens mendax*, concentrada en unos cuantos metros cuadrados y al alcance todos y entre sí de sus excelsas emanaciones intestinales. Y termino con quien he debido empezar, la mosca carroñera Kofi Annan que en su paso de diez años por la ONU no se perdió boda de puta ni capada de marrano.

Y ahora los líderes religiosos: Bartolomeo I, patriarca ecuménico de Constantinopla; Cristodulo, arzobispo de Atenas; Anastasio, arzobispo de Tirana, Durres y Albania; Shear Yishuv Cohen, principal rabino de Haifa; Riccardo di Segni, principal rabino de Roma; Alison Elliot, moderador de la Asamblea General de la Puta de Escocia; Jovan, obispo metropolitano de Agreb y Lubliana y de la Puta Ortodoxa Serbia de Italia; Karekine II, jefe de la Puta Apostólica de Armenia; Kirill, obispo metropolitano de Smolensk y Kaliningrad; Lavrentije, obispo de Sabac y Valjevo, de la Puta Ortodoxa Serbia; Mesrob II, patriarca armenio de Istambul y Turquía; Jukka Paarma, arzobispo de Turku y cabeza de la Puta de Finlandia; Seraphim, obispo de Ottawa, de la Puta Ortodoxa de América; Abune Paulos, patriarca de la Puta Ortodoxa de Etiopía; Oded Viener, representante de los principales rabinos de Israel; Finn Wagle, obispo de Nidaros y Primus, de la Puta Luterana de Noruega... Rabinos, pastores, popes, convertidos en lameculos de cadáver de papa, orando, sollozando, llorando y secándose las lágrimas. Y para terminar, Rowan Williams, arzobispo de Canterbury y cabeza de la Puta Anglicana de Inglaterra: por primera vez desde los tiempos del Barba Azul Enrique VIII y su rompimiento con la Puta de Roma, un arzobispo de Canterbury mordía el polvo.

De los dos mil millones de seres humanos que se le sumaron al planeta durante los veintiséis años del pontificado de Wojtyla, un poco menos de la tercera parte de la población actual, todos estos jefes civiles y religiosos son corresponsables con él pues ninguno levantó la voz para oponerse a su prédica insensata e hipócrita. Son sus solapadores. Si hoy el mundo es un planeta atestado de gente en que los polos se están derritiendo por el efecto invernadero, en que los ríos se han convertido en cloacas y el mar en un desaguadero de cloacas; si hoy están las calles y las carreteras embotelladas, los aeropuertos embotellados, el cielo embotellado, los teléfonos y el internet atascados; si ya se están acabando el petróleo y el agua; y si la vieja cría en el campo de los pollos, los cerdos y las vacas ha dado paso a las monstruosas fábricas de carne de hoy en que los animales viven y mueren encerrados en estrechas jaulas sobre el montón de sus propios excrementos y sin ver la luz del sol, a ese paporro inmoral se le debe y a sus cómplices los truhanes del poder que lo alcahuetearon. Nunca los animales fueron tan desventurados como hoy. Pero no olvidemos que detrás del papa y los ayatolas están Cristo y Mahoma que nunca tuvieron una palabra de compasión por ellos y a cuyas dos religiones infames hoy pertenece la mitad de la humanidad. ¡Cómo van a ser ese loco rabioso que ni existió y ese asesino sanguinario los paradigmas para el ser humano, los modelos de lo que debe ser justo y noble! Hay que ser un ciego moral o un retardado mental para pensarlo. Del inconmensurable sufrimiento de los animales Cristo y Mahoma son los primeros culpables.

Acabada la misa de difuntos empezó el desfile de tonsurados católicos y ortodoxos que en una orgía de incensarios y de hisopos de agua bendita iban pasando ante el féretro diciéndole al difunto sus conjuros mágicos. Ayudado por el padre Nello Luongo, un diácono del Seminario Pontificio de Roma, Ratzinger le echó las últimas bocanadas de incienso al féretro, rogó por última vez por el papa muerto y dio por terminada la misa. En las altas bóvedas de la gran basílica cuya construcción financiada con indulgencias le costó la división en dos a la Puta de Occidente, resonó el Oficio de Difuntos de la liturgia bizantina cantado en griego y en árabe, en tanto afuera, en la plaza de San Pedro, las ovejas estúpidas, el rebaño inmoral y carnívoro balaba clamando al cielo: *Santo subito!* Acto seguido toda la clerigalla travestida cantó al unísono: "Que los ángeles te acompañen al cielo, que los mártires te reciban cuando llegues y te guíen a la Santa Jerusalén". E *Ite missa est,* indio comido indio ido, adiós turbamulta bellaca. Entonces, por fuera de la curiosidad de las cámaras y la chusma, empezó el entierro propiamente dicho: los Caballeros Pontificios se llevaron el ataúd rumbo a la Puerta de la Muerte que da entrada a las oscuridades subterráneas de San Pedro. Ya sin cámaras que lo vieran, Ratzinger le confió la ceremonia del entierro al cardenal Martínez Somalo, uno de los más distinguidos lacayos del difunto.

En una cripta subterránea en las entrañas de San Pedro lo enterraron. Vestido de sotana blanca, alba blanca, mitra blanca, zapatillas rojas, estola, palio, casulla y en la mano un rosario por si le hiciera falta, lo embalaron rumbo a la eternidad en un ataúd de ciprés metido dentro de un ataúd de zinc metido dentro de un ataúd de nogal que bajaron al hueco abierto en la desnuda tierra y taparon con una gran plancha de piedra no se les fuera a salir, como Cristo, el paporro a seguir azuzando la paridera y canonizando santos de pacotilla a la buena de Dios, a la diabla. "Señor —exclamó el cardenal Martínez Somalo para ponerle punto final al asunto—, dale el eterno descanso y que la luz perpetua brille sobre él". ¡Ah cabrón igualado! Tuteando al Padre Eterno...

Siguieron los novendiales o nueve días de duelo en que se celebran otras tantas misas por el difunto, que en este caso tuvieron lugar en la Basílica de San Pedro y fueron cantadas por nueve cardenales que escogió Ratzinger, escogiéndose él para la primera. La del lunes 11 la ofició Bernard Francis Law, el ex arzobispo de Boston que en esos momentos ya era Cardenal Archipreste de la Basílica de Santa Maria Maggiore, premio que le dio Wojtyla en pago a la protección que les brindó a los curas pederastas de aquella diócesis norteamericana y que no censuro, quede muy claro, sino que por el contrario alabo, bendigo y apruebo pues ¿qué pecado puede haber en que un curita le haga la paja a un niño que de todos modos se la va a hacer solito en su casa? Pecado no es masturbar al prójimo ni sodomizarlo ni darle mantenimiento sexual por la vía que sea: pecado es acuchillar a una vaca. Representantes de la llamada "Survivors Network of those Abused by Priest" conducidos por su fundadora Barbara Baline, volaron a Roma desde los puritanos Estados Unidos de Bush a avergonzar a los católicos romanos con la tal pederastia de los curas bostonianos alcahueteada por Bernard Law. ¡Cuáles sobrevivientes, santurrona, carnívora, cabrona, gringa, hipócrita! ¡De qué sobrevivieron tus "abusados"! ¿De una paja?

El lunes 18 de abril en la mañana y a unas horas de que los 115 cardenales en edad de votar por ser menores de 80 años se encerraran en la Capilla Sixtina para el cónclave, tuvo lugar en la Basílica de San Pedro la misa tradicional por la elección de un nuevo papa *Pro eligendo Romano Pontifice* que ofició adivinen quién. El mismo que había oficiado la misa de difuntos del 3 de abril; el mismo que había presidido la gran misa cocelebrada del día 8 ante los dos mil millones que la vieron por televisión, compitiendo él con el cadáver de los cadáveres, el cadáver protagónico; y el mismo, en fin, que el día 9 había oficiado la primera de las misas novendiales por el difunto: el decano del Colegio de Cardenales, el alemán Joseph Ratzinger, en favor de quien el Espíritu Santo había empezado dieciocho meses atrás una campaña subrepticia para convertirlo de odiado inquisidor en amado papa. ¡Cuánto no le costó entonces al de las lenguas de fuego convencer a este hombre humilde ajeno a toda ambición para que aceptara ser el Vicario de Cristo, el sucesor de Pedro, el Pontífice Máximo! Que la decisión no era suya sino de Dios, le hacía ver una y otra vez el Paráclito. Hasta que por fin el prelado, humilde aunque alemán y educado por los nazis, aceptó agachando la cabeza. Un vaticanologista comentó que durante las dos semanas que siguieron a la muerte de Wojtyla, Ratzinger había sido el dueño del balón. Un partidario suyo dijo en cambio, palabras textuales: "Un fuego interior se le encendió en el pecho como si Dios lo hubiera escogido". Y sí pero no porque no fue Dios el que lo escogió sino el Espíritu Santo, que es muy distinto. Dios es el Padre, Cristo es el Hijo y el Espíritu Santo es el producto homosexual e incestuoso de ambos.

El sermón que pronunció Ratzinger en su misa *Pro eligendo Romano Pontifice* el lunes 18 de abril en la mañana, horas antes de que se iniciaran las votaciones del cónclave, es una obra maestra del cálculo y la perfidia, un modelo de oportunismo. Que él no iba a renunciar a sus ideales para ganar votos fue lo que dijo en resumidas cuentas. Él estaba por la cultura de la vida del difunto papa y contra el aborto y el condón, contra la ordenación de mujeres, contra la presencia del Islam en Europa, contra las nuevas sectas, contra el homosexualismo, contra el marxismo, contra el liberalismo, contra el modernismo, contra el individualismo, contra el colectivismo, contra el libertinismo, contra el materialismo, contra el relativismo. Y he aquí la palabra clave: relativismo. De pie ante un semicírculo de cardenales y ante la basílica atestada de fieles fervorosos preguntó: "¿Cuántos vientos de doctrina hemos conocido en los diez últimos años? ¿Cuántas corrientes ideológicas? ¿Cuántas formas de pensar? A los que creemos firmemente en Dios y en los absolutos morales nos acusan de fundamentalismo, mientras que la única actitud socialmente aceptable pareciera ser que todo es relativo y nada es bueno o malo con certeza". La Puta Católica, Apostólica y Romana era la dueña de la verdad y por fuera de ella no había verdad posible. Al relativismo de los blandengues Ratzinger contraponía el absolutismo de los firmes. La verdad absoluta y punto. A lo cual a mi vez se me ocurre preguntar: y las cien peticiones de perdón que ofreció Juan Pablo II en sus últimos años de pontificado por los crímenes de la Puta, ¿ésas qué? ¿No nos estaba mostrando con ellas el relativismo de su verdad? No hay verdades eternas. La verdad cambia con los tiempos según vaya soplando el viento, y no es patrimonio colectivo sino espejismo del fuero íntimo de cada quien.

Pero por lo menos Ratzinger era consecuente con sus dos décadas a la cabeza de la Congregación para la Doctrina de la Fe. Otra cosa es que su congruencia la mandara al carajo no bien se montó en la silla de Pedro pues de inmediato empezó a adular a los musulmanes. Lo de Ratsibona fue un lapsus cálami que exhibió a la luz del día al mentiroso. Acaba de ir a Turquía a hacerse ver en el mejor estilo de su predecesor y a retractarse de lo que le dijo a *Le Figaro* en una entrevista pocos meses antes de subir al pontificado y cuando era tan sólo un cardenal entre muchos: "Turquía es un país que histórica y culturalmente tiene poco que ver con Europa. Por ello sería un gran error incorporarlo a la Unión Europea". Ya de papa cambió de opinión. Y no bien aterrizó en Ankara, al primer ministro turco Recep Tayyip Erdogan, quien muy a su pesar, con repugnancia, tuvo que ir al aeropuerto a recibirlo en busca de su apoyo para el ingreso de Turquía a la Unión Europea, le expresó que no sólo podía contar con él sino que se sumaba a la Alianza de Civilizaciones que Erdogán y el presidente del gobierno español habían venido proponiendo. ¿Y la Liga Santa cuyas capitulaciones firmó San Pío V con Felipe II y las repúblicas de Génova y Venecia dirigidas a la guerra total contra los turcos y que condujeron el 7 de octubre de 1571 a la batalla naval de Lepanto en el golfo de Corinto en que murieron treinta y cinco mil hombres, ésa qué? ¿Y la nueva Liga Santa contra los turcos formada por Inocencio XI con el emperador Leopoldo I y el rey Juan III Sobieski de Polonia que entre 1683 y 1688 liberó del yugo otomano a Viena, Belgrado y toda Hungría, ésa qué? ¿Fueron ésos enfrentamientos entre civilizaciones, o entre barbaries? ¿Fueron *jihad* o guerra santa? ¿Cómo los calificamos? Pío V le atribuyó la victoria de Lepanto a la Virgen María y declaró el 7 de octubre fiesta de Nuestra Señora de la Victoria. ¡Y después nos vienen a hablar contra "la dictadura del relativismo" y a afirmar que la verdad es absoluta y que su dueña ha sido, es y será la Puta católica! Que se ponga primero esta ramera de acuerdo consigo misma antes de salir a mentir por el mundo.

Ese sermón contra "la dictadura del relativismo", que sólo una Puta de dos mil años de refinamiento en la simulación puede concebir, catapultó a Ratzinger (y perdón por el anglicismo pero no encuentro mejor palabra) a la ansiada silla de Pedro. Horas después de pronunciado, en una sombría y solemne procesión ciento catorce cardenales de más de cincuenta países entraban con él a la Capilla Sixtina y en cuatro apuradas votaciones lo elegían como sucesor de Wojtyla. En la cuarta y última votación Ratzinger obtuvo noventa y cinco de los ciento quince votos. La casi totalidad de esos cardenales eran hechura del muerto, que fue el que los nombró. Los que venían de antes y que no segó en el curso de su pontificado Nuestra Señora Muerte Wojtyla los licenció por viejos. ¡Como si él fuera un mancebito! Fuentes bien informadas cercanas al Espíritu Santo han dejado saber que en plena desesperación los pocos cardenales liberales (¿liberales?) andaban proponiendo al cardenal argentino Jorge Bergoglio para oponérselo a Ratzinger, pero que los dos cardenales colombianos, Darío Castrillón Hoyos y Alfonso López Trujillo, amantes ambos del orden y el sexo fuerte, alinearon el bloque de los veinte cardenales latinoamericanos detrás de éste. Yo no creo. Pero si así hubiera sido, ¡qué honor para Colombia! ¡Cómo me late el corazón de orgullo patrio! Más que un gol de la Selección Colombia en el mundial de futbol que ya hemos ganado tres veces. Y termino esta crónica de simulaciones, bellaquerías, intrigas y ambiciones con el final del sermón de Ratzinger cuando la mencionada misa *Pro eligendo Romano Pontifice*:

"En esta hora decisiva —dijo— le rogamos al Señor que después del gran don del papa Juan Pablo II que nos hizo nos dé de nuevo un pastor del corazón, uno que nos guíe según la conciencia y el amor y en la verdadera alegría de Cristo". ¡Quién si no él! Varios de los cardenales asistentes aplaudieron, entre los cuales el poderoso Camillo Ruini, a quien Ratzinger le había puesto el ojo por si su candidatura fallara. ¡Qué iba a fallar, si contaba con el respaldo del Espíritu Santo!

En el siglo VI antes de nuestra era Mahavira, que vivió y enseñó en la llanura del río Ganges en el norte de la India y que fue contemporáneo de Buda, fundó en la India el primer asilo de animales de que tengamos noticia para albergar a los animales viejos y enfermos. Él es la gran figura del jainismo, una religión que preconizaba el vegetarianismo y el absoluto rechazo a la violencia, y a él se debe que con el correr del tiempo se terminaran en la India los sacrificios rituales de animales. Desde la oscuridad de tan remoto pasado, por sobre los miserables personajitos de Cristo y Mahoma a cuyas religiones pertenece la mitad de la población mundial pero a los que no les dio el alma para entender que también los animales, y no sólo el hombre, son nuestro prójimo, hoy brilla Mahavira como la máxima luz moral de la humanidad. Mil setecientos años de oportunidad ha tenido el cristianismo: desde que se montó al carro del poder de Constantino; y mil cuatrocientos el mahometismo: desde que lo fundó Mahoma. Durante esos largos siglos de oportunidad perdida lo único que han hecho uno y otro es bañar el mundo de sangre humana y sangre de animales. No hay razón para que este par de fanatismos monstruosos disfrazados de religiones perduren un día más. Ha llegado la hora de decirles basta.

El 15 de octubre de 1978, dos milenios y medio después de Mahavira y en un mundo perturbado y al borde del caos, en la casa de la UNESCO en París se proclamó solemnemente la Declaración Universal de los Derechos del Animal. Su texto, revisado por la Liga Internacional de los Derechos del Animal en 1989 y hecho público al año siguiente, no sólo es una obra maestra de la claridad expositiva sino una de las más altas expresiones que yo conozca de la misericordia y la grandeza de alma. Sus frases escuetas, incontrovertibles, lúcidas vienen sonando desde entonces como martillazos en la podrida conciencia de la humanidad. He aquí el preámbulo: "Considerando que la Vida es una, que todos los seres vivos tienen un origen común y que se han diferenciado en el curso de la evolución de las especies; considerando que todo ser vivo tiene derechos naturales y que todo animal con un sistema nervioso tiene derechos particulares; considerando que el desprecio o el simple desconocimiento de esos derechos naturales causan graves atropellos a la Naturaleza y llevan a cometer al hombre crímenes contra los animales; considerando que la coexistencia de las especies en el mundo significa el reconocimiento por la especie humana del derecho a la existencia de las otras especies animales; considerando que el respeto de los animales por el hombre es inseparable del respeto entre los hombres, se proclama lo que sigue…" ¿Cuándo hablaron Cristo y Mahoma de "crímenes contra los animales"? Este sólo concepto de crímenes contra los animales que cabe en cuatro palabras marca el abismo que se agrandará más y más cada día que pase entre una humanidad movida por la compasión universal y ese par de personajitos alucinados de los cuales el primero ni siquiera existió y el segundo fue un criminal despreciable.

Y ahora unas cuantas de las verdades que siguen a los considerandos y que se le resbalaron por su disfraz de travestido al impúdico Wojtyla: "Artículo primero: Todos los animales tienen igual derecho a la existencia en el marco de los equilibrios biológicos; esta igualdad no oculta la diversidad de las especies y los individuos. Artículo 2: Toda vida animal merece respeto. Artículo 3: Ningún animal debe someterse a malos tratos o a actos crueles; si es necesario matar a un animal, su muerte debe ser instantánea, indolora y que no le produzca angustia; y el animal muerto debe ser tratado con decencia. Artículo 4: El animal salvaje tiene derecho a vivir libre en su medio natural y a reproducirse; la privación prolongada de su libertad, la caza y la pesca por diversión, así como toda utilización del animal salvaje para otros fines que no sean los vitales son contrarios a este derecho. Artículo 5: El animal que el hombre tiene bajo su dependencia tiene derecho a ser mantenido y a cuidados y atenciones; en ningún caso debe ser abandonado ni matado en forma injustificada. Artículo 6: La experimentación con un animal que provoque sufrimiento físico y psíquico viola los derechos del animal. Artículo 7: Todo acto que acarree sin necesidad la muerte de un animal y toda decisión que conduzca a ella constituyen un crimen contra la Vida. Artículo 8: La masacre de los animales salvajes y la destrucción de sus ambientes son genocidios. Artículo 10: La educación y la instrucción pública deben llevar al hombre desde su infancia a observar, comprender y respetar a los animales". Etcétera, etcétera.

Para explicarnos el espíritu de la declaración la Liga Francesa de los Derechos del Animal, fundada en 1977, ha hecho una serie de consideraciones biológicas y morales, como la de que la especie humana no es sino una entre muchas especies animales del planeta y una de las más recientes. O la de que hemos establecido una jerarquía antropocéntrica "que ha llevado a atribuirle al hombre la inteligencia y al animal sólo el instinto, y a pensar que el animal no sufre como el hombre, siendo así que todo lo que sabemos hoy demuestra lo contrario, que sufre físicamente como nosotros y que su pensamiento, producto de un sistema nervioso central, es todavía más complejo que lo que las neurociencias de hoy nos revelan. Esta capacidad les confiere a los animales derechos particulares respecto a los vegetales". O la de que "La Vida no le pertenece al hombre. El hombre no es ni su creador ni su detentador exclusivo: pertenece también al pez, al insecto, al mamífero y a los vegetales". ¿Dónde queda el comienzo del Génesis en que el rabioso Yavé, alias Alá, alias el Padre le confiere al hombre dominio sobre todos los seres vivos de la Tierra? Vamos a quitarle a Dios su mayúscula y a ponérsela, como en la declaración de la UNESCO, a la Vida.

¿Cuándo hablaron Cristo y Mahoma y cuándo los curas, los pastores, los popes, los rabinos, los ayatolas y los papas de "derechos de los animales", de "respeto por los animales", de "violencia contra los animales", del "sufrimiento de los animales", de "decencia para con los animales", de "genocidio de los animales", de "dignidad de los animales"? Jamás se les pasaron esas ideas nobles por sus mentecitas estrechas a estos inmorales. Y no se necesita saber de genética, de biología evolutiva, de biología molecular, de neurociencias para percibir el sufrimiento de los animales: basta tener dos ojos como las vacas, dos orejas como las vacas, dos fosas nasales como las vacas, sangre roja como las vacas y un cerebro un poco más complejo que el de las vacas para poder entender que con respecto al sufrimiento las vacas que acuchillamos en los mataderos en esencia son iguales a nosotros: que sienten el dolor, la angustia, el miedo, el terror, la sed, el hambre. Otra cosa es no querer entender. Ni por deporte, ni en nombre de la ciencia, ni siquiera como alimento puede el hombre atropellar a los animales, y con mayor razón a los que pertenecen a nuestra misma clase de los mamíferos. Y no puede criar pollos ni ningún animal con sistema nervioso desarrollado enjaulándolos y en cautiverio. El ochenta y tres por ciento de la población de la India pertenece al hinduismo, que prohibe matar a los animales. Esa religión vegetariana sin jerarquía eclesiástica ni dogmas absolutos en que cada individuo descubre el modelo a seguir que le confiere orden y sentido a su vida tiene una historia ininterrumpida de tres mil quinientos años. Si los hindúes han podido vivir por tanto tiempo sin comerse a los animales, ¿por qué no podemos también nosotros? Cada vaca, cada perro, cada caballo, cada mamífero es un individuo único como cada uno de los seres humanos, con su propia personalidad y sus únicos e intransferibles recuerdos. Y claro que existe una jerarquía entre los seres vivos, pero es la del dolor. Esta jerarquía se determina según la complejidad de los sistemas nerviosos que corresponde ni más ni menos, exactamente, a la capacidad de sufrir. Mientras más complejo sea el sistema nervioso de un animal, más posibilidad tiene de sufrir y en consecuencia merece de nuestra parte mayor respeto.

Y sin embargo antes de que surgieran los tres fanatismos semíticos del judaísmo, el cristianismo y el mahometismo que se arrogan el nombre de religiones y pretenden haber dado lugar a civilizaciones, hubo en la antigüedad y los ha seguido habiendo siempre hombres bondadosos que abrazaron los mismos principios de Mahavira y que en esencia son los de la reciente declaración de la UNESCO: Pitágoras, Platón, Epicuro, Apolonio de Tiana, Plutarco, Porfirio... Y en los tiempos modernos Shelley, Thoreau, Tolstoi, George Bernard Shaw, Gandhi... En 1847 se fundó en Inglaterra la primera sociedad vegetariana. A ésta siguieron otras en Europa y en los Estados Unidos, y en 1889 la federación internacional de sociedades vegetarianas que desde 1908 se conoce como la International Vegetarian Union y que celebra en la actualidad congresos cada dos años en diferentes países.

La explotación y la opresión de los animales por el hombre es como la explotación y la opresión de unos seres humanos por otros. No olvidemos que sólo hasta la Declaración de los Derechos del Hombre y del Ciudadano, adoptada por Asamblea Nacional de Francia en 1789 durante la

Revolución Francesa y bajo la influencia de la Declaración de Independencia de los Estados Unidos del 4 de julio de 1776, se empezó a hablar de "derechos humanos" y a considerar como derechos naturales e inalienables del hombre la libertad de pensamiento, de prensa y de religión y la igualdad de los ciudadanos ante la Ley. Y no olvidemos tampoco que tanto en la Declaración de Independencia norteamericana como en la de la Asamblea Nacional de Francia se incluyó en un comienzo un artículo que abolía la esclavitud pero que fue suprimido de inmediato en ambas, de suerte que todavía bien avanzado el siglo XIX en Europa y en los Estados Unidos infinidad de católicos y protestantes por igual defendían con todo tipo de argumentos la esclavitud. El 10 de diciembre de 1948 la Asamblea General de la ONU amplió la Declaración de los Derechos del Hombre y del Ciudadano de la Revolución Francesa en la Declaración Universal de Derechos Humanos que rige hoy en todo el mundo. Pues bien, la Declaración de los Derechos de los Animales no es más que la ampliación a los animales de estas declaraciones de los derechos del hombre. De los treinta artículos que tiene la declaración de la ONU podemos extenderles a buena parte de los animales el Artículo 3 en cuanto dice: "Todo individuo tiene derecho a la vida y a la libertad". Y el 4 en cuanto dice: "Nadie estará sometido a esclavitud ni a servidumbre; la esclavitud y la trata de esclavos están prohibidas en todas sus formas". Y el 5: "Nadie será sometido a torturas ni a penas o tratos crueles, inhumanos o degradantes". Claro que en la declaración de la ONU hay artículos que sólo pueden valer para el ser humano, como el 18 que dice: "Toda persona tiene derecho a la libertad de pensamiento, de conciencia y de religión; este derecho incluye la libertad de cambiar de religión o de creencia, así como la libertad de manifestar su religión o su creencia, individual y colectivamente, tanto en público como en privado, por la enseñanza, la práctica, el culto y la observancia".

Sí, eso dice. Sólo que durante mil setecientos años la Puta y mil cuatrocientos años el mahometismo han ido en contra de este artículo. En consecuencia, o le pedimos a la ONU que lo suprima de su declaración, o renunciamos al mahometismo y a la Puta, pero las dos posiciones no se pueden conciliar.

Gústenos o no habremos de terminar aceptando que los animales no son cosas, ni máquinas, ni un manojo de instintos y reflejos; que cada uno es un individuo irrepetible y distinto de los demás de su especie tal y como somos irrepetibles y distintos unos de otros los seres humanos; que no se pueden vender ni comprar; que no se pueden matar por deporte ni con pretextos científicos ni como comida y que matarlos es un acto cruel que conduce a desvalorizar la vida humana; que no son instrumentos de nuestros deseos ni de nuestra voluntad; que pueden sentir el placer, el dolor, la felicidad y la infelicidad como cualquier ser humano y que tienen alma o conciencia o como la quieran llamar: alma perecedera como la nuestra (¡el gordo Aquino creía que teníamos alma eterna!); que no están por fuera de nuestra moral sino que ésta debe incluirlos; que deben tener derechos legales; que el especismo o discriminación con base en la especie es tan inaceptable como el racismo; que existen límites morales en el trato que les demos así como existen en nuestro trato a los demás seres humanos; y que hay que actuar en consecuencia respetándolos. Los derechos del hombre son inseparables de los derechos de los animales. Con un esfuercito de redacción podríamos juntar la declaración de la ONU y la de la UNESCO en una sola.

Ayer llegó Benedicta a Estambul y provocó un embotellamiento de puta madre. La suya se la mentaban los catorce millones de musulmanes de la ciudad, que no podían llegar de sus trabajos a sus casas porque por las medidas de protección desplegadas para proteger al zángano les habían bloqueado las arterias principales en la hora pico de la

tarde. ¿Y a qué venía el zángano a la antigua Constantinopla que en nombre de Cristo quemaron hace ochocientos
años los cruzados, y así llamada en honor del primero y más
grande concubino de la Puta? Venía a darles ánimos a doscientos de sus secuaces católicos; a hacerle su puñetita al
patriarca de la Iglesia ortodoxa con el que se peleó ya va
para mil años; y a hacerle la gran puñeta a la horda musulmana para calmarles la rabia que les hierve en las tripas
porque sí y porque no. "Espero que ese puto viejo se vaya
pronto porque esto es insoportable", dijo en una calle en
turco, varado entre el gentío, un ganapán. Dicen que en
esa ciudad donde el tráfico nunca ha fluido el embotellamiento alcanzaba dimensiones delirantes. Los automovilis-
tas tocaban los claxons, maldecían, hijueputeaban. Blasfe-
maban no porque no pueden, su religión lo prohibe. Al
caer de la tarde y mientras la ciudad hervía en el caos, los
muecines rompieron a llamar al rezo desde las mezquitas.
Para colmo de males el estrecho del Bósforo quedó tapo-
nado por un buque de bandera rusa que se estrelló contra
un puente y a los claxons de los carros y a la alharaca de los
muecines se sumaron entonces las sirenas de los barcos:
"¡Uuuuuu!", decían mentándole la madre a Wojtyla. Perdón, a Ratzinger. La noche le cayó encima a Ratzinger en la
Nunciatura Apostólica donde le organizaron una cenita
antes de subirlo a dormir a un cuarto. Y que retumba como
un trueno un clamor que llenó los ámbitos. ¿Maldiciendo
la pagana Bizancio, la cristiana Constantinopla, la musulmana Estambul a Ratzinger? ¡Qué va, ni eso! Eran los coros
del estadio de Beskitas, uno de los equipos de futbol de la
ciudad, cantando goles al unísono.

A la pregunta de "Si es lícito a los católicos asistir o fa-
vorecer las reuniones, asociaciones, congresos o sociedades
de acatólicos, cuyo fin es que cuantos reclaman para sí de
un modo u otro el nombre de cristianos se unan en una
sola alianza religiosa", el decreto del Santo Oficio del 8 de

julio de 1927, emitido bajo Pío XI y que trata "De las reuniones para procurar la unidad de todos los cristianos", contestó: "Negativamente". Más claro no canta un gallo tronando al amanecer. Y hurgando más atrás en el "magisterio" de la Puta nos encontramos con el documento del Cuarto Concilio de Letrán (convocado en 1215 para condenar a los albigenses, los valdenses, el abad Joaquín y otros herejes) que dice en su capítulo primero: "Una sola es la Iglesia universal de los fieles y por fuera de ella absolutamente nadie se salva"; y en el quinto, volviendo al viejo cuento del primado de Pedro, el *Tu es Petrus*: "Renovando los antiguos privilegios de las sedes patriarcales, con aprobación del sagrado Concilio universal decretamos que después de la Iglesia Romana, que por disposición del Señor tiene sobre todas las otras la primacía de la potestad ordinaria como madre y maestra que es de todos los fieles, ocupe el primer lugar la sede de Constantinopla, el segundo la de Alejandría, el tercero la de Antioquía, el cuarto la de Jerusalén". ¡Cuál primer lugar Constantinopla! ¡El segundo! Primero es Roma y después será Constantinopla o lo que quieran. Y la bula *Unam sanctam* de Bonifacio VIII del 18 de noviembre de 1302 que empieza afirmando que "Por fuera de la Iglesia Católica y Apostólica no hay salvación ni perdón de los pecados". Y aduce Bonifacio dos razones: una, porque en el Cantar de los Cantares (6,9) el Esposo clama: "Una sola es mi paloma, una sola es mi perfecta, ella es la hija única de su madre, la preferida de la que la dio a luz". Y dos, porque la Iglesia es como la túnica inconsútil del Señor (Juan 19:23), una sola y sin costuras. "Por ello la Iglesia tiene un solo cuerpo y una sola cabeza, no dos como un monstruo; y esa cabeza es Cristo o su Vicario Pedro o el sucesor de Pedro, puesto que el Señor le dijo a éste: 'Apacienta mis ovejas' (Juan 21:17). *Mis ovejas*, dijo, de modo general, no éstas o aquéllas en particular, por lo que se entiende que se las encomendó todas. Y si los griegos dicen que no fueron encomendados a Pedro y a sus sucesores, menester es que confiesen que no son de las ovejas de Cristo, puesto que dice el Señor en Juan que hay 'un solo rebaño y un solo pastor' (Juan 10:16)". Exacto. ¿Qué hace entonces hoy en Estambul Benedicto XVI masturbando a esos mismos griegos de que hablaba Bonifacio, los ortodoxos, que no se sienten ovejas del rebaño único? Y retomando la tesis del Cuarto Concilio de Letrán, ¿no dijo Pío Nono en su alocución *Singulari quandam* del 9 de diciembre de 1854 escrita contra los "adoradores de la razón humana" que por fuera de la Iglesia católica no hay salvación? A Benedicto le quiero recordar aquí las palabras textuales de su predecesor infalible Pío Nono: "Por la fe debemos sostener que por fuera de la Iglesia Apostólica Romana nadie puede salvarse; que ésta es la única arca de salvación; que quien en ella no hubiere entrado, perecerá en el diluvio. Sin embargo, también hay que tener por cierto que quienes sufren ignorancia de la verdadera religión, si aquélla es invencible, no son ante los ojos del Señor reos por ello de culpa alguna". ¿Qué quería decir este engañatontos con esa salvedad hipócrita y mierdosa que introduce el "sin embargo"? ¿Acaso que los protestantes, los ortodoxos, los judíos y los mahometanos "sufren ignorancia"?

¡Qué capacidad de empantanar y engañar y mentir la de esta Puta mendaz! Me quedo con Nicolas de Autrécourt cuando dijo: "Las proposiciones 'Dios existe' y 'Dios no existe' significan absolutamente lo mismo aunque de otro modo". O con estas tres maravillosas tesis de Pedro de Bonageta y de Juan de Latone que condenó Gregorio XI: "Una, si la hostia consagrada cae o es arrojada a una cloaca, al barro o a un lugar torpe, aun permaneciendo las especies deja de estar bajo ellas el cuerpo de Cristo y vuelve la substancia al pan. Dos, si la hostia consagrada es roída por un ratón o comida por un bruto, aun permaneciendo dichas especies en ella deja de estar en ellas el cuerpo de Cristo y vuelve la substancia al pan. Y tres, si la hostia consagrada es recibida por un justo o por un pecador, cuando la especie es triturada por los dientes Cristo es arrebatado al cielo y no pasa al vientre del hombre". O con estas otras tres maravillas de Zanino de Solcia que condenó Pío II en su carta *Cum sicut*: "Una, Jesucristo no padeció ni murió por amor al género humano ni para redimirlo sino por imposición de las estrellas. Dos, Nuestro Señor Jesús fue ilegítimo. Y tres, Moisés, Jesucristo y Mahoma rigieron al mundo según el capricho de sus voluntades". O con esta tesis de los beguinos y begardos que condenó Clemente V: "El beso de una mujer, como quiera que la naturaleza no inclina a él, es pecado mortal; en cambio, el acto carnal, como quiera que a esto inclina la naturaleza, no es pecado, sobre todo si el que lo ejercita es tentado". Lo que no he logrado saber hasta ahora es qué es lo que condenó Clemente: ¿El beso? ¿O el acto carnal? ¿O ambos? ¿O ninguno? ¿O sí pero no según que haya tentación o sin ella? A la pregunta de "Si es lícita la masturbación directamente procurada para obtener esperma con el fin de descubrir y en lo posible curar la enfermedad contagiosa de la blenorragia", por decreto del Santo Oficio del 2 de agosto de 1929 Pío XI respondió: "Negativamente". ¿Negativamente qué? ¿Descubrir la enfermedad, o curarla? Descubrir la enfermedad no podía ser porque todo el que la padecía por fuerza la descubrió. Tal vez curarla. ¿Pero cómo dejar perder setecientos millones de espermatozoides de cada eyaculación que bien pudieran ir a hinchar el rebaño católico en otro tanto número de ovejas "limosnables", o sea factibles de ser ordeñadas como vacas? ¡Imposible! Y a la pregunta de "Si puede aprobarse el método que llaman de 'la educación sexual' y también de 'la iniciación sexual'", por decreto del Santo Oficio del 21 de marzo de 1931 el mismo Pío respondió lo mismo: "Negativamente". ¿Y si no hay iniciación sexual, cómo puede haber luego reproducción sexual? Se acabaría entonces la especie hu-

311

mana. Salvo que convirtiéramos al *Homo sapiens* en una especie partenogenética… Que también podría ser…

Y el Pío siguiente, Pío XII, en su alocución del 29 de septiembre de 1949 ante el Cuarto Congreso Internacional de Médicos Católicos, dijo: "Si bien es cierto que no pueden *a priori* rechazarse nuevos métodos por el sólo hecho de su novedad, sin embargo por lo que a la fecundación artificial se refiere no solamente hay que ser en extremo reservados, sino que debe ser absolutamente rechazada. Al hablar así, no se proscribe necesariamente el empleo de ciertos medios artificiales destinados únicamente ora a facilitar el acto natural, ora a hacer alcanzar su fin al acto natural normalmente cumplido". ¿Qué quiso decir esta fuente clara y translúcida de donde mana una verdad transparente? Lo mismo que quiso decir Luis Echeverría cuando les dijo a los periodistas siendo presidente de México que él no era de izquierda ni de derecha sino todo lo contrario. Y también afirmó el dicho Pío en dicho congreso: "La fecundación artificial fuera del matrimonio debe condenarse pura y simplemente como inmoral. La fecundación artificial dentro del matrimonio, pero hecha con elemento activo de un tercero, es igualmente inmoral, y como tal ha de reprobarse sin distingo". ¿Qué quiso decir "con elemento activo de un tercero"? ¿Estaba acaso condenando el Santo Padre el *ménage à trois*? Lo que sí le salió muy bien a este papa fue cuando hablando "del uso del matrimonio en tiempo de infecundidad" ante el Congreso de la Unión Católica Italiana de Comadronas el 29 de octubre de 1951 dijo: "Cumple ante todo examinar dos hipótesis. Si la práctica de aquella teoría no quiere decir otra cosa sino que los cónyuges pueden hacer uso de su derecho matrimonial aun en los días de esterilidad natural, nada hay que oponer a ello; con ello, en efecto, no impiden ni perjudican en modo alguno la consumación del acto natural y sus ulteriores consecuencias".

—Explíqueme usted ahora una cosa, compadre: ¿Cuántos espermatozoides se pierden en las eyaculaciones *in vagina* en los días de "esterilidad natural" en que los cónyuges hacen uso de su "derecho matrimonial"?

—Dos millones de billones de trillones de cuatrillones, compadre.

—¡Qué pena! Como para poblar dos galaxias… ¿Y si se emplearan unos cuantos de ellos para curar la blenorragia? ¿Por qué no lo permitía el papa?

—Porque al Vicario de Cristo no le dio su puta gana.

Además, como ya sabemos, la gonorrea no se cura con espermatozoides sino con antibióticos. Lo que sí va a lograr la ciencia en un futuro no lejano es marcar los espermatozoides en la mismísima fuente de los canales germinales de donde manan, de suerte que podamos saber cuáles están destinados a ser papas, y así el hombre de buena voluntad pueda cazarlos con escopeta antes de que florezcan. ¿Se imaginan ustedes si hubiéramos podido suprimir a tiempo el espermatozoide Pacelli, o el espermatozoide Montini, o el espermatozoide Wojtyla? ¡Cuánto mal no le habríamos ahorrado al mundo!

E. inaugurando el 9 de noviembre de 1941 en Roma un curso de la Pontificia Academia de Ciencias dijo el mencionado Pacelli, quien de espermatozoide cabezón y obtuso floreció en el brillante Pío XII: "El hombre, dotado de alma espiritual, fue colocado por Dios en la cima de la escala de los vivientes como príncipe y soberano del reino animal. Las múltiples investigaciones tanto de la paleontología como de la biología y la morfología sobre estos problemas tocantes a los orígenes del hombre no han aportado hasta ahora nada de positivamente claro y cierto. No queda, por lo tanto, sino dejar al porvenir la respuesta a la pregunta de si un día la ciencia, iluminada y guiada por la revelación, podrá ofrecer resultados seguros y definitivos sobre punto tan importante". ¡El hombre arriba de los animales, como en el Génesis! ¡Y la ciencia guiada por la revelación! ¡Ah cura bellaco! ¡*Va fan culo*, paporro cabrón!

Y oigan lo que dijo paulinamente Pío XI a propósito de la "emancipación de la mujer" en su encíclica *Casti connubii* (Del matrimonio casto) el 31 de diciembre de 1930: "Cuantos de palabra o por escrito empañan el brillo de la fidelidad y de la castidad nupcial, ellos mismos, como maestros del error, fácilmente echan por tierra la confiada y honesta obediencia de la mujer al marido. Y más audazmente algunos de ellos charlatanean que tal obediencia es una indigna esclavitud de un cónyuge respecto del otro; que todos los derechos son iguales entre los dos; y pues estos derechos se violan por la sujeción de uno de los dos, proclaman con toda soberbia que han logrado o van a lograr quién sabe qué emancipación de la mujer. Tal emancipación según ellos debe ser triple: en el régimen de la sociedad doméstica, en la administración del patrimonio familiar y en la facultad de evitar o suprimir la vida de la prole. Y así la llaman social, económica y fisiológica: fisiológica, porque quieren que las mujeres a su arbitrio estén libres o se libren de las cargas conyugales o maternales (emancipación ésta, como ya dijimos de sobra, que no lo es sino un crimen horrendo); económica, por la que pretenden que la mujer, aun sin saberlo ni quererlo el marido, pueda libremente tener sus propios negocios, dirigirlos y administrarlos, sin tomar para nada en cuenta a los hijos, al marido y a toda la familia; y social, en fin, por cuanto apartan a la mujer de los cuidados domésticos, tanto de los hijos como de la familia, a fin de que sin preocuparse por ellos pueda entregarse a sus antojos y dedicarse a los negocios y a los cargos, incluso públicos".

¡A ver si hoy la Puta tiene el valor de respaldar esa encíclica bellaca! Que la promuevan los curas, si son capaces, y a ver cuántas de las hijas de Eva les van a volver a la iglesia a llenarles las alcancías de limosnas. Hasta donde pudo la

Puta cohonestó la esclavitud, el antijudaísmo y la misoginia. Pues del mismo modo ni más ni menos hoy calla ante el atropello del hombre a los animales. Algún día sacará a relucir al pobre de espíritu de Francisco de Asís que les prohibió a los de su orden comer carne sí, pero sólo los días de vigilia. ¡Y ése dizque era el que quería a los animales! ¡Cómo va a ser eso que llaman cristianismo una religión!

Escrita para oponerle a la tolerancia de la Lambeth Conference (una conferencia de los anglicanos de ese mismo año de 1930) la más decidida condena a la anticoncepción, en la encíclica *Casti connubii* está en germen la más dañina de todas las encíclicas, la *Humanae vitae* (De la vida humana) de Pablo VI, que promulgó este papa el 25 de julio de 1968 para rechazar todos los medios de anticoncepción y declarar que todo acto sexual tenía que darse sólo dentro del matrimonio y estar dirigido sólo a la trasmisión de la vida. El camino estaba abierto para que surgiera la alimaña Wojtyla. En 1846, cuando ascendió al papado Pío Nono, la población mundial era de mil doscientos millones. En 1930, cuando la encíclica *Casti connubii,* era de dos mil millones. A un año largo de la muerte de Wojtyla hoy es de seis mil quinientos millones. ¿Ha hecho algo la Puta para que progresen la ciencia y la tecnología y ayuden a acomodar y darles de comer a todos estos millones? Sí. Tanto cuantos niños abandonados del Tercer Mundo ha recogido el papa o cuantas vacas ha salvado del matadero este zángano.

Al andar promoviendo el diálogo con renegados y apóstatas, Wojtyla y Benedicta se han convertido a los ojos del universo mundo en un par de herejas. ¡Con que van a juntar a la Puta de Oriente y a la de Occidente en una sola bajo un único cayado, el suyo! Permítanme que me ría, ¡ilusas! Éstas son de las que se duermen contando ovejas. Y si al inmenso rebaño cristiano fuera posible sumarle los musulmanes y los judíos tanto mejor: el que el cristianismo, el judaísmo y el mahometismo sean religiones monoteístas se les hace un buen punto de partida. Pero yo digo que no: el judaísmo y el mahometismo son, en efecto, religiones monoteístas, pero en tanto los judíos creen en Yavé, cuyo gran esbirro fue Josué, los musulmanes creen en Alá, cuyo gran esbirro fue Mahoma. Si sus esbirros son distintos, se trata entonces de dos dioses distintos. Por cuanto a los cristianos se refiere, no son monoteístas sino triteístas pues creen en la Santísima Trinidad, que son tres en uno: el cristianismo es un triteísmo monoestúpido. Le aconsejo pues a Ratzinger que no siga por ese camino que le está buscando la cuadratura al círculo. Hoy ha ido a rezar a la Mezquita Azul de Estambul. Se descalzó a la entrada como musulmán y oró de cara hacia La Meca.

—¿De veras?

—De veras.

—¿Y cómo fue eso? Cuénteme a ver.

—Pues que al finalizar el tour que le dio al papa por la mezquita, el Gran Muftí de Estambul, Mustafá Agrici, dijo: "Ahora voy a rezar". Y volteando el culo hacia Washington y mirando hacia La Meca se entregó a lo anunciado.

—¿Y el papa? ¿Qué hizo?

—Igual. Cerró sus ojitos cansados, inclinó su cabecita santa y oró en silencio durante un minuto mirando como el otro hacia La Meca.

—¿Y cómo sabe usted, compadre, que oró, si fue en silencio?

—Porque el portavoz del Vaticano, el reverendo Federico Lombardi, lo dijo. "El Santo Padre, dijo, hizo una pausa para meditar dentro de la mezquita y seguramente sus pensamientos estuvieron con Dios". ¿Cómo puede interpretar usted ese "seguramente" sino que es seguro que rezó? Por algo el portavoz es un vocero: porque le da voz al jefe cuando calla.

Al salir de la mezquita los dos rezanderos intercambiaron presentes: el muftí le dio al pontífice un azulejo vidriado decorado con una escena del Mar de Mármara y una paloma. Y el pontífice le regaló al muftí un mosaico con cuatro palomas.

—¡Cuatro!

—Como lo oye.

—¿Y no iba por casualidad entre las cuatro el Espíritu Santo?

—No porque ése se lo comió en caldo de verduras Wojtyla cuando su agonía. Sólo dejó las plumas.

—¡Ah viejo cabrón! Todo se lo parrandeó. ¿Y a cómo están vendiendo las plumas?

—A cero dólar por pluma porque las echó a volar sobre la plaza de San Pedro en una performance desde su balcón. Plumas del Espíritu Santo fue lo que le llovió ese día a la chusma novelera.

¡Pobre Puta, se te acabó la fiesta! La farsa infame del pontificado de Wojtyla, frívolo, inmoral, vacío, con su santidad de relumbrón y su desvergüenza te dio el puntillazo final. ¡Tú la teóloga, la misteriosa, la profunda, la recóndita, la que se creía representante de Dios en la tierra y mataba en su nombre y hablaba en latín, puesta a la altura de un mundial de fútbol! Bendito sea ese papa bellaco, instrumento de Dios. Ahora viene la resaca que sigue a la borrachera en que el borracho quemó la casa. Es el turno del Islam, la secta de Alá y su esbirro Mahoma. De ellos serán las nuevas oscuridades medievales. El día del ayatola se acerca, la Gran Bestia Negra se nos viene encima. Con Wojtyla hemos enterrado a la Puta. *Requiescat in pace.*

Planeta

España
Av. Diagonal, 662-664
08034 Barcelona (España)
Tel. (34) 93 492 80 36
Fax (34) 93 496 70 58
Mail: info@planetaint.com
www.planeta.es

P.º Recoletos, 4, 3.ª planta
28001 Madrid (España)
Tel. (34) 91 423 03 00
Fax (34) 91 423 03 25
Mail: info@planetaint.com
www.planeta.es

Argentina
Av. Independencia, 1668
C1100 ABQ Buenos Aires
(Argentina)
Tel. (5411) 4124 91 00
Fax (5411) 4124 91 90
Mail: info@eplaneta.com.ar
www.editorialplaneta.com.ar

Brasil
Av. Francisco Matarazzo,
1500, 3.º andar, Conj. 32
Edifício New York
05001-100 São Paulo (Brasil)
Tel. (5511) 3087 88 88
Fax (5511) 3087 88 90

Chile
Av. 11 de Septiembre, 2353, piso 16
Torre San Ramón, Providencia
Santiago (Chile)
Tel. Gerencia (562) 652 29 43
Fax (562) 652 29 12
Mail: info@planeta.cl
www.editorialplaneta.cl

Colombia
Calle 73, 7-60, pisos 7 al 11
Bogotá, D.C. (Colombia)
Tel. (571) 607 99 97
Fax (571) 607 99 76
Mail: info@planeta.com.co
www.editorialplaneta.com.co

Ecuador
Whymper, N27-166, y A. Orellana,
Quito (Ecuador)
Tel. (5932) 290 89 99
Fax (5932) 250 72 34
Mail: planeta@access.net.ec
www.editorialplaneta.com.ec

Estados Unidos y Centroamérica
2057 NW 87th Avenue
33172 Miami, Florida (USA)
Tel. (1305) 470 0016
Fax (1305) 470 62 67
Mail: infosales@planetapublishing.com
www.planeta.es

México
Av. Insurgentes Sur, 1898, piso 11
Torre Siglum, Colonia Florida, CP-01030
Delegación Álvaro Obregón
México, D.F. (México)
Tel. (52) 55 53 22 36 10
Fax (52) 55 53 22 36 36
Mail: info@planeta.com.mx
www.editorialplaneta.com.mx
www.planeta.com.mx

Perú
Av. Santa Cruz, 244
San Isidro, Lima (Perú)
Tel. (511) 440 98 98

Portugal
Publicações Dom Quixote
Rua Ivone Silva, 6, 2.º
1050-124 Lisboa (Portugal)
Tel. (351) 21 120 90 00
Fax (351) 21 120 90 39
Mail: editorial@dquixote.pt
www.dquixote.pt

Uruguay
Cuareim, 1647
11100 Montevideo (Uruguay)
Tel. (5982) 901 40 26
Fax (5982) 902 25 50
Mail: info@planeta.com.uy
www.editorialplaneta.com.uy

Venezuela
Calle Madrid, entre New York y Trinidad
Quinta Toscanella
Las Mercedes, Caracas (Venezuela)
Tel. (58212) 991 33 38
Fax (58212) 991 37 92
Mail: info@planeta.com.ve
www.editorialplaneta.com.ve

 Grupo Planeta   Planeta es un sello editorial del Grupo Planeta   www.planeta.es